Cuatro Segundos

KATO GUTIÉRREZ

Cuatro Segundos

KATO GUTIÉRREZ

©Editorial Font, S.A.

ISBN: 978-607-9171-59-9

Fotografía solapa
Helio Villarreal

Portada-Diseño Editorial
Jessica Ariadna Vallejo Huerta

Cuidado de la edición
Zaira Eliette Espinosa

A ti por leerme
A mis amores
A mis amigos... Juéguela
A Dios por dejarme estar acá
Al maestro Felipe Montes

1

Y de pronto estoy en Buenos Aires, un martes cualquiera del 2012, dentro de un centro comercial o mall, como le llaman acá. Cerca de donde me encuentro está el área de food court, sí, así la llaman en inglés. Los locales venden choripanes y tortas de milanesa con un huevo estrellado encima. Yo parado frente a la tienda de Lacoste. De la tienda departamental que está del otro lado del pasillo me llega el olor del perfume J'adore de Dior. Aquí me encuentro mareado entre el olor a milanesa frita, la fragancia de Dior que me trae a la mente a Charlize Theron y el olor de la tienda de Lacoste cuando de pronto una mujer me dice "Quitate del centro, che, que estorbás", me toca el hombro y al instante siguiente aparezco en Berlín, dentro de otro centro comercial, aunque por unos momentos me confundo porque el nombre de la tienda en la que estoy me recuerda París... Galeries Lafayette. Resulta que esta empresa francesa tiene una tienda enorme en pleno Berlín. O sea, ¿ya olvidaron todo en menos de setenta años? ¿Cuántas generaciones son para olvidar lo que pasó? No puedo olvidar lo de hace dos sexenios. Total que estoy en Galeries Lafayette y en eso de nuevo me golpea el mismo olor a J'adore de Dior. No es justo, de nuevo Charlize Theron ahora en un póster dorado, con vestido dorado, viéndome directo a los ojos. El olor del perfume no me agrada, pensar en Charlize Theron sí. Me dirijo hacia el mall y encuentro otra tienda Lacoste, vendiendo la misma camisa polo color verde y el mismo collar de perlas con un cocodrilito cursi pendiendo entre dos de ellas. También hay un área de food court donde la comida que venden son gyros griegos con carne de puerco que cortan de un trompo, como nuestros tacos de trompo o al pastor pero sin la piña, y huelen igual que los tacos de trompo de los rieles en Monterrey, aunque estos no tienen tortilla, ¿cómo madres venden esos tacos como si fueran griegos?, ¿y por qué madres son famosos en Berlín? Me formo en la línea para comprar unos gyros y además del alemán escucho ruso, italiano, croata y algunos otros idiomas. Del resto de los locales de comida resalta el Mcdonalds, un pequeño Burger King y un Starbucks.

Y yo que hoy amanecí en Nueva York, a una cuadra de Times Square en un hotel cuyo anuncio exterior decía: *You wanted Cheap and in Times Square*, lo mejor de esta mañana había sido despertar sin que nadie me hiciera algo, o al menos sin saber si alguien me había hecho algo. Según yo, había sobrevivido una noche en ese pinche hotel en donde nadie hablaba inglés, los dos güeyes del front desk eran unos japoneses que no hablaban inglés y sólo decían "credit card". Saliendo esa mañana caminé rápidamente hacia Times Square esperando que el bullicio de los focos y la gente me hiciera olvidar lo pinche que estaba el cuarto del hotel. El bullicio de Nueva York me cayó bien, cada quien en su mundo. Un güey patinando sobre la calle con una fila de autos atrás, en la banqueta una mamá con una carriola doble, demasiados ejecutivos todos prestando atención sólo a sus teléfonos en lugar de caminar, mucha gente, turistas... y así la marea multicolor, pareciera bailar al mismo tiempo. Le iba agarrando ritmo al paso, al beat, entro a una pequeña cafetería supuestamente orgánica, The Square Coffee. Todo muy minimalista, blanco, madera clara, acero inoxidable, pizarrones verdes, menús escritos con gises y un olor a café excepcional. Pido un café y un bagel, me siento en una mesa; en eso una güera, alta, delgada, me pregunta si se puede sentar conmigo. Me pongo nervioso y le contesto sí en español, de inmediato corrijo a contestar en inglés, ella sonríe de forma amable y se sienta en mi mesa. Y aquí estoy como pendejo no queriendo tomar el bagel ya que no me había lavado las manos, y no queriendo hacerlo para no arriesgarme a que se fuera a ir la güera. Después de un pequeño intercambio de palabras sobre el clima y lo hermoso de Nueva York, o sea, después como de ocho segundos, le comento a la güera que iré al baño a lavarme las manos (pinches demonios, no me dejan comer con las manos sucias). Pregunto si me espera ahí, junto a su comida, mi espresso y mi bagel de salchicha. Asiente sonriendo mientras muerde su bagel de salmón. ¿Qué tanto me hubiera costado vencer mi antojo y haber pedido un bagel de salmón? Así comería más sano y estaríamos los dos comiendo lo mismo. Bueno, voy rumbo al baño, y estornudo, como esos estornudos donde parece que sale el alma, achuuuuu, ¡y se me cae un diente! ¿De cuando acá se le caen los dientes a los que estornudan? ¿Cómo madres se me cae un diente? Está bien que era un diente postizo, pero tenía que caerse justo este día, en Times Square mientras desayuno con una güera desconocida que me recuerda a alguien sin que la pueda ubicar. Total estoy en el baño con un diente en mi mano y viéndome al espejo chimuelo, sin un diente lateral. ¿Qué pedo? Entré al baño con las manos sucias y ahora voy a salir con las manos limpias y sin un diente. ¿Cómo le voy a hablar a esta güera? Pinche oso. ¿Cómo voy a morder el bagel? Salgo del baño y estoy en el mall de Buenos Aires.

¿Y qué? ¿De pronto otra vez en Buenos Aires? Sí, señor; de nuevo frente a la tienda de Lacoste. No tengo idea cuanto tiempo pasó, tranquilo no pasa nada. Empiezo a caminar hacia mi izquierda, siguiendo el flujo de la mayoría de la gente en ese pasillo. De perdida déjame comprar un vino tinto; necesito primero un agua mineral y después urge un Malbec. Avanzo y las tiendas ahí son las mismas que en cualquier centro comercial del mundo ¿Qué nos pasó? Ya no importa donde estés, para qué querer conocer cualquier lugar del planeta, si llegando ahí te darás cuenta que puedes comprar lo mismo en cualquier lado, bueno aunque no creo que quieras viajar por el mundo sólo para comprar cosas, a menos de que seas demasiado superficial y tu estabilidad emocional dependa de la opinión de la gente, por lo tanto tienes que parecer una muñeca de aparador con lo último de la moda, sin importar como te quede, cual princesa saudita de compras en París. Por fin, al final del pasillo una vinería, así le dicen aquí no es que quiera usar palabras muy mamonas. Entro y huele a humedad. Tienen unas barricas que sólo son de adorno. Quien atiende el local se acerca hablando un español extraño, no es lunfardo, no me importa qué me hable, yo le entiendo todo. "Necesito un Judas Malbec". "No, pibe, estás mal. Tú necesitas un Malbec Doña Angélica". "¿Y qué hace ella?" "Magia". Tráela pues, se va a la parte de atrás de la tienda, con una sonrisa leve y orgullosa, abajo de su bigote. Me quedo solo esperando, toco con mi lengua mis dientes y los tengo todos completos. Sigo esperando y mientras tanto giro a mi derecha, tardo dos segundos en contar en ese aparador trescientas cuarenta y seis botellas de vino tinto, ahora vuelvo a mi izquierda y cuento ciento ochenta y cinco más de vino tinto, ciento veinticuatro de vino blanco y tres de champagne. Seiscientas cincuenta y ocho botellas en total. Mientras se acerca, descorcha una botella, recordé uno de los consejos famosos, que te abran la botella en frente de ti, sirve un poco en un vaso pequeño de vidrio, siento como el vino toca por primera vez mi paladar. Lo siento caer por mi garganta, empiezo a sonreír de placer. Es el mejor Malbec que he probado, alcanzo a verlo sonreír, después de esto no recuerdo nada.

2

No mames. Ya cabrón. Estoy hasta la madre de este pedo. Abro los ojos ante los leves primeros rayos de la mañana, esos rayos de sol que entran por tu ventana en una mañana fresca y que hasta permiten ver flotar unos puntitos en el ambiente. No me duele la cabeza, no estoy crudo, sólo mareado y me falta aire, batallo para respirar, aún con el sabor del Malbec en mi paladar, de hecho, con gotas de vino tinto en mi camisa blanca de manga larga, ahora estoy en un hotel. Me gustaría ser muy dramático y decirte que es un hotel de mala muerte y que corro peligro, pero no, la verdad es un hotel digamos de unas tres estrellas. Espérate: aquí viene algo de sorpresa. En la habitación en la que estoy hay dos camas dobles, yo estoy solo en una de ellas, y en la otra hay dos personas, no mames. Aún batallando para abrir los ojos y se escucha que alguien cierra una puerta y segundos después aparece un hombre en calzones y se acuesta en la misma cama que yo. ¡No mames! Me volteo simulando estar dormido, luego corrijo de inmediato y me acuesto boca arriba, ¿qué hago yo en una cama con otro hombre? Estoy a punto de levantarme de un brinco para salir corriendo cuando en eso suenan los despertadores de todos, incluyendo el de un Iphone que está en el buró de mi lado. Empiezan los otros tres hombres a quejarse, uno de ellos eructa fuertemente y otro se echa un pedo, haciendo que los otros se levanten. En un minuto ya están los tres levantados, alguien dice muy contento: "¡A jalar raza, a darle duro!" Así no hablan los argentinos. Me quedo sin moverme. Pánico. Quiero pensar, o descubrir qué chingados pasa. Ok, con madres, mis dientes están completos, ok, mi camisa tiene las manchas de vino tinto, no tengo idea de donde estoy, estos güeyes no son argentinos y muy a huevo puedo respirar. Ni siquiera los he podido ver bien, no sé si los conozco, las voces aún no las puedo reconocer. Dos se visten, otro ya se está bañando. Sigo congelado en mi cama, boca arriba con las piernas bien cerradas, los pies entrelazados para ejercer más fuerza hacia adentro. "A jalar", dijo uno. No mames, ¿dónde trabajan? De reojo volteo a ver las cosas que hay en mi buró: el Iphone con un protector negro roto de una esquina, un reloj digital, una pulsera y un collar de semillas de color café ambos, una cartera y un corcho. Respiro un poco más tranquilo, con la cartera y el Iphone podré ubicarme.

Ellos ya están vestidos y listos y yo sigo igual. Uno de ellos al que le llaman Pepe me grita: "No mames, Luca, levántate, hay que ir a jalar". ¿Luca? ¿Qué pedo, me llamo Luca? "Si no estás listo en quince minutos nos vamos nosotros y a ver como te vas". Yo ni sé quiénes son ellos, ni sé en dónde estamos; ni sé quién soy yo.

"¿Cómo te fue anoche con las viejas? Pinche Luca, cabrón". Los veo y no es que no los recuerde, simplemente jamás los había visto. Así es, señores y señoras, niños y niñas, aquí estoy yo en un pinche cuarto con tres cabrones a los que no he visto jamás, poniéndome los jeans que estaban tirados al lado de mi cama, un Levi's 560 talla treinta y seis. Ni al pinche caso que haya dicho la marca, es que a veces no me puedo contener de darte tanto detalle de las marcas o precios de las cosas, siento que eso te ayudará a entenderme mejor. Sí, sí tienes razón, mi problema con los Levi's viene desde muy joven. Recuerdo cuando eran un producto de lujo, sólo algunos los vestían, eran cuarenta dólares los que nos separaban a unos de otros. Unos me decían que lo que te vestía no era importante, si no la percha hacía que algo se viera bien, la verdad nunca entendí esa enseñanza, de hecho, aún no la entiendo, porque no sé qué significa percha. En esa misma época, si al Levi's 501 le agregabas usar una camiseta con el logo de Coca-Cola en el pecho, de tela gruesa y colores brillantes, te hacía ser el rey de la fiesta, el rey del baile; bueno, al menos en los minutos desde que te la ponías en tu cuarto y hasta que llegabas a la fiesta, y veías al noventa por ciento de los otros güeyes vestidos iguales. El lujo se hacía colectivo, entonces perdías toda distinción. ¿De qué sirvieron los ochenta dólares de los jeans y la camisa? ¿De qué sirvieron los sesenta dólares para los top siders? De nada; no sirvió para ni madres. O sea, le paraste una chinga a tu papá exigiendo te comprara jeans, zapato y camisa de moda, según tú, para sobresalir de los demás, para tener amigos más cools y andar con chavas más guapas y famosas, y al llegar a la fiesta, te das cuenta que esa inversión no valió más que para pura madre. Bueno, te das cuenta, de eso a que lo reconozcas hay muchísima diferencia. Ya pararé, vuelvo a lo del hotel, me pongo mis jeans, la camisa blanca de manga larga, veo la etiqueta intentando obtener información, sólo veo Banana Republic, cool ¿no? Si a alguien se le hubiera ocurrido poner el nombre de esa marca en español, no mames, ¿la República del Plátano? ¿Qué pedo? ¿Quién le pondría así a una marca? Ok, ya me callo con lo de las marcas antes de que te desesperes.

Pepe y los otros dos salen del cuarto, avisan que van a desayunar y en veinticinco minutos se van a la distribuidora con los que estén listos. Ay, cabrón, por fin solo. Al parecer no son unos pinches maniáticos. Supongo que es cierto lo de ir a trabajar. Me asomo a la ventana, demasiado ruido, esmog, estoy como en el noveno piso, no alcanzo a ver las placas ni las marcas de los autos, ¿dónde madres estoy? Corro a mi cartera, y sí, ahí está otra confirmación de mi nombre Luca, Luca Treviño, plasmado en una American Express Platinum. Luca, no mames, ¿quién me puso Luca? ¿Por qué Luca? Y sí, sí tienes toda la razón, hasta yo me automadreo, ya empiezo a tararear aquella canción de Suzanne Vega de 1987, *My Name is Luca*, por cierto en esa época no entendía bien la letra, sólo me gustaba la melodía, hasta hace unos años, cuando empecé a entender todos los idiomas me di cuenta que era una canción muy triste, en fin. Soy Luca, tengo una American Express Platinum, no reconozco ni mi firma, también hay un billete de veinte dólares, otro de diez euros y cien pesos argentinos. En la cartera también hay una medalla chiquita de color plateado, de una virgen, un escapulario de terciopelo verde. Nada de mucha ayuda. Prendo el Iphone, slide to unlock, enter passcode, ¡no mamar! Chingados. No tengo idea del passcode, a ver: 1, 2, 3, 4... Wrong Passcode, al revés, nada, 2, 5, 8, 0, nada, al revés, nada. Sigo intentando desde las más obvias hasta las más raras, hasta que sale el aviso de bloqueo. Ok, paz, no más intentos. Ni siquiera puse atención a la fecha que sale en la primera pantalla, no sé entonces ni el día que es. Estoy con madres. ¡El teléfono del cuarto, cabrón! ¿Cómo no se me había ocurrido antes? Uno a veces tan mamón con la tecnología y la respuesta está en el teléfono de disco color beige del cuarto, en el buró de en medio de las dos camas. Así es: de disco, quizá ni te acuerdes de esos teléfonos, mejor dicho quizá ni los viste jamás. Voy al teléfono y en efecto ahí está impreso el nombre del hotel en el que me encuentro: *Hotel Bristol, Plaza Necaxa No. 17, Colonia Cuauhtémoc, México D. F.* ¡Madres! No sé qué pedo. Está bien que antes entendía algo de los viajes, aunque nunca he entendido los motivos, sólo seguía la corriente ya que nadie salía dañado, hoy no entiendo nada. Ahora estoy con más gente, no sabía mi nombre. Ahora estoy con tres hombres que no he visto nunca, uno de ellos se llama Pepe. Pepe es de tez blanca, habla español, tiene cabello castaño, y ojo claro; es de complexión gruesa, no tan gruesa como él se siente estar ni como toda la bola de cabrones de sus amigos se lo han estado queriendo hacer creer desde que estaba en secundaria, en el famoso Instituto Regiomontano A. C., mejor conocido como Regio Chepevera, en el mero Monterrey, N. L.

Vamos los cuatro en un pinche Ford Topaz Azul Marino 1991 ½, rumbo a la distribuidora. Pinche ansia de la Ford de sacar un modelo a la mitad del año y como no era tan diferente al previo, tuvieron la gran idea los ejecutivos de Detroit de ponerle ese nombre tan malo, en fin. Pepe y yo sentados en el asiento de atrás, Rafa manejando, Víctor de Shot.

¿Qué año es este? Les voy a sacar un pedo si les pregunto a estos güeyes. Oprimo el botón redondo de mi Iphone 4S, abajo de la hora, *7:21,* dice *Thursday, September 8,* pero no dice el año. Chingados Mr. Jobs; ¿qué año es? Volteo a ver los carros, intentando identificar los modelos o la época, tristemente hay pocos modelos nuevos, muchos carros chicos, taxis, vochos, camiones de ruta, caos, no puedo identificar el año, carros viejos modelos K, autos feos que hablan, como el Phantom. Llevamos veinte minutos con ocho segundos y aún ni llegamos al Viaducto. ¿Qué le puedes pedir a una ciudad con veinte millones de habitantes? Está cabrón; por más empeño que quisieran poner sus habitantes está muy muy complicado que el orden impere, aunque la verdad no se ve que se empeñen en al menos manejar de forma, no digamos respetuosa o educada, eso sería mucho pedir, sino al menos en forma segura. Bueno, volviendo a mis dilemas y dudas existenciales (espérame, o sea; estas sí son dudas existenciales, no chingaderas), le pregunto a Pepe en una forma muy casual: "¿De puro pedo no te dije alguna vez el password de mi celular?", y lo único que escucho de parte de las otras tres personas que van en el auto son tremendas carcajadas, jaaaa todos se cagan de la risa, "Te mamaste, pinche Luca", me dice Pepe, "los teléfonos celulares no tienen passwords"... Le dije: "claro que sí, todos traen, para cuidar que no cualquier cabrón vea tus mails, Facebook, Twitter, WhatsApp, contactos, etc."... y cuando digo la última palabra, ya están todos en un rotundo silencio, los tres me voltean a ver con cara de sorpresa, con una cara de ¿qué pedo con este cabrón?... Silencio denso. "Te mamaste, Luca, ya no te metas tantas cosas, ve las pendejadas que dices"... cri... crii... ¡Chingas!... La transición del coche inundado por carcajadas, al carro atropellado por el silencio fue tan rápida y súbita que mi mente desvarió un poco, por un lado pienso por unos segundos defender mi postura, y explicarles, luego dudo y pienso que quizá sólo el Iphone trae el password, pero no: luego me acuerdo de que el Samsung también, y mientras saco de la bolsa trasera de mis jeans el Iphone 4s para enseñarle a lo que me refería, veo la cintura de Pepe, en su cinto un clip, con un celular Motorola Micro-Tac. ¡Ay, cabrón! Me paralizo, dejo en mi pantalón el celular, me falta aire, de esos momentos cuando sientes todo frío, como si todo a tu alrededor su pusiera en cámara lenta. Siento mi corazón latir al doble de velocidad y siento como calambres en las piernas. Sobre todo tengo demasiadas ganas de gritar: ¡No manches, cabrón!, con el semáforo en rojo, saco la cabeza por la ventana y le grito al chavo del periódico: "¡Dame uno!" Le pago con el billete de veinte dólares y no sabe hacer la cuenta para darme el cambio, le digo que no importa que así esta bien. En mis manos *El Universal: jueves 8 de septiembre de 1994*. ¡Tómala!

Ok: entiendo y acepto que me llame Luca y pueda viajar de una ciudad a otra en segundos, que entienda todos los idiomas, pero no entiendo ahora por qué retrocedí en el tiempo dieciocho años. No jodas, o sea, no me perdí o me adelanté sólo unos minutos debido al movimiento de rotación de la tierra. No: ahora sí no anduvieron con chingaderas y me aventaron dieciocho años atrás.

Mil novecientos noventa y cuatro, D. F. con Pepe, Rafa y Víctor en un Topaz rumbo a una distribuidora en la Agrícola Oriental, bendito Dios. Y más de eso no puedo saber. Después del silencio que se hizo, Pepe todavía sigue sonriendo mientras ve hacia afuera, sonríe en buena onda, voltea a verme y me da una palmada en mi hombro: "Pinche Luca, buen pedo", y regresa su mirada a la calle llena de tráfico. Trato de volver a recuperar mi aliento, lucho por no gritar como pinche loco, empiezo a respirar profundo y pierdo la mirada en el chavo tragafuegos que está en el semáforo. No mames, güey, pobre hombre, hacer gárgaras de gasolina para estar aventando fuego por la boca a las ocho de la mañana de un jueves cualquiera en la capital de México, está cabrón. ¿Qué le habrá pasado en su vida para que tuviera que llegar a eso? A lo mejor yo he sido tragafuegos antes. ¿En cuántos países del mundo o de América Latina hay tragafuegos? Me imagino uno en Estados Unidos, por ejemplo en Chicago, en plena Michigan Avenue. ¿Cuántos segundos lo dejarán estar aventando fuego en un crucero? Quizá hasta lo arresten por daños al medio ambiente y la ecología. No creo que pasen más de quince minutos antes de que sea abordado por todo un escuadrón de bomberos, policías y rescatistas para retirarlo del lugar. Y aquí en el D. F. no pasa nada: ahí está él aventando llamaradas cada quince segundos en cada cambio de luz del semáforo, y durante los restantes noventa segundos corre a pedir algo de propina o limosna entre los carros. Y la gente le da dinero, tanto a él como a casi todos los que andan por ahí, ciegos que ven, cojos que después de las cuatro de la tarde juegan fútbol, etc. Yo nunca he dado una limosna en la calle. Me caga darles. Sólo explotan la lástima. Los que dan limosna en la calle es para saciar un poco su cargo de conciencia por no hacer nada al respecto por sus prójimos en verdadera necesidad. Ok, a mí me vale madre eso; sólo te lo estoy platicando.

Me recupero un poco, volteo al gris cielo de la capital, en donde cada paso cobra factura. En una de mis bolsas delanteras traigo el corcho, tratando de que Pepe no lo vea, lo saco y de una forma escondida entre la puerta y mi pierna derecha, leo, Angélica Zapata Malbec, aun se ve fresca la mancha del vino en el corcho.

Es obvio que al menos por el resto de la mañana no voy a hacerle más preguntas al nuevo grupo de compañeros. Llegamos a la famosa distribuidora, "Hey, Pepe, ¿y qué distribuimos?".... "¡Pinche Luca, Coca-Cola, cabrón!" Yo que acababa de decir que ya no iba hacerles más preguntas y justo le hice otra, cuya respuesta me deja con más ganas de seguir charlando con Pepe, quien parece ser una buena persona. Es un patio enorme con piso de concreto al lado de unas naves y bodegas de unos cuatro mil metros cuadrados, ya están en fila treinta camiones, limpios, llenos de producto. Me paro frente a uno de ellos y en cuatro segundos cuento el número de refrescos que tiene: tres mil veinticuatro refrescos listos para distribuir azúcar y calorías a nuestra niñez mexicana. Harta cafeína para engañar al cuerpo. Al ver los camiones y un pequeño grupo de personas vestidas como de oficina, cerca de la salida, pienso que nuestro lugar será con ese grupo de ejecutivos, quienes tienen tablas en las manos, hacen anotaciones y van despidiendo un camión a la vez. Mientras los cuatro nos acercamos a la fila de camiones, Rafa grita: "Yo, llegando, me regreso con los que estén. El resto se regresa en taxi, así que véndanle rápido"... ¿Cómo? Luego Pepe dice: "Córrele, Luca, para que te toque con don Ramón, el del camión veintiséis", y ahí estoy obedeciendo a Pepe, esperanzado a que don Ramón supiera qué hacía yo ahí. Me subo al camión: "Buenos días, don Ramón"... "Buenos días, joven". Ya está el camión prendido, los despachadores de don Ramón están parados en la parte trasera del camión, y antes de que arranquemos, llega Pepe, pega un brinco al escalón del lado del chofer y dice: "Don Ramón, tráteme bien al Luca, es mi compadre. Lo conozco desde que éramos chiquillos". Primero sentí con madre que Pepe viniera a abogar por mí, aunque al escuchar lo longevo de nuestra amistad otra vez me dio esa sensación de que se me cierra la garganta y sólo con agua o algún otro liquido la puedes abrir. Pepe le da la vuelta al camión por el frente, pega un brinco y llega a la ventana de mi lado: "Pinche Luca. Tranquilo, cabrón: andas bien raro. Sereno, güey; todo está bien, ya no te metas chingaderas". Se siente bien el apoyo del Pepe, pero, pero pinches peros, no sé si le puedo contar lo que me pasa, todo me dice que no, entonces según yo muy despistado y casual le digo: "Sí, güey. Oye, don hermano mayor. ¿Desde cuándo nos conocemos?" "Ves, güey. A esto me refiero, desde preprimaria, 3-A en el Regio, cabrón, el salón que estaba justo a lado del Salón de Actos Marcelino M. Lacas, ¿por qué me preguntas cosas tan obvias, pinche Luca?". "Es madreada, güey", le contesto. Y arranca el camión. Ahí vamos a vender Coca. Otra vez ataque de pensamientos cruzados, según yo muy chingón tratando de analizar lo que pasa, pero es muy obvio que no puedo captar nada o si acaso muy poco. Ya no voy hacer preguntas extrañas.

"Agarre la tabla, joven, para que haga sus anotaciones, para que le crean que hizo algo". Y ahí va el enorme camión, orgullosamente rojo, orgullosamente limpio, orgullosamente Coca-Cola, abriéndose camino entre las pequeñas calles de alguna colonia de clase media del D. F., tan de clase media que está llena de estanquillos casi en cada esquina. En cada una de ellas se para el camión. Don Ramón saluda de nombre a quien lo recibe, cuántas cajas, de cuáles, da instrucciones a sus dos compañeros que van parados en la parte de atrás del camión, quienes arman y entregan el pedido. Don Ramón hace la factura a mano apoyando en una tabla. Es 1994, no hay aún handheld para llevar inventario y hacer recibos de forma inmediata, ni GPS, mucho menos sistemas para monitorear la caja de seguridad que trae el camión, en donde don Ramón deposita todos los pagos, justo al centro en los pies de la cabina del camión. Toda la mañana, el mismo procedimiento uno tras otro. Los dos chavos de atrás se ven contentos haciendo su trabajo y don Ramón también. No me habla mucho, él hace bien su labor. Hasta cerca de las doce, me comenta mientras el camión va en movimiento: "Ustedes los jovencitos del Tec se creen muy chingones; aquí veo pasar a todos los que luego acaban siendo directores. Aquí empiezan todos, pero luego se les olvida que en el contacto con el cliente están todos los conocimientos, y entre mejor les va dentro de la compañía, entre mejores puestos tienen, más se alejan del cliente real, quien decide si comprar Coca-Cola o Pepsi o un jugo Boing. Entre más alto su puesto, más alejados del cliente, y luego tienen que contratar empresas que les digan que es lo que sucede con el cliente, y se les olvida preguntarnos a nosotros, que somos los que sabemos qué es lo que pasa. Nosotros sabemos cuánto espacio tiene disponible un cliente; sabemos qué tipo de refrigerador es mejor para cada tipo de negocio; cuándo es la mejor hora y día para surtir a cada uno de nuestros clientes. Sabemos cómo intentar venderles más; platicarles de las próximas promociones que se van a anunciar en la tele, para que estén esperando con ansia. Nosotros somos los que convencemos a los clientes que nos dejen poner un póster de nuestra marca en su lugar de venta. Sabemos a quién sí podemos correr el riesgo de fiarles o darles un crédito formal. Nosotros nos enteramos de qué intenta hacer la competencia, somos los únicos de toda la empresa que día a día estamos en contacto con el cliente. Pero a ustedes se les olvida, se creen muy chingoncitos, subiendo aquí al camión con su anillo de graduados del Tec, creyendo que lo saben todo cuando en realidad no saben nada".

Y yo, pues escuchando con atención a don Ramón. Sería muy estúpido de mi parte intentarlo retar o refutarle algo cuando yo no tengo idea que hago aquí. Justo esta mañana he descubierto dónde y en qué año estoy. Lo escucho, lo veo, asiento, sonrío y al parecer le es suficiente, porque luego dice: "Lo bueno es que siempre hay más oportunidades, para aprender, para corregir, para ser mejores, para ser prósperos en esta vida. Yo entré a trabajar aquí a la Coca-Cola hace veinte años, todos los días me levanto a las cuatro y media de la mañana para llegar temprano a la distribuidora, lavar el camión, cargarlo de producto y estar listo para salir, como a las ocho. Hoy salí tarde porque ustedes no llegaban. Estoy vendiendo todo el día, regreso como a las seis de la tarde, siempre soy de los últimos, pero yo regreso con el camión casi vacío porque siempre trato de vender un poco más. Para las nueve de la noche ya estoy en mi casa cenando con mi esposa y mis tres hijos unos huevos revueltos, frijolitos, tortillitas, me cuentan como les fue en su escuela, convivimos, nos reímos, vemos un rato la tele y a dormir. Gracias a la Coca, tengo una casita, les puedo comprar su ropa a mis hijos y apoyarlos para que sigan estudiando. ¿Cómo no voy a estar agradecido con esta hermosa empresa?" Sigo asintiéndole y sonriéndole de manera amable, aunque sí, se me antoja decirle: "¿Hermosa empresa? ¡Ah, chinga! Si es un mugrero lo que venden. Sólo está engordando al país y llenándonos de diabéticos". Raro en mí, pude contenerme. Tengo muchas cosas por resolver como para tener un altercado más. Transcurre el día, misma rutina, y don Ramón cumplió su palabra, llegamos como a las seis a la distribuidora... ¿y qué crees? Ajá, el Topaz azul ya no está. "Ya se fueron dos de los muchachos, falta por llegar el otro, uno gordito", me dice el de seguridad del portón. Chingados, pinche Rafa; le valió madres y nos dejó. ¿Y ahora qué hago? ¿Espero aquí a Pepe o ya me voy? Le pregunto al de seguridad a qué hora llega el camión en el que anda Pepe, y su respuesta está con madres: "Nunca se sabe, como puede llegar en quince minutos puede llegar a las diez de la noche" No, pues, con madre, pinche precisión en la respuesta, cual puntería de Mariana Avitia en el lanzamiento de arco de setenta metros de longitud en pleno torneo panamericano. El remate estuvo peor, cual upper cut de Pacquiao: "Hay veces, cuando ya vienen tarde, los muchachos se bajan del camión allá por el Viaducto; para que por aquellos rumbos tomen el taxi, porque en esta colonia ya oscuro es muy peligroso caminar y más aún tomar taxis". Con madres: justo lo que necesito para iniciar la noche del día en que desperté sin saber quién era, ni dónde estaba. ¿Que me valga madres Pepe o lo espero hasta la hora que sea? Tic, toc, tic, toc, tic, toc... déjame contar hasta cien a ver si en eso llega Pepe... Y cuento hasta cien y nada, bueno, hasta mil, en inglés... Nada, chingados. Lo voy a esperar hasta las siete, Pepe es bueno. Y pues no llega, se me hace eterna la espera, a pesar de que me la paso intentando acordarme del password de mi teléfono; estoy seguro que una vez que acceda a él todo se aclarará.

Siete de la noche, oscureciendo en el D. F. en plena colonia Agrícola Oriental. Me dice el de seguridad del portón que tengo que caminar seis cuadras para tomar un taxi en la avenida grande: "No le corra, porque llama la atención, pero tampoco se vaya muy despacio". Total pinches recomendaciones de este hombre. Empiezo a caminar. Serían dos cuadras a la derecha, luego cuatro a la izquierda y ya, ahí toparía con la avenida grande. Apenas llevo una cuadra y parece que todo mundo ha desaparecido, las luces del patio de la Coca, más su fachada bonita, limpia y pintada, al parecer son las únicas de la colonia. Y no sólo eso: parece que no hay más habitantes. Todo en silencio, callado, ausente, las casas pequeñas con las puertas cerradas sin ningún rastro de actividad. Banquetas sucias, bardas pintadas con campañas políticas prometiendo progreso y cambio, calles llenas de polvo café, bodegas en el olvido, graffitis, bolsas de cartón y plástico tiradas en la calle, nada de gente. ¿Será la hora? ¿Será que nadie ya habita esta zona? ¿Será mi México? ¿Cuántas calles habrá así en todo el país? O a lo mejor decir calles fue decir mucho, cuántos lugares habrá así en nuestro México perdidas en el miedo o en el olvido o en la pobreza o desesperanza o en una mezcla de las cuatro. Sigo caminando, no te voy a decir que no me da miedo, aunque no me da tanto como pensé, como que ando tan friqueado que me vale madres otra aventura más este día. No pasa nada, llego a la avenida grande a esperar un taxi, del otro lado de la avenida hay un supermercado, donde la gente se surte. Se ven felices saliendo con una bolsa en cada mano. El taxi llega: "Al Hotel Bristol, Colonia Cuauhtémoc, por favor". Una hora después, sin darte tanto detalle del caos de tráfico, llego al hotel, me bajo, le pido que me espere y al entrar a la recepción del hotel, escucho varias voces: "¡Luca! Vente: unas cheves". Me dan dinero para pagar el taxi y a los tres minutos veintiséis segundos ya estoy en la barra del bar del hotel con mis tres amigos que no sé que tan nuevos o viejos son. Están tan felices que ya ni al caso viene reclamarles que me hayan dejado allá; sólo digo: "Pinches cabrones", y todos se ríen y luego Rafa dice: "Tú la hiciste igual hace tres semanas, cuando traías el carro". Todos ríen, me pasan una Corona y "¡Salud!" Aún no termino de disfrutar el trago cuando me retumba lo que dijo Rafa: "Hace tres semanas"... ¡Ah, su madre! ¿Entonces cuánto llevo aquí?

Uno a uno van subiendo al cuarto, espaciados por quince minutos, no me aguanto las ganas y les pregunto por qué tanta precisión: "Hay que reportarse con la ley". Todos hablan a diario con sus novias que están en Monterrey. No mames, ¿a diario? Ajá, a diario; en turnos de quince minutos hasta eso muy ordenados ellos. Y yo, yo no tengo a quien hablar.

Así pasan los días, se juntan unos con otros, se juntan las semanas, ya han pasado cuatro con la misma rutina, levantarse, distribuidora, ruta, distribuidora, juégate la vida encontrando taxi, rézale a quien creas para que sea un buen taxista y llegues bien al hotel, cervezas y botana en el hotel, carrusel de llamadas a sus novias y a dormir. Sigo sin poder desbloquear mi Iphone, cada día hago algoritmos de opciones para ir descartando posibilidades, busco en mi memoria, hago ejercicios de intentar ponerlo moviendo los dedos sin pensar; que los dedos piensen, pero siempre fallo. No Iphone, no nada más... Así cuatro semanas, estoy hasta la madre. Cuatro semanas con fines de semana de mierda.

La rutina me deja pensar. El rebotar monótono que se siente en la cabina del camión, causado por calles llenas de desniveles, baches y pozos enormes, me deja pensar. Ya han pasado mis momentos de sorpresa, mis momentos de aterrarme al grado de sudar frío, como que hasta cierto punto ya acepto que no sé quién soy, ni sé qué tengo que hacer aquí, como que he capto que está normal no recordar nada ni entender nada. Tengo tres amigos, ¿nuevos? ¿De toda la vida? No sé, no importa. Los días pasan uno a uno, la gran ciudad se silencia, se vuelve calmada, su olor a viejo y drenaje entra a mi nariz causando un mareo, pareciera que el esmog me anestesia, y quizá no soy yo el único anestesiado. Hay días que juro que entiendo a toda la gente que veo, como si a la distancia yo los pudiera entender, captar sus motivos para vivir, sus porqués, su fuerza para levantarse cada día. Y sí; sí me pregunto cómo me atrevo a decir que entiendo a los demás si no me entiendo a mí mismo. Quizá me toca estar aquí, quizá sólo debo dejarme llevar y vivir, como al parecer todos lo hacen. Ahora puedo pensar, y pensar me pone triste; porque después de cinco minutos ya no tengo qué pensar. ¿Por qué no recuerdo? ¿Por qué no me ubico? ¿Por qué no entiendo? Muchas veces llego a pensar que estoy en medio de un gran viaje causado por alguna pastilla que alguien me hubiera dado, quizá es un sueño.

3

Supe que habíamos estudiado en el Tec de Monterrey, así que quiero irme a Monterrey. "Eres un perdedor, Luca, si te rajas tan pronto. Si quieres tener éxito tienes que aguantar los procesos." Es bastante obvio que eso no me importa. Así que me presento en las oficinas regionales y entrego mi renuncia, hay un amigo más que se une, Rafa. Al siguiente día nos vamos a Monterrey, lugar al que todos llaman casa, y que a mí me suena familiar.

Hoy no nos queda otra más que celebrar. Rafa y yo al Hipódromo de las Américas, los otros dos amigos trabajando, arriba de algún camión, cargando algunas cajas de refrescos, midiendo espacios para colocar posibles refrigeradores nuevos, dormitando, simulando que la información que toman es de importancia. Comiendo en algunos tacos asquerosos y baratos, añorando encontrarse el paraíso de un Mcdonald's. Así pasan su día los otros dos. Un miércoles a las doce treinta del medio día. Quién diría que en un día normal a una hora que todos le decimos normal, existan carreras de caballos en un hipódromo enclavado en plena Ciudad de México. Primero, cuando un taxista nos dijo que era un buen lugar para ir a esa hora si lo que queríamos era divertirnos, pensé que era una broma, que nos quería llevar a un lugar lejano para cobrarnos caro el viaje, pero no, el taxista tenía toda la razón, llegamos después del medio día y ya hay en el hipódromo algunas carreras.

Entramos por una puerta lateral, por uno de los niveles inferiores. Parece central de camiones de cualquier pueblo del centro de México, hay muchos papeles cuadrados tirados en el piso, bancas largas de madera, hombres adultos con periódicos doblados en sus manos. Otros leen los folletos donde se muestran todas las carreras de este día, con los caballos que competirán, con toda la historia de cada uno, desde el día de su nacimiento hasta el día en que imprimieron esa hoja que puedo suponer que fue hoy temprano, el día que renuncié a la Coca-Cola, o sea, la vida útil de ese papel impreso y mi vida de desempleado inician el mismo día, pero el folleto al ser creado ya sabía para qué había sido creado, a diferencia de mí, que no sé quien soy, mucho menos para qué he sido creado. El folleto ya sabía que tenía que mostrarse firme, suave, soportar la cantidad de tinta que le iban a poner, no mojarse para que lo pudieran leer, y brindar así información a quien lo leyera, al parecer información para muchos de vida o muerte si juzgáramos por la forma en que las pupilas de los lectores están dilatadas al leer el folleto; por juzgar como tienen las manos sudadas, por la cantidad de dinero que apuestan después de leerlo. Esa es la función de ese folleto: ser leído, dar información de las carreras de caballos y, según veo, también dar esperanza. Aunque fuera por algunos momentos, dar esperanza, desde el momento en que el señor que lo lee, decide por un caballo o varios, va a apostar, pasan unos diez minutos de emoción, inicia la carrera, setenta segundos o menos, termina la carrera y termina la esperanza. La mayoría golpea ese papel entre sus manos; otros lo avientan, lo arrugan; otros sonríen con ironía y hacen anotaciones en él, tachas, círculos, rayones. De inmediato inicia otro proceso igual ya que hay otra carrera en treinta minutos. El círculo amoroso, esperanzador, violento, se repetirá. Sueñan que la siguiente será la carrera que les cambiará la vida. Al menos así lo parece para aquel señor que está sentado en esa banca larga en la sombra. Tiene una boina café, pantalones de vestir Sansabelt color café muy claro por tanto uso (checa esa marca para que me entiendas por qué la puedo recordar, ahorita te vas a reír, pero en los ochenta o quizá setenta eran una muestra de status y buen gusto, traían el cinto integrado en el pantalón, decían "Deja el cinto en casa"), trae zapatos de mocasín color café con la punta redondeada, no puedo identificar la marca, se ven viejos. Digamos que parece un señor de clase media baja. Un mercadotecnista, sin ningún problema, de inmediato lo colocaría en una clase D+ como si fuera tan fácil identificar por hábitos o comportamientos el nivel socioeconómico. El señor intenta vestirse bien, al menos de forma presentable. Quizá alguna vez estuvo en la clase media y por algún problema de desempleo fue cayendo, poco a poco, igual que el poder adquisitivo de los mexicanos, en la escala social, ahora ya no trabaja, ahora apuesta en miércoles al mediodía en el Hipódromo de las Américas. ¿Por qué estará apostando aquí y no está trabajando como don Ramón en la ruta de un camión de Coca-Cola? ¿Por qué no está al menos vendiendo seguros de autos, o enciclopedias casa por casa? Lo estoy viendo en este momento y su cara está cambiando. Es fácil identificar que ya pasó del enojo de no ganar en la carrera anterior a la ilusión de la siguiente carrera. Cambia su posición corporal: ahora se sienta más cargado a su otra nalga, cruza las piernas hacia el otro lado, respira hondo, levanta un poco la mirada y ve hacia lo lejos, hacia su lado derecho, ahí donde se ven muchas casas que quiero suponer fueron en algún momento de clase alta porque se ven grandes, de dos pisos o más, con vitrales altos, no sé, me recuerdan casas de las películas de Mauricio Garcés. Bueno, hacia allá voltea este señor y luego baja su mirada al folleto de las carreras y de nuevo escribe algunas notas, está seguro que la siguiente carrera le cambiará su vida; con lo que gane podrá pagar los tres meses de renta atrasados de su pequeño departamento, le permitirá entrar a un supermercado y comprar alimentos que no sean huevos, frijoles, chile o tortillas, comprará carne; irá a un restaurante, le comprará al menos tres vestidos a su esposa, la cual, no tiene más que dos y cuando los usa los cubre con un delantal todo el tiempo para que no se note que son los mismos, le comprará a sus dos hijos hombres unos tachones Adidas, con los cuales sus hijos creerán que meterán más goles, y además podrán regalar los viejos tenis Charlie con los que se resbalan todo el tiempo, ya que son los mismos que tienen para ir a la escuela y para ir a misa. La verdad es que los niños ni con los tachones de Zinedine Zidane meterían más goles, ya que no son buenos para el fútbol, el papá aún quiere seguir culpando a los tenis, aún no acepta que sus hijos no son buenos para el fútbol. En el fondo tiene un goce extraño con su sentido de culpabilidad y pareciera que prefiere sentirse culpable a enseñarle a sus hijos a buscar para qué son buenos en esta vida, pero

cómo madres le va enseñar eso a sus hijos si el está sentado en el Hipódromo de las Américas acabándose los últimos pesos de la liquidación de
su último trabajo en el cual sólo duró cuatro meses. Cree que la siguiente
carrera le va a permitir salir de la clase D+ y brincar de lleno a la B+, mínimo, quizá lo catapultaría hasta la A. ¿Qué tan difícil es atinarle al orden
de llegada de los primeros tres caballos si sólo compiten once? ¡Ándale,
destino! ¡No seas tan cabrón! Sólo esta ocasión dile los primeros tres caballos, y de preferencia que sean los menos favoritos, para que meta una
apuesta Trifecta Directa, apueste los últimos dos mil pesos que le quedan
y se gane un medio millón que le arregle la vida. No estoy pidiendo que
el hombre le pegue al Jackpot progresivo del Flaming Seven del Bellagio
en Las Vegas, porque para empezar ni pasaporte tiene, mucho menos
dinero para ir a Las Vegas a jalarle a la palanca de la esperanza de la
maquina del Jackpot Progresivo. Tampoco pido que gane el premio de
la lotería, porque estas dos sí son palabras mayores. Además no creo que
este señor sepa hacer algo con tanto dinero, creo que no podría tomarlo
bien, acabaría peor de como está ahorita, entre todos los familiares que se
acercarían a pedirle dinero prestado, más los que le extorsionarían, más
las fiestas que haría, más a los que ayudaría como si fuera Cáritas, más
lo que se gastaría él, creo que en unos dos años acabaría peor de como lo
veo ahorita, por eso sólo espero que gane la siguiente carrera, y mientras
nos movemos de lugar paso frente a él, como a unos dos metros, y sigo
pensando que realmente al universo no le pasaría nada si se fugan tres
humildes numeritos y de alguna forma le llegan a este pobre hombre,
que se ve triste, se ve afligido de seguro por todos los sueños que tuvo y
no logró. No, no es cierto, este hombre no creo que haya tenido sueños,
bueno, no sé, no sé si todos tenemos sueños o hasta qué edad nos damos
por vencidos y dejamos de sostenerlos, eso depende de cada uno, como
si hubiera que mantener la vela de los sueños encendida, capaz que a
unos le dieron las velas apagadas, capaz que otros mismos le soplaron por
pendejos, y otros las mantienen prendidas mucho tiempo.

Rafa y yo nos movemos de lugar, caminamos hacia el edificio central, Rafa abre una puerta, entramos, giro un poco mi cabeza para ver al

hombre de café quien sigue ahí sentado a seis metros de la ventanilla de apuestas. Sigo a Rafa, entramos a unas escaleras amplias, viejas, con pisos de mosaicos blancos con manchas negras medio borrosas, huele a viejo, a humedad, no hay gente en las escaleras, subimos dos niveles, y en la puerta de arriba un mesero nos da la bienvenida: "Pásele al restaurante, justo en frente de la meta". Mesas de dos personas puestas de lado, con sus manteles blancos, vasos de vidrio que alguna vez fueron transparentes, hay cuatro mesas ocupadas. Voy al baño a lavarme las manos... No me acordaba que en los Hipódromos ponían música de fondo entre las carreras y en las bocinas viejas se escucha a Alejandra Guzmán cantando *Eternamente bella*. Regreso a la mesa, y Rafa lee el folleto, le digo: "Está bien fácil cabrón: Trifecta Directa, 3, 6, 9", llega el mesero, con un tono de total confirmación que su lugar de origen era la ciudad en las que estamos. No puedo poner en letras el acento chilango, imagínalo. "¿Tienes Carta Blanca?" "No" "¿Tecate?" "No" "¿Tecate light?" "No" Lo de Tecate Light lo hice para molestarlo. "¿Son de Monterrey, verdad?", le pregunto si su deducción es por las marcas de cerveza que pedí, y me dice: "No, por como hablan", y se burla después de según él imitarme. Ni para qué profundizar en eso de las madreadas de acentos, yo me pudiera poner a hablarle a este cabrón en cualquier idioma y dejarlo con cara de pendejo, pero ni al caso darle tanta atención. "¿Las Coronas están bien frías?" "Claro, jefe". "Tráete las primeras dos". Dos minutos después llegaron las dos Coronas que no sólo no estaban bien frías, si no tibias, al parecer aquí tienen recorrida la percepción de qué es frío y qué es calor. En ninguna parte del mundo a esta cerveza se le puede llamar fría. "Salud, Rafa", y mientras pasan los dieciocho minutos que faltan, Rafa sigue leyendo el folleto, mientras yo empiezo a ver alrededor hacia las otras mesas. En una de ellas, son cuatro llamemos ejecutivos, de alrededor de unos cuarenta años con trajes elegantes, platican sin mostrar ningún interés especial en el folleto, ni en los caballos que pasan caminando frente a nosotros para irse a acomodar al arranque, sólo están aquí para comer. En otra mesa un señor de unos sesenta años, regordete, piel gruesa y blanca con pecas en la frente, con dieciocho gramos de cabellos sobre su cabeza, casi calvo, con un saco sport café claro con rayas grises formando unos cuadros extraños, se encuentra con una cuba en su mano derecha y frente a él una mujer de unos treinta y dos años, con la falda muy arriba y el escote muy abajo, harto maquillaje en la cara, cargado, multicolor, uñas largas y cabello abundante, güero semiondulado, fijado con spray. Hasta aquí me llega el olor del fijador de pelo Aquanet con su fuerte olor de spray barato. No son familia, su objetivo final no es pasar un buen rato en el hipódromo, puedo ver en la mirada del señor cierto libido queriendo aún mantenerse presente. En la mirada y los olores de ella entiendo que es una mujer que no apuesta a los caballos. Mejor ya llévatela a un cuarto de hotel barato, aunque, siempre tendrán el beneficio de la duda, capaz que es su hija y el señor está feliz de verla sin importar lo que haga ella.

En las otras dos mesas... ya mejor no te las describo porque son gente común, es gente que va a un hipódromo en un miércoles cualquiera, ponle las etiquetas que quieras, no me importa ni me afecta. "Salud, Rafa", ahora el mesero nos trajo una pequeña tina de lámina gris llena de hielo, con dos cervezas Coronas insertadas ahí: "Para mis amigos regios". En el sonido ambiental, después de Alejandra Guzmán, suena Ricardo Arjona, Paulina Rubio y Laura León, no me preguntes por los nombres de las canciones, con eso te das una idea del ambiente que se está generando aquí con un olor a viejo, a húmedo, mezclado con la tierra mojada de la pista más el excremento de los caballos. Ya faltan cuatro minutos para la carrera. Rafa, es muy obvio, "3, 6, 9"... Pues Rafa no hace caso, no sé qué fue a apostar, no me hizo caso. Yo me levanto después, doscientos pesos Trifecta Directa al Tres, Seis, Nueve. Los caballos empiezan a ser acomodados, uno a uno, encajonados. Listos para salir corriendo. "¡Arrancan!", y pues qué quieres que te cuente: dentro de los primeros cinco caballos tres de ellos son los que yo había afirmado que ganarían. No siento ninguna emoción, la excitación en el lugar es nula, es miércoles, pocos gritos, poca gente. Lo bueno es que durante la carrera han apagado el sonido ambiental. No supe qué había apostado Rafa, pero apoya a volumen medio al cuatro: "Vamos cuatro, vamos cuatrito". Los caballos entran a la recta de atrás, y los tres míos ahí siguen, no sé cuanto ganaría, no me importa, no me emociona. Los caballos entrando a la última curva… ¿y qué crees? Obvio ahí están en la punta los tres míos, recuerdo que la apuesta había sido directa, o sea, tienen que entrar en el orden exacto, tres, seis, nueve, y el caballo que va adelante es el seis luego el tres y luego el nueve. Llegan a la meta, y sí, al final entran tal como lo predije: tres, seis, nueve. Era bien fácil saberlo, el ruido que se escucha en el restaurante es más de desagrado que de alegría, solo sonrío. El Rafa me voltea a ver y sonriendo me dice: "Pinche Luca". "Por terco, cabrón". "Pues, salud". "Mesero, Juan o como te llames, llena la tina o trae varias tinas, que vamos a agarrar el pedo". ¿Qué sigue? Pues voltear a la pantalla que está en frente de nosotros justo en el lado interno del óvalo, donde se muestran los números ganadores, para que salga la palabra *oficial* además de ver cómo pagará cada uno de esos caballos. En la espera, que la verdad me vale madre, por lo tanto no es de esas esperas inquietantes en las que cada segundo es eterno. Le pido a Rafa su folleto, para ver las apuestas que tenían esos caballos. Leo, busco, encuentro, sonrío, de esas sonrisas que mientras duran te vale madre absolutamente todo lo que esté pasando en el mundo. "Pinche Luca, estás bien cabrón". Segundos después la pantalla se llena de números que son formados por viejos focos pequeños amarillos y lo único que me trasmiten son buenas noticias, la trifecta que yo había metido iba a pagar dos mil doscientos veinte pesos por cada peso apostado, y sólo había un ganador, o sea, yo iba a recibir en el momento en que fuera a la ventana el total de cuatrocientos cuarenta y cuatro mil pesos. "¡No me chingues, Luca!", grita Rafa. Resulta que de esos tres caballos, dos de ellos era apenas su segunda carrera, y el tercer caballo es muy viejo. Ninguno de los tres había ganado ni siquiera un segundo lugar. El Rafa vuelve a hacer las multiplicaciones, me ruega que cuide bien el boleto de la apuesta, pero lo que más hace es arrepentirse, arrepentirse con todo: "¡Soy un pendejo! ¿Por qué no te escuché?", luego sigue: "Anoche acostado, antes de dormirme, empecé a rezar, a preguntarle a Dios si debía renunciar, le pedí una señal, recé todo el rosario y en la mañana al despertar me fue muy claro tomar la decisión que debería de renunciar y volver a Monterrey a poner mi negocio". Y sigue: "¿Por qué no te escuché cuando me dijiste qué apostar? Pensé que eras muy mamón fingiendo que sabes de caballos, cuando en realidad no conoces ni madre. No entiendo por qué mi orgullo me hizo sordo. ¿Qué perdía en apostar tal como el mamón de mi amigo me estaba diciendo? O, como última opción, hacer dos apuestas, una como tú decías y una como yo creía, cómo iba a saber que esa decisión podía cambiar mi vida". La cara de Rafa está roja. No está enojado conmigo, sino con él. No para de decir: No mames, no mames, no mames, cabrón, se pasa así como cuatro minutos, luego respira hondo, sonríe, vuelve a respirar hondo, toma otra Corona de las muchas que ya tenemos aquí en tres tinas, casi de un solo jalón se toma toda la cerveza. Vuelve a respirar hondo y me dice: "Perdón, mi Luca: a agarrar un pedon". Las sonrisas llegaron, me da un abrazo apretado, y dice: "Que Dios te bendiga", estoy entretenido de ver el trance por el que está pasando. Me sorprenden los sentimientos que está experimentando, cómo los encara y como al vencer uno se le aparece otro, desde la envidia, la alegría, la frustración, hasta al arrepentimiento y el coraje sobre todo cuando gritó: "¡Regresa el tiempo sólo ocho minutos Señor, por favor!". Yo estoy muy tranquilo, sólo tengo una ligera sonrisa. Resulta que el sueldo que nos pagaba la Coca-Cola al mes era de tres mil ochocientos pesos y yo me acababa de ganar justo el día de mi renuncia cuatrocientos cuarenta y cuatro mil pesos, ¿así o mejor? Luego me entran las dudas, más dudas, como si no tuviera suficiente con mi proceso de autodescubrimiento, ¿será cierto que este hipódromo vacío pague toda esta cantidad de dinero? ¿Será cierto que estamos haciendo las multiplicaciones bien? Luego me entra otro tipo de sentimiento que en este momento no puedo identificar, me acuerdo del señor de abajo, el destino no le quiso hacer llegar los números de los tres caballos. Ni modo, sigamos disfrutando. Pasan más carreras, pasan más Coronas, empieza a llegar más gente, Rafa llama a Pepe para contarles la historia e invitarlos a festejar con nosotros, Pepe no contesta. Ya pasan de las cinco de la tarde, no hemos comido, ya no he apostado más. No encuentro el sentido de volverlo hacer, tengo el boleto de la apuesta en mi bolsa delantera derecha. Alrededor de las cinco de la tarde con treinta minutos junto con un grupo de cuatro mujeres, me llega la duda. Llegan directo a nuestra mesa, ríen en exceso mas no toman, nos piden que les enseñemos a apostar. Rafa me ve directo a los ojos, empieza a mirar nervioso hacia todos lados. Yo sigo tranquilo; no estoy muy feliz, no estoy muy triste: sólo sonrío. Ahora tengo cuatro nuevas amigas, estoy seguro que nunca las he visto. Las cuatro son guapas, delgadas, con vestidos negros corte imperio con escote cuadrado idéntico al modelo que Chanel hizo famoso. Estos, para su desgracia, no son Chanel. Rafa se retira un momento, luego, desde lejos, me pide con señas que vaya con él. Me dice todo lo asustado que está con nuestras nuevas cuatro amigas, dice que me quieren asaltar, que ya debíamos de haber cobrado el dinero. Lo ignoro y vuelvo a la mesa, Rafa va al baño. Al mirar alrededor siento cosas extrañas, miradas filosas hacia mi, sonrisas deformes, dedos señalándome. No sé si es la cantidad de Coronas, los comentarios de Rafa no me alteran. Rafa está más arrepentido que yo feliz. Lo que había ganado es el equivalente a casi diez años del sueldo actual; sin embargo, estoy tranquilo. ¿Qué mejor que el alcohol para aumentar la emoción? Las nuevas amigas y los amigos viejos. Rafa vuelve a la mesa diciendo que Pepe y Víctor ya saben la noticia y que vienen volando en el Topaz azul para celebrar.

Si pudiera accesar a mi Iphone y Rafa tuviera un teléfono que mandara mensajes de texto, lo pudiera textear, pedirle calma, y decirle que el reto es sólo ponerle mi nombre al reverso del boleto, con eso el boleto está seguro. Pero Rafa no tiene ese teléfono y yo no puedo acceder al mío. Entonces sólo miro a Rafa para tratar de darle paz, pero él ya está siendo acosado por dos de las nuevas amigas que con sus actos nos confirman que lo que quieren es diversión. A mí ya me habían pasado dos veces sus manos por mi entrepierna, muy, muy cerca de donde tenía el boleto. En ese momento sentí coraje, que me creyeran tan güey o tan borracho. Quizá Rafa si tiene razón y estamos siendo acosados por un equipo élite, algún escuadrón del mismo hipódromo, con la finalidad de robarme el boleto ganador. Me da más coraje que miedo. ¿Por qué habría dejarme robar mi boleto, de una forma tan simple? Como si fuera un niño de ocho años despojado de su pelota de fútbol por un niño de doce. El dolor de cabeza me molesta. "Buenos días, Sr. Luca: soy su dolor de cabeza aquí estoy presente para partirle la madre a su día, ¿está bien presentarme con usted en español o en esta ocasión requiere que lo salude en italiano?" De esos dolores en los que apenas puedes mantener los ojos abiertos, y que cada rayo de luz que ves pareciera que va directo a la raíz de tu cerebro y se enterrara justo ahí. ¿Será la cerveza Corona que nunca me ha acabado de gustar? ¿Será algo que estas chavas pusieron a mi cerveza? Estoy a punto de caer cual adolescente después de haber ganado las carreras de shots de Coca-Cola con Don Pedro en su primer fiesta de secundaria en la que no había ningún papá en la casa. El boleto no tiene nombre escrito; si lo saco en ese momento, cualquiera de las damitas lo puede tomar y yo no podría hacer algo más que gritar.

Pepe aún no ha llegado, el caos todos los días está presente en las calles de la capital del país, no sabremos cuantas horas le tome llegar. Rafa está sentado a mi lado, preocupado, me pregunta si manda a la chingada a las damas. "Rafa, te voy a dar el boleto, no puedo ver bien, estoy a punto de blackout mal pedo, traigo el boleto en la bolsa de adelante del pantalón del lado derecho. Sácamelo, después de eso haré un desmadre aquí, me caeré sobre la mesa, tumbaré todo aquí y en ese momento tú le escribes mi nombre al boleto, ¿de acuerdo?"

Pude ver las sorpresa en la mirada de Rafa ante un escenario tan extraño que la vida le ha puesto en este día. Una noche antes el güey no sabía si renunciar o no, no sabía si hoy iba a estar de nuevo en la ruta de la Coca-Cola o en el amplio mundo de los desempleados de México, subgrupo autodesempleados felices. Y ahora, después de que anoche le rezó mucho a Dios, el buen Rafa tiene la oportunidad de tomar un boleto que vale cuatrocientos cuarenta y cuatro mil pesos y ponerle su nombre, e irse corriendo de ahí para nunca más verme.

No me entusiasma tanto el premio, aunque me queda claro el tamaño e importancia del mismo. "O hacemos eso o voy a desmayarme en cualquier momento, y cualquiera va a poder tomar el boleto de mi bolsa.

Rafa: mete tu mano en mi bolsa ya, saca el boleto, ya no puedo". Siento la mano de Rafa en mi bolsa, lo veo sonreír y en este mismo momento me doy cuenta que no podré causar el desmadre que había planeado; no más, no puedo más, como si alguien me desconectara el sistema. Ciao ciao, baby, todo en negro, aire en mi cara mientras voy cayendo sobre la mesa, desconectado de este mundo, al menos del mundo del D. F. en 1994.

Ajá, claro, ¿qué cuánto tenía de conocer al Rafa? No sé. ¿Qué por qué tomé tanto? No tomé tanto, já, típica respuesta de un borracho. ¿Qué por qué no le escribí antes el nombre? Por que no me acordé. ¿Qué por qué no capté antes que las damas nos querían joder? Por pendejo. En resumen, por pendejo no hice nada antes respecto a mi boleto, haz de cuenta el mismo nivel de estupidez que la de Rafa al no meter la apuesta que le dije. ¿Cuántas cosas hacemos por pendejos? Ok que no sabemos todo, y es normal equivocarse, pero hay errores que solo pueden ser calificados como pendejadas. Pasamos la vida tomando decisiones pendejas y parece que nos gusta ese papel, como si tuviéramos una biblioteca de tres pisos llena de libros y cada libro te diera derecho a hacer una pendejada y ahí deambulas por tu vida haciendo pendejadas, por ejemplo yo, ganar una apuesta de cuatrocientos cuarenta y cuatro mil pesos y no cobrarla de inmediato o no ponerle mi nombre de inmediato. O, por ejemplo, Rafa no escucharme cuando le dije quién iba a ganar. O como el señor de los Sansabelt cafés apostando sus últimos pesos en lugar de buscar algún trabajo que lo anestesie y al menos le dé para comprar la mitad de la canasta básica, o la canasta básica completa, pero de 1989. O como Pepe y Víctor que no renunciaron hoy y quizá nunca renuncien, porque creen que algún día recibirán lo prometido. O como el mexicano que en pleno mundial de fútbol Francia 1998, orinó y apagó la llama eterna que está en el Arco del Triunfo, en París. La llama es en memoria de los caídos en la primera guerra mundial y cuyo fuego nunca había sido apagado desde 1921. Hoy yo hice una pendejada.

Pues casi siempre las pendejadas se pagan. Despierto en el cuarto del hotel Bristol, con ropa puesta, arriba del cubrecama. En la cama de al lado están, durmiendo Pepe y Víctor... Me tardo unos minutos en captar y recordar lo sucedido, me es familiar el olor del cuarto del Bristol, recuerdo lo de Buenos Aires, mi nombre y lo del Hipódromo. No mames mi boleto, me chingaron. Intento levantarme y no puedo; mis brazos se doblan, caigo boca bajo de nuevo sobre la cama. Mi nariz se entierra en el edredón con olor a seco y viejo, con olor a polvo, con olor a no sé cuánto tiempo tienes de no lavarme, y esto me causa asco, apenas alcanzo a moverme un poco para vomitar en el suelo hacia el lado de la pared en ese pasillo pequeño que queda ahí entre la pared y el colchón. Me levanto. Son las cinco cuarenta y cinco, Pepe se despierta al escucharme sufrir con mi vómito. Si confío en Pepe, es mi amigo.

Me ayuda a llegar al baño. Mi dolor de cabeza es aún mayor. Ojos rojos, del mismo rojo que el labial de una de las cuatro mujeres que nos habían abordado en el hipódromo. Entre el olor del vómito y el dolor de cabeza, juro no volver a tomar jamás. No tomé tanto, Pepe, te lo juro. Las viejas nos pusieron algo… ¡Mi boleto, cabrón! Meto la mano a la bolsa del pantalón y claro, no hay boleto. ¡Chingados! Me duele tanto la cabeza que no puedo hacer mucho, mi cuerpo no puede seguir las órdenes y discusiones que están sucediendo en mi cerebro. Tú puedes decir, ahora si muy chingón, su cerebro muy activo cuando la tarde previa no pudo hacer algo muy obvio. Cierto, ahora sí la razón te pertenece. Pepe empieza a contarme en voz baja, que yo había llegado como a las tres de la mañana, solo y como no tenía llave (literalmente era llave en 1994) toqué como perseguido, que me la había pasado gritando "¡Abre, urraca! ¡Abre, urraca!" Hasta que se despertó y me abrió. Ves, si es bueno Pepe. Para, para. "¿Cómo que llegué solo?" "Sí, güey, llegaste solo". "¿Y Rafa?" "Rafa no llegó, pensamos que se fue con alguna vieja". Me dice que nos estuvieron esperando en el hotel para ir a cenar, que Rafa nunca le llamó. Capaz que las mujeres eran parte de su plan. Rafa me chingó.

No me duele el acceso a la fortuna que el boleto me brindaría, sino el hecho de que alguien me quiera joder. Me molesta que alguien se meta conmigo a joder.

Restaurante planta baja del Hotel Bristol. "¿Tienes salsa que pique de verdad? ¿Tienes café cargado? ¿Coca-Cola bien fría? ¿Machacado con huevo? ¿Chile serrano fresco?" Se me antojó pedir chile piquín pero me vas a decir que me pasé de exagerado, por eso mejor pido serrano. Según ellos tenían todo lo que pedí, pero una cosa es lo que dice la gente y otra cosa es lo que sucede en realidad. ¿Sí te sonó familiar esta frasecita? Ok: ahí dejamos para luego el tema de las distorsiones de palabras a hechos. De las cinco cosas solo tienen café cargado y chile serrano. La salsa es rojo pálido cocinada para turista, la Coca-Cola estaba tibia y machacado no tienen porque no es el norte del país. No puedo realizar mi protocolo para recuperarme de la cruda; a compensar con mayores dosis de café y cigarros Marlboro blancos. "Compadre, como te llames, dile al pinche Chef que haga unos huevos que en realidad piquen, revueltos con lo que tengas, de preferencia jamón y chile serrano". El mesero como se llame, sólo sonríe, y justo en ese segundo supe que me había equivocado, se va sonriendo hacia la barra, dice algo a sus compañeros que surten de alimentos la barra de frutas, todos sonríen y confirmo mi error. Primero vamos por partes, ¿chef en un hotel tres estrellas del D. F.? Ah, ah, no, compadre, quien prepara los alimentos no es un chef, ni siquiera tiene ningún estudio culinario. Tiene tres meses de haber salido de la cárcel, donde había estado encerrado durante tres años por haber golpeado a su mujer e hijas durante varios años hasta que la hija mayor tuvo el valor para denunciarlo. Y ya sabes cómo son las cárceles en el mundo, son un lugar excelente para aprender cosas, ninguna de ellas buena, sin embargo, a los que son acusados de atentar contra mujeres o niños les dan una cálida bienvenida y los mantienen en un club muy especial. Decir que sólo lo violaron sería fallarle a la verdad. Por problemas de sobrepoblación de la cárcel, o habilidad extraña de su abogado novato, lo liberaron habiendo cumplido tres años preso. El tratamiento que había recibido en la cárcel no le había minado por completo su ánimo de revancha hacia su familia; sólo quería salir para ir a golpear aún más. Lleva aquí tres meses preparando los horribles desayunos que preparan en los hoteles tres estrellas, a pesar de que éste no es gratis, es horrible. Pues en manos de este no chef, o cocinero, está mi desayuno típico recuperador de crudas. Es mayor mi necesidad de comer algo muy picante, que mi preocupación de lo que el hombre le pusiera a mi comida. Llega el plato, el mesero como se llame sigue sonriendo, se hace un gran silencio en la parte de la barra de los alimentos, los meseros incluso en la otra parte del restaurante dejan de caminar. Dos huevos revueltos, simples sin nada más que salsa verde arriba, verde claro, no espesa, con semillas, ardiendo. Tenedor a la mano, plato, boca, suspenso en mi paladar, suspenso en todos los empleados que trabajaban aquí, ardor, fuego en mi boca, hipo, lágrimas, sudor, sólo es el primer tenedor. Se escuchan ruidos de asombro mezclados con sonrisas, cejas levantadas y muchas miradas cruzándose entre todos los meseros. Entre sufrimientos acabo el huevo. Mesero, como te llames: tráeme al pinche chef, llega el pinche chef, hombre de cincuenta y seis años, de piel estirada bronceada, brazos cruzados al frente a la altura de su cintura talla treinta y ocho, tatuaje de un enorme dragón en el antebrazo, torso erguido, ojos brillantes muy negros, mirada audaz y ágil, muy seguro, como si tuviera un sable tras su espalda. Nos miramos, miradas fijas, me la aguanta más de cuatro segundos 1, 2, 3, 4 y click. "¿Qué le pusiste además de sal, aceite, huevos y demasiados chiles serranos?" "Sólo eso". "Buena, cabrón". Sonríe. Sonrío. "Te recordaré una semana, tú me recordarás toda tu vida, pinche abusador de mierda". Sus ojos le crecen al doble, no se mueve ni un centímetro, Pepe se levanta de inmediato, aunque no hace nada más. Inhalo profundo mientras muevo mi cabeza hacia atrás, exhalo mientras bajo de regreso mi cabeza, él voltea hacia todos lados; el resto de los meseros ya no sonríen, bajan sus miradas. Este cocinero no se mueve, sólo sigue volteando hacia los lados, sus hombros ahora los tiene caídos; cada partícula de oxígeno que nos roba a todos es la partícula de oxígeno con más mala suerte. "Ya te cargo la chingada, te estaré viendo todo el tiempo". Él no se va acercar a su familia jamás; si lo hace ahí estaré yo.

Salgo del hotel y al sentir el aire en la cara, me siento bien, estoy recargado, entre el chile, el enojo y la ansiedad, el dolor de cabeza terminó. Me siento bien. Fue bueno ayudar, a pesar de que los beneficiados no se enteraron ni me conocerán. Ya afuera del hotel, Pepe aún está a mi lado, casi no ha hablado; sólo me mira con cierto aire de admiración.

4

Sala A del aeropuerto Benito Juárez. Sigo confundido. ¿Será un juego? No entiendo nada. Si alguien está jugando un juego conmigo me queda claro que se está divirtiendo mucho y lo está ganando con facilidad.

De nuevo el olor a drenaje y alfombra sucia. Las áreas de comidas del aeropuerto parecen puestos de fritangas de central de autobuses, hay alfombras sucias, viejas y apestosas, es muy difícil de creer y triste de aceptar que este es el aeropuerto de la tercera ciudad más poblada del mundo. Si es que eso fuera un mérito. Avión de Aeromexico, fila treinta y seis. El respaldo de adelante sólo está a dos centímetros de mis rodillas. Sacar una laptop, incluso las del 2012, es algo imposible. Los diseñadores de los aviones se empeñan en meter cuatro filas más de asientos, o sea, poner veinte boletos más a costa de incomodar a todo el avión con un espacio de asientos ridículamente chico. No entiendo a las aerolíneas, porqué ya no existe el Concorde, era una bendición viajar de Nueva York a París en tres horas y media. No acepto que las aerolíneas de bajo costo se den el permiso de tener un pésimo servicio y jamás brindarte una atención aceptable por el simple hecho de que son de bajo costo. Debería haber aerolíneas de alto costo en donde viajar sea algo agradable. En fin, fila treinta y seis, el baño dos filas atrás, al lado una estación de servicio de la aeromoza. ¿Por qué las niñas soñaban con ser aeromozas? Déjame suponer que esta mujer que ahorita es aeromoza, cuando era niña soñó con serlo, entonces quiero suponer que está viviendo su sueño, bendita ella. Pues no, ah, ah. Noup… no se ve que esté viviendo su sueño. No ha abierto la boca. El asiento al lado mío, vacío. Era el lugar de Rafa. El ruido de los motores me recuerda los miles de viajes que he hecho. Muchos iniciaron con tristeza, casi todos acabaron así. Protocolos de seguridad, despegue y sesenta minutos después, las montañas de Monterrey. Mi

Monterrey, decía Pepe. Puedo ver el Cerro de la Silla, Chipinque y el Cerro de las Mitras, la Ciudad de las Montañas le decimos los de aquí.

Vamos a darle FW al proceso de llegada y adaptación. Pasaron dos semanas, en las que no hacía nada. Mi departamento enfrente de Calzada del Valle, mañanas y noches era invadida por caminantes y corredores. Sólo traigo mi Iphone, mi pulsera y collar de semillas, mi cartera y el corcho del Malbec Doña Angélica. Algunos pisos de concreto blancos, otros grises; algunos otros de madera café clara. En las paredes maderas, cascadas, aceros, luces indirectas. Casi sin muebles, sólo la cama, un mueble para ropa, la televisión y un refrigerador gris, supuestamente de acero inoxidable. En veintiún días que llevo aquí, el refrigerador sólo ha hospedado algunos huevos, agua embotellada Evian, agua mineral Topo Chico y Perrier, pan blanco y unos kiwis. Al lado, la estufa con un sartén multiusos. Prensa francesa para hacer el café y una bolsa de café de una marca rara de Chiapas. Todo pulcro. Es fácil de entender: yo no hacía nada.

Tres semanas en las que ni siquiera me vestía, pasaba todo el día en pijama, en silencio, no música, no actividad, acostado viendo al techo, sin fuerzas, ni sueños, sin saber qué hacer con mi vida. Cinco kilogramos no existen más en mi cuerpo. Ni siquiera he tomado. He comido lo mínimo sólo para evitar desvanecerme. Tristezas duras, como las de adolescente, cuando te cuesta aceptar que aún te gustaría jugar con tu papá y a la vez te da pena que te vean tus nuevos amigos jugando con él. De esas tristezas que hasta los huesos te duelen, incluso te da hueva moverte para ir al baño. De esas veces que te preguntas quién maneja el orden de todo este pinche mundo, si es que existe un orden, si es que esto en realidad está sucediendo. En esos días que te arrepientes de todo, de lo que hiciste, de lo que no hiciste: esos días que sientes que esta vida es injusta, por ser demasiado rápida. Justo cuando ya entiendes el sentido a una etapa ya estás empezando una nueva. Estoy en un hoyo tan profundo cual Cañón del Colorado, y no puedo, ni siquiera quiero, salir de ahí. Es tristeza pura, no ansiedad, no coraje, vana, llana, seca y dura pinche tristeza. Triste como niño rico de diez años comiendo solo en un comedor para doce lugares, escuchando a lo lejos las conversaciones lejanas de la servidumbre. Como niño de cinco años de una pequeña ranchería del sur de Nuevo León viendo partir a su papá que va al norte para poderle dar de comer, cuando el niño puede sobrevivir comiendo huevos con flor de nopal toda su vida con tal de estar al lado de su papá. Tristeza como la que sentiste cuando viste a tu primera novia después de que una noche antes habías besado y fajado con su mejor amiga. O quizá, para que me entiendas mejor, triste como mujer a punto de ser mamá por primera vez y le avisan que el bebé dentro de ella ya no tiene vida, que sólo vivió ocho meses dentro de ella y jamás verá la luz de este mundo. Así de pinche, de esas tristezas que duelen, calan; de esas que cada respiro que das juras escuchar demonios sonreír. Ya no me hagas seguir poniendo ejemplos de tristeza, es obvio que ya lo entendiste, aquí este mundo es una galería extensa de ejemplos de tristeza y dolor. Si necesitas música ambiental imagina algo de *The Invisible*, quizá el disco *Rispha*.

Quería ponernos una prueba a mí y al destino a ver quién aguantaba más sin hacer nada. En tres semanas hubo muy pocos sonidos en mi departamento: no música, no televisión, sólo el agua que caía al lavarme las manos, mis pasos ocasionales, agua caer en mi regadera y algún grito medio contenido que de pronto aventaba a las paredes. Hay un teléfono, nadie llama. No traía ninguna droga de ningún tipo encima, no alcohol, éramos sólo yo y mis tristezas, hablándonos de tú, dándonos con todo a ver quién resultaba ganador.

Al día veintidós mi cuerpo se quiere mover. Salgo, voy a un distribuidor de Apple que está por la calle Mississippi cerca de Gómez Morín, entro dispuesto a enseñarles el Iphone pero cambio el plan, me convenzo de que no es una idea muy inteligente. Vuelvo a migrar a mi departamento.

Dos días después, al día veinticuatro en nula actividad, voy a Vinoteca de Calzada a preguntar por el Malbec Doña Angélica... Y sí, sí existe. Sólo tienen dos botellas, a novecientos pesos cada una. Las dos por favor, más un six de Heinekens, dos botellas de Johnny Walker etiqueta negra, agua mineral Topo Chico, algo de jamón serrano, dos cartones de Marlboro Lights y listo. Por cierto, los cerillos me los quieren vender en cinco pesos a pesar de todo lo que les estoy comprado. Vamos poniéndole algo de acción a esto. Acción igual a empezar a tomar solo, no creas que voy a ofrecer la gran fiesta. No tengo a quien llamar, estoy solo en Monterrey. Luca y el alcohol llegan al departamento. Vamos a empezar, que las Heinis empiecen a aportar algo. Hay en mi departamento un pequeño balcón que da justo hacia Calzada del Valle, con sus majestuosos árboles, nunca había ido ahí. Ahí estoy yo parado, dando tragos a mi tercer Heineken, al paladar le agradó, mas no a mi estomago vacío. No me importa el ardor estomacal. Me dan ganas de fumar, y fumo. Son alrededor de las seis de la tarde de un jueves. Me gustan los jueves a las seis de la tarde, porque ya parece fin de semana, siempre me he sentido muy bien los jueves. Veo los rayos del sol llegar desde La Huasteca hasta los árboles de Calzada, otros iluminan algunas partes de Chipinque y su majestuosa Eme. Por primera vez detecto el bullicio de la gente que va a Calzada a caminar o correr, a esa hora son demasiados. También por primera vez noto los autos pasar a veinte kilómetros por hora arriba del límite de velocidad, pitidos, arrancones, frenones, mentadas de madre. Igual que en Neza o en Aragón; en San Pedro Garza García la gente maneja igual. En el balcón hay una silla de madera bastante cómoda, hubiera querido estar oyendo el CD que traigo en mi Iphone, *Rispah*, de *The invisible*. Tres heinis, tres whiskys y el alcohol me empieza a dar fuerzas. Empiezo a saludar a los caminantes; causo más sorpresa que agrado. Incluso llego a causar miedo y hasta sustos a las personas que de forma amable saludo. Me ven como si estuviera loco por saludarlos. Me hicieron dudar, volteé a ver mi cuerpo para reasegurarme que estuviera vestido. Sí, lo estoy, traigo unos jeans Levi's y una camisa blanca de manga larga arremangada, con el revés de los puños de una tela estampada simulando un paliacate color rojo, patas de gallo de piel marca OluKai. Verifico también que les estuviera hablando en español y que no hubiera utilizado ninguna maldición. Todo lo he realizado de forma educada. Venga, Johnny Walker ayúdame: ¡Ayú-da-me! Ayúdame a encontrarme, dame tu magia, entre más alcohol, más alegría, esperanza, fuerzas, y por primera vez en mucho tiempo, puedo respirar de forma normal. Fumo, tomo, veo las luces de la noche, los foquitos de casas construidas sobre la Sierra Madre. Quiero oír música, bailar, entender. Más nicotina, alcohol, noche, silencios, culpas. Corredores soñando por Calzada, caminantes hablando, novios tomados de las manos. Más alcohol, más paz. Ah como amo fumar. Te hace cambiar las perspectivas, extraño mi música. Lengua pesada, noche perfecta, diecinueve grados, a los lejos se escucha algún tren atravesando algún crucero poblado de esta ciudad. Necesito música, no puedo tararear a *The Invisible*. Dicen que el aire fresco causa que el sonido viaje más tiempo o más rápido, y eso causa que los habitantes de Garza García reciban los sonidos de algún tren. ¿Qué más le podía pedir a la noche? Una mujer. Pero cómo podría hablarle a una mujer si no puedo ni hablarme a mí mismo. Capto que en los veinticuatro días había hablado muy poco, sin embargo, en este momento, la pesadez de la lengua es por el alcohol. Hoy sólo desayuné dos fresas y un kiwi. No mujer por hoy, sigamos con mi fiesta personal. Como algunas rebanadas de jamón serrano.

Horas después, juro oír el CD completo, *Rispah*, de *The Invisible*, y lo mejor es ver cómo bailan conmigo los árboles de Calzada, algunos de ellos grandes nogales, con sus copas llenas de pericos bailan al ritmo de las canciones que escucho. Todos los árboles parejos, bailan de felicidad junto conmigo, todos bailamos una música que de pronto salió de algún lado. Algunos corredores tienen minutos despiertos, son cerca de las cinco de la mañana. Me encantan las noches calladas. Bailemos árboles de Calzada, yo desde mi terraza. Un tinto: sí, señor, un tinto; el jamón serrano ha puesto el sabor exacto en mi paladar para ahora combinarlo con un Malbec de Doña Angélica. De Mr. Johnny Walker, ahora nos vamos con la señora Angélica. Sacacorchos penetrando el corcho, presión hacia abajo, ¡pup!, corcho afuera. ¡El olor de este vino es celestial! Acerco mi nariz a la botella y se me eriza la piel. Siento una serie de pequeños calambres y escalofríos en el cuello, otra olfateada profunda y mi mente se llena de muchas caras de mujeres sonriendo después de un orgasmo. Sonrío. Me agrada recordarlas. Sirvo el vino, copa Ridell, ver el brillo del color exacto de este Malbec alterarse con el cristal que lo recoge con amor me hizo recordar el brillo de una sonrisa de una mujer llena de deseo. Un olor más, un trago pequeño, mi paladar lo recuerda. Nunca se olvida la primera cintura que tocaste en algún baile inocente de secundaria. Al bajar por mi garganta, adiós, amigo. Veo girar todo, choco con el barandal de la terraza, por alguna razón giro y alcanzo ver un pedazo de cielo negro, mientras mi cabeza ya golpea el piso.

Once de la mañana del siguiente día. Me despierta el sonido del teléfono del departamento, no lo puedo creer. ¿Quién en Monterrey pensaba en mí? Me levanto del piso como puedo, llego al teléfono: "¿Bueno?" Silencio: "¿Bueeeno?" Nada. Alcanzo a escuchar que colgaron. Cuelgo y veo que por debajo de la puerta principal de mi departamento, avientan un sobre. Me quedo parado tratando de hilar lo que sucede, una llamada y una carta. Empiezo a recordar la noche anterior, en mi exclusiva fiesta, la que se llevó la noche, como siempre y como debe de ser, fue una dama: Doña Angélica. Me observo en un espejo que está sobre un pequeño mueble de acero inoxidable cerca de la puerta. No tengo ningún rastro de la caída que tuve anoche. Me paro frente a la puerta, veo un sobre blanco con mi nombre escrito en letras grandes con un plumón Sharpie negro *LUKA*. ¿Luka con k? Whatever. Antes de tomarlo me asomo por abajo de la puerta para intentar ver algo por abajo de ella. No veo nada abajo más que la pequeña línea de luz. Me agacho, tomo el sobre, me levanto, camino hacia la terraza. En la terraza la mesa pulcra, un cenicero lleno, un vaso grande vacío, la botella de Doña Angélica, el corcho en la mesa. Vuelvo a entrar a la casa y del lado derecho, una copa Ridell. Me voy al área del comedor, donde no había comedor, me siento en el suelo, me recargo en la pared, veo al sobre y ahora sí siento curiosidad y ansiedad. Me acuerdo de esa ansia que se sentía a los diecisiete años cuando al ir caminando a sacar a bailar a una chava, la más guapa de la noche, con todas las miradas de tus amigos sobre tu espalda y todas las miradas de las mujeres en tu frente, ellos esperando que fallara, ellas añorando que fueran elegidas. Esta ansia es rica, quizá porque en mis manos tengo el control de terminarla cuando quiera, entonces decido jugar con ella. Me quedo viendo al sobre, veo al techo blanco, volteo a los lados y no hay nada. Me acuerdo de muchos anuncios que usan la historia de cambiartedecasadecorapinta y que todo lo hacen en un día, y ponen al personaje alegre, pintando, armando, clavando cosas, como si todos fueran capaces de eso. Así de solo está aquí. Ya no siento la ansiedad, entonces el motivo del juego ha terminado. Abro el sobre, adentro una hoja gruesa, casi parece cartoncillo, con las líneas horizontales de los renglones en color azul y en el lado izquierdo una línea roja. Escritos en la hoja hay sólo cuatro números: *3-6-9-0*. Sonrío. Directo al Iphone, botón redondo, slide to unlock, 3-6-9-0… ¡Bang! El safari del Iphone abierto en una pagina de ESPN. ¡Entré! ¡Entré! Música por favor; minimizo el navegador, icono de música, click, y está una sola canción lista para sonar, y pues sí, ponla aunque sea una, *The Worst Is Yet to Come* de *Motion City Soundtrack*. Qué rica guitarrita, qué buen bajo. Música buena al fin. Me empiezo a mover con el ritmo del bajo, camino con ritmo a la puerta principal, la abro, no hay nadie, no importa. Cierro puerta, vuelvo a mi departamento, que no se acabe la canción, qué buena rola. No me acuerdo cuándo fue la primera vez que la escuché, no sé si ésta sea la primera, no me recuerda nada en especial; sólo me está haciendo sentir bien ahorita. Sólo dura unos minutos. Silencio. Vuelvo a abrir el reproductor del Iphone y es la única canción que tengo. No hay más. No la quiero volver a tocar, me desespera cuando de tanto querer algo, de tanto gustarte, de tanto tocarla, pasa a hartarte, incluso hasta te llegas a cuestionar porqué te llegó a gustar tanto. Me pasa igual con la música y con las mujeres. No la voy a repetir en este instante. No me chingues más.

Click al botón redondo, icono de teléfono, lista de contactos. Los cuales en mi caso son muy pocos. Pepe Sepulveda, Luis Elizondo, Ricky Lozano, Otto Valdés, Samantha Williams, Wenceslao Mijares, Humberto Garza, Alex XS Villarreal. ¿Por qué tan pocos? ¿Por qué sólo una mujer? Les marco a todos, y en todos me contesta alguna grabación diciendo que ese número no existe. Gracias, muchas pinches gracias. Un kiwi para desayunar, dos fresas y una cereza, agua embotellada. ¿Por qué tan pocos? Estoy recargado en la cocina viendo por una ventana hacia Calzada del Valle y Río Bravo, pensando. Abro el navegador, obvio que no hay señal de internet, es 1994. Pero hay una única página abierta, guardada en la memoria, el website de

ESPN, con un reportaje de la recepción inmaculada de Pittsburgh de 1972. Mientras desayuno, leo algo del artículo, no puedo navegar más. Que ansia.

Necesito oxígeno, necesito pensar. Me pongo los tenis K Swiss, shorts y camisa Nike y a Chipinque. Empiezo trotando en Calzada, justo antes de llegar a Gómez Morín veo un grupo de señoras platicando en frente del mall del Valle. Cruzo hacia el estacionamiento de los Valle Cinemas, sigo corriendo hacia Chipinque, son las dos de la tarde. Veo gente manejando carros que no respetan los semáforos en rojo, gente que maneja sin dar el paso, de forma agresiva; veo caras enojadas de la gente que maneja. Llego a la caseta de cobro en treinta y dos minutos, de ahí tomo la brecha del Chile, luego Las Moras hacia El Pinal, llego ahí en veintiocho minutos más. Regreso, cambio de vereda: El Empalme, paso por la capilla de la Virgen. Tomo agua en el hotel, hago algo de estiramientos en el área del resbaladero de cemento. Me sorprende ver tanta gente ahí, la mayoría de ellos felices. Tiran basura por donde sea, otros eructan con fuerza, unos papás quitan los pedazos de cartón con que se resbalan otros niños para dárselos a los suyos, otros hablan con la boca llena de alimento. Mejor sigo corriendo a la Eme. Cuarenta y dos minutos más pasaron hasta que llego a la cumbre, desde la mera Eme de Chipinque puedo ver todo Monterrey. Mi Monterrey. No entiendo porque la gente dice que toma más de tres horas subir. El Monterrey de Blue Star, fútbol, cerveza, gente trabajadora, la Uni, el Tec, la UDEM, IMSA, HYLSA, el municipio modelo.

Desde ahí veo el valemadrismo, gente corrupta. Veo como los corporativos aplastan a las empresas medianas, las ordenes de compra están condicionadas a mordidas por debajo del agua. Veo cómo la gente consume productos pirata. Cómo muchos son infieles y lo disfrutan siendo, otros también son infieles y sufren siéndolo. Veo al arte de la conquista de una mujer en decadencia ante la moda de comprar todo con dinero. A padres simulando estar felices en el parque con sus hijos, cuando en realidad jamás quisieron tener hijos y están contando los minutos para estar solos de regreso en sus casas frente a la pinche televisión. A los ricos quejándose de pendejadas y a los pobres quejándose del destino. Los hospitales llenos de pacientes con enfermedades viejas que, cual moda de ropa, están de regreso, cuando se pensaban controladas. Pareciera un videojuego en el que quien chingue más prójimos, va a ser el gran ganador. Veo cómo el trabajo y el esfuerzo está muriendo por el no pasa nada, chingue su madre. Me caga ver este pinche mundo así. No me acuerdo en que época era cuando todo era al revés. No veo mucho de lo bueno. Algunas miradas llenas de ilusiones de niños fue lo que más me agradó ver esta tarde.

Dale, a volver, de regreso a mi departamento, la bajada es mas fácil, hice sólo una hora con veintiséis minutos, creo que a ritmo de dos minutos con cuarenta y cinco segundos el kilómetro. Ya está oscureciendo al entrar al departamento, creo que estuve más de tres horas en la cumbre.

A la regadera, no pienses, pared en blanco, siente el agua. No pienses, pensar está cabrón, me llena de pánico.

Melones frescos rebanados con jamón serrano. Una botella de agua Topo Chico. Quiero empezar con el rollo de Heinis-Whisky, etc., pero escucho una voz en mi cabeza: Ya cabrón, piensa, no seas joto, piensa. Páratele al pinche miedo de frente, encáralo y dile: ¿Qué pedo? No tengo miedo, cabrón, ¿a quién quieres que me le pare enfrente? Una cosa es estar apanicado por no entender y otra cosa es estar aterrorizado. Miedo a nada, solo no quiero pensar. De nada me sirvió correr como Forrest Gump (ni empieces a contar las fechas de cuando salió, ya que es más que obvio que sé cosas de antes y después de 1994). No quiero pensar, ni en el Malbec Doña Angelica, ni quién me mandó el sobre, ni quienes son los contactos que están en mi teléfono. Justo ahorita que te estoy diciendo esto estoy captando que esta última vez del vino, sólo me desvanecí, no aparecí en otro lado. Sí, me llegó al otro día el password del Iphone más no hubo un trip Buenos Aires-Ciudad de México con dieciocho años de diferencia... Ansiedad, pinche ansiedad total, mejor me hubiera dado por vencido y me hubiera quedado en la monotonía de la ruta de la Coca-Cola, que el meneo del camión me arrullara mi vida y mi universo fuera pequeño y controlable: levantarme, camión, vender, dormirme, y se chingó. Pero no: el cabroncito salió muy huevudo y quiso reclamar y encarar y preguntar y renunciar y unas semanas después el muy chingón siente ahogarse en charcos de pánico. Ya párenle a su jueguito, que no le estoy entendiendo ni madres. Me siento adentro de un juego de mesa o cual película de The Truman Show. Suena el teléfono del departamento de nuevo, ahora así corro a él, pasa lo mismo que en la mañana, hay alguien del otro lado sin emitir ningún tipo de sonido, luego cuelga, oí tal cual el golpe que dieron al momento de colgar.

Respiro hondo, me siento en el piso, Iphone en la mano, icono de música, y ya aparece otra canción: *You Only Live Once* de *The Strokes*. Já. Ahora sí ya me están dando risa estos mensajitos, estaba a punto de encabronarme, cuando escucho el riff de la guitarra. Ponla, para que veas que tengo razón, esa guitarra suena con madre. No sé si esta canción tiene algo de ochentera, me avienta (no a mí, a mi mente en ese momento) directo a la época de los bailes de paga de Monterrey. Ajá, ajá: sí había bailes de paga, bailes bien. No todo era bailes de quince años que te pedían la invitación en la entrada del Privatt o del Palestino, incluso hasta el Club de Leones. Blue Star era el mejor, tenían la habilidad de saber qué música poner y cuando ponerla. Desde Billy Idol con su *Dancing with myself*, pasando por Eddie Money y su *Walk on Water*, Billy Ocean con su *Lover boy*. Se me pasó la mitad de la canción de *The Strokes*, por estar en pleno apendejamiento acordándome de los ochenta, pero aún estoy a tiempo de disfrutarla. Unos minutos después se acaba la canción y silencio de nuevo. No, no la voy a repetir, ya te conté mi teoría de las repeticiones de canciones. Ya tengo dos canciones en el Iphone y ésta sí es cantable o al menos tarareable: "Ooohhh... Some people think they're always right, others are quite and uptight, others they seem so very nice nice nice nice oh oh, Inside they might feel sad and wrong... Don't get up I can't see the sunshine..." Media canción tarareada y es suficiente para darme cuenta de que es mucho mejor el recuerdo que mi intento de revivir la canción cantándola. Es más perfecto el recuerdo que la realidad. Es cómo cuando disfrutabas más deseándola que cuando tenías sexo con ella. Qué pinche los que viven toda su vida así, tratando de dar RW, y por eso el presente les pasa justo en sus caras sin que se den cuenta de nada.

Se la pasan como Rafa añorando que Dios regrese su vida sólo ocho minutos. Ocho pinches minutos. Ocho pinches minutos había pedido Rafa e hizo un pedo bruto por ello. Y a mí alguien me movió dieciocho años y no sé ni qué pedo hacer, ni a quien hacérselo. Una vez alguien me dijo: "Tú haces como que me engañas y yo hago como que me la creo". Lo malo es que en esta ocasión no le estoy entendiendo, no sé con quien actuar, no sé quién me está chingando.

5

Me encantaría que en ese momento estuviera de fondo alguna música que tuviera un ritmo despacio, con un bajo muy grave y lento, y el bombo de la batería fuera tocado con desgano, por compromiso, todo lento. Que se escuchara ahorita y que se repitiera hasta que me quedara dormido. Donde dormirme sería mejor que seguir escuchando ese suplicio de aburrimiento total. No tengo esa música, y no la puedo tararear. Que me ayude el vino. Venga, Doña Angélica, tómeme con su Malbec. Destapo la botella que anoche había abierto, guardo el corcho en la bolsa de mis jeans, sirvo un poco de vino, dejo la botella en una pequeña mesa, en una mano mi copa, en otra mi Iphone; a pesar de tener un día abierto, el olor es estupendo. Ya sabes qué sigue: le tomo, me concentro en disfrutar el sabor en mi lengua y en mi paladar, gorgoreo como dicen se debe de oxigenar el vino en la boca, va a la garganta, y bye, bye, champ, aparezco ahora en Berlín, justo afuera de Galeries Lafayette, dónde hace no sé cuánto estuve aquí... ¿Qué pedo conmigo? ¿Qué fecha es? Ahora ya es más simple deducir cosas, casi toda la gente que camina trae un teléfono de los que llaman inteligentes. ¡Ah, su madre!, enfrente un Starbucks. Tranquilo, Luca, calmado, calmado, camina calmado, cruza la calle. Entro al Starbucks, periódico en anaquel, el diario Frankfurter Allegmeine, viernes 30 de junio de 2006. Suspiro, sonrío, me siento en un sillón al lado de la gran ventana. ¿Cuándo es cuándo? No estoy sorprendido; ya me están dando ganas de jugar. Respiro. Aún no tengo el valor de ver mi Iphone. Pierdo la mirada en la gente que pasa, simulando estar calmado como si tuviera todo controlado. Pasaron quince minutos, me perdí en el murmullo de la gente, la música de jazz comercial del lugar, el cielo nublado de Berlín y el pasar constante de la gente con suéteres cafés y grises. No puedo oler a nada, ni siquiera a café. Necesito oler, necesito tomar agua, tengo la boca seca como después de haber tomado una copa del peor Cabernet Savignon. Ir a la caja a interactuar, implicará hacer cosas que quizá no quiera hacer porque no quiero descubrir las cosas que descubriría al hacerlas, sin embargo, tengo tanta sed que siento que la lengua se pega a mi paladar. Voy a la caja, pido dos botellas de agua Evian, embotelladas en un supuesto manantial de origen natural en los Alpes Franceses. En mi cartera todo sigue igual, como la última vez en México, ahora hay un billete más: uno de cien euros. La cajera tiene unos ojos miel de lo más chingón que te puedas imaginar, pregunta mi nombre en alemán, y le contesto. Después de pedirle el agua y antes que ella bajara la mirada hacia el cajón del dinero, regresa la mirada a mí y la deja en mis ojos unos segundos más, 1, 2, 3, 4... click. Error, amiga. Su piel blanca algo aperlada, su mirada triste; creo que tiene que ser así para nivelar la hermosura y la intensidad de sus ojos. Un lunar café sobre la clavícula muy cerca al cuello, delgada como casi todas las alemanas, también es fuerte. Una cadera curva, brazos fuertes, pechos firmes, piernas largas. Cabello castaño, al regresarme el cambio roza mis dedos con los suyos, sonríe, deja la mano unos segundos de más y yo entiendo todo. Cuatro segundos, gracias cuatro segundos. Regreso a mi sillón, me gusta escuchar el murmullo de la gente hablando alemán y uno que otro idioma europeo, no lo quiero decir porque no quiero que me digas malinchista, pero suena mejor que el español o quizá es sólo la novedad. La primera botella de agua me la acabo en dos tragos. Mientras abro la segunda leo su etiqueta y me pregunto algo que tú también siempre te has de preguntar: ¿de dónde madres sacan esta agua natural de manantial? ¿Dónde estará ese manantial entre las montañas de los anuncios de la televisión? ¿En realidad existe un manantial así de virgen en nuestro planeta? ¿Qué beneficio tiene ser embotellada ahí? ¿Cómo le hacen para embotellarla ahí? Si tienen toda la infraestructura para embotellarla ahí entonces ya no es tan virgen ni tan natural el manantial, ¿no? Siempre que veo esos anuncios me pregunto esto porque me molesta que me mientan, que inventen historias para vender. ¿Por qué no decir la verdad? La verdad siempre vende. ¿Por qué no poner una nota especial en las botellas de agua? Algo así como: Estimado consumidor, gracias por tu compra. Debido a la contaminación que hay en el mundo y a que tú no haces nada para pararla, en estos tiempos es imposible entregarte una agua natural, pura y directa desde el manantial. Esta agua tiene .01% de excrementos y .02% de sustancias dañinas no identificadas. Sin embargo, es el agua más pura que te podrás encontrar en el mundo, si quieres algo más puro puedes comprarte una Coca-Cola, que no tiene excrementos y sus sustancias dañinas sí están identificadas. Quizá me estoy adelantando o te estoy diciendo tendencias de otras épocas, este tipo de notas no son para el 2006, quizá sí para el 2080. Me acabo mi segunda botella. No más sed, gracias Evian. Es momento de abrir mi Iphone, click al botón redondo de home, slide to unlock, 3, 6, 9, 0, y entro. Click al icono de música; hay una canción nueva: *Close to Your Heart* de *Morning Parade*. Click, que suene. Click a contactos, todo igual. Click al icono de emails, en blanco. Click al Safari, la página de ESPN, ahora dando una noticia de un partido de fútbol. Es el Mundial de Fútbol, es en Alemania y aquí estoy yo. No puedo navegar más en mi Iphone, es lo único que veo. Le llamo a mis contactos, nada. Les mando un mail no funciona. La mujer de la caja se llama Inés, en unos minutos más vendrá aquí conmigo a preguntar si estoy bien. Sé las palabras que usará y sé exactamente qué contestar. Cuatro minutos después Inés llega, pregunta lo que el destino le insertó en su dialogo de ese instante, contesté lo que ella quería escuchar, y al verla morderse su labio inferior dudé quien era el vencido. Sólo unas horas y está libre. Las horas no merecen ser contadas si es para esperarla a ella. Si te mira, te mata. Acordamos vernos aquí en dos horas. Salgo, me golpea el viento en la cara. ¿Por qué hace frío si es verano? Escucho muchos idiomas, hay gente de todo el mundo, más de lo que el muro y una línea de frontera vieja puede atraer. Dentro del tumulto encuentro un café-internet. Rento una máquina, mando un mail a todos mis contactos, bueno sólo son ocho, haciendo preguntas que me hagan entender más quién soy yo y quienes son ellos. Salgo y sigo caminando, me interno en el tumulto de gente, todos parecen estar felices, al menos gritan mucho, comen, toman cerveza en plena calle, muchos con bolsas llenas de productos. El cielo sigue gris. Hay una fila enorme afuera de una tienda de souvenirs, en donde la novedad es que en tu pasaporte te ponen un sello, similar al que ponían en la vieja frontera de las dos Alemanias. Ajá, ya sé: a ese pinche nivel de estupidez de souvenirs, a punto de joderte tu pasaporte por una estupidez, y además pagaste por eso, en serio que a veces no entiendo nada. Pienso en Inés, recuerdo su cuerpo y desearla me hace sonreír. Entro a otro café, justo enfrente de la vieja línea de la frontera entre las dos Alemanias, aquí está lo que fue la última caseta de la frontera, aquí era el único acceso para cruzar de Alemania Oriental a la Occidental, el famoso Checkpoint Charlie. Y ahora aquí es el lugar perfecto para echarlo a perder con souvenirs estúpidos, hay larga fila de turistas para tomarse fotografías con alemanes disfrazados de soldados a cambio de unos euros. Hay una línea en el piso, esa era la frontera. Me termino el café espresso, me paro a un lado de esa línea de la antigua frontera y paso mi pie derecho sobre ella. Escucho gritos de dolor; quito el pie y desaparecen. Levanto la mirada, nadie me ve, nadie ve a nadie, pudiera estar desnudo aquí y a nadie le importaría o afectaría; no, si yo estuviera desnudo seguro los turistas harían fila para tomarse la foto conmigo. Vuelvo a pasar sobre la línea, sin tocarla, mi pie derecho, y vuelvo a escuchar gritos de dolor, balazos, bombas, destrucción. Regreso al último café al que había entrado, le ofrezco cinco euros al joven que limpiaba la mesa a cambio de que me acompañe afuera. Vamos los dos a la línea, repito la acción del pie, y él no escucha nada. Nadie escucha los ruidos. ¿Dónde está el muro? Sólo quedan algunas cuadras, lo tuvieron que proteger porque estaba a punto de desaparecer; la gente lo iba rompiendo para llevarse las piedras como recuerdo, otra vez los pinches souvenirs. Necesito ir al muro, ¿a cuántas cuadras está? Unas veinte, gracias mesero alemán, como te llames. Corro, corro y corro más, las calles están limpias, con viejos árboles grandes y verdes. Conforme me alejo hay menos gente en las calles, mucha gente utiliza su bicicleta. No encuentro ningún papel tirado en la calle; pareciera que cambiara de época conforme cambian las cuadras, del presente al pasado. Es el lado occidental, edificios de departamentos viejos, pero limpios y ordenados. Hasta el murmullo parece ser educado. Las veinte cuadras en ocho minutos, no me agito al correr, me agita lo que escuché sobre la línea. Llego al muro; quedan sólo dos cuadras de muro. En sesenta y tantos años dependiendo en que año esté yo y en que año estés tú, ¿casi se ha olvidado todo? ¿Cuántas generaciones son para olvidar lo que pasó? Aquí sólo quedan dos cuadras de muro; no lo puedo tocar porque hay una reja que lo protege desde metros antes. Ya no hay líneas. Estoy frente a la reja, y suena mi celular, un mensaje de texto. No remitente, sólo dice, *Pon la nueva canción*, veo el celular. Y sí hay una nueva canción: *Born Alone*, también de *Morning Parade*. Me siento frente al muro, bajo un árbol mediano, no hay gente, no hay turistas ahí. Cruzo las piernas frente a mí y me pierdo en el muro: su color café, como adobe de cualquier hogar humilde de Coahuila, piedras, graffiti. Y huelo, de nuevo vuelvo a oler. El olor es tan fuerte como si me pateara en la cara, huele a piedra, a tierra seca, a varilla. Llegan tres turistas y se toman varias fotografías frente al muro, sonríen, se sienten afortunados del recuerdo que acaban de captar. Les ofrezco tomarles yo la foto, aceptan; les tomo la foto. Aviento su cámara contra el piso. Grito: "¿cómo chingados te tomas una foto aquí?" Aquí murió mucha gente, esta era la barrera real y signo de muerte, "¿qué tiene de souvenir, cabrón?" Los tres se quedaron callados y luego corrieron. Brinco hacia la reja, trepo con dos zancadas, me muevo de forma veloz y extraña para evitar el círculo de púas en la parte superior, caigo adentro, estoy frente el muro, extiendo mi mano, pongo mi palma firme contra el muro y siento vibraciones, no escucho nada, me hubiera encantado llorar de la tristeza que me invadió en ese momento. No sé si es mucho o poco tiempo; no sé si debimos o no olvidar lo que pasó, siempre es así: lo pasado se olvida, no se aprende y lo repetimos. Los líderes caen; egipcios, romanos, árabes, alemanes, americanos, más los que sigan. Parece que ya no importa ni lo que hizo el abuelo, por qué murió, por qué peleó o por qué creyó, ya no parece importar lo que hizo el padre, a veces ni lo que haces tú, porqué me habría de importar lo que pasó hace más de sesenta años. Pienso en niños, recuerdo el amable sonido de un recreo en el patio jardín de niños, oír el murmullo de los niños, el rechinar de los columpios, el aire abriéndose paso entre las ramas frondosas de encinos y robles. A cuántos niños afectó lo que pasó justo en esa línea, justo en los lados de ese muro. No entiendo lo que pienso, es divertido dejarme pensar lo que quiera. El recuerdo de las caderas de Inés para mi proceso. Brinco, salgo, corro, tengo veinte cuadras de regreso a la línea más dos a ella; aunque fueran más no me importaría. Corro feliz. Metamorfosis extraña después del dolor en el muro; ahora el olor de los árboles me agrada, el aire en mi cara y la emoción de verla. Siete minutos a la línea. No siento nada al correr. Camino dos minutos y llego a tiempo. Está afuera, viéndome directo a mis ojos. Inés.

Si fueras yo, su mirada te mataría, sería una muerte feliz. Tus últimos segundos estarían llenos de deseo sexual. A mí su mirada no me mata. Ella ya no viste de negro: ahora trae unos pantalones kakis a la cadera, apretados lo necesario para que te vuelvas loco. Trae una blusa de algodón de tirantes marca Zara, su cabello suelto rebasa sus hombros. Su ronca voz hablando alemán es excitante. Me habla como si me conociera. A pesar de caminar rápido proyecta tranquilidad, su cara tierna es causada por lo que parece ser una mirada triste, me ve, me ve por más de cuatro segundos, me ve como nadie, pasa la gente a nuestros lados y entre nosotros, nos seguimos viendo, seguimos caminando por las calles de Berlín. Me sigue hablando, y entre más me habla más la deseo. "Ya no es igual, Luca, ya no hay amor", continúa "La gente no sabe nada aunque cree saberlo todo. Ya no se sorprenden con nada, sólo buscan su beneficio. No les importa el prójimo, ni el mundo; es más: no les importan ni los suyos. ¿Por qué cada vez hay más padres y madres que mueren solos en sus cuartos abandonados, en hospitales, en casas de retiro, y en ocasiones toma semanas en que alguno de sus hijos vaya a reclamar su cuerpo? Ya sé lo que Inés quiere hablar; ella en ocasiones roza mi mano. Yo no estoy en el mood de escuchar este reclamo a la humanidad. Qué hueva, la verdad, pero el movimiento de sus pechos firmes y escuchar su tono de voz me excita y fantaseo con ella. Entre más la veo, más conozco de ella, me lo cuente o no. Al verla sé todo, sus ojos son el medio de transmisión de información. Veo su infancia solitaria en un departamento viejo de la

Alemania Oriental. Algunas tardes las pasó sola, a pesar de que tenía sólo cinco años. Nunca conoció a sus abuelos, vio muchas tardes llorar a su mamá sin nunca saber qué pasaba, entre más crecía, menos veía a su padre, hasta que lo dejó de ver y su madre dejó de llorar. El día que ella creció su madre se fue. Volvió a estar sola en su departamento, una mesa cuadrada con cuatro sillas, frente a una ventana que da hacia un parque donde se escuchaban los rechinidos de los columpios. Siguió creciendo, aprendió a sobrevivir haciendo el bien y haciendo el mal en ocasiones, luego prefirió hacer el bien, conoció hombres y mujeres, luego prefirió a los hombres, nunca ha amado a nadie que no fuera su madre, pero dejó de amarla el día que se fue. Es sensible en la cama; utiliza cada poro para sentir. Se dejó vencer por la desesperanza y la falta de sentido a todo, y ahí pasó tres años con dos días en los que ella ni siquiera recuerda lo que sucedió, duda si salió de su departamento. Por eso su belleza es diferente a la de las demás; está tres años con dos días menos contaminada por la mierda del mundo. Por esta historia su mirada es triste, intenta ocultar la belleza de sus ojos. Seguimos hablando, es un decir; ella es la que habla, cada vez un poco más lento como consecuencia de la confianza en la que hemos caído en estas dos horas que tenemos de conocernos. Me encantaría tener una historia previa con ella, ser más que un simple desconocido. Ahora habla de Greenpeace, de la calidad del agua en África, de leyendas urbanas, de la pobreza en el mundo, de los uno punto tres billones de toneladas de alimentos que se desperdician por año en el mundo, de historias de laboratorios que ya tienen la cura del sida, leucemia, diabetes, y de todas las enfermedades que te imagines y que los gobiernos no permiten sacarlas al mercado. Me dice cuántas especies de animales entran en peligro de extinción por día y seguimos caminando, ya hay menos gente, pasamos al lado de ríos hermosos que atraviesan la ciudad, ahora del lado Occidental. No veo ni un gramo de basura en ningún lado, hay monumentos de recuerdos de guerras ganadas, recordándose la grandeza de su patria, Berlín huele a limpio con viejo, supón que tienes la misma calidad de olfato que yo, imagina que te acercarás a un muro de concreto frío, con un acabado mate, así huele Berlín. Se siente presente el recuerdo de guerras, de poder guardado, de grandeza de haber renacido en pocas décadas después de la Segunda Guerra Mundial (no le pongo los años exactos porque no sé cuando vaya a ser leído esto). Sopla el viento, seguimos caminando, calles arboladas, mesas de restaurantes en la banqueta, no buscan imitar a nadie, sólo buscan sombra, dar una vista más atractiva y más espacio para vender. Estamos parados en una gran plaza de concreto, colores melón y gris en las fachadas de edificios viejos. Puedo ver algunos edificios semidestruidos de la guerra y que no han sido reconstruidos. Justo en frente de donde estamos, la famosa torre de la T.V., el edificio se llama Fernsehturm; no me preguntes el motivo por el que Inés quiere subir, primero prende un cigarro, yo prendo otro para mí, son diferentes, yo tengo con nicotina, ella no, nos sentamos en el piso en medio de la Alexanderplatz, aún queda algo de luz del día, frente a frente, todo lo que pudiera yo haber detectado de tristeza en su mirada, desaparece por completo cuando muerde su labio inferior, levanta más sus pestañas, baja la cara y elevaba la mirada. Fumamos, reímos, corrimos a la torre, elevador, sentados en el restaurante que está en la parte superior y que gira poco a poco. Ajá, muy cursi para ser alemán, ¿no? Igual que el de San Antonio, Seattle, Dallas. En fin, no entiendo el punto de poner un restaurante giratorio, me vale madres. Comemos, tomamos, caminamos en el pasillo exterior, ella siente el vértigo, yo siento ganas de tirarme y volar. Tomamos whisky, tequila, luego un bar, luego una disco, el bar, la disco y casi todo lo demás como si fuera cualquier país. La disco pudiera estar en NY, D. F. o Madrid, la misma pinche música electrónica que no soporto y no entiendo el placer que causa; gays bailando solos intentando llamar la atención, mesas al lado de la pista rentadas al costo de dos botellas de lo que elijas, gente gritando para ser escuchada, gente que no escucha nada, gargantas adoloridas de tanto gritar, cuerpos uniéndose en las esquinas oscuras, abajo la pista, arriba una barra larga con un remate en escuadra, sillones rojos pegados a la pared donde la gente de todo género se toca, se ríe, se mueve. Inés y yo en la barra de pronto ya no nos hablamos, ya no es necesario, sólo nos miramos, tomamos tequila, entendimos que el deseo quiere silencio, es electrizante vernos a los ojos en silencio. Me excita ver a los ojos a una mujer y que aguante la mirada, Inés lo hace casi a la perfección. Me acerco a oler su cuello y su cabello. Nuestro silencio excita, el ruido de la música pone en cámara lenta nuestro intercambio de miradas. Me puedo quedar aquí viéndola hasta que el sueño me venza. De esos momentos previos llenos de intriga y suspenso antes de la resolución de tus dudas. En este instante algo me distrae. En la barra, un hombre de negro pone una pastilla a una bebida y la va a entregar a una mujer. Lo vi todo muy claro, lento e iluminado. Toco por primera vez el antebrazo de Inés, pidiéndole una pausa, brinco sobre la esquina de la barra, esquivo a seis individuos, ya estoy atrás de él, lo tomo del cuello, patada a la rodilla, mi mano en su parte izquierda de la cara, para empujar su cara hacia la barra, mientras todo su cuerpo cae, ya con su nariz rota y sangrando. Me muevo hacia mi derecha mientras giro hacia atrás mi cabeza y mi cuerpo, esquivo un golpe torpe de algún amigo del caído, rodillazo a su abdomen, se encorva, rodillazo a su nariz, se estira, patada a los testículos, y el amigo cae de rodillas, el segundo amigo, trae una navaja en su mano derecha y la estira hacia mí, medio segundo antes ya tiene mi puño en su boca reventándole dos dientes. Mi mano izquierda toma su muñeca derecha, la giro hasta quebrarla y corre casi llorando. Miro al bartender, y nos entendemos con la mirada, me lo agradece y no activa la alarma. Esculco en las bolsas de los dos caídos, cada quien trae una bolsa pequeña de pastillas, las tomo y se las llevo a la mujer a quien le iban a dar la bebida. Ella me mira, sin poder decir palabra, pero como me ve más de cuatro segundos, me dijo todo. Se llama Kristina, es de Croacia, bella, blanca, cabello oscuro. ¿Qué pasa en Europa que todas son bellas? La abrazo, su olor y su acento croata son excitantes, me invita con sus amigas, no puedo, ya extraño a Inés. Vuelvo con Inés, "¿Dónde aprendiste a pelear así? Los pudiste matar". No le contesto, sólo sonrío. Está calmada, de hecho, todos los están como si no hubiera pasado nada. Los de seguridad se han llevado a los dos caídos, capaz que son del mismo equipo, qué flojera investigar eso, yo quiero tocar a Inés. Por primera vez la abrazo, más porque la deseo qué por quererla callar, nunca la he querido callar. Y nos empezamos a hablar besándonos. Su aliento y su olor me excitan, nunca había olido algo así. Piensa que estás excitado por su olor, imagina ahora besarla. Las lenguas se tocan y otra dimensión aparece, no es un beso descontrolado: es intenso, rítmico, es un beso que hace que los labios tiemblen al separarse, es lento lleno de chispas. Mi lengua quiere arrancarse de mí para unirse con ella. Quizá este beso no es el inicio de algo esta noche, sino quizá es el final, es tan bueno que pudiera ser cualquier final. Su cabello roza mis mejillas y no puedo decidir qué parte ver. Besar con los ojos cerrados se me hace un desperdicio; disfruto besar con los ojos abiertos y ver cada reacción; ver su mirada, su boca, sus párpados, su maquillaje, su cabello, su cuerpo, su piel, ver es parte del placer.

Es 30 de junio de 2006. Este día, en esta misma ciudad, Alemania ha eliminado a Argentina en serie de penales en el Mundial de Fútbol, el país está aún más feliz. El orgullo Alemán está en lo más alto. Klose es el nuevo héroe teutón, han logrado el pase a la semifinal del Mundial. Hay banderas de Alemania en la pista de baile, todos toman alcohol, Inés y yo seguimos en el mismo beso, yo ya siento flotar, mi rodilla derecha tiembla sin control. Ella parece tener todo controlado con sus labios. "Vámonos, Luka, necesito aire puro", qué hermoso suena cuando una mujer te pide irse con ella. Tomamos dos tequilas más, subimos las escaleras llegamos al nivel de la calle, la ciudad es una fiesta, de esas alegrías que sólo el fútbol puede dar, sin importar el país, la cultura, el idioma o la posición social, el fútbol da para todos. Inés y yo en la calle, no vamos tomados de la mano, aunque en ocasiones rozo la de ella. Las calles sin ningún carro, la gente camina feliz sobre ellas, gritan, festejan, toman. Nos unimos a un grupo que festeja con cánticos de fútbol e Inés se los sabe. Al ver mi cara de asombro, me dice: "Amo el fútbol" y me cuenta la historia de su ídolo, Miroslav Klose: "Se llama Miroslav Josef Klose, y nació en Opole, Polonia, tiene la nacionalidad alemana, anotó cinco goles en el mundial del 2002 y ahora ya lleva cinco también, es mi ídolo desde que debutó en el FC Homburg en el 98. Es bello, me encantaría tenerlo."

"No puede ser que te guste el fútbol. No necesitas más atractivos."

Ya hay menos gente, seguimos caminando, todo mundo camina. Ella es tan bella que parece no pertenecer aquí. La noche fresca no quiere morir, es histórica para el país. Pasamos justo frente el Muro, no sé a donde vamos, yo sólo sigo a la hermosura de Inés. Aún hay restos de la cámara que les había destruido a los turistas hace algunas horas, sonreí orgulloso. Ajá, obvio, el tequila y demás alcoholes provocan sonrisas fáciles. Sin alcohol no me hubiera sonreído al recordar a esos turistas, sino que me hubiera enojado, pero cómo no iba a sonreír, voy con Inés, es el país del Mundial, no importa nada más, luego podré averiguar más, estoy seguro de que en este momento, en esta calle, en este grupo de gente hay más de cinco que saben menos de sí mismos y de sus vidas de lo que yo sé de la mía. ¡Chingue su madre!

Calles, risas, pasos, más alcohol, sacan botellas de cualquier tipo de alcohol, fuman diversas cosas, predican amor al fútbol. Todos menos yo, yo le predico amor a Inés, sí me gusta el fútbol, pero me gusta más ella. Muero por estar sólo con ella, ¿cuántas calles hay en esta ciudad? ¿Cuántas historias escondidas abajo del asfalto? ¿Cuántas cosas han visto estos enormes árboles que al menos tienen cien años? Ya no quiero ver nada más que a Inés desnuda. Claro que simulo apoyar al equipo alemán y compartir la alegría, pero mi alegría es por ella, ella me ha hecho olvidarme de mí al menos por unas horas. Quédate conmigo siempre para olvidarme de mí. Disfruto el cosquilleo, la emoción de conquistar siempre a la mejor, a la más bella, como debe ser. Prefiero intentar ganar algo excelente, a que me aseguren regalarme algo mediocre; nunca me ha gustado que me den nada. Me gusta ganármelo. Hasta los apodos me gusta ganármelos. Inés cada vez está más bella, más caliente, más seductora. Es todo su juego y lo estoy jugando a su ritmo a pesar de parecer adolescente que le acaba de tomar por primera vez la mano a su primera novia. Por fin Inés me toma de la mano, se despide de todos, quienes ni la conocían al iniciar el recorrido, y ahora parece que son de una misma familia. Todos siguen el camino por la calle. Inés me lleva hacia las escaleras de un edificio de departamentos. Su sonrisa me va a matar; la empiezo a desear tanto que me empiezo a marear. Si esto es un sueño no me quiero despertar ahorita, trato de no emocionarme tanto para que, en dado caso, no despierte. Cuatro pisos de escaleras que parecieron veinticuatro. Ella adelante de mí, yo dos escalones atrás viéndole su contorneado trasero, el tamaño perfecto, todo su cuerpo firme, clamando ser tocado. Entramos a su departamento… Párate aquí, si te cuento lo que paso ahí no me lo vas a creer, sólo imagina que le leí la mente, me llegué a sentir mal por eso, llegué a sentir que hacía trampa, pero yo no pedí poder hacer eso; lo que pensaba se lo hacía, se lo hacía sentir, lento, rápido, de lo más tradicional, hasta cosas que yo nunca había pensado menos experimentado. Guerra de orgasmos. Piel erizada, piel mojada, llantos de placer, gritos, calambres en los arcos de los pies, descubrimientos de nuevos lugares erógenos, la mejor mirada de una mujer, el tiempo desaparece, el sol vence a la noche y se mueve, nosotros seguimos descubriéndonos, explorando, entregándonos. Hubiera sido perfecto si no es porque me siento mal por haber leído su mente. Las mejillas nos duelen de tanto que sonrieron, los labios parecen ya no ser míos de tanto besarnos. No sé cuántas horas fueron. En el segundo en que casi me vence el sueño temo despertar en otro lado, quiero recordarla siempre, quiero despertar con ella. A pesar del miedo el sueño me vence.

Despierto de golpe. No sé cuanto pasó, por el color de la luz del sol no mucho, el sol me da en la cara, agitado veo al techo blanco, el cual no reconozco, tampoco el lugar de la ventana, ni los olores de la habitación, volteo de inmediato a mi derecha, a ver quién está a mi lado, un cuerpo tapado con una sábana blanca, sólo veo una parte de su cabeza, trato de ver quién es sin despertarla. No recuerdo esta habitación, me levanto de la cama para ver quién es, camino lo más rápido que puedo sin hacer ruido, rodeo la cama y veo su cara, #nomames, ¡qué hermosa es! Es ella. Es Inés. Desperté en el mismo lugar, ¡es Berlín!

Me empiezo a vestir, me tengo que ir como siempre, y en eso mi mirada se clava en sus caderas. Sus caderas son gloriosas; parece que la sábana blanca sobre ella no se anima a tocarla, como si tocarla fuera prohibido para la sábana. Ella duerme aún, cada segundo es más bella. Su cabello brilla. Tiene un color de piel perfecto, un aperlado ligero. Verle su cara, aunque esté dormida, es hipnotizante. El ambiente huele a sexo, a sudor, a orgasmos.

Me acerco a ella, me dan ganas de acariciar sus mejillas con el dorso de mi mano, oler su cabello, tocar con mi índice toda su espalda, me dan ganas de oírla hablar. De conocerla incluso más, de ver sus ojos de nuevo, de quedarme, esperarla a que despierte y verla sonreír. Siempre me voy antes de que despierten. Aunque hoy en Berlín, todo es diferente, tengo ganas de quedarme, quiero verle los ojos y seguirle descubriendo pecas en su cuerpo. Me asusto, porque empiezo a sentir cosas que nunca había sentido. Siempre te levantas y te vas. Bye, bye y nunca la vuelves a ver o quizá la verás algunas veces más pero siempre te vas, cuánto más rápido mejor. Y hoy no: hoy estoy feliz de despertar aquí a su lado. Ahorita no la deseo, ahorita estoy lleno de ansiedad porque extraño su sonrisa. Quisiera que despertara para verle su mirada, verla sonreírme. Y empieza mi debate mental: ¿está mal que quiera verla, hablar con ella? Sí, güey: sí estás muy pinche mal. Tienes que irte, ese es el protocolo. La noche estuvo espectacular, la noche ya pasó; no sabes ni quién es, ya se acabó la historia. Claro que no, sí sé quién es, lo vi todo. Ella es auténtica y me habla como si me conociera. Debe ser bueno querer quedarme. Ganó el lado malo de mí, como muchas veces me pasa: ¡Ya cabrón! ¡Déjate de mariconadas! ¡Vete! ¡Corre ya! Reacciono, la dejo de ver para poder encontrar el valor de irme, sin verla es más sencillo seguir el protocolo de siempre, fuga, cabrón, fuga. Me apresuro a recoger mis cosas, me detengo justo antes de salir del departamento, ahí hay una pequeña mesa de teléfono, que me recuerda la que tengo en mi casa en Monterrey. Tomo un pedazo de papel y le escribo lo siguiente:

No preguntes, no le digas a nadie, sólo usa la información una vez, es muy fácil:
Hoy Portugal le gana en serie de penales a Inglaterra y Francia le gana a Brasil 1-0 con gol de Thierry Henry.

Justo cuando acabo de escribir, me entra la ansiedad de que ella me alcance a ver, salgo de inmediato, al ir bajando las escaleras del edificio, recuerdo como las había subido la noche previa, lleno de deseo y pasión, hoy las bajo rápido y sin entender porque lo hago. No tengo cruda moral, ni arrepentimiento, hoy es diferente; hoy me debato entre quedarme, o en irme como siempre.

Llego a la calle y a correr, sin rumbo, sin saber a dónde. No sé cuántos kilómetros corro. Paso por grandes embajadas, por más y más estatuas, esculturas, monumentos a los judíos, edificios enormes de arquitectura antigua con piedras robustas y otros modernos mezclados de acero, madera y cristal. Dejo de correr; camino por horas y horas, entre la gente. El Mundial aporta más bullicio a esta ciudad, la ciudad del morbo, del turista, del rencor. Me paro en algún café internet, checo mi correo. Nada. En mi Iphone nada nuevo: las mismas cuatro canciones. Ajá, ya sabes qué va a pasar. Me da el bajón bien cabrón y mis problemas existenciales hacen su aparición. Hola, buen amigo, ¿a poco creías que todo iba ser fiesta? Recuerda que no sabes nada de tu vida, ni quién eres, ni quién fuiste, ni a dónde vas. Me siento en el piso en una plaza de concreto, recargo mi espalda en una banca, mis piernas al frente cruzadas de chinito y volteo al cielo. Hace mucho que no volteo al cielo. El cielo es claro, limpio, un extraño azul claro, como feliz, muy particular, una que otra nube pequeña, me gusta esta sensación de no pensar en nada, más que en el azul del cielo y sus nubes. Me gusta quedarme aquí, sólo, fumando unos Marlboro Light. Mientras levanto la mirada al cielo, dejo de escuchar todo, un silencio total. Está con madre, ponerle mute a mis alucines, a mis miedos, a mi vida. Quizá en yoga esto sea una meditación trascendental muy, muy poderosa, yo entré ahorita a este nivel sólo viendo al cielo, con un Marlboro entre mis dedos. Mute. . . Todo en cámara lenta, parece un buen viaje, este es sin drogas. Sólo yo y mi mente para qué quieres más. Ahora no es tristeza, ahora es desesperanza de no entender nada. Desde luego que no me importa ver el partido, no me importa nada. No sé cuánto tiempo ha pasado, los ruidos y la cantidad de gente que empieza a aparecer, me dice que ya son cerca de las cinco de la tarde, inicia el juego Inglaterra contra Portugal.

Un dolor en mi espalda baja hace que me levante del piso, no sé cuánto llevo aquí. El ritmo y el flujo de gente de nuevo me lleva a la zona turística, la caseta que tiene la línea de la frontera, el Checkpoint Charlie. Cada quien en su mundo, es muy fácil identificarlos, los turistas de siempre, los seguidores del Mundial, y los pocos locales que se animan a salir a la calle en estas fechas invadidas por gente de todo el mundo. Y bueno, la moda acá en Berlín al parecer es caminar, y caminando ya estoy donde estuve ayer. El Starbucks de Inés. Dame lo que sea barista, con tal de que me pongas enfrente a Inés. Inés no está, es el primer día que falla a trabajar en los últimos tres años, ¿cómo se debe decir? ¿En los últimos tres o en sus primeros tres años de trabajo? Ok, vale madre. El caso es que no está, y estoy seguro de que no volverá nunca. ¿Le hizo caso al recado? ¿O será como Rafa en el hipódromo en México?

Salgo del Starbucks, siento mi cuerpo pesado, mis hombros caídos, y camino encorvado, como si el centro de la tierra me quisiera succionar. Camino, no hay más gente. Llego a un hotel, unas cuantas cuadras hacia el oriente de lo que fue la frontera. Ya no escucho ruidos al pasar sobre la línea divisoria. Es un hotel bello, de lujo, luces indirectas a su fachada minimalista, ladrillos rojos, tramos de muro blanco. Una master suite a mi American Express. Aquí estoy de nuevo, abriendo una puerta de un cuarto de hotel, solo, sin saber cómo saldré. Recuerdo que hubo un tiempo en que me apasionaban las habitaciones de los hoteles y toda su infraestructura. Ahora ya no. Ahora, a pesar de ocupar siempre las más lujosas, me pregunto cuántas almas han pasado por ahí, cuántas se quedaron atoradas y están en algún rincón viéndome, cuántas cosas buenas y malas habrán sucedido, cuántas manos tocaron ese control remoto y me abrumo. La suite tiene techo de doble altura, la pared hacia el frente del hotel es de cristal, muebles modernos rojos, cortinas rojas, acero inoxidable. El tamaño es sólo un poco más grande que un cuarto normal en América, esto es Europa. Prendo la televisión y veo un anuncio de un cardiólogo, diciendo que un día antes de un ataque cardiaco tu cuerpo te da muchas señales, es un DVD donde ofrece salvarte la vida a cambio de veinte euros, ¿es neta? No mames, ¿es multicultural esto de vender utilizando el miedo y chantajes baratos? Cambio de canal, el juego de Brasil contra Francia ya va en el segundo tiempo, son después de las diez de la noche, siento que jamás he dormido. Terry Henry acaba de anotar el gol de Francia hace diez minutos. Espero que ya me creas. Para estas horas Portugal ya le ganó a Inglaterra en serie de penales. Y en unos treinta minutos más Francia dejará fuera a la poderosa y favorita para la final: la verdeamarela de Brasil. Me acuerdo de Inés. No tengo humor ni para levantarme a bañar, ni siquiera para desvestirme, así que me quedo dormido sobre el cubre cama. Y sueño, sueño con Inés. Estábamos juntos en una isla privada sólo para nosotros. Viviendo felices, no había dolor, no había dudas, era pura y plena felicidad.

Sé que pasaron muchos días por la cantidad de periódicos que iba acumulando al lado del escritorio del cuarto. Uno de ellos anunciaba, lloraba, la eliminación de Alemania ante Italia. En cuánto a mí, no sé lo que pasó, sólo comí frutas, tomé mucha agua, y fumé muchos Marlboros, jamás salí del cuarto. Abría las ventanas para ver el cielo desde mi cama y desde ahí me quedaba tratando de hacer el mute que había hecho en el parque, este cielo de Berlín me gusta. Hasta que el 9 de julio de 2006 siento que es suficiente, y salgo a caminar. A un lado del hotel hay un restaurante de comida mexicana, cuyos dueños son unos americanos que nunca han estado en México. Sabe a Taco Bell. Quiero alcohol, no batallo en encontrar un bar, y va de nuevo: Heinekens, Johnny Walker etiqueta negra y rematar con un Malbec. Después de cuatro verdes y tres vasos de Whisky, la magia aparece. ¿Qué pedo conmigo, soy un alcohólico o qué? Así se ve todo mejor. En la barra del bar a medio cupo hay dos pelirrojas de piel muy blanca, chaqueta de piel negra, tacones altos, bellas, explorables y supongo que de alta experiencia. En mi alegría, me acerco con ellas y al momento que inician a hablar en alemán, me acuerdo de Inés. ¡Inés! ¡Inés! Me entra un ansia por irla a ver, me despido de las pelirrojas, pago la cuenta, pido llevarme la botella de whisky, es el Mundial, casi todo se puede. La saco de forma disimulada y me voy corriendo feliz a casa de Inés, pinche alcohol ahora resulta que ya voy feliz.

Llego al departamento de Inés. Vaya recuerdos, vaya olores. Toco la puerta y nadie abre. Me siento en el piso junto a la puerta y sigo tomando whisky. Cada minuto que pasa, cada trago que doy, más la quiero ver. Quiero verla. Quiero verla. Más pienso en aquella noche y más me pregunto por qué chingados la dejé. Inés no está, yo tomo toda la noche, en vez de tomarla a ella. Como si fuera yo un güey normal y estuviera en el 2012, abro el celular y hay una nueva canción, *Maybe Not Tonight*, de *Glen Hansard.* ¡Imagínate el bajón que me da! Ahora sí ya no me importa repetirla y la repito mientras estoy despierto. La oigo y tomo hasta que me quedo dormido aquí en el piso, junto a su puerta, como pinche vagabundo… Despierto de día, toco y nadie abre. La espero todo el día aquí, no llega. Un día más, nada, dos, tres, la espero aquí diez días seguidos, nunca llega, Inés no está. Inés hizo caso a mi recado, ha de ser millonaria ahora… Inés te extraño. A la noche no sé cual, duermo y sueño profundamente, en mis sueños veo a Pepe, luego a Inés y al final a Megan Fox. Todos reíamos, éramos felices.

6

¿Cuántas barreras rompí, cuántas dimensiones pasé para estar de vuelta en mi departamento de San Pedro Garza García? Despierto acostado en el piso en lo que debe ser la sala. Todo parece estar igual que como lo había dejado; aún hay pedazos del cristal de mi copa Ridell. Me levanto, voy a la terraza, según yo, sigue todo igual. El cenicero con cenizas, voy al refrigerador lleno de fruta fresca, alguna de ella partida en rebanadas y acomodada de forma detallada formando siluetas de animales. Si esto es The Truman Show, están bien pinche friqueados con las frutas, siempre frescas, frías y las que me gustan: kiwis, fresas, zarzamoras y granadas. En la sala está una botella de Doña Angélica nueva y la usada que aún le queda algo de vino, huele delicioso, tapo la botella con el corcho que yo traía en mis jeans, y dejo las dos en el piso en una esquina del depa, cerca de la puerta de la terraza que da hacia Calzada.

Extraño a Inés. Checo mi celular, ahí tengo la quinta canción, la que me arrulló afuera de su departamento, tengo la canción y tengo su recuerdo. Ya sé que los sueños también se pueden recordar, Inés no puede ser un sueño, si hubiera sido un sueño me hubiera despertado en la parte más excitante. Si tuviera más música, si tuviera acceso a internet, si tuviera más amigos, si siempre hubiera sido bueno, si hubiera sido el que soñé yo y no los demás. Espero que me funcionen las indulgencias plenarias que hice en no sé cuántos viernes primeros de mes que fui a misa, primero porque nos llevaban los hermanos lasallistas a fuerza durante toda la primaria y luego porque acompañé a una novia, que tenía que acompañarla a misa si quería seguir con ella, el precio para bajar la frontera en su cuerpo era asistir a misa todos los viernes primero de mes. ¿Será tan fácil la catafixia de siete viernes primero de mes o los que sean y se te perdona todo? ¿Pues no que en la confesión se te perdona todo?

No tengo más canciones, no tengo internet. Gracias, gracias. Veo mis contactos, y no mames: ahora sólo hay tres Luis Elizondo, Samantha Williams y Wenceslao Mijares. ¡Chingados!, ¿qué les hago a mis amigos? Ya no está Pepe y no sé quienes son los demás. De nuevo siento presión en el pecho, pinche ansiedad, incluso quiero llorar, a punto de un ataque de pánico. Sólo con el alcohol puedo manejar mis crisis y ahorita no traigo ni una gota encima. Salgo del departamento, ahora hay mucho más tráfico en Calzada del Valle, sobre la cual hay un Oxxo. Llego ahí, entrando a la derecha un display pinchísimo de varillas azules con una lámina anunciando que ahí estaba el periódico *El Norte,* así como su famosa edición *Sierra Madre Joven.* Los tomo, llego a la caja, capto que no traigo efectivo, el cajero me saluda y me dice: "Está bien así, Luca" ¡Ay, cabrón! Este cabrón sabe mi nombre y yo no sé quién es él. No sé en qué día vivo y sí, pues, cágate de la risa. No sé quién soy. Simulo estar enterado de lo que sucede y le contesto: "N'ombre, ¿cómo qué así está bien? Dime cuánto es. No te quiero deber nada". El hombre se ríe y dice: "Pinche Luca tan pedero". Saca un pedazo de cartón, de abajo del mostrador, y me muestra que aún tengo a favor mil pesos. Ahí le iba rayando cada vez que compraba algo. Le pido el cartón para verlo, esperanzado que hubiera algo de información ahí, pero el hombre nunca le puso fecha, sólo ponía los totales. Gracias por nada, pinche cartoncito.

De vuelta al depa veo el periódico y el *Sierra Madre,* descubro que es 2010, con lo que veo ahí me sirve para ubicarme. Veo muchas mujeres preciosas, arregladas como si fueran a una gala, marcas exclusivas que sólo ves es Nueva York, París o Las Vegas. Parece ser lo típico en estas damas, todas con sonrisas falsas. Tiendas ofreciendo muebles de diseñador exclusivo, todo exclusivo, para los exclusivos, al fin todos iguales y se les acaba lo exclusivo. Muchas operaciones, los cirujanos plásticos con agenda llena, ¿qué tiene de atractivo un pecho falso? Salgo a Calzada a caminar y, un güey como de veinte años vestido con una sudadera de gorra y la gorra puesta, lentes de sol, guantes de tela y pants a pesar de estar a cuarenta grados de temperatura, se me acerca, se pone frente a mí y de la pinche nada me dice: "Tengo miedo de tener sida". No mames, cabrón, me quedo helado. Me asustó el cabrón, pensé que me quería asaltar. No mames, tú tienes miedo de eso, yo no entiendo nada. Quiero conocer todo y controlar todo y no sé nada ni controlo una chingada. Tú todo el tiempo has sabido tú nombre, has de tener amigos, recuerdas todo el pasado, y me sales con la pinche mariconada de tener miedo a una enfermedad. No mames, cabrón. Sus ojos, escondidos tras los lentes de sol. "Es muy pinche fácil, mañana vas a un laboratorio, inventas un nombre, pides una prueba, sufres como loco un medio día, esperas la respuesta y tú miedo se quita, adiós a las suposiciones mariconas que te están jodiendo toda la vida. Si tuviste los huevos para cogértela tenlos ahora para hacerte la prueba". Le saqué la vuelta y me fui caminando, se quedó parado ahí, seguía viéndome con una sonrisa bien pinche loca en su boca.

Ya en mi departamento, descubro que ahora el teléfono de ahí tiene contestadora, y la contestadora tiene una pantalla con un numero uno rojo parpadeando. Click a play: "Este mensaje es para Luca Treviño del consultorio de la psicóloga Samantha Williams, para recordarle la cita del día de hoy a las seis de la tarde". ¡Madres! ¡Madres!

Mientras voy a su consultorio voy practicando mi speech: Doctora: estoy hasta la madre de no entender nada, de este pinche mundo loco, carente de amor, invadido de güeyes que te quieren joder todo el tiempo. Estoy cansado de no saber donde estoy, y por más pinche cursi que se escuche no saber quién soy. Me aturde que si veo a alguien a los ojos y me aguanta la mirada por cuatro segundos puedo saber mucho de esa persona, sino es que todo, y de mí no sé nada. No es divertido tomar vino tinto y no poderlo disfrutar porque quedo inconsciente y aparezco en otro lado, en otro tiempo. No es divertido. Hay días en que no me es necesario dormir y no duermo, luego cuando duermo, lo hago de forma intensa, siento demasiadas cosas al dormir, a veces despierto en otro lado, literalmente, por favor, doctora Samantha, entiéndame, escúcheme. Literalmente despierto en otro lado, en otra ciudad, en otro tiempo. Obtengo detalles muy específicos de alguna gente a la que veo, pero no de mí. Me asusta poder correr a la velocidad que corro, eso no es normal.

Mientras practico en mi trayecto, no capto lo loco que se pude escuchar lo que le voy decir, me vale madres como se escuche, hasta la madre estoy de los pinches viajes que me estoy aventando, moviéndome en el tiempo como pendejo, además, pues los psicólogos para eso están, ¿no es cierto? Me urge decirlo todo, ya siento el pecho lleno de mierda, la cabeza revoloteando de información, deducciones, alucines, preguntas, dudas y ni una pinche respuesta. Todo se ve pinche gris, nublado bien ojete. Es fácil voltear a la calle y ver todo lo malo que sucede en la sucia y corrompida ciudad.

El consultorio, en el segundo piso de una casa cualquiera de Colinas de San Jerónimo, con una escalerita a un lado de la casa, ¿*Stairway to Heaven?* (qué buena canción de *Led Zeppelin).* Llego a la recepción, el escritorio vacío, nadie esperando, al fondo una puerta semiabierta apenas se mueve, escucho una voz de mujer: "¿Luca? Come in". Volteo a todos lados, no hay nadie, el silencio total hace que mis suelas rechinen en el pulcro piso de madera. Avanzo, abro la puerta. ¡No mames! ¡No mames! ¡No mames! ¿Qué pedo conmigo? No puedo creer lo que estoy viendo… La doctora Samantha está idéntica a Megan Fox. Para acabar pronto, imagínatela igual... ¿Me habló en inglés, no? ¡Que pedo! Respira, Luca. Volteo a las paredes, todas llenas de piso al techo de libreros de madera brillante. Los libreros llenos de libros, en medio del consultorio un desnivel de dos escalones, ahora ya el piso está alfombrado. Me agrada estar rodeado de libros y tenerla a ella enfrente. La veo, no puede ser es idéntica. Viste un traje sastre ajustado color café oscuro, elegante, una blusa blanca con botones abrochados todos hasta el cuello, cabello negro total, liso suelto. Los labios más rojos y eróticos que te puedas imaginar están frente a mí. Alta, piernas largas, pechos tremendos, caderas perfectas, la sonrisa se la ha de haber prestado algún demonio, tiene lentes oscuros. Y no me habla.

Debe de ser divertido verme en esos momentos, imagino la cara que tengo. ¿Qué haces en estos casos? Vas al sicólogo asumiendo que te tocará un estereotipo de doctora; no sé quizá unos cincuenta años con su bata blanca, ni delgada ni gruesa, totalmente asexual, aburrida en su trabajo, con miradas tristes y su mente en su estado de cuenta; pero no, me topo con Megan, o su doble, su hermana, o quien sea tan idéntica y aquí estamos los dos viéndonos, sin hablarnos. En su escritorio una placa: *Dra. Samantha M. Williams F.* ¡Ah, su madre! Los cuadros con sus títulos en la pared tienen el mismo nombre, del Tec de Monterrey, Hospitales de Houston, de Cleveland Clinic, de Nueva York. No encuentro algún dato de su escritorio, de los cuadros, los libros, que me ayude a deducir. Pasan catorce minutos, y por fin me siento. Lo único que puedo ver en sus lentes es mi reflejo. ¿Por qué trae lentes de sol aquí adentro? Por fin mis cuerdas vocales dejan de temblar sin sentido. Respiro profundo y en español le digo: "¿Doctora puede poner algo de música, por favor?" Da unos pasos y pone en el sonido ambiental a Emily Jane White, la canción *Oh, Katherine.* Buena elección. La música ayuda, ojalá sea todo el CD de *Ode to Sentience.* Termina la canción, ninguno de los dos emitimos ningún sonido. Sólo en una ocasión ella volteó a ver su reloj Cartier. No sé si sólo me sucede a mí, que entre más veo a una mujer, sin hablar, más me excito. Sentada en una silla al lado de su escritorio, como a tres metros de mí, piernas apretadas y cruzadas de forma ajustada. No hay absolutamente nada malo en ella, más que los lentes. Sí es el disco completo, ya va en la tercera canción, *Black Silk.* Con esa música y ella frente a mí podría quedarme una eternidad aquí, no importa lo que me cueste el minuto, no importa que no le pueda ver su mirada. A mitad de esta canción, hablo yo de nuevo: "Doctora, tengo preparado un speech que necesito decirle". "¿Ahora me hablas de doctora?" Me contesta en español. "¿Cómo habría de hablarle?" "De tú, de Samantha. O de güey, incluso". "¿Así le gusta que le hablen sus pacientes?" "Luca, cómo te encanta. Me gusta que me hables como siempre me hablas". "¿Me permite decirle lo que tengo que decirle? Lo ensayé, no para tener el valor de decirlo, sino para que no fuera olvidar nada". "¿Y qué speech traes hoy, Luca? El de: Doctora estoy hasta la madre de no entender nada, de este pinche mundo loco, carente de amor, invadido de güeyes que te quieren joder todo el tiempo. Estoy cansado de no saber donde estoy, y por más pinche cursi que se escuche no saber quién soy. Me aturde que si veo a alguien a los ojos y me aguanta la mirada por cuatro segundos puedo saber mucho de esa persona, sino es que todo, y de mí no sé nada. Y tus quejas de que no es divertido viajar ni dormir ni tomar vino tinto, ¿es de nuevo eso?" "¡Uta madre, doctora! Samantha o como quieras, por favor ayúdame. ¿Cuántas veces he venido contigo a quejarme?" "En los últimos cuatro años, al menos diez veces". "¿Qué sabes tú?" "Sólo lo que me has contado". "Megan, ¡no sé qué te he contado! ¿Qué de todo eso me crees?" "¿Cómo doctora o como Samantha?" "Como Samantha, como Megan, como quieras…" "Como doctora te creo todo. Como Samantha no importa lo que crea, me encanta cómo me ves. Verte por más de cinco segundos es raro, es delicioso, es excitante, siento pequeños calambres en mi nuca, tu mirada me mueve, me altera, nunca nadie me había mirado como tú lo haces. Sólo lo soporté una cita y en tu segunda cita acabamos revolcándonos en el piso". No puedo evitar sonreír unos segundos, y paso a la desesperación de no poderlo recordar. "¿Es cierto eso de la revolcada o sólo me estas chingando?" "¿Tú que crees?" "No necesito de mis poderes para revolcarme contigo". "¿Entonces por qué me preguntas? ¿Por qué dudas de lo que te acabo de contar?" "Porque ahora ya dudo de todo. Dudo que seas real, dudo de tu nombre, de tu belleza, de si eres Samantha Williams, dudo que existo, del dolor, la tristeza, dudo de los buenos, del alma, de saber cuál es el sueño del sueño; dudo si el verdadero yo es el soñador mientras duermo, o el que está despierto esperando dormir; dudo que la música que tienes sea real, que hayas acertado por casualidad a poner esa música, dudo de quién me pone la fruta en mi refrigerador, de quién me manda claves; dudo de quién me manda canciones a mi Iphone; de que puedo acertar resultados, dudo de todo. ¿Cómo no dudar de ti que no te conozco?" Sonríe cuando digo eso. "Y tú me dices que nos revolcamos como perros salvajes en el piso de este consultorio tan profesional". "Nunca dije como perros salvajes". "Tu tono de voz y tu sonrisa al decirlo le dio ese sentido, seguro estoy de que disfrutaste recordarlo o inventarlo en tu mente, eres tan bella y demasiado sexual que son pocos los hombres que se atreven a hablarte, pocos los que se animan a romper la frontera de los dos metros a tu redonda. Yo te rompo esa frontera en cualquier momento, con o sin lentes, sigue hablando o quédate callada, conmigo estás por dentro. ¿Qué se siente ser tan bella y estar aparte de este mundo, como muñeca en un aparador? Todo el aparador de ella, sola y apartada de la realidad, nadie la puede tocar, aunque quiera, siempre jugando ese rol de inalcanzable. Estoy seguro de que hace mucho tiempo nadie te toca, nadie te escucha, nadie te abraza. Atraes miles de miradas ardientes durante tu día a donde quiera que vayas, pero en la noche la única mirada que ves es la tuya en el espejo, estás sola en tu casa. Sola, ausente, deseada por la plebe, inalcanzable para todos, pero sola cada noche". "¿Por qué te encanta agredirme? Ese rollo ya no me ofende, siempre lo acabas diciendo y no es del todo cierto". "Tú iniciaste la agresión. Ok, ok, ok, vale madre, paremos. Volvamos, nos revolcarnos en el piso puede tener muchas interpretaciones, ¿puedes ser más específica?" "No", y vuelve a sonreír mostrando su lado bélico. Se ve que está gozando con esta conversación más que yo. Ella trae el control del tiempo: "Ok, voy a creer que sí sucedió. Supongo que no fue una revolcada normal, si te vi a los ojos en esa ocasión, supe todo de ti, debió ser espectacular. Entonces estás molesta conmigo porque me tardé en volver". "¡Pinche Luca! ¡Estás loco!" "Con madre, mi doctora, mi psicóloga me dice que estoy loco, ¡no mames! ¿Cuánto me vas a cobrar por este diagnóstico? ¡No mames!", respiro hondo, la veo y voy de nuevo: "Ok, perdón, paz. No quise agredir". "Disculpas aceptadas". "¿Por qué no me hablas como tu paciente?" "Porque dejaste de serlo hace mucho". "Necesito que me ayudes". "No te dejas ayudar". Respiro hondo, cierro los ojos y muevo mi cabeza hacia atrás. "Hoy sí me dejaré, ayúdame, Megan", se acaba el CD. "No puedes matar así la ambientación, pon algo más, Megan". "Ya sabía que ibas a decir eso, Luca, ahorita inicia el de *Forte-EP*, de Maya Solovey". "Con madre, tú sí sabes, ¿por qué no sacas el alcohol?" "Porque dijiste que te dejarías ayudar". "Ok, ¿te puedo hacer preguntas?" "Sí, mi labor es escuchar". "¿Desde cuándo te conozco?" "Desde 2006". "Dices que he venido diez veces desde entonces…" "Correcto", suspira, cambia las piernas de lado, "¿A quién de mis amigos conoces?" "A nadie". "¿Conoces mi depa?" "No". "¿Qué amigos te he mencionado?" "Pepe, Otto, Wenceslao, Luis…" "¿Qué hago en mi vida?" "Viajas por el mundo, dando platicas motivacionales". "¡No mames! ¿En serio eso?". "Es broma, no sé a que te dedicas", vuelve a sonreír con malicia y levanta su ceja derecha. Lo que sea que mueva es una bendición ser testigo. "¿Puedo fumar?" Me avienta una cajetilla nueva con unos cerillos viejos, con el logotipo de Angelica Zapata. "¿Conoces la marca de vinos Angélica Zapata?" "No, tú me regalaste varias cajas de cerillos como ésos". "¿Has tomado conmigo alguna vez ese vino?" "No". "Te invito a mi departamento". "No soy tu amiga". "Pues no que no te hablara de usted, ni de doctora". "Son cosas diferentes, una cosa es que quiero que me llames Samantha, o dejarte que me llames Megan, otra que me invites a tomar un vino a tu casa, no soy tan fácil". "Eres tan bella que tu fortaleza es de mentira, a la primera puerta del carro que te abra, ya te van a estar temblando las rodillas… perdón, perdón, no agresión". Qué buena música, carajo. "Necesito que me digas lo que sepas de mí". "¿Personal o profesional?" "Ambos. No, mejor empieza profesionalmente". Volvió a sonreír mandando el mensaje de no querer profundizar en el lado profesional: "Mmhh dices que corres como loco, sin embargo, lo mantienes oculto, no lo has explotado de ninguna forma, no entiendes por qué lo tienes, ni te interesa saber cómo poderlo usar. Si corres como dices, a tu lado ningún keniano te podría ganar en ningún maratón, romperías cualquier récord en las Olimpíadas. Deberías ir, de hecho; de perdido una medalla de oro para México. En ocasiones, así como eres de obsesivo para correr, lo eres para tomar alcohol y pasas fiestas eternas llenas de alcohol y todas sus consecuencias". "¿Qué tiene que ver eso con psicología? ¿Te he invitado a una de esas fiestas?" "Lo que sí es muy claro es que tienes delirio de grandeza. Tienes fijaciones severas, incluso obsesivas compulsivas con la música, con tu Iphone y tus sueños", guarda silencio como si esperara que avanzara un poco más la canción. "No me chingues, Megan". "Eso es lo que sé de ti. Ya nos pasamos media hora, tengo a diez pacientes esperándome en la recepción. Nos vemos la siguiente cuando quieras". "Estaba por invitarte a cenar". "No soy tan fácil". "Pero estás tan sola". "Ciao, Megan estás buenísima". "Gracias, Luca". "Gracias a ti". Camino dos pasos rumbo a la puerta, me detengo y giro y empiezo a decirle "Oye, ¿tienes…?" Me interrumpe: "Sí, tengo tu número del celular". "Adiós, Luca, sueña conmigo". Sonríe, sonrío, y al cerrar la puerta escucho que deja caer sobre su escritorio los lentes de sol. En la recepción pago la consulta con mi American Express en la pantalla táctil que está empotrada en una pared con un marco de acero inoxidable. Volteo a ver a los pacientes que están en la sala de espera, que de hecho ya son un poco más de diez; se nota que sí necesitan la atención de una sicóloga. Uno de ellos está sentado en la esquina, mira al techo, la parte del techo que está justo encima de él, por lo que su cabeza está hacia atrás, su manzana de adán en su garganta es voluptuosa y con sus manos simula disparar telarañas como Spiderman. Otro parece ser el doble de David Beckham, está vestido de traje color gris brillante, camisa morada claro, pañuelo en la bolsa frontal de su saco, pulcro. El Beckham no le quita la vista a las piernas de una joven que tiene justo en frente de él, le mira las piernas con la misma intensidad que el paciente de la esquina mira el techo. La joven que tiene las piernas que reciben el acoso del Beckham es guapa, aunque algo gorda; creo que por eso está ella aquí. Su exceso de grasa en la cara no le cubre del todo su belleza; estoy seguro de que fue muy guapa cuando era más joven, ahora le sobraban muchos kilos. Aún ahí sortea bien el acoso visual del Beckham; sin rechazarlo del todo, sin aceptarlo del todo, simula estar ocupada leyendo una revista *Hola*. Ella trae un perfume Tea Rose, que llena toda la habitación. Ya no me clavé a ver el resto de los pacientes, en estos no vi ni una pizca de alegría, ni esperanza, es como una laguna de tristezas, como una reunión de almas abandonadas. ¿Así de pinche triste y jodido me veré yo? Me vale madre; ni al caso que me pregunte eso como si estuviera pidiendo compasión. Me alteran las preguntas que claman por lástima, chantajean para ser contestadas con palabras llenas de lástima, predisponen la respuesta, a cambio de lástima cruz con amor, son las preguntas que una mamá orgullosa de su hijo de dieciocho años le encanta que le pregunten, porque para ella son oportunidades de desahogar el amor enfermizo y excesivo que le tiene a su varoncito. A mí realmente me vale madres cómo me vean. Incluso, cómo me veas tú.

7

Salgo del consultorio; aire limpio por fin. Bueno, eso de limpio sólo es un decir, digamos que el aire del exterior me cae bien para liberarme del Tea Rose de la chamaca que estaba en la recepción. ¿Ahora qué, campeón? A lo lejos, majestuosa la Eme de Chipinque, como si comandara todos los actos de la ciudad desde sus dos mil metros de altura. ¿No te ha pasado que te quedas viendo la montaña y de pronto se ven algunos reflejos, algunos brillos? Como si alguien estuviera mandando un mensaje. Tal vez son sólo brillos de autos, o de gente que va subiendo a la cumbre. Ahorita veo algunos de ellos que salen justo desde la cumbre. Son constantes, rítmicos, casi seguro que emulando el ritmo de una clave morse. ¿Por qué nunca me tomé el tiempo de aprender el código morse? ¿Qué tan necesario será en estas épocas usarlo? Sigo avanzando muy lento por el tráfico; ya van dos autos que me cierran; nadie usa las direccionales para cambiarse de carril, todo se siente tan desordenado, todos se sienten alterados, apresurados y hoy, en especial, acalorados. Tomo la avenida Morones Prieto por error, pues hay muchas desviaciones y los señalamientos están equivocados; da lo mismo, no tengo a donde ir, no tengo ninguna prisa. Recuerdo cuando añoraba no tener prisa o, al menos, no tener tantas cosas que hacer, no recuerdo que tanto hacía y ahora que no tengo nada que hacer, resulta que me siento inútil, vacío. Se siente pinche. Pinches ambivalencias, ¿será así siempre? ¿Será así de a huevo? ¿Será parte inamovible del ser humano nunca estar contento con el status en el que está? El soltero añorando casarse y, una vez que se casa, triste porque sólo debe de coger con una, en los dos escenarios el cabrón la pasó frustrado. ¿Dónde madres está el punto en el que te sientes bien? No llevo ni dos minutos sobre Morones Prieto y a mano izquierda veo un pequeño altar incrustado en la pequeña montaña, doy vuelta en u, me estaciono frente al altar. Jamás me había parado en este altar. Fue creado después del huracán Gilberto, para recordar a todas las víctimas que murieron ahogadas por tantas pendejadas que estaban construidas sobre el lecho del Río Santa Catarina. Ahí estoy parado frente a la imagen de la Virgen de Guadalupe, dos velas prendidas, y una estampita de san Judas Tadeo. Al lado, unos pequeños adornos, unas margaritas secas y unas flores artificiales quemadas por el sol. ¿La Virgen de Guadalupe que está ahí me podrá dar todas las respuestas que necesito? ¿Valen las indulgencias plenarias que hice con los Lasallistas? ¿Cuánto es el vale para que me hable? ¿Cuantas Aves Marías? Haré el intento: rodillas al piso de concreto, me le quedo viendo a los ojos. Nada. Chingados. Dulce Madre, no te alejes, tu vista de mí no apartes, ven conmigo a todas partes y nunca solo me dejes, ya que me proteges tanto como verdadera madre has que me bendiga el Padre, el Hijo y el Espíritu Santo. Nada. Chingados, no me habla. ¿Quién soy? ¿Qué madres debo? Perdón. ¿Qué debo de hacer en esta vida? Nada, silencio. Me acerco a la imagen, la toco y no pasa nada, no siento nada, no escucho nada. Ya me chingué. La Virgen no me habla. Sólo les ha de hablar a los buenos, y ni siquiera recuerdo los diez mandamientos, ¿cómo espero que me hable la Virgen? Me voy. Carro, avenida San Pedro, hola, estatua del David, desde ahorita te aviso, te queda poco tiempo ahí, pronto te van a quitar: en el 2012 vas a acabar en algún jardín de algún excéntrico sampetrino… Dos cerrones más, ¿cuántos choques hay al día aquí, cabrón? Rotonda de Calzada del Valle y Avenida San Pedro, la Vinoteca está ahí gritándome, ni modo, el poder de la atracción. Hola, Vinoteca. Hola, Luca. Bueno, la verdad ellos no saben quien soy. La empleada apenas me sonríe, me ofrece su ayuda, la ignoro, no tengo humor de verla, ni de hablar con ella, yo elijo, yo pongo, yo pago. Ocho cajas con botellas de vinos mexicanos, Gabriel, Serafiel y Kerubiel de Adobe Guadalupe, Vino de Piedra, Pangea, no quiero ni un pinche Merlot ya que parece Kool Aid, y nada que sea argentino para hoy; hoy no quiero Malbecs. Mejor que sean doce cajas con botellas de tinto, seis cajas con botellas de Johnny Walker, y quince cartones de Heinekens, agrégale unas dos cajas de Frangelico y dos cajas más de licor Cuarenta y Tres.

No me lo voy a tomar todo yo; lo haré con mis amigos. Chingada madre nadie me contesta; ¿cómo hace amigos la gente normal? ¿Por qué los viudos y divorciados se vuelven a casar? ¿De plano la soledad es tan pinche? Ya me aburrí, ¿cuánto llevo aquí? El arsenal de alcohol en mi depa, yo sentado en una banca en Calzada sobre el camino que la gente usa para caminar, frente a mi depa, abajo de un gran árbol. Y que empieza el show, el desfile. El objetivo, hacer amigos, conocer gente, invitarlos a tomar al depa, armar una fiesta. ¿Todas las personas viajan como yo? Capaz que estoy haciendo mucho pedo y que mi vida es como la de todos. Capaz que todo este desmadre de andar moviéndome en tiempos y lugares es tan normal como evacuar y por eso ya no se habla de eso. Nadie me voltea a ver. Todos tienen audífonos, nadie escucha. Simulo estar usando mi Iphone, no es divertido; no tengo mucho que moverle. Nadie me habla por voluntad propia, tendré que hablarles yo.

Aquí está el buen Luca, aquí estoy yo, banca de concreto en Calzada del Valle, viendo a la gente pasar, otra vez me pregunto: ¿cómo hace amigos la gente normal? ¿Así de plano me paro, detengo a uno de ellos y les saco plática, los invito a mi depa, les pregunto en qué les puedo ayudar, los veo a los ojos? ¿Cómo se conoce la gente normal? ¿Cómo se encuentran las parejas? ¿Ahí sí juega el destino su papel? ¿Ahí sí deja información suelta para que los seres humanos la usen y se encuentren? ¿Primero tienes que encontrar tu otro yo para luego poder encontrar tu pareja? ¿Cómo sé si todos tienen el poder de los cuatro segundos? Y yo que me sentía tan poderoso y tan único con él, ¿cómo sé si todos lo tienen? ¿Cómo saber que los perros en realidad ven en blanco y negro? ¿Cómo le hace entonces la gente que encuentra a sus parejas, será verdad lo del amor a primera vista? O de plano quien inventó esa frase tenía el poder de los cuatro segundos, se conquistó a la primera mujer que se le quedó viendo por cuatro segundos e hizo famosa esa frase, para que millones de jóvenes ausentes de léxico, verbo o creatividad la usaran como único recurso para, junto con un puñado de rosas intentar conquistar a la chamaca de quince años a quien la frase más bella que le habían dicho había sido la que le dijo su abuelo ocho años antes: "Qué chula está, mi'ja", y ella vivía aferrada a esa frase. Déjame contarte que acaba de pasar frente a mí un grupo de nueve señoras entre treinta y cinco y cuarenta años, todas ellas con shorts color negro y camisa naranja fosforescente, maquilladas, perfumadas y hasta con bellos peinados, iban corriendo todas en un pequeño grupo, invadiendo más de la mitad del camino, arrogantes, felices, sintiéndose poderosas, iban a buen ritmo. Me llamó la atención que a sus cuarenta años se vistieran todas iguales para ir a correr. ¿Andan juntando dinero para algo? ¿Están pagando alguna apuesta? ¿Cuál es el punto? Están tratando de gritar lo mas fuerte posible: Voltéenme a ver, miren lo chingonas que somos; cuando alguien las voltea a ver o lo ignoran o, si es buen galán, entonces la amistad entre ellas termina y como hienas pelean a ver quien conoce al más guapo de Calzada, el de mejor cuerpo o el más veloz o el que tenga más dinero. A primera instancia no sabrías para qué están vestidas así; por un lado si sólo les vieras las caras, pudieras deducir con facilidad que van a trabajar en cualquier corporativo; lo mismo si les vieras sólo su peinado, luego les ves su ropa deportiva, todas con shorts color negro y camisas colores naranjas brillantes. ¿Me pudieras aceptar si te dijera que están haciendo un experimento de marcas? Como una lucha a ver quién trae la mejor marca, lo último de la moda deportiva, el sostén más firme o más cómodo y que a la vez le resalte más el pecho, pareciera una lucha de naranjas brinconas que vienen en un camión de Montemorelos y quieren ir en la mera parte de arriba del camión para que les de más aire, para que las vean más, para ser las primeras elegidas y tomadas. Y sí, a algunas de estas amigas de naranja les encantaría ser tomadas; algunas de ellas a pesar de su cuerpo monumental hace tiempo que no son tomadas por sus ocupados esposos, ni por nadie más. Aguántame tantito con esto de quién es tomada y quién no, déjame seguirle con lo de su ropa y su equipamiento. Guerra de marcas, obvio la líder Nike, la nueva Under Armour, la clásica Adidas, la siempre presente Lacoste, una aventurera y quizá recién sampetrina animándose a usar en un grupo como este la marca Champion exclusiva de Target, la jovial Puma, las especializadas Asics, Brooks, ¿a poco tú ya sabías que todas estas marcas tienen blusas deportivas color naranja párteme la pupila? Unas ceñidas a sus pechos y abdómenes presumiendo sus horas de hambre y su fuerza de voluntad, otra usando una blusa un poquito holgada para esconder ese kilo y medio que la separa de la perfección desde su punto de vista y al mismo tiempo la ha separado de la felicidad, ese kilo y medio que su esposo le reclama es lo que le ha causado ser infeliz en cada merienda, en cada cena, en cada lugar donde le han ofrecido un postre y tiene más de nueve años de no comer una rebanada de pastel de chocolate. Ella me cayó bien, se llama Claudia y cuando pasó por donde estaba sentado, me vio durante más de cuatro segundos y click, bienvenida Claudita a mi mundo. Los otros modelos de blusas eran diferentes, con escotes, de manga corta, de tirantes gruesos, delgados cruzados en la espalda para presumir los hombros; cada diseño buscaba resaltar algo. Obvio que las marcas de los shorts o licras negras eran las mismas de su blusa, pinche oso si no. Me gusta cómo se les ven las licras negras pegadas a medio muslo, resaltando zonas de alegría, otras traían shorts ligeros muy cortos mostrando su muslo con orgullo. De las nueve, siete tenían buenas piernas, buenos traseros, entre este grupo mi nueva amiga Claudia. Más que obvio que no le pude ver los pies, ninguna ha caído en la nueva moda de correr descalzas; me hubiera encantado verles los pies, pero los traían cubiertos por calcetines, de muy diversos modelos, desde el blanco cortito con la palomita de Nike, hasta unos grises con secciones en naranja para cada parte del pie. Los tenis, pues ya no sé si detallarlos; imaginemos que todas las marcas de las blusas, o casi todas ellas traen representante también en los tenis de estas damas, de este grupito de sampetrinas naranjas. ¿Y los accesorios? No podían faltar. Su objetivo es salir mínimo dos veces por semana en las ediciones del *Sierra Madre*. Pulseras en ambas muñecas, aretes, banda en la frente para evitar que el sudor invada el bello cutis, Ipods, Iphones, medias de compresión para los bellos chamorros, cinturones con pequeñas botellas de plástico llenas de Gatorade, bolsas con velcro incrustadas en las cintas de sus tenis con las llaves de sus camionetas, la mayoría de ellas Audi o Mercedes Benz. Cintas de kinesiología en algún muslo, pequeños cintos con compartimientos para guardar geles, blocks energéticos y alguno que otro secreto y los lentes de sol, más que obvio que todos ellos especiales para hacer deportes. Ningún vello en ninguna de las dieciocho piernas. Así era el grupo de damas que me llamó la atención; ahora me entiendes por qué. Cuando vi a este grupo, me acordé cuando hace muchos años veía los folletos de quienes terminaban la universidad y fantaseaba con elegir a una mujer para coger, y veía todas las fotos de una generación y me preguntaba si pudiera elegir, ¿con cuál de todas estas cogería? De ley que lo has hecho, de ley que te ha pasado. Así me sentí cuando vi venir a las naranjas, y pues Claudia, la vi, fue la elegida, me vio. 1, 2, 3, 4 click. Ah, volviendo al tema sobre cuál de ellas les encantaría ser tomadas por alguien, por quien sea, esposo, amigo del esposo, vecino, amigo corredor, el señor interesante en el supermercado, el del carro de al lado, hay cuatro de aquí que no le entran a este juego, dos más a las que les encantaría jugarlo mas no saben cómo empezarlo, y tres más que ya lo juegan y lo juegan muy bien. De las cuatro que dicen que sólo quieren ser tomadas por sus esposos, tres de ellas tienen en promedio sólo dos orgasmos al año y los dos son pensando en otros hombres; otra de ellas tiene una vida sexual plena y muy activa con su marido, de a orgasmo por cogida, muchas veces multiorgasmos, ni para qué le mueva. Digamos que es muy probable que las primeras tres pronto van a estar en el siguiente segmento y entonces la distribución se vería así:

Una que le va con madre con su marido.
Cinco que les encantaría jugar el juego pero no saben cómo.
Tres ya lo juegan y lo juegan muy bien.

Para llegar a esta distribución tiene que pasar un poco más tiempo para que ante la ausencia de orgasmos, ante la ausencia de caricias, ante la falta del pinche tiempo de su marido, ante el bosque de soledad, ante la aceptación de la necesidad de sentir placer, y la rapidez de sus maridos dándole en la madre al promedio mundial de los once minutos cuando ellas ocupan más con justa razón; ante todo esto sólo es cuestión de tiempo para que la distribución previa se cumpla. Volviendo a la distribución actual, ¿qué pasa con estos ocho maridos? ¿El matrimonio es la mejor formula para darle en la madre a la pasión, la creatividad, la humedad, la exploración, el goce, el morbo y los juegos? Luego te cuento en dónde andan estos ocho cabrones, los patrocinadores de estas muñecas. Resumiendo, muchas quieren aventuras, vale madre el anillo del anular izquierdo, vale madre promesas, religiones, hijos, votos, herencias. Vale madre todo. Quieren ser tomadas, no por cualquier cabrón. Claudia ya pertenecía al grupo de en medio: al del quiero pero no sé cómo, y pues qué mejor que tu servidor para enseñarle. Ya llevo dos camellones corriendo con ellas, mala suerte que no traigo nada naranja para perderme entre ellas, de camisa blanca parezco como una semilla en medio de una gran naranja. Claudia es amable, el resto del grupo no se quiere separar, quieren escucharme o ganarle el turno a Claudia, y algunas de ellas cuidarla. No hay mejor hora para conocer hermosas señoras que a las diez de la mañana, ¿hoy todavía es hoy? Ya está de más decir que ya sé todo de Claudia; me animo a decir que es la más buena onda de todas. Sus manos declaran que jamás había lavado ni un tenedor; su reloj Garmin avisa su pasión por el deporte, sus piernas lo confirman, su trasero firme en esas lycras Under Armour lo reafirma. ¿Por qué estoy hablando con Claudia si me cagó toda la actitud del grupo? No sé. ¿Estoy haciendo amigos, no? Apretamos el paso los dos, dejamos al grupo atrás, se sorprende que pueda hablar tan calmado al estar corriendo a este ritmo de 5'00"/km, a mí me sorprende que ella, corriendo tan rápido, necesite un grupo así de pinche mamón para hacer ejercicio. Otra vez, ¿cómo se hacen amigos? Ya di el primer paso sin problema, el que muchos hombres jamás dan, hola a todos ellos, saludos cordiales desde la segunda frontera, la que jamás pisarán. Con Inés todo era más fácil. ¿Cuándo fue Inés? Seguimos corriendo, tomamos agua, corremos, vemos de regreso a sus supuestas amigas. Dos de ellas ya la envidian y al mismo tiempo la critican de fácil, ¿cómo una mujer casada se pone a correr así con un desconocido? Le dije a Claudia: "Grítales que soy tu primo". "Me vale lo que digan, ni que estuviéramos haciendo algo malo". Y pensé: ¿qué pasaría si hago un grupo de amigos de puro tipo de gente que me caiga mal? Sería así como la antítesis. ¿Qué expectativas pudiera tener de una fiesta en la que yo mismo invite a gente que me revienta la madre? ¿Qué tan mal puede salir la cosa? Lo que sea que obtenga, ya será ganancia, aunque sea una conversación sorpresiva. "Te me haces conocida, Claudia, ¿no estuviste en el Instituto?" "Mmhh... Sí. ¿Cómo supiste?" "¡Já! Tengo poderes". "Cuero". "Te voy a contar algo que no me vas a creer, si lo logras creer, todo será más fácil, espero que me entiendas. ¿Te late?" Seguimos corriendo. "Sí, dale". "Cuando tú estabas en el Instituto Americano, en tercero de secundaria, un viernes en la tarde, fuiste a un baile, era un baile en la misma escuela, y cuando las cintas pusieron *Fallen Angel* de *Poison,* te volviste loca, te subiste al escenario, le quitaste el micrófono al de las cintas Colours y cantaste y bailaste como nunca lo habías hecho. Todos tus amigos y enemigos de tu escuela habían dejado de bailar y te veían, sorprendidos. Lo habías hecho tan bien que lo más malo que sentían era plena admiración por ti". Obvio que Claudia deja de correr, sigue caminando. "¿Cómo sabes eso? ¿Quién eres? ¿Estuviste en el Instituto? No había ningún Luca en mi generación. ¿De que año eres?" "No estuve en el Instituto, bueno sí en un Instituto, pero no el Americano, en el Instituto Regiomontano, el Regio" "Ni idea, ¿en que colonia está ese?" "En Monterrey, por la Chepevera, por la Iglesia La Salle". "Ni idea". "No importa". "¿Cómo sabes de mi baile con la de *Fallen Angel?* ¿Te contó alguna de mis amigas?" "No. Tengo poderes", "Ajá, claro". Y justo cuando ella dice ajá, claro, yo lo digo al mismo tiempo. Luego digo: "¿Qué rollo con este niño?" Al mismo momento que ella lo piensa. Después le digo: "No te apures, no soy malo", justo cuando ella piensa: Me va hacer algo malo este desconocido. Me cae aún mejor, porque no se friqueó, o capaz que no me entendió que le leí su mente y que sabía exactamente lo que iba a decir. Ya estamos parados en una sombra bajo un gran árbol. Hacía mucho tiempo que no practicaba el ejercicio de decir al instante lo que la otra persona estaba pensando, está con madre ese ejercicio para mi mente y para el Alzheimer, aunque, casi siempre que lo hago, la contraparte sale huyendo. Siempre hay historias que ayudan a vender mejor las mentiras: "No son poderes, Claudia, yo estuve ahí y te recuerdo. Unos amigos de tu generación me invitaron a ese baile y desde ese día no te he podido olvidar cada vez que escucho *Fallen Angel* de *Poison*". Cuando termino de hablar, sonríe y como casi todas las mujeres, sonriendo son más bellas. Al verla sonreír así, supe que esa es su debilidad. Pinche ego, como nos jodes. "¿Ah, sí? ¿Y qué amigos?" "Gabriel, Alejandro, Pedro, Jaime…" "Ah, sí, ellos eran de mi generación". "Te lo dije". Se relaja, respira más tranquila, prosigue con sus estiramientos. Unos segundos después, su ego de nuevo ataca: "¿Después de tantos años cómo me recuerdas?" "¿Quieres la respuesta socialmente adecuada? ¿Digo la respuesta que deseas o quieres la realidad?" "¿Hay diferencia entre la realidad y en lo que deseamos?" "Obvio, casi siempre, a menos de que seas yo". Sonríe interesada; el ego le está dando en la madre. Gracias, ego de Claudia: mucho gusto en conocerte. "La forma en que tomaste el micrófono, la pasión con que cantabas, el inglés tan perfecto y tu cabello ondulado al aire, me dejó pasmado esa ocasión, lo mejor de esa tarde, fue ver tu mirada mientras cantabas". Su mirada es mejor ahora, a pesar de que hace mucho que no tiene un orgasmo porque su marido es muy veloz; mejor dicho quizá por eso su mirada está cargada; necesita una mano para salir, o un amigo, y pues aquí me tiene, al buen Luca. Hola, Claudia, soy Luca, ponte el cinturón.

Si quiero armar la fiesta con el tipo de gente que me cae mal, en definitiva Claudia es un perfil que tiene que asistir, superficial, materialista, fijada, víbora. Hablaba como si trajera una papa de Galeana en la boca; falta de inteligencia, de cultura, de más joven presumía que su número de teléfono iniciaba con el número setenta y ocho, lo cual denotaba que vivía en San Pedro Garza García. Los pocos segundos que se quedaba callada, era bella. Su cuerpo delgado y fuerte, forjado en años de yoga merecía más orgasmos, más sexo. Siempre pulcra, elegante, maquillaje Dior, perfumes diversos desde Carolina Herrera hasta Chanel, tacones, sandalias, jamás ha repetido algún zapato, ni tenis, ni accesorio, mucho menos ropa. Estaba tan vulnerable que me dio chingadera aprovecharme de ella. Si la juzgaba por cómo hablaba, por lo que pensaba o dijera me debí haber alejado de ella, pero si la juzgamos por su cuerpo semivirgen, es aceptable haberme quedado a charlar, fantaseando con su cuerpo. El esposo de Claudia es un cabrón mal agradecido con la vida, con todos. Tiene lo que muchos desean; apúntale cualquier cosa material, no problema: carros, aviones, viajes, casas, motos, yates, ropa, juegos, electrónicos. En cuanto a sus negocios, ha creado varias empresas de la nada que ahora son exitosas a nivel nacional, es reconocido en la industria regiomontana del acero como el Rey Midas. Lo malo es que nunca tuvo el valor de probar en otra industria que no fuera la del acero, y ¿qué crees? Resulta que la industria del acero no le gusta. No le gusta nada, ni los medios, ni los rumbos, ni la gente, ni el negocio en sí. Lo único bueno de eso es el dinero que gana. Somos tan pinche tercos con la vida y con el destino que el cabrón no es feliz, tiene todo menos lo que quiere y la bronca es que no tiene idea de qué quiere. Nunca ha sabido lo que es ir un día feliz a trabajar. Ha cambiado su placer por un cheque; ha prostituido su vida laboral a cambio de un cheque, o de muchos, a pesar de todo al final, no es feliz. Algunas veces tuvo la oportunidad de intentar negocios en otras industrias, nunca tuvo el valor. Conoce bien la industria que no le gusta. Y esa amargura ya lo invadió en toda su vida. Ya no es feliz con nada, ni con sus amigos, ni con su esposa, ni con sus mujeres, ni con sus viajes, residencias, islas, convertibles, gadgets, menos con sus hijos. Y se dio por vencido. Deambula por esta vida con la mirada triste de tantos rivotriles y prozacs que trae encima; no puede disimular, no puede sonreír ni por compromiso. Ya nada le causa placer, ni siquiera burlarse de los que no han logrado lo que él; ni presumir sus cosas ni sus logros le causan ya algo de alegría. Está a merced, vulnerable, vacío, pinchemente solo y triste. No, no lo vuelvas a pensar, ni siquiera el Panamera Porsche 2012 interiores beige, exterior blanco, lo hace sonreír ni por dos segundos. Sus demonios han construido barreras que lo aíslan todo el tiempo. Claudia desde hace años dejó de intentar romper esas barreras. Mientras ella tuviera el nivel de siempre, ella se podía adaptar. A pesar de que ella no era muy inteligente, al menos sí sabía lo que quería. Sabía lo que le gustaba. Sus compras en Louis Vuitton de Calzada del Valle o de Polanco o de Santa Fe, ayudaban mucho en días grises; en ocasiones más turbulentas, la avioneta directo a La Galería en Houston o a la Quinta Avenida en

Nueva York. Si aún así había huecos que Cartier, Tiffany, Gucci, Prada, Chanel, Hermes, Christian Dior, Jaeger-LeCoultre, Christian Loubou-tin o que el Campestre todas las mañanas, no podían llenar. Entonces el complemento perfecto eran los martecitos con las amigas de la se-cundaria en Los Mostos, tradición que había visto crecer en las amigas de Mami. O si no el miercolitos con las amigas de la prepa, en cual-quier café de Calzada, o los juevecitos con las amigas de la carrera en algún baresito, así compensaba ella, metiendo ruido, llenando agenda. ¿Y los niños? En los parques, llenos de niños y niñeras. Ninguna mamá. Los niños aman a sus nanas como a nadie en el mundo; es tan fuerte la costumbre de estar con las nanas que sólo con ellas caen dormidos en las noches, incluso si por alguna extraña razón Claudia o su esposo están presentes, los niños lloran por sus nanas, para quedarse dormidos con ellas. Pinches ironías: los niños no saben que su reclamo es un arma para que sus padres la usen los pocos días del año en que alguno de ellos planeaba estar en casa, no digo al pendiente de ellos, pero sí al menos en casa temprano entre siete y ocho y media de la noche. Habían pasado más de nueve años que no salían ellos dos solos ni siquiera a cenar. Siempre tenían que invitar a algunos amigos. En vacaciones era lo mismo. Ambos evitaban a toda costa estar solos. No sabían, no podían y no querían pro-fundizar en ningún tipo de conversación. Fuera de que él sólo deambu-laba en esta vida y que sin rivotril no completaba el día en que se levantó, y que a ella le valía madre él mientras siguiera teniendo sus tarjetas y che-queras a plena disposición, fuera de eso, eran felices. Dentro de la cabeza de Claudia no había un mundo diferente de personas al que los que cam-bian su camioneta Land Rover al segundo año por el simple hecho de que ya llevan dos años con ella. Ella no sabe que en la mayoría de las fa-milias mexicanas no existe la servidumbre; ella tiene cuatro en su casa y ya las últimas ni siquiera ella las contrata. Tiene choferes, jardineros, guaru-ras, veladores, mozos, cuyos nombres ni siquiera se sabe. Ves que te dije que es vulnerable, a pesar de todo esta vida de hueva, ella nunca ha puesto el cuerno al cabrón de su marido. Sí lleva tiempo pensándolo, pero aún no se anima a cambiar de estatus porque no sabe bien como iniciar el juego, hasta el momento sus marcas, sus compras, las miradas lascivas de los hombres del gimnasio le eran suficientes, hasta hoy que me conoció a mi. Checo mi Iphone, nueva canción, *Fallen Angel* de *Poison*.

Inés: te extraño. Tus hombros llenos de pecas no me dejan en paz. Pienso en pláticas que tendremos en algún café mientras vemos los atardeceres. Luego dudo si te volveré a ver. Tu recuerdo me hace levantarme y pensar que ese será el día que cambiará mi vida.

Hoy no cambió mi vida, fue sólo un día más. Hoy voy a la cama solo, hoy me duele todo; el cuerpo, el alma; la monotonía me abrumó. Mucho alcohol, poca agua, mucho tabaco, pocos amigos, poca comida, mucha soledad, silencio exterior, interior. Frutas nuevas, sandías, duraznos, naranjas. No me acordaba lo que me gustaba la parte blanca de las sandías. ¡Ah, pinche ansiedad! Está bien pinche cuando en la noche piensas que vas a morir, te sientes tan mal, que piensas que no amanecerás, y te duermes solo porque el cansancio venció al miedo y al dolor, y sin embargo despiertas a la mañana siguiente, despiertas y el milagro de la vida sigue, sigues con la oportunidad de experimentar, hacer, crecer, y por fin valoraste despertar, por fin viste una mañana diferente. No te emociones tanto, apenas son las ocho de la mañana, ¿cuánto te va a durar esa alegría? ¿Aguantarás al medio día? ¿O hasta que revises tu mail? ¿O hasta que llegues a tu trabajo? ¿O al primer llanto de tu hijo? ¿Habrá gente que no tenga que tener esas luchas y sólo se dedica a ser feliz? ¿O sea que su estado normal, es la pinche felicidad total? ¿Cuál de los dos estados será el normal: en el que amaneces viendo lo hermoso de la vida o en el que todo está gris y estás esperando que sea de noche para volverte a dormir? A veces pienso que quizá no soy tan diferente de Claudia, ni al cabrón de su marido.

"Claudia, me encantaría volver a verte". "No puedo, estoy casada", mientras ella lo decía yo hacía lo mismo, aquí no se notó que yo sabía lo que ella iba a decir, porque la respuesta era muy obvia. "Una cosa es no poder, otra cosa es estar casada". "¿Si te digo cuándo fue la última vez que tuviste un orgasmo, me aceptas un café mañana por la mañana?" "Ash, no se vale güey, no es justo ni yo me acuerdo". "Bueno, ¿si te digo la fecha exacta de la última vez que tuviste sexo con tu marido?" "No se dice así, se dice tuve relaciones con mi marido. Además no, ni al caso que andes adivinando esas cosas y además no me acuerdo de eso tampoco". "No son adivinanzas, son poderes". "Ay, ajá, ya, párale Superboy". "¿Super boy? No me friegues, te excediste. Más fácil, dime a que hora vienes a correr mañana y corremos juntos". "Es que siempre tengo que correr con mis amigas". "Y si te veo mañana después de tu corrida, en el Starbucks de enfrente, hacemos como que nos topamos ahí y te invito un inocente café mañanero". "Ok". "Ok, sueña conmigo Clau". "Qué naco".

Después de todo, ¿a cuántas fiestas que haz organizado van tus amigos-amigos, los de verdad, no simples conocidos que están en turno en esa época de tu vida? ¿O soy yo el único pinche raro? De ley que te ha tocado que va gente que no conoces y asumes que son amigos de algún conocido y resulta que eran unos simples acoplados. No sé cómo madres se me ocurre andar armando una fiesta de gente que me cae mal si en mi vida no existe ningún tipo de gente, ni la mamona ni la buena onda. Con quien más he interactuado últimamente es con el cajero del Oxxo que está cerca de mi depa, el Juan.

8

¿Nunca has hecho un maratón de cafeína? Es una batalla campal de tres frentes: tu mente, cuerpo y la cafeína. La mente pide al cuerpo que ya no meta más cafeína, y ahí inicia la guerra: el cuerpo manda más señales, la cafeína contraataca con más síntomas, le pide ayuda a su amigo el pánico, quien potencializa todo lo que tu cuerpo siente. Tu mente se siente defraudada, puesto que ya no sabe cómo hablarte para pedirte que pares y, tu cuerpo pinche terco, sigue luchando contra la mente, metiendo más cafeína. Tu mente desairada por tu cuerpo se siente en medio de dos bandos y prefiere dejar de hacer su intento y se retira. Aunque se retire, siguen siendo tres bandos porque ahora el ataque de pánico quiere ganar, y empieza a luchar con la cafeína, quien huye herida, quedando ahora sólo tu cuerpo y el ataque de pánico: dense duro a ver quién gana. Te manda sudor frío; nunca lo habías sentido, luego estás ardiendo, ¿quién quería un café? ¿Le pongo azúcar y leche? Luego te nubla la vista, te mareas y sientes golpes en el pecho como si un caballo te pateara justo en el centro, además de eso no te ha pasado nada. Entonces te mantienes peleando, hasta que luego intentas pararte y no puedes, tu cuerpo no te obedece, ¿por qué habría de obedecerte si tú no lo hiciste antes?, y lo que más te asusta es cuando quisiste hablar, gritar para pedir ayuda, no pudiste, no pudiste gemir, ni suspirar, no controlabas nada de tu cuerpo y muy poco de tu mente, en el exterior no pasaba nada, no te podías mover, no podías emitir ruido, lo único que se movía en tu exterior eran las gotas de sudor, unas frías, unas calientes, que caían por tu cara, tus brazos, y en tu interior todo se movía, glóbulos rojos y blancos tratando de sobrevivir, el ritmo cardiaco rompiendo récords de velocidad, tu estómago temblando de miedo y lleno de ácidos gástricos, los músculos de tus piernas en segundos relajados luego se ponen duros, no podían aguantar una contracción más, muchas respiraciones breves y entrecortadas, las puntas de tus dedos de las manos y pies adormecidas, hormigueando, manos temblorosas. Asco a punto de vomitar del miedo, tu piel erizada; empezaste a alucinar con túneles oscuros con una luz al final, pero nunca eran reales. Por primera vez sentiste que ibas a morir; sí, sí es cierto: sí pasó por tu mente muchos momentos de tu infancia, de gente a la que quieres, en mi caso en esa parte sólo pasa Inés, luego la gente que te cae mal, y justo cuando estás a punto de darte por vencido, escuchaste cómo se reían el ataque de pánico y otros demonios. El pinche orgullo te salvó. ¿El ego y el orgullo son lo mismo? De mí nadie se ríe, cual varoncito encabronado de quinto de primaria, te pusiste en guardia para pelear contra el que se atravesara. Y pues quien se atravesaba era la razón, para ayudarte, y el ataque de pánico para madrearte. Ahora eran tres contra uno; el orgullo, la razón y tú contra el ataque de pánico, y aunque seguías con harta cafeína en tu ser, eran tres contra uno, y cada segundo que pasaba era un segundo más en que no te morías. Entonces le ibas ganando un segundo a segundo. Entre más segundos acumulabas sin morirte, significaba que tenías más segundos vivo, o sea, que no te mataba, y por fin tus pulmones te obedecieron y pudiste lograr respirar más pausado, más largo, seguías acumulando segundos vivo, más oxigeno en tu ser, un poco de calma para pensar. Tratas de pensar en una pared blanca; se aparece en esa pared una hermosa modelo diciéndote que te acerques a tocarla; desaparece el sudor, ahora estás completamente seco, como si nada hubiera pasado. Res-pi-ras, y empiezas a sentir tu cuerpo de vuelta a ti; te ves a ti mismo desde dos metros arriba, mientras jugabas a sobrevivir a la cafeína que te habías metido, quedas tembloroso, débil, con mucha sed, al fin calmado y cuando crees que ya lo superaste, el ataque de pánico te manda su último golpe, te manda unas dudas. ¿Y si le pasó algo a mi corazón? ¿Y si esto es sólo el principio? ¿Y si me muero? Las dudas se quedarán en ti, hasta que tú las dejes, eso depende de ti. Debería armar un maratón así; debería poner una barra de cafeína en la fiesta, cafés, chocolates, sodas, dulces, medicamentos, un sin fin de opciones de cafeína para ver a la gente correr su maratón de cafeína y ver cómo luchan contra sus ataques de pánico, al fin romanos, al fin salvajes; unos lucharán por su vida, otros nos divertiremos viéndolos.

Sobrevivir te hará ver que vivías como si ya estuvieras muerto. ¿Cuántas veces sólo sigues el flujo de las masas? Dejándote llevar cual vaca tejana al matadero; no peleas, no te inconformas; haces cosas malas porque todos las hacen, educas de una forma porque todos lo hacen, actúas con base en lo que ves en lugar de cómo lo sientes, no tienes el valor de establecer corrientes, modas, sólo sigues, acatas, no cuestionas, no te rebelas, sólo estiras la mano cada quince días por el cheque que compra tu silencio, tu anestésico quincenal, y ante el llanto de tu hijo o el reclamo de tu tiempo, nada mejor que un alcohol o más tiempo en la oficina jugando Angry Birds.

Mi inventario de alcohol sigue intacto; de hecho le agregué botellas de diversos licores raros, desde Midoris, Baileys, una buena champaña, vinos espumosos color rosa y demás bebidas que a las damas bellas les gustan. No he tomado nada, ando en mi etapa de abstemio: ni una cerveza, ni un whisky. Sólo corro por las mañanas, las tardes, las noches. Corro con Claudia, con todas Las Naranjas juntas, con alguna otra de Las Naranjas sin que se entere Claudia ni las otras. No puedo pasar un día sin correr; como desesperado, necesito correr al menos veinte kilómetros diarios. En la esquina de lo que se supone es la sala, sigue una botella de Doña Angélica nueva, a la otra sólo le queda poco. Como no le quiero pegar a ningún ácido, línea ni churro y tampoco quiero tomar, entonces sólo me queda correr. Ya no quiero viajar; quiero correr. Quiero aprender cómo se vive aquí, al parecer es bien pinche difícil, no dan chance. Fuera de Claudia y algunas de Las Naranjas, no he tenido mucho éxito en Calzada. De mis amigos del Iphone creo que alguna vez yo los di de alta en alguna peda, o quizá son ficticios, ya que no sé nada de ellos y no hay forma de contactarlos. Ya me he convertido en un objeto más de la vida de Claudia, yo soy el del cafecito mañanero, claro que no lo promociona tanto con sus amigas, al menos ya no lo oculta. Quiero cambiar la palabra cafecito por alguna otra más divertida, parece que Claudia es mi manda, estoy haciendo todo diferente con ella, como si fuéramos novios a los trece años. Llevo todo en súper cámara lenta; no apresuro nada y dejo que ella vaya poniendo el ritmo de todo. Rozarle la rodilla con la mía por debajo de la mesa la ha llevado desde interrumpir lo que hablaba y quedarse callada, lo cual en Claudia es mucho decir, hasta, en las últimas ocasiones, a sonreír de manera sensual, cambiar el tono de su mirada y hablar de una forma mejor, menos sampetrina, más regiomontana. ¿Y si en el futuro el sexo la hace ser una mejor persona, más humana, menos fresa? Sería algo que me agradecería en algún momento, quizá justo antes de morir, porque antes de eso sólo se la pasaría debatiéndose entre la satisfacción del sexo, el cargo de conciencia y el deseo de pertenecer a su grupo de amigas fresas. Pero bueno, eso aún no pasa. Ahorita sólo estamos con las rodillas que se encuentran, cero casualidad, cada roce está programado por mí. Nunca me imaginé convivir tanto con una fresa, es decir, tanto tiempo sin pasar a niveles mas lujuriosos, no pensé soportar tanto tiempo los niveles de conversaciones tan estúpidas y bajas que acostumbran estas damas; siendo sincero no tengo muchas opciones. Mientras corro a mi ritmo, sin querer platicar con alguien, en las calles de San Pedro y algunas de Monterrey, no puedo socializar con nadie, ya que nadie me aguanta el ritmo. Hasta hoy, alrededor de las seis de la mañana, ya llevaba yo quince kilómetros corriendo por la Avenida Morones Prieto, justo abajo del puente atirantado, ahí me rebasó un africano, aquí me animé a decir directamente africano porque traía la bandera de Kenia en su pequeña camisa de tirantes. "Hola". "Hola". Me rebasó, ni de pedo iba a dejar que se me fuera; apreté el paso como tenía mucho tiempo que no lo hacía. "¿Cuántos llevas?", le pregunté. "Treinta, ¿y tú?" "Quince, ¿cuántos te faltan?" "Catorce ¿y a ti?" "Creo que unos veinte, los que sea, los que quiera, ¿le puedo dar contigo?" "Claro". Y sonríe con soberbia. En su vida sólo dos personas que no eran africanas le habían aguantado el paso, ese día yo iba a ser el tercero. Corrí a su ritmo los catorce kilómetros que le faltaban; por más que apretó el paso nunca me pudo dejar atrás. No hablamos, no era por falta de aire, fue por falta de ganas. Lo que se hablaba con hechos no necesitaba decirse en palabras. Nos íbamos retando sin decir nada. Luego lo dejé y corrí aún más veloz. Ya iba cruzando por el túnel, Vasconcelos, Valle Oriente, Vasconcelos, hasta llegar a Calzada del Valle; qué hermosa Calzada, qué hermosas sombras, qué hermoso bullicio deportivo cruz con festín de miradas lascivas. No supe cuántos kilómetros, ni cuánto tiempo, no era necesario: ya había hecho algo diferente ese día, menos día por vivir.

Quiero adaptarme, pero no puedo; no le entiendo a esta sociedad. Me sigo debatiendo entre maratón de cafeína, de alcohol o de mujeres. No quiero acostarme de nuevo sintiéndome tan pinche mal como anoche, no quiero tener miedo a morirme, si me voy a morir que sea sin miedo, ¿alcohol o cafeína? Mensaje de Claudia en el cel: *Hoy me quedé esperándote, te extraño.* Ya cayó. Yo no la extraño, pero es la única en este momento. ¿Qué pasará si le cuento mi versión a Claudia? Texto a Claudia: *Mañana te veo de ley, tengo algo importante que contarte.*

En mi departamento ya hay más muebles, mejor iluminación, plantas naturales, peceras, más cascadas, armónico sonido de agua por todos lados, un piano de cola completa color negro, muebles de piel café, negro, elegantes libreros de madera rojiza con ochenta y ocho libros en ellos, aunque tengo poca música hay bocinas Bose por todo el departamento, las bocinas se sienten como la bicicleta Trek Madone 7 Series modelo 2012 de cualquier sampetrino promedio de cincuenta años que sólo la usa una vez al mes. Tengo refrigeradores especiales para almacenar hasta doscientas cuarenta y ocho botellas de vino o champagne, todos llenos. Ya me estoy pareciendo a Claudia; ya parezco sampetrino y por fin, por primera vez en semanas, sonrío. Sarcásticamente, pero sonrío.

Mensaje de texto en mi celular: *Hace mucho que no checas tu música, hay una canción nueva para ambientarte. Cherubs* de Pete Hefferan y Dan Le Sac. Remitente, nadie, oculto como Dios, desconocido, a lo mejor eres tú. Y pues si has escuchado esa canción podrías estar de acuerdo conmigo en que la música que me mandan sigue quedando perfecto con los momentos en que me encuentro.

9

Ya por dormirme, lavado de dientes, de manos, acostado en la cama la noche previa en que veré a Claudia en donde le diré mi historia. Suena el teléfono. ¿Quién madres llama después de las diez de la noche? Pinches modales en el olvido, ya no contesto el teléfono, mi número se ha colado a la lista interminable de call-centers y todas las llamadas son para venderme algo milagroso, ofrecerme una tarjeta de crédito, o para hacerme una encuesta sesgada sobre el desempeño de alguien. Ya no le contesto a nadie. Antes contestaba porque pensaba que él remitente misterioso llamaría de nuevo. A lo lejos escucho que entra la grabadora y una voz de mujer empieza a dejarme recado. Escucho donde empieza diciendo mi nombre y luego se arranca hablando en un tono muy peculiar. No entiendo lo que dice, la grabadora está en la sala; ella dice muchas palabras con diversos tonos de intensidad, su tono de voz me recuerda a alguien, ¿De quién es esa voz? Pienso que es Claudia o Megan, no hay más opciones, y con cualquiera de las dos me conviene hablar, tal vez que alguna de ellas está afuera de mi departamento, pidiendo asilo corporal, moral o del alma. Con los tres tipos de asilo podría ayudarles. Voy por el pasillo caminando rumbo a la sala, la mujer sigue hablando y yo sigo sin poder detectar dónde he escuchado esa voz. Llego a donde está la grabadora y en ese momento sólo escucho la parte final. "Te espero ansiosa, Salma, tu veracruzana consentida. Ciao" Brinco los últimos dos metros que me faltan, descuelgo, "¡Salma!, ¡Salma!, ¿bueno? ¿Bueno?" Beeeeep Sólo alcancé el tono del teléfono. ¿Salma, la actriz? ¡No mames! ¡Qué buena está! Siempre me ha caído bien a pesar de nunca haberla visto. Me veo en el espejo, sí, me veo mejor sonriendo. Salma me espera ansiosa, con madres. No preguntes más: sólo déjate llevar. Click al botón de mensajes de la grabadora, y es el único que hay grabado: "Luca, Luca, Luquita,

Lucano: ¿a qué chingados crees que estás jugando, cabroncito? No llegaste anoche, como lo habíamos acordado. Llegué a la suite del hotel y me quedé dormida en la terraza viendo las estrellas. ¡Nunca llegaste, cabrón! ¿Tú sabes cuantos hombres en este mundo estarían dispuestos a, no se diga pasar una noche conmigo, sino al menos a cenar conmigo y terminar en un abrazo? Nuestro plan era mucho más divertido; ¡Y no llegaste, cabrón! Está bien que tenías que tomar más aviones, cambios de horario, jet lag, etcétera. Está bien que lo de Berlín estuvo de lujo, pero no avisar si quiera. Desperté como a las dos de la madrugada y me fui a la majestuosa cama de la suite… ¡Sola! ¡Sola! Me dormí sólo porque el cansancio era más grande que el enojo. Y ahorita despierto y aún no llegas, te dejé demasiados recados en tu celular de mierda que nunca contestas. Espero que hoy en la noche, que regrese al hotel, estés aquí esperándome, para que te reivindiques. Sólo tendré esta noche más y me tengo que regresar. Más te vale que estés aquí, esperándome. En el cuarenta y seis, sé discreto como siempre. Si llegas, te la perdono, si no, no me vuelves a ver: Te pierdes este cuerpecito. Te espero ansiosa, Salma, tu veracruzana consentida. Ciao" ¡A su madre! ¡A su madre! #nomames. Ya no tengo la sonrisa en mi cara; lo que pude haber gozado con esa noticia ya se me fue al saber que había dejado plantada a Salma una noche y es probable que la dejaría una más. Para variar, las risas siguen siendo momentáneas. No puedo seguir viviendo al saber que la dejé esperándome. Estás de acuerdo, ¿verdad? Tengo doce horas para llegar a donde esté ella y no sé donde está. Por lo que dijo del jet lag y cambio de horario debe ser Europa. Tranquilo: piensa, piensa, piensa.

Texto a Claudia: *¿Sabes dónde vive Salma?*

Respuesta de Claudia en treinta y dos segundos: *¿La actriz?*

Texto a Claudia: *¿Sabes dónde está ahorita?*

Respuesta de Claudia en quince segundos: *Mmmm, ¿Tipo cómo? ¿O sea, dónde de este mundo? ¿O sus películas?*

¡Güey, no mames! ¡No tengo llamadas perdidas! ¡No tengo recados en mi celular de mierda! No importa que sean después de las diez de la noche, les llamo a todos mis contactos, que sólo son tres y de los tres sólo conozco a Samantha Williams, o no me contestan o el número no existe. Gracias Luis Elizondo y Wenceslao Mijares por nada, por nunca contestar, por nunca llamar. ¡Chingados! ¡Es Salma, no sean envidiosos!

Me llega otro mensaje anónimo: *Nuevo CD en tu música, Voyeur de Saint Motel, cortesía de la casa. Empieza con la canción tres: Puzzle Pieces.* De plano estos güeyes sí me hacen sonreír con la música que mandan. Quien sea que me está mandando esta música, por favor, cuando se nos acabe esta historia, lánzate a Hollywood y pon un estudio para musicalizar películas; eres o son unos maestros. Y aquí me tienes, escuchando la canción tres, cuyo nombre me da en la madre. ¡Salma, no mames! Vuelvo a poner el recado: qué delicioso se escucha cuando ella dice mi nombre, cuando se enoja, qué caliente se escucha cuando me reclama y desea, ¡Salma!, ¡Salma! ¡Cuántas tardes de pubertad pensé en ti! ¿Por qué hay partes de mi pasado que no puedo recordar? No me acuerdo de nada en Berlín con Salma. Berlín es todo de Inés, y eso nadie me lo toca, ni me lo quita.

Le mando otro texto a Claudia: *¿Tienes un avión que me prestes? Necesito ir a Europa cuanto antes.*

Respuesta de Claudia seis segundos después: *Es de mi marido, no creo que te lo pueda prestar a pesar de que está parado en el aeropuerto del Norte.*

Texto a Claudia: *¿Qué haces? ¿Me puedes ayudar a averiguar qué está haciendo Salma ahorita? ¿En que trabaja? ¿En que obra? Necesito saber en qué ciudad está.*

Claudia responde de inmediato: *¡Ay, qué! Obvio sí. Estoy viendo la TV, ahorita leo la última Hola o te checo en internet.*

Otro mensaje de Claudia: *Sí, yo voy, si puedo usar el avión. ¿A dónde quieres llevarme?*

Chingas.

Texto a Claudia: *De momento, a ningún lado; no quiero ofenderte ni meterte en problemas.*

Claudia a mí de inmediato: *Nunca me ofendes. ¿Por qué quieres ir a Europa ahorita si es de noche? Además me ibas a contar algo importante mañana, ¿no?*

Ahora sí que se vieron muy bien los que me mandan la música, todo un CD completo y vaya que está bueno: no me he parado de menear desde la canción tres, ahorita ya voy en la nueve, *Hands Up Robert*. ¿Tristeza quién? Ahora hasta ando bailando. Así es esto, aquí su títere Luca a merced de los músicos incógnitos, del destino, de llamadas de teléfono y, por lo visto, ahora a merced de Salma, ¡Salmita! No sabes lo que te puedo hacer, te voy a hablar como nadie te ha hablado, te voy a escuchar como jamás has pensado que sea posible que alguien te escuche. Tus caderas nunca las has movido como te haré moverlas. Aguántame, Salma: ahí voy. Nos conviene. Aguántame.

Piensa Luca; piensa, pinche Luca. ¿Esto será el amor? ¿O esto es la excitación y puro plano, llano y severo deseo hacia mi Salma? ¿Así de veletas que de plano una llamada cambia vidas? Me voy a poner a llamar a muchas chavas diciendo que soy Brad Pitt, para con esa simple llamada cambiarles sus vidas. Si a llamadas vamos, llamadas doy. Seguro que alguien se estaría riendo ahorita si me estuviera viendo; ni al caso lo emocionado que estoy. Me siento como cuando mi primera novia me dijo que sí quería andar conmigo, cruz cuando mi última novia me dijo que era grandioso en la cama. Todo por una simple llamada. Sí, cabrón, la que llamó fue Salma: Salma la que dijo que se puso agua bendita en sus tetas para que le crecieran, la del cuerpo monumental, la de la mirada excitante. Ella me está esperando, la que puso de moda el trasero ancho firme. La que juega con su cabello y sus identidades, ajá, ella mera me espera ansiosa.

Pero otra vez los pinches peros: no tengo una chingada idea de en qué parte del mundo está. Piensa cabrón, piensa. De donde llamó supongo que era de mañana por lo que dijo, o sea tengo doce horas para encontrarla. ¿Me duermo? ¿Me lanzo en avión? Chingada madre: a American Airlines le tomará dos días ponerme en algún lugar de Europa, si bien me va. ¿Quién más tendrá avión? ¡Já! Casi casi escuché a alguien reírse en mi depa, ¿por qué, cabrón? No estoy tan jodido, si cuento a Claudia como amiga, ella sí tiene avión. O sea, de uno, uno.

Texto a Claudia: *Vámonos a Europa tú y yo.*

Respuesta de Claudia en ocho segundos: *¿Cuándo? ¿A qué? ¿Solos, tú y yo?*

Ya no le contesto; me da chingadera usarla así de pinche. Ella manda varios mensajes más con signos de interrogación, ya no contesto nada. Muchas veces he escuchado el término viajar ligero, nunca lo había llevado a cabo tanto a la realidad como en esta ocasión: Backpack verde marca Jansport, gel anti bacterial para las manos, cepillo y pasta de dientes, caja de diez condones Trojan, desodorante, y dale, ¿a dónde? No sé, tengo que moverme al este de alguna forma, aunque sea para Ciudad Victoria o Matamoros.

Mensaje de texto en mi celular. Que sea Salma, por favor. Círculo, Slide to Unlock, passcode, 3, 6, 9, 0… Chingados no es Salma. Es el amigo desconocido: *Checa el último CD que te mandé.*

¡Que la madre! Ya lo oí, ¿qué le checo? Yo quiero ir con Salma, ¿Pues no vivía en Los Angeles? Chingados. ¿Por qué las mejores cosas pasan en la noche? ¡Salmaaaaa! ¿Qué le checo al CD? ¿Qué vuelo sale ahorita? Ni madres. ¿Si me duermo? No me voy a poder dormir con esta ansiedad-emoción-calentura. Todos nos hemos querido siempre coger a Salma. No todos lo reconocen, entre malinchistas, penosos o pendejos. Muchos están perdidos con Natalie Portman, ok, ok, si está chula, está bonita, pero no está cachonda, es más bonita que buena. Luego el club de gustos extraños, a los que les gustan Uma Thurman, Marisa Tomei, Gwyneth Paltrow y cosas por el estilo; y luego pues lo tradicionalmente aceptable para no fallar: Brooklyn Decker, Kate Beckinsale. Me gustan todas dependiendo el humor. Pero Salma, ¡no mames! Salma está buenísima; ni siquiera tengo que analizar si merece intentar aparecérmele en unas horas en su hotel, suite o lo que sea, más súmale, o mejor dicho quítale, lo madreado que voy a llegar. Lo que sea por verla, verla, verla, chingados, ya, ya no la quiero imaginar, en sus jeans marca J Brand a la cadera y una t-shirt blanca cubriendo sus bellas tetas, en su mano izquierda una copa de vino tinto y su mano derecha pidiéndome que me acerque. ¡Ya, ya cabrón! Párale. Ya perdí media hora y no hecho nada más que mi backpack.

El Iphone sigue timbrando con mensajes de Claudia que ya no quiero ver. Uno ochocientos de American Airlines, una grabadora me dice que el servicio a clientes es sólo hasta las ocho de la noche, ¡chingados, cabrón! ¿De qué horario, imbéciles? Su website no me deja ver las opciones de vuelo debido a sobreactividad en sus servidores. Las páginas de Continental y Delta están hackeadas por grupos en contra del capitalismo y Aeromexico tiene tan lento el website, que aún no puedo poner el lugar al que quiero llegar, suponiendo que lo supiera. ¡Ah, qué la chingada! Así es esto, cuando quieres que jale no jala. Es mi Truman Show personalizado cruz con la ley del señor Murphy, aderezado por la suerte del tercer mundo. Y para poner más ambiente, suena el teléfono de nuevo. La llamada la contesto al segundo timbre, por si estás en la industria de la calidad en el servicio. "¿Buueeno?" Un hombre responde "¿Luca?" "Depende. ¿Quién eres?" "¿Eres Luca?" "Chingados, no: el joven Luca, salió a correr a Calzada ¿Le gusta dejar algún recado?" "Mmh, no, dígale que le llamó un amigo". Y colgó de inmediato. Ay, no mames, ¡pinche sentido! ¿Cómo cuelgas así? Le marco al número que se había registrado y nadie contesta. Ok, con madres. Mientras no seas el asistente de Salma que me hablabas para decirme dónde está ella, entonces me vale madre quién seas. Es más: llégale a la chingada por andar molestando a estas horas y por ser tan nena sentida y colgar así de pinche maricón. Ya güey, no mames: enfócate.

Cigarro, whisky, hoy en las rocas para que ayude mas rápido. Música en shuffle en el Iphone, aunque no tengo muchas, que la suerte ponga la que quiera: *At least I have Nothing* de *Saint Motel*. Sigue Claudia preguntándome mil chingaderas sobre nuestra relación, mis intenciones con ella, me pregunta mi opinión acerca de su calidad como persona. ¿Qué pedo? Hay alguien esta noche también con problemas densos. Pregunta si iré mañana, del avión, de mi viaje, de mis sentimientos. Con madres, pinche título de la canción, ya sé que no tengo nada. Cambio todo lo que sea que soy por tener algo que la gente normal tenga, por tener una vida normal. Una vida llena de rutinas placenteras, en donde pueda sentir el amor a diario, en donde pueda hablar con alguien a diario, compartir lo que siento, abrazarnos, tocarnos. Decir lo que siente la gente normal, lo que los hace aguantar todo. Quisiera sonreír como la gente normal sonríe, sentir y hacer sentir. Que todo sea real, porque si no, cuando esté ahí ya no va a ser suficiente, cuando esté ahí querré estar en otro lado, haciendo o sintiendo otra cosa. ¿Quién me asegura que lo que veo en la gente normal es verdad? ¿Quién chingados? O peor aún: todo es real, menos yo. O sea, todo es real menos el que lo ve, o sólo puedo ver el pasado y el futuro, y el presente es el que no se puede controlar, porque no lo estamos viviendo en realidad: pasa tan rápido frente a nosotros que no captamos que nos pasó, hasta que ya está en el pasado es cuando lo podemos captar, y el futuro, sólo lo soñamos. El del pedo es el presente. No podemos hacer nada al respecto del presente. Ahorita estuvo aquí y no pudimos hacer nada: pasa demasiado rápido. Alguien se equivocó en las velocidades de los tiempos, ocupamos que le bajen bien cabrón a la velocidad del presente, por favor.

Dos Heinekens, cuatro cigarros, dos whiskys más, dieciocho mensajes de Claudia. No sé cuantas vueltas en shuffle al nuevo CD junto con las otras canciones que tengo, una hora después, y aún no he salido de mi departamento. Siento que tengo tantas cosas que hacer que no sé porque carajos no hacer nada no suena tan ilógico, tantas decisiones importantes que tomar que mejor no tomo ninguna. Como si perder tiempo ahorita fuera una excusa al final por si fallo. Como tirar un penal, apuntando al mero ángulo de la portería, al cabo si lo fallo me excuso diciendo que lo tiré al ángulo.

En el piso, al lado de la puerta, hay una caja con el logotipo de FedEx. El remitente: FedEx Corporation, Memphis, Tennessee, USA. ¿Me querrán invitar a filmar una película similar a la de Náufrago? Por cierto, qué pinche la vieja de esa película que no esperó al pobre hombre: tres, cinco años después y ella ya estaba casada con otro cabrón. Te digo que a veces la gente normal no sabe qué hacer con el presente. Abro la caja, arriba del contenido hay una pequeña nota en papel de FedEx: No se revela la identidad del remitente, debido a que es un regalo sorpresa. Si no tiene idea de quién es o tiene algunas sospechas del contenido o cree que puede contener artefactos o materiales peligrosos, no lo abra, no abra esta caja. ¿Qué pedo? Pinche FedEx poniendo la nota adentro. Quito los papeles, cartones y burbujas que protegen el contenido y descubro un reproductor de música marca Bose especial para Iphone 4S, ¡órale! ¡Qué loco! Está con madre. Claudia, de ley.

Tomo el Iphone, y antes de conectarlo, nuevo mensaje: *Una canción nueva: Common People de Pulp*. Pongo esta canción en el Bose, qué rico se escucha. Ahora sí me están oyendo. ¡Sí, chingados! ¡Sí! ¡Sí! ¿Y qué? Sí quiero ser como la gente normal, aunque cuando acabo de decir eso ya no lo quiero ser, para luego unos segundos más tarde quiero volver a serlo. Ahorita te pudiera decir que quisiera ser como la gente normal, sí, pero después de verme con Salma. Ella no es gente normal. Luego, después de verla tampoco querré ser gente normal porque eso me alejaría de ella. A veces con este tema me siento como adolescente que llora cuando obtiene lo que quiere y se carcajea cuando no le entiende nada a la vida. ¿Por qué se nos olvida cómo disfrutar lo que deseamos por tanto tiempo? ¿Cuándo podré disfrutar algo? Cuando pueda meter goles, batear jonrones, manejar, tomar, cuando tenga novia, dinero, empresas, cuando viaje por el mundo, cuando tenga un Ferrari, dos Ferraris, varios Porsches, Maseratis, Audis, Lamborghinis, cochera llena de autos de lujo, cuando aprenda a tocar el piano, cuando conquiste la cumbre del Everest, cuando sea poderoso, haga un maratón, un Ironman, cuando tenga a las mujeres que quiera, gane las 500 millas de Indianápolis rebasando a Micheal Andretti en la última curva, cuando gane el Masters de Augusta con birdies en los últimos cuatro hoyos venciendo a Bubba Watson, Phil Mickelson, Rory Mcilroy y Tiger Woods, cuando corra las 500 millas de Michigan de Nascar y al bajarme del auto Danica Patrick brinque sobre mí y me llene de besos, cuando meta el gol que dé el campeonato mundial de fútbol a México en el último minuto del partido venciendo a los brasileños, mmhh, o a los argentinos, o a los alemanes. Cuando pueda elegir la mujer que yo quiera de todo el mundo, cuando pueda comprarme el carro que quiera de todo el mundo, tenga islas, yates, escriba mi primer best seller y lo hagan película, gane el Roland Garros venciendo en la final a Rafael Nadal, quien sólo ha tenido una derrota en él en los últimos ocho años y no pudo controlar el dolor de la derrota y se arrancó llorando como niñito, o cuando sea torero e indulte un toro en Las Ventas de Madrid saliendo en hombros como nadie en años o cuando gane medalla de oro en los 100 metros en los Juegos Olímpicos venciendo por un segundo completo a Usain Bolt. Cuando rompa el récord de hits de Pete Rose y el de Home Runs de Barry Bonds, ¿cuando qué? ¿Cuando qué más? ¿Qué más necesito, qué más necesitas tú? Y resulta que llegan todos esos momentos y no me doy cuenta. Llegan y me cachetean y ni cuenta me doy, ni cuenta te das tú, no sientes ni el dolor del golpe ni el placer del logro, estás muy ocupado en el futuro, los miedos, el ruido, en el mar de información, los millones de mensajes de Twitter y en los errores del pasado, ¿en los errores del pasado? No mames, me vi bien tú. Desde luego que tú ahorita dirías que con estos logros míos tú si serías feliz, pero, ¡oh, no! Estás muy pinche mal, muy equivocado, tú no fuiste feliz cuando besaste por primera vez a una mujer, porque ya estabas pensando si le podías tocar las tetas, no disfrutaste el momento en que te dijeron que irías al mar porque te preocupó saber que tan lujoso sería el hotel, no disfrutaste cuando fuiste aceptado en la universidad porque tenías miedo de no poderla terminar, no fuiste feliz cuando te dijeron que tendrías un hermano porque te llenó la envidia, ni en tus fiestas de cumpleaños porque a pesar de que tu mamá se había esforzado al máximo para que fuera una piñata perfecta, tú estabas enojado por el único amigo que faltó. No fuiste feliz al comprar el anillo de compromiso porque no te había alcanzado el que querías, que por casualidad era más grande, caro y similar al que había dado tu mejor amigo a su novia, a la cual en muchas ocasiones deseabas. Tampoco en la fiesta de graduación de tu universidad porque entrabas al grupo de los desempleados y el compromiso te paralizaba, sólo querías viajar, ¿le sigo? No fuiste feliz cuando te casaste porque lo único que te importaba ya lo habías conseguido antes de ese día, en la boda te sentías como en una peda más entre amigos. Lo que lograbas no te daba felicidad porque había segundos que sentías que no lo merecías, que todo era resultado de tu apellido y el sudor de tu papi, no eres feliz esos segundos muy escasos en ti en los que te enfrentas a ti mismo y cuestionas tus miedos, no eres feliz porque parece que eso es normal, ya sabes qué va a suceder: tus miedos te seguirán ganando y aunque no te hace feliz, no lo puedes controlar; no fuiste feliz con tu primer carro, porque te lo regalaron, y tu pinche ego te jodió diciéndote que lo debiste de haber comprado. Claro que tenía razón tu ego. No pudiste ser feliz en tu primer viaje con amigos porque acabaste peleado con todos por no saber ceder, por no respetar, por no hacer caso a los modales que tu mamá intentó enseñarte por años y de los que siempre te burlabas. La avaricia te golpeó más fuerte que la muerte de tus abuelos y en plenas capillas ya peleabas con primos y hermanos por la herencia y dos mecedoras. No fuiste feliz cuando para poder estar con una mujer tenías que pagar por sus favores donde la música rebota en tubos de techo a piso. No fuiste feliz al darte cuenta de que no eras tan feo como te lo hicieron creer desde primaria, ni tan gordo, ni tan pendejo, y el momento que captaste eso, en vez de liberarte, hiciste lo contrario y fuiste aún más infeliz por el tiempo que habías dejado pasar. No eres feliz cuando ves a tu pareja y escuchas una voz en tu interior que te recuerda que pudiste haber conseguido una más guapa, y vaya que ves a tu pareja mínimo dos veces por día, ahí con eso deduce tu nivel de tristeza. No eres feliz con las decisiones de tu vida en relación al tiempo, los amigos que eliges, lo que gastas de dinero, lo que ayudas al prójimo. No lo eres mientras estás conviviendo con tus hijos porque siempre estás cansado, luego te sientes mal al preferir estar con tus amigos en cualquier estadio, bar, tomando, gritando, destruyendo, en lugar de estar con tus hijos formando y forjando. Es lo mismo: no me vengas con excusas. Es lo mismo: no eres feliz en los momentos que deberías serlo y esto te hace aún más infeliz, más miserable, se nos pasan los momentos, sólo escuchamos los zumbidos, y el vacío cada vez se hace más grande. ¡Chingados! Capaz que Megan tenía razón y sí me dedico a dar pinches pláticas motivacionales baratas por todo el mundo.

Ya desfilaron seis botellas verdes, una etiqueta negra, muchos cigarros y minutos, veo de nuevo el CD de *Voyeur*, el nombre es *Saint Motel*. *Voyeur, Saint Motel*, ¿es neta? ¡Ya, güey! ¿Es neta? ¡No mames, no-ma-mes! Bailo, bailo. ¡Lo tengo! Bailo, cómo chamaco de catorce años bailando en su cuarto la canción que la noche previa no se animó a bailar porque le dio miedo sacar a bailar a alguna chava, bailo como si bailara *Your Love* de *The Outfield*. ¡Lo tengo! ¡Lo tengo! ¡Lo tengo! Voy, Salma, qué rico, qué rico. Aguántame. Piénsame todo el día, humedécete pensando en mí. Ya voy. Tomo dos whiskys más, bailo más, ahora sin música, me asomo a la terraza, ya empezaron a bailar los árboles de la Calzada junto conmigo, es el momento mis amigos, ahí les voy. Botella vieja del Malbec Doña Angélica Zapata. Copa Ridell, sólo le sirvo un trago, lo huelo y para mi sorpresa huele delicioso. ¿Cuánto lleva esa botella abierta? Guardo el corcho en mis jeans, bailo un poco más, ilusionado, excitado. Es Salma, cabrón. Copa a la boca, ojos al fondo de la misma, olfato excitado por tantas estimulaciones, ojos viendo el brillo del vino, parece magenta luego rubí, luego rojo sangre, mi lengua es tocada por el vino, menos de un segundo de goce, y ciao. Ciao, campeón. Veo cómo los árboles de Calzada ponen la cara triste al verme caer feliz. Caí casi igual que la previa, hacia adentro del departamento, ya voy lleno de alegría. Y... ¡flash! Escucho zumbidos, huelo a éxito, y aparezco en París.

Merci beaucoup. Bienvenido. 10:30 a.m. Justo frente al Arco del Triunfo. ¡No mames con este cielo! Perdón, Berlín, pero este cielo es el mejor, alguien lo insertó aquí. No viene al caso tanta belleza arriba de nuestras cabezas, voy a acabar con dolor de cuello de tanto voltearlo a ver. Camino hacia el rumbo de la Plaza de La Concordia y del Jardín de las Tullerías. Amo París; sólo dos cuadras y el olor inconfundible de papas fritas, perdón papas a la francesa, de un McDonald's en pleno Champs-Élysées. No viene al caso; es lo mismo que el que estaba en la Agrícola Oriental, al de alguna ciudad de Coahuila, o a los de Berlín. Han de ser los mismos dueños del Starbucks: unos nos engordan y otros nos mantienen despiertos. París, la Ciudad Luz, la ciudad del amor, de los ricos, de las historias del poder, los infieles, los pobres y sus miles de historias miserables escondidas en departamentos chicos y viejos de Montparnasse o en el pobre y famoso distrito dieciocho. No todo es luz. No todo es amor. En frente una tienda Louis Vuitton, Claudia, te encantaría estar aquí. Cruzo la calle como puedo y entro a la tienda. Qué hermoso brilla su fachada con este sol parisino. Pareciera que es una frutería de pueblo regalando mandarinas, si juzgáramos por la cantidad de gente que entra y sale de la tienda, la gran mayoría con bolsas llenas de productos LV. ¿Cuál crisis? Bendita eurozona. ¿Te imaginas a los países latinoamericanos uniéndose para planear tener una misma moneda? Noup: no te lo imagines. Ver a presidentes golpeándose y mentándose la madre no será divertido en ningún momento. Entro a la tienda; güey, qué hermoso olor, qué hermosas empleadas. Huelen igual todas las tiendas LV del mundo. Salma, ¿cuál quieres? Güey, ¿qué le regalas a Salma? ¿Qué no tendrá, qué le hará falta? Un piso abajo, luego un piso arriba, bolsas, carteras, mascadas, bufandas, zapatos, maletas, estuches, plumas, tarjeteros, portateléfonos. ¿Qué le llevo? Mi Salma ya ha de tener toda la colección, Claudia ha de tener toda la colección. ¿O será fan de Coach, Valentino, Kate Spade o de MK? ¿Qué regalas cuando no tienes nada que dar más que algo que compres? ¿Qué necesitas cuando tienes todo? ¿Qué necesitas cuando eres Salma? Le compro unos lentes de sol, me dan el recibo. ¡Guey! No mames es el 2011, ¡no! ¡No! ¡No! ¡No! ¿Cómo que 2011? ¡Necesito que sea 2010! Salgo corriendo de la tienda, qué rico huele París sin el olor del McDonald's. Tráfico idéntico al de la Ciudad de México, con la diferencia de los modelos de los autos. Peatones llenando las anchas banquetas, ¿qué torneo hay ahora acá? ¿O es siempre igual? Ningún taxi en la calle, no es Nueva York. Regreso a la tienda, le pregunto a la cajera por el Saint Motel, me ve de manera perversa y sonríe. "Dos cuadras a la izquierda de la Capilla del Sagrado Corazón, y luego dos cuadras hacia arriba". En hermoso francés me dice: "Sólo cuídate en esa zona". En igual de hermoso francés le contesto: "¿Estás segura de que la información de este recibo es correcta?" Lo toma, lo ve: "Sí, está todo correcto, tus lentes costaron quinientos cincuenta euros. No hay devoluciones de lentes" ¡No! "Me refiero a la fecha". "¿La fecha?" "¿Que día es? No sé que fecha es". "¿Qué día quieres que sea?" "Esa es la mejor pregunta que me han hecho en los últimos años. No me importa tanto el día, sólo quiero que sea el 2010" "¿2010? No: es 2011. 2011 es correcto" Vuelvo a salir y justo frente a la tienda se baja de un taxi una hermosa dama; no había visto unas piernas tan hermosas, delgadas, largas. Güera, cabello semi ondulado, tez muy blanca, con lentes de sol. Le ofrezco mi mano para ayudarla a bajar y además para verle mejor las piernas. Se sorprende por mi gesto y me dice: "No recuerdo la última vez en que algún hombre me abrió o cerró la puerta de un auto, o que me ayudara a bajar" ¿Es en serio? ¿Qué pedo? ¿Qué está mal con los hombres de hoy? O sea, esta mujer es bella, no es francesa, es del este de Europa. La forma en que habla es excitante. Si algún hombre de toda Europa del este no ha sido un caballero con esta mujer entonces los hombres de Europa están bien pendejos. Mientras trato de ver a través de sus lentes de sol, pienso: Perdón, amiga; cualquier otro momento me quedaba contigo, me perdía contigo, pero hoy no, hoy no puedo. Me asusta el claxon estruendoso de un Peugeot 406 que está atrás del taxi. Ella también se asusta y camina hacia la banqueta. "Mi nombre es Luca, ¿Cuál es el tuyo?" "Irina". Y se perdió en el gentío de la banqueta. Irina, Irina me recuerdas a alguien, ¿no te conozco? Irina quiero conocerte. "Súbase, joven". ¿Cómo? Me subo al auto. "¿Por qué me saluda en inglés?" "Porque no hablo francés" "¿Qué? ¿Es en serio?" Un taxista en París que no habla francés. El mundo está loco. "Piénsele bien: no es tan descabellado. Los franceses no usan taxis: ellos caminan, o utilizan el metro, motocicletas, o bien son tan ricos que no manejan y los llevan sus choferes. En París, los que usan taxi son turistas que no leen francés, o les da miedo usar el metro". "¿Y de donde es usted?" "De Inglaterra". Genial, está con madres esto, un inglés de taxista en Francia. "Me lleva al Sagrado Corazón, por favor". "Con gusto, joven". "¿Sabe dónde está el Saint Motel?" Sonríe mientras me ve por el espejo retrovisor: "Sí, joven". "Llegaremos a esa zona en una hora, quizá un poco más". "Está bien". Silencio, ya no me gustan tanto mis silencios, me gusta hablar con la gente, a la gente le gusta que le hablen y más si es para halagarlos. Espero que el taxi esté parado por algún semáforo y pregunto: "¿Cuál es su nombre? Usted ya escuchó mi nombre mientras hablaba con la dama que recién bajó". Mientras escucha mi pregunta, e inicia a contestar me ve por el espejo retrovisor, 1, 2, 3, 4 ¡click! Y mientras él me dice su nombre yo ya lo digo mentalmente: "Mike Evans". ¡Wow, Mike!, pienso al ver lo que vi. Toda su vida había soñado con ser tenista. Entrenó todos los días, desde que estaba en secundaria. Sentía que estaba predestinado a jugar tenis; tenía un don, según él. De joven era el mejor de su pueblo, Bardney, en donde sólo había cinco jugadores de tenis más. Ahí jugaban en la calle puesto que ni cancha de tenis había. Ahora Mike tiene sesenta y nueve años. Cuando estuvo en la preparatoria aún era el mejor. Recibió una invitación para ir a la Universidad de Cambridge, a donde llegó y fue el mejor tenista de la universidad. Soñaba con convertirse en profesional y ganar el famoso torneo de Wimbledon que ningún inglés había ganado en la época moderna. A pesar de haber estudiado y seguir los protocolos establecidos en esa época en Inglaterra relacionados con la educación, él no estaba listo para la vida real. Durante su infancia y juventud, antes de partir a Cambridge, su padre se la pasaba en el campo entre el ganado, la siembra y el alcohol. Él no recordaba algo que su padre le hubiera enseñado que no fueran modales en la mesa. De hecho, recuerda pocas veces a su papá hablando. En la cocina semioscura de la casa de sus padres, ninguno de sus hermanos ni su mamá podían hablar en la mesa mientras comían. Si uno de los siete hijos era sorprendido hablando con la boca llena, o masticando con la boca abierta, perdía sus alimentos y se tenía que retirar de la mesa. Entonces, todos los hijos aceptaban la regla de no hablar para poder concentrarse en comer bajo los modales que el papá imponía. Su mamá, ¿qué te cuento? Se desvivió por ellos, por los siete retoños; por alimentarlos, darles ropa limpia y un hogar más o menos en orden. Casi todo el tiempo estaba haciendo algo relacionado con la cocina; o la limpiaba o preparaba alimentos. Cuando su papá se enteró del sueño de Mike de jugar en Wimbledon, el papá se rió fuertemente. Todos los hermanos de Mike también recuerdan esa fecha porque fue la única ocasión en que su padre habló con la boca llena de alimentos al decir "¿Mike jugando en Wimbledon?", mientras se carcajeaba. Fue tan bizarro ver a su padre romper una de sus principales reglas, no hablar con la boca llena, que quienes estaban presentes no supieron que hacer y todos se retiraron junto a Mike, algunos para apoyarlo, otros para huir. Su madre en ese momento se quedó en la mesa con su padre. Mike en el jardín, en donde había algunas enredaderas de jazmín, lloró, tenía ya catorce años, como sea lloró. Y se preguntó si lloraría en el funeral de su padre, si le dolería verlo en el ataúd, y se contestó que no lloraría y que no le dolería verlo en el ataúd. Y justo en ese momento supo que lograría su meta; si ya tenía la motivación necesaria, ahora tenía un motivo más: darle la contra a su papá. Y pensó: No sólo voy a jugar Wimbledon, sino lo voy a ganar y la reina me dará el trofeo, seré el primer inglés en ganarlo. Ya en Cambridge rompió todos los récords históricos; no había nadie en todas las universidades que le pudiera ganar. Durante dos años fue el amo y señor del tenis universitario en toda Inglaterra. Mike le iba a callar la boca a su padre y, de pasada, a muchos más. Por fin iniciaron las clasificaciones para Wimbledon. Mike avanzó con facilidad las primeras rondas y llegó a la final de las clasificaciones. Estaba a un solo triunfo de clasificarse al torneo más importante de Inglaterra, el más tradicional del mundo. Sólo tenía que vencer a Guy Appleton de la archi odiada universidad rival de Oxford. En los dos años que llevaba en Cambridge, había vencido en las tres ocasiones a Guy, todas ellas sin ninguna dificultad. Guy había sido el eterno segundo lugar abajo de Mike. Una victoria más y directo a Wimbledon, pero Mike (ajá: los pinches peros), pero Mike no estaba del todo listo. La noche previa de su juego contra Guy, alrededor de las once de la noche, una dama tocó a su puerta. Una pelirroja, piel blanca, pecas, muchas pecas en su cara, delgada, ojos grandes, voz ronca, haz de cuenta Emma Stone de esa época, tenista de la Universidad de Oxford. Su nombre, Rose. Mike siempre la había deseado a pesar de ser de la universidad rival y ella tocó a su puerta esa noche y al ver a Mike lo único que le dijo fue: "Siempre te he deseado, necesito que me beses, necesito que me hagas el amor". Los golpes en la puerta habían despertado a Mike, puesto que como todo buen deportista se había dormido a las nueve y media de la noche, al escucharla sintió un calambre en su cuello, luego toques eléctricos en su espalda, y de inmediato se excitó, se excitó como nunca. No tardó mas de cuatro segundos debatiéndose en qué hacer. Abrió más la puerta, la dejó entrar y se abrazaron, se besaron, se tocaron, tomaron, bailaron, exploraron, fornicaron, sonrieron, fumaron marihuana que ella llevaba, tomaron pastillas que ella llevaba, comieron y cuando él la vio hablar con la boca llena, se paralizó por completo. Fue como si viera a su papá burlándose de él. ¿Mike jugar en Wimbledon? ¡Ja! Repitió en su mente la escena de su padre cuando tenía catorce años. Vio la cara de su padre en el cuerpo de Rose. "¡Para! ¡Para!" "¡Deja de reír, deja de hablar con la boca llena!" Vio el reloj y eran las cuatro treinta y seis de la madrugada. Se tiró al piso de rodillas llorando; estaba demasiado borracho. Segundos después vomitó. Rose no sabía lo que pasaba. "¿Por qué lloras? Lo hiciste muy bien, no le diré a nadie de esto". Los dos estaban borrachos y viajaban muy alto con lo que se habían metido. Rose se sentó al lado de él y sin saber el motivo lloró también. Los dos desnudos, en el piso con un vómito al lado de él; los dos llorando hasta que se quedaron callados, y se quedaron callados porque se quedaron dormidos, los dos durmieron desnudos sobre el piso. Mike despertó con un gran dolor de cabeza, su cuerpo manchado de vómito, eran las doce cuarenta y cinco del medio día y su final contra Guy Appleton había sido a las ocho treinta de la mañana. Había perdido por default. Guy estuvo en la cancha desde las ocho de la mañana. El juez del partido marcó el triunfo por default a las ocho cuarenta y cinco de la mañana, según indican las reglas. Cuando Mike despertó, Guy tenía ya cuatro horas con el título de campeón universitario y el pase directo a Wimbledon. Al despertar, Mike se sentía tan mal que todo lo hacía en cámara lenta, no tenía fuerzas para más, no podía ni mantenerse de pie. No aguantaba el dolor de cabeza. No tenía fuerzas para gritar, llorar, ni para expresar el coraje. Se sentó de nuevo en el piso al lado de la puerta del departamento, la puerta que había sido tocada por Rose la noche anterior, por su coach en la mañana y por varios de sus amigos quienes al no escuchar respuesta se fueron directo al estadio donde sería el partido. En el piso había un recado que alguien le había mandado por abajo de la puerta: *Mike, ¿dónde estas? ¡8:30! ¡Corre!* Vio otro reloj y confirmó la hora, de nuevo la imagen de su papá burlándose de él, y al darse cuenta de que Wimbledon se le había ido, gritó a pesar de su dolor de cabeza: "¡Chingadamadre!" Y empezó a llorar como niño de catorce años, salió del departamento sin recordar que estaba desnudo, seguía gritando y maldiciendo a Rose, a él, a su padre, a la vida y al salir dio tres pasos de frente sin importar que el pasillo tenía sólo dos de ancho, entre el segundo y tercer paso chocó contra el barandal que le llegaba justo a la cintura y la parte alta de su cuerpo, en pleno momentum cumpliendo el principio físico de conservación del movimiento, siguió hacia adelante y luego siguió hacia abajo, toda una maroma y su cuerpo voló del segundo piso para caer en unas plantas en un pequeño lago artificial. Todo el peso de su cuerpo cayó sobre su antebrazo derecho, el cual se fracturó en tres pedazos, era tanto el alcohol y las drogas que no le dolía el brazo; le dolía el alma. Caído, tirado entre arbustos y plantas acuáticas, un sapo lo veía. De ahí lo sacaron horas después y acabó en algún hospital. Después de ese día en que había roto todos las reglas de comportamiento de Cambridge, además de haber manchado el honor de la universidad. Cambridge no quería saber nada más de él. Semanas después lo regresaron a su pueblo a que se recuperara de su fractura y de diversos golpes que había sufrido. Estaba en la misma casa que su padre, los dos en cama: él convaleciendo del alma y de su fractura, su padre luchando por su vida. Sólo los separaba una pared, a Mike le hubiese gustado que los separaran kilómetros. Después de varios días, un hermano le llevó un recado que le mandaba su padre del cuarto de al lado, era un pequeño pedazo de papel. El hermano le pedía que no lo leyera, pero no se aguantó, igual que no se aguantó abrirle la puerta a Rose. Al parecer no había aprendido y lo leyó: *Te lo dije.* ¿Qué peor desgracia emocional que cumplir la profecía negativa que tu padre te declaró desde tus catorce años? A veces siento que el destino si se excede bien cabrón con algunas personas. Mike leyó el recado por segunda vez y se levantó como pudo, abrazó al hermano que le había dado la nota, y salió de su casa como pudo, trastabillando, con el alma desgarrada. No iba a poder probarle a su padre que estaba equivocado, con la fractura en su antebrazo, no iba a poder tomar una raqueta jamás. Aquella mañana, posterior a la noche amorosa, Rose se había levantado unas horas después, no vio a Mike, se vistió y se fue. Ella también tenía su final a las seis de la tarde, la cual ganó sin muchos problemas y estaba lista para jugar en Wimbledon.

Mike no volvió a casa de sus padres jamás. Ninguna universidad lo quería recibir, ni siquiera como entrenador, ni siquiera como alumno. Ya ves que los ingleses se toman muy a pecho esto del honor y el orgullo de su alma mater. Empezó a entrenar intentando jugar con su brazo izquierdo, después de meses desistió al ver que no lograría el nivel que tenía con el otro brazo. Para entonces Rose había ganado el torneo de Wimbledon y era la primera mujer inglesa en conquistarlo. Hasta que un día lluvioso, en un supermercado de Londres, por fin se toparon Rose y Mike. Habían pasado ya cuatro años de aquella noche inolvidable para él y quizás también para ella. Se toparon de frente en el área de las verduras, Rose lo vio con compasión, lo vio como diez kilos más pesado, le vio la forma extraña en que movía su brazo derecho rígido, pegado al cuerpo y meneándose de forma arrítmica. Ella empezó a llorar y dijo, desde el fondo de su corazón: "Perdón, perdón". Y Mike lloró también; ella le tomó la mano derecha y confesó: "Nunca quise hacerte daño; sólo quería divertirme, te deseaba bastante". Mike no pudo decirle nada. Sólo le creyó y la abrazó, lloraron juntos por quince minutos junto a las limas que irónicamente, a lo lejos, parecían pelotas de tenis. Rose le dio su teléfono y le prometió ayudarlo con cualquier cosa. Meses, o quizás años después, Mike la llamó, pidió su ayuda para certificarse como juez de línea para el torneo de Wimbledon, para poder pisar la cancha central; si no iba a poder jugar, al menos iba a ser parte del juego. Pasó varios años en trabajos que en su juventud nunca estuvieron planeados: mesero, chofer, cartero, repartidor de leche, jardinero. Gracias al patrocinio de Rose pudo certificarse como Juez de Línea de la Lawn Tennis Association, órgano rector del tenis en Inglaterra. Empezó en torneos de jóvenes de la edad que él tenía cuando el incidente con Rose. Amaba este deporte como pocos, lo conocía a la perfección y tenía una excelente vista, por lo tanto era un excelente juez. Fue subiendo de nivel, avanzó hasta que después de ocho años lo invitaron a ser juez de línea de un torneo muy especial. Ajá, del mismísimo torneo de Wimbledon, si su labor fuera buena sería invitado a seguir en el torneo, los mejores jueces estarían en la final, en la sagrada cancha central de Wimbledon. Claro que su labor fue buena en las primeras etapas del torneo; lo fueron asignando en juegos de más importancia: octavos de final, cuartos, semifinal, y sí, la final también. Le avisaron un día antes de la misma y llegó corriendo a su casa, un pequeño y humilde departamento, en donde vivía con quien era su novia en ese entonces, y al abrir la puerta vio a su novia y a su mejor amigo sentados platicando acaloradamente en la mesa de la cocina, con actitud extraña. "¿Qué haces aquí con mi novia, en mi casa?" "Te estoy esperando, habíamos quedado de ir hoy a tomar a algún bar". La novia no podía ver a los ojos a Mike, lo cual le perturbaba demasiado. Ella sólo veía la mesa, Mike sólo la veía a ella y el amigo sólo veía la puerta del departamento. "¿Qué discutían?" "Hablábamos de tenis, del juego de mañana", ella no veía a Mike. Silencio incómodo. No se sabía si en ese momento iba a explotar la furia en Mike, o si el silencio se rompería con alguna sonrisa amable o algún plan entre amigos tomadores... ¿Qué carajos hacía en su casa? ¿De qué discutían? ¿Por qué su novia no lo podía ver a los ojos? Mike apretó sus puños lo más que pudo, los mantuvo así por dos minutos. Sus dedos estaban primero rojos y luego blancos, su mente se debatía en qué hacer, golpear al dizque amigo, discutir con ella, romper toda la casa del coraje o huir corriendo y buscar las respuestas en muchas cervezas. Ninguno le preguntó cómo le había ido en su juego, ni sobre si había sido elegido para la final. Es más, la novia no hablaba nada. Ni siquiera le ofrecía el vaso de agua que, como todos los días de los últimos cuatro años, ella le servía a su llegada. Quizá esa era la señal que más le preocupaba a Mike. Sintió brasas en sus mejillas, el coraje lo paralizó, y no dijo nada, dio una gran exhalación, sonrió con ironía, le pasó por su mente los segundos cuando analizó si le abría la puerta a Rose en aquella noche triste (bueno, la noche no fue triste, lo triste fue la mañana), también recordó cuando su hermano le dijo que no leyera el recado que le mandaba su papá. De pronto se calmó, dio la media vuelta y se fue caminando sin decir ni una sola palabra. Se regresó a las canchas de Wimbledon y pidió pasar la noche en los dormitorios de seguridad, a lo que accedieron sus amigos guardias. Intentó dormir, no pudo hacerlo por más de ocho minutos seguidos y en total no más de tres horas, se aguantó las ganas de tomar alcohol, la tristeza le evitaba pensar en el juego del siguiente día, pensaba en su novia y su mejor amigo en su departamento. La duda lo mataba, ¿le había sido infiel? No podía manejar la ira, ni la ansiedad. No podía dormir. Pasaron las horas muy lentamente. Por fin amaneció. Un guardia conocido le avisó con un tono muy amable: "Es hora Mike". Mike se levantó hizo sus estiramientos, se bañó, se vistió con su elegante uniforme de juez de línea. Era el día de la final de Wimbledon, y él sería un juez de línea, estaría en televisión casi en todo el mundo, esperaba que al menos uno de sus hermanos lo reconociera, esperaba seguir haciendo un gran papel. Abrieron las puertas al público, éxtasis en el ambiente, de forma ordenada se llenaron las gradas, llegó su alteza la Reina de Inglaterra, el príncipe, la novia del príncipe, los hijos del príncipe, sus novias, así como el resto de los plebeyos. El partido inició: un jugador era de España, se llamaba Rafael y se apellidaba Nadal. Este jugador, para asombro de todos, se acomodaba el calzón al inicio de cada punto; por piedad ojalá alguna marca de ropa interior le hubiera recomendado un mejor diseño para que no se lo anduviera acomodando y jalando así, con pleno acercamiento de la cámara y todo el mundo viendo. El otro jugador era de Inglaterra, se llamaba Andy y se apellidaba Murray. Era fecha que ningún jugador inglés había ganado el torneo de Wimbledon, Andy podía ser el primero ese mismo día, el mismo día que Mike estaría siendo juez de línea. Iniciaron los raquetazos, los gemidos, Nadal no dejaba en paz su calzón. Pasaron los juegos y los sets; toda Inglaterra veía el partido. Para su orgullo les urgía que por fin un inglés ganara su torneo. Murray, Murray, ra ra ra. Todo el estadio apoyaba en cada punto a Andy, Nadal era todo un extraño. Parecía que se jugaba algo más que un punto de tenis, parecía que el premio fuera algo más que un trofeo y prestigio. De cuatro sets Nadal había ganado el primero y el cuarto, Andy el segundo y el tercero. Estaban en el decisivo quinto set. Todas las decisiones de Mike habían sido correctas: ninguna de sus llamadas habían sido reclamadas por los jugadores, menos le habían pedido revisión a sus decisiones. A Mike le decían "El Águila" por su excelente vista; en toda su carrera jamás le habían reclamado una decisión de juego. Luego empezaron a suceder dos cosas curiosas, extrañas, de esos famosos comportamientos humanos un poco aberrantes. El ego llegó a visitar a Mike justo cuando, desde su silla, en el fondo de una línea lateral de la cancha, volteó a ver el estadio, y recordó que jamás se había equivocado, se empezó a distraer al captar la majestuosidad de evento en el que estaba, era Wimbledon, la final, era juez de línea y jamás le habían reclamado nada. En un descanso, cuando en el quinto set iban cuatro juegos a tres en favor de Murray, o sea, a dos juegos de quedar campeón, en ese descanso cuando el estadio aprovechaba para murmurar, su mente murmuró y su mente se distrajo. No podía dejar de pensar en su novia revolcándose en su cama con su mejor amigo, su mente empezó a divagar entre el ego, coraje, incertidumbre y la ansiedad de sentirse engañado. Se bloqueó por completo; su mente no estaba más con él. Su cuerpo y su voz actuaban en automático. ¿Por qué no podía disfrutar ese momento que tantos años había esperado? Sus demonios guardianes sonreían con placer. Aquí se cumple una vez más mi teoría de que no somos capaces de disfrutar el presente, por más que sea algo que hubiéramos añorado toda la vida. Pasaron más partidos; estaban empatados. Se fueron a muerte súbita: el que ganara siete puntos era el campeón. Nadal tenía ya seis puntos y Murray cinco. Nadal por sacar, se acomoda el calzón, saca potentemente, Murray responde, intercambian diecisiete tiros, largos, dejaditas, globos, pass in shots, voleas, backspins, derechas cruzadas, reveses rectos, hasta que Nadal dejó un tiro algo corto y le permitió a Murray acomodar su tiro de revés a dos manos y por como venía la bola y la posición de ambos jugadores se esperaba un tiro cruzado, pero Murray sorprendió a todos y metió un revés de dos manos, recto, justo a la línea donde le tocaba juzgar, ajá, a Mike. Él no la estaba pasando bien: no podía contra su mente y sus demonios. El tiro lo sorprendió, por un segundo mientras la bola viajaba hacia esa línea, parpadeó, distraído; además, el reflejo de un rayo de sol que había rebotado en un llavero Lacoste que alguien del público en la fila cuatro traía, le dio justo en el ojo. Nadal no iba a llegar a esa bola, puesto que pensó que el tiro iba a ser cruzado; era sólo cuestión de esperar dónde iba a botar. Parecía que la bola iba en cámara lenta, que nadie en el estadio respiraba, incluyendo a Mike. Mike se tallaba los ojos casi al mismo tiempo que la bola caía en el piso demasiado cerca de la línea... Se escuchó el ruido de la pelota en la superficie de pasto, y el juez de línea, es decir, Mike, no hacía ninguna señal con sus manos ni emitía ningún sonido con su boca. Es literal y es real que todo el estadio lo volteaba a ver esperando su decisión... La llamada debía de ser inmediata, y ya iban tres segundos de silencio, hasta que desde su boca salieron unas palabras que venían impulsadas con aire que salía desde el fondo de sus pulmones, como si brindara una noticia liberadora: "¡Out!" Out, fuera, fuera. ¿Qué? Nadal campeón: no hay trofeo para los ingleses. Un año más sin campeón inglés. Espera, espera, Murray va con el juez principal, el juez de silla, y pide una revisión, reta la versión del juez de línea, la de Mike. Creo que Mike no había vuelto a respirar desde que dijo ¡Out! Sentía todo el peso no sólo del estadio, sino del país en sus hombros. ¿Qué le hacía? Eso era lo que sus distraídos ojos habían visto en esa jugada. El público aplaudía con ritmo, clap, clap, clap, como atrayendo la buena voluntad de algún dios, aunque fuera el de la lástima. En las pantallas gigantes, de forma virtual, aparece el vuelo de la pelota, dejando una sombra sobre la trayectoria ya avanzada, es el sistema de repetición más moderno que hay para determinar en que lugar cayó la pelota, en la pantalla la recreación del vuelo de la misma avanza despacio, hasta llegar al lugar de donde botó, y ahí en esa zona dejar un circulo negro del diámetro de la pelota. Con que algún milímetro de ese circulo tocara algún milímetro de línea blanca, sería In, Mike estaría equivocado por primera vez en su carrera, le darían entonces el punto a Murray y la muerte súbita seguiría empatada a seis. Aún con la repetición no quedaba claro si la bola había rozado algo de la línea. Hicieron acercamientos con el lente que genera dicha animación especial para revisar las jugadas dudosas, no era posible captar si la bola rozaba o no la línea, el público veía las pantallas y gritaba con desesperación "In", no era claro para nadie; acercaron tanto el lente que se distorsionaba la imagen y justo ahí parecía que algún pixel rozaba la línea. Al poner la vista de revisión normal era imposible ver si tocaba línea o no. El juez principal, con base en el reglamento deja la llamada del juez del línea como la definitiva "Out, point, game, set and match for Nadal". Murray sentado en su silla, tenía su cabeza tapada con una toalla para cubrir su llanto. El público, enardecido, aventaba sombrillas a Mike, lo abucheaban; intentaron lincharlo dos aficionados que habían invadido la cancha y que los de seguridad justo lograron detenerlos a dos metros de que atacaran a Mike. Sacaron a Mike escoltado de la cancha, mientras Murray se acercaba a la fila tres a llorar con su madre, una extenista profesional, exjugadora de Oxford, excampeona de Wimbledon llamada Rose. Mike también tuvo que pasar esa noche en el estadio porque afuera lo esperaba una multitud que lo quería matar. A la siguiente mañana lo sacaron de incógnito dentro de un camión que iba lleno de mesas y sillas. Kilómetros adelante se bajó con un disfraz de mesero, y una cuadra antes de llegar a su departamento vio que lo esperaba un grupo como de cuarenta personas. Querían su vida. Los hooligans ingleses querían venganza. Se dio la media vuelta antes de que lo vieran y caminó. Prefirió girar y huir, en lugar de seguir y pelear. Caminó sin rumbo. Mike no tenía a donde ir, deambuló algunos días, todos lo señalaban en la calle, nadie quería interactuar con el traidor, tuvo dos o tres peleas en bares, en la calle, donde fuera. Semanas después volvió a las oficinas de la Lawn Tennis Association y no lo dejaron entrar, le dijeron que lo habían dado de baja sin ninguna explicación. Buscó trabajo; nadie le dio otra cosa diferente a insultos o golpes. Deambuló aun más, hasta que un día compró una peluca, un bigote falso y tomó un tren a Francia. Pensó que ahí estaría a salvo de los ingleses y quizá pensó bien. Así llegó a Francia, y se convirtió en taxista en Francia sin hablar francés.

"A la Basilique du Sacre-Coeur, en Montmartre, Mike. ¡Dale! ¡Dale!" Mike sortea bien el tráfico, se nota que su brazo derecho no se mueve bien, y entre mi desesperación de saberme en el 2011 y mi ansia por llegar con Salma, hago una pendejada, de esas que a muchos les encanta hacer a diario, y abro mi boca: "Mike, ¿te gusta el tenis?" ¡Chingados! Cuando veo su cara me doy cuenta que había sido muy mamón y más pendejo en sacarle ese tema. "Me gusta poco. Me gusta más el fútbol". No le digo nada y me arrepiento de haberle hecho esa pregunta, vi su cara perdida, tratando de bloquear recuerdos. Queriendo cambiar el tema, le digo: "Mike: ¿conoces el Saint Motel?" "Sé que es un lugar que le gusta a los enamorados que no tienen otro lugar para amarse. Dicen que tiene habitaciones llenas de lujo. Por fuera tiene una fachada igual a las que están a su lado. Es una pequeña casa como de quince metros de frente y tres pisos de altura, dicen que sólo hay dos suites en cada piso y que la del tercer piso, que ve hacía atrás, tiene una gran vista hacia la ciudad. Que las habitaciones son tan lujosas como las de cualquier resort de Monte Carlo". Y sigue: "Cobran por día, aunque muchos sólo la utilicen horas". Pienso entonces que no voy tan mal: cuadra con Salma. Y Mike agrega: "El rumbo de abajo de la Basílica no es muy bueno. Tenga cuidado con los estafadores de esa parte, arriba, dos cuadras a lado de la Iglesia, hay una plaza famosa por los artistas que ahí exhiben su trabajo: se llama Place du Tertre. Parece que cambiaste de ciudad aunque sólo subiste unas cuatro cuadras. Hacia atrás es el París de siempre, el de los que viven aquí, el viejo y clase media".

Pasa el tiempo y llegamos; me deja en el jardín previo a la Iglesia o Basílica, ¿cuál es la diferencia? Entro al jardín que tiene unos caminos de concreto que me llevarán a la parte alta frente a la Iglesia. A mano izquierda hay un carrusel. Apenas llevo treinta pasos cuando de pronto se me atraviesan dos africanos. Sólo imagina mi ansiedad de querer avanzar hacia Salma, ya me la imaginaba acostada en la cama con sólo un blusón. El africano dice en español: "¡Pinche mexicano!" ¿Ah, cabrón?, me volteo a ver mi ropa y no traigo nada que me delate, ¿qué de plano el penacho es tan grande? Y le contesto en hausa: "¡Pinche nigeriano!", y los ojos de los dos se hicieron aun más grandes, silencio, se voltean a ver, les sigo hablando a los dos en hausa: "Si no se retiran de aquí les voy a partir la madre a ti y todos tus amigos tal como tu tío Sirhan se las partía a ustedes dos cuando tenían catorce años, así que lárguense ya y dejen de robar aquí". Su mirada cambia y se retiran, dan un chiflido y salen de entre la gente y los arbustos, ocho personas más, se van caminando, volteándome a ver a lo lejos. Ya no los veo, sólo pienso en Salma. Corro el resto del camino hasta llegar a la parte alta, cruzo la calle que está frente a la Iglesia, entro y me persigno, una persignada antes de pecar no hace daño. Camino dentro por el perímetro; me sorprende ver a la Virgen de Guadalupe en un nicho, me sorprende más que por todo piden dinero, casi por entrar, caminar, orar, por hacer una petición. Parece más un mercado de chantajes que una Iglesia. Hay un murmullo más fuerte que el de cualquier supermercado de clase media baja. Me vale madre, salgo dos minutos después, corro, y llego al Saint Motel, es tal cual lo había descrito Mike. En la recepción sólo digo: "Vengo a hacer una entrega especial a la habitación cuarenta y seis". "Se equivoco de Motel, aquí no hay habitación cuarenta y seis". ¡Güey! ¡Güey! "Ok, vengo a hacer una entrega a la habitación de Salma". "Ninguna persona con ese nombre está registrada aquí". ¿No estuvo ella aquí el año pasado? ¿El 2010, es más, justo hace un año? ¿Cuánto tiempo llevas aquí?" Me estoy aguantando la ganas de mentarle la madre a este empleado de mierda. "Llevo trabajando aquí catorce años: yo soy el dueño". Me lleva la chingada. "Dame la habitación más alta, la que tiene una vista a la ciudad". "Muy bien: es la treinta y seis". "Espera, ¿no tienes hoy una reservación a nombre de Luca Treviño?" "Señor, aquí no aceptamos reservaciones; sólo en casos muy, muy especiales, con celebridades". "Cabrón, ¿y Salma qué es? Checa por favor, de la manera más educada te pido que verifiques". Observa a su vieja computadora IBM, y me dice que no, ni hoy, ni en toda la semana, ni en la semana igual del año previo. "¿No tienes nada con Luca Treviño, ni con Salma?" "No, señor". "Gracias, dame las llaves". Llego a la habitación treinta y seis e intento sentir un dejá vu, nada, casi seguro que jamás he estado ahí.

Voy a todas las habitaciones del motel. En ninguna está Salma. En todas hay dos personas ocupadas; en la mía estoy yo y todo mi desmadre. Esto es toda una cagazón, ni siquiera estoy en el año en que me llamó. ¿Ahora con qué me refugio? ¿En quién me pierdo? ¿Con qué me engaño? Hasta hueva me da ponerme triste. Mike tenía razón; desde la terraza hay una gran vista a París, el famoso, el bizarro, el que está en crisis, el hablado, idolatrado, el del mejor cielo. Yo aquí en un motel de lujo, solo. Me dan ganas de probar cuanto tiempo puedo pasar haciendo absolutamente nada, sin moverme, sin pensar más que en una pared blanca. Ni eso puedo hacer pues apenas llevo unos segundos y frente a la pared se me aparece Salma, preguntándome, gritándome y diciéndome que me mueva. Me paro. No puedo lograr nada de lo que me propongo. Quiero un tiempo fuera. Estoy hecho una mierda, muy mal plan. Creo que son como las cuatro de la tarde, ya la prisa no aplica. Bajo al lobby; necesito alcohol. Al bajar las escaleras, me acuerdo de Inés. Cuando pienso en ella respiro mejor. Me pone en un mood que sólo ella ha logrado. Recuerdo todo lo que sentí con ella. Era Berlín, estoy en París. ¿Qué año era ella? No me acuerdo. Los tiempos no los estoy controlando, pinche novedad, Luca, no mames. Aún tengo seis horas para encontrar a Salma. Llego al lobby, pisos de madera vieja y alfombras rojas, candelabros de fierro forjado a media luz, todo pulcro con una ambientación del siglo pasado, mínimo, si no es que de hace dos siglos. Sillones de piel negros y rojos, con botones dorados en todos sus cuerpos. En una esquina una pequeña barra, ahí un señor de unos sesenta años, con camisa blanca y chaleco negro, seca con un trapo varios vasos de vidrio. Me acerco a ver qué alcohol tiene, y justo antes de que yo hable, me dice en francés: "¿Eres capaz de obedecer sin preguntar?" Estás de acuerdo en que a estas alturas ya te vale madre todo; bueno, casi todo y muy despacio le asentí. "Date vuelta, ve a la esquina opuesta de este salón y lee el recorte de periódico que está enmarcado ahí". Giré, caminé despacio, y justo cuando doy el primer paso, empieza la canción *I wonder If* de *Limblifter*, ¡No mames, ahora con música ambiental! Llego al otro lado del cuarto y en un marco dorado, hay un recorte viejo del periódico *Le Monde*, de un cuarto de página, con el título: *No es lo mismo que el Saint Hotel de Monte Carlo, pero el Saint Motel de París alegrará a sus huéspedes.* Abajo está la descripción de este motel, un análisis de su nivel de servicio y demás madres que ya no vi. Volteo a ver al señor del bar, quien sigue secando vasos, y sonríe sin voltearme a ver, siempre viendo sus vasos. Regreso frente a él y me tiene una copa de vino tinto, con muy poca cantidad. La toma y la mueve hacia mí. ¿A poco crees que me voy a resistir? Justo en el momento en que mis dedos tocan la copa de cristal, justo en ese instante, en el sonido ambiental reventó a todo volumen *Vicious* de *Limblifter*. ¿Qué pedo? ¿Quién decía que a los franceses no les gustaba la buena música? Tomo la copa y camino hacia mi cuarto. Alcanzo a ver al dueño en la recepción sonreír y asentir, si todo este desmadre es el Truman Show estos dos actores han sido los peores. Y yo, yo voy caminando derechito, calladito, con pasos cortos como niño de ocho años que acaba de robar por primera vez un billete de cien pesos de la bolsa de su mamá. Había bajado pensando en Inés y ahora subo pensando en Salma y Monte Carlo. Pinches hombres, qué cabrones somos. Llego a mi cuarto, me voy a la pequeña terraza; ajá: se parece a la de mi depa en Monterrey, en esta veo París, y en aquella los robles de Calzada del Valle, los que bailan conmigo, tú decide cuál es mejor. Dejo la copa sobre el barandal de forja, cuyo pasamanos es una solera de una pulgada y un cuarto de ancho, por un cuarto de pulgada de espesor. Veo la copa de frente, parece que está flotando sobre el pasamanos, y al fondo todo París. ¿Cuánta gente habrá ahorita en todo París amándose en este preciso segundo? ¿Cuántos estarán fornicando, cogiendo por puro placer carnal? ¿Cuántos están naciendo y cuántos están muriendo? ¿A cuántos en este momento les están diciendo que les quedan tres meses de vida? ¿Cuántos estarán robando dinero del gobierno? ¿Cuántos taxistas están engañando a los turistas, con sus rutas y cobros? ¿Cuántos buscan regresar un año en el tiempo? Puta, creo que muchos estarán queriendo regresar sus tiempos, sus vidas un año, ¿cuántos estarán queriendo regresar un año para irse a coger a Salma? Creo que en esta categoría sólo soy yo, me gusta ser único. Me gusta ser el raro. Tomo mi Iphone, Megan tenía razón sobre mi fijación con el Iphone, casi no tengo canciones, contactos, ni amigos en mi WhatsApp, y aún así no me puedo alejar del aparato. A lo mejor Mr. Jobs le insertó algún tipo de ácido que por medio del tacto te hace dependiente, cual nicotina, o que algo se te mete al ponértelo en el oído, algo para hacerte un cliente cautivo y que te hace querer comprar todo por su Itunes Store, incluso el kilo de pulpa bola y dos kilos de tomates guaje que necesitas para el cortadillo de los miércoles. Me voy a la sección de música y pongo la canción tres del disco *Saint Motel* de *Voyeur*, *Puzzle Pieces*, que suenen los tambores, las percusiones y el bongó, prendo un cigarro, sólo doy un toque, y ya no me aguanto, no van ni cuarenta segundos de la canción y ya inicio el protocolo, mano a la copa, con cuidado para no tirarla del barandal, la acerco a mi cara, por primera vez la huelo. Sí es, creo. Mano empinada, copa a los labios, olores excitantes, vino a la boca y de inmediato… ciao, ciao. Golpe duro, ni pude tragarlo, ni me sentí caer. Es más, ni me sentí mover. No sentí nada. Blackout total, abrupto, fulminante. ¡Bang! Todo negro por unos segundos. No veo nada, huelo a orquídeas, siento aire a gran velocidad en mi cara, no veo nada, luego huelo a lavanda, y ¡hello world!, ¡hello Monterrey!, aparezco en mi departamento sentado en la silla de mi terraza, viendo los robles de Calzada del Valle. El cielo oscuro, veo el reloj: 11:30 p.m. Ahí está la caja de FedEx, el Bose, y mi contestadora, camino lo más pronto que puedo, llego a la contestadora donde hay un texto en la pantalla: *Mensaje grabado hoy hace tres horas.* Volví al 2010, volví al día en que me fui. Le doy play… Y empieza el mensaje de Salma. ¡Con madre! Hoy todavía es hoy, por si se te olvidó el mensaje aquí te va de nuevo: "Luca, Luca, Luquita, Lucano: ¿a qué chingados crees que estás jugando, cabroncito? No llegaste anoche, como lo habíamos acordado. Llegué a la suite del hotel y me quedé dormida en la terraza viendo las estrellas. ¡Nunca llegaste, cabrón! ¿Tú sabes cuantos hombres en este mundo estarían dispuestos a, no se diga pasar una noche conmigo, sino al menos a cenar conmigo y terminar en un abrazo? Nuestro plan era mucho más divertido; ¡Y no llegaste, cabrón! Está bien que tenías que tomar más aviones, cambios de horario, jet lag, etcétera. Está bien que lo de Berlín estuvo de lujo, pero no avisar si quiera. Desperté como a las dos de la madrugada y me fui a la majestuosa cama de la suite… ¡sola! ¡Sola! Me dormí sólo porque el cansancio era más grande que el enojo. Y ahorita despierto y aún no llegas, te dejé demasiados recados en tu celular de mierda que nunca contestas. Espero que hoy en la noche, que regrese al hotel, estés aquí esperándome, para que te reivindiques. Sólo tendré esta noche más y me tengo que regresar. Más te vale que estés aquí, esperándome. En el cuarenta y seis, sé discreto como siempre. Si llegas, te la perdono, si no, no me vuelves a ver: Te pierdes este cuerpecito. Te espero ansiosa, Salma, tu veracruzana consentida. Ciao". Chingados, su voz es bella, me fascinan las voces rasposas.

Me excitan las mujeres directas. Llevo cuarenta y dos segundos pensando qué chingados hacer cuando ¡tocan la puerta! ¿Qué? Nunca nadie ha tocado la puerta aquí. Tengo miedo. ¿Miedo? Nunca había sentido miedo. ¿Miedo? ¿Puerta? ¿Qué me pasa? ¿Quién toca a estas horas? ¿Quién toca la puerta de mi casa? Dos segundos después estoy a punto de abrir la puerta y pienso en Mike, en Rose, en Emma Stone, me gustaría conocerla, enamorarnos, tocarnos y ver que sentimos, ver si nos late repetir eso el resto de nuestras vidas. Pienso en Mike, supongo que es Claudia, y pienso en Mike, ¿Cómo luchar contra esos demonios cuando una mujer te toca a la puerta pidiéndote de forma directa tu cuerpo? ¿A poco hay quién se resista ante esa propuesta de una belleza? Mike no aguantó ni cuatro segundos pensando. ¿Cuántos aguantaría yo al abrir la puerta y ver a Claudia pidiéndome que me la coja, que la llene de orgasmos, que le reviente su olvidado clítoris? ¿Cuántos, cabrón? Apuéstale cuántos segundos aguantaré antes de dejarla entrar. Tal vez sólo viene a decirme que tiene listo el avión para huir juntos. O tal vez es Megan. ¡Ah, la chingada! Si es Megan, ahí sí ya estamos hablando de otra cosa, para empezar creo que Megan es soltera. Además Megan, es muchísimo más bella que Claudia, a pesar de que Claudia es bella y atlética, del nivel de Megan, no sé si haya más de diez en el mundo, y tenerla tocando en mi departamento pidiéndome que quiere tomar, tocar, bailar y coger, ahí sí estaría en una disyuntiva bastante difícil: Megan ahorita aquí en mi depa o Salma en Monte Carlo en algún momento de las siguientes ocho o diez horas. No creo aguantarme más de dos segundos viendo a Megan pensando si la dejo pasar. Quien está del otro lado vuelve a tocar. Me acomodo mi cabello, checo mi ropa. Abro. "¡Luca!, ¿qué pedo güey?" Es Pepe. Ajá, Pepe. #Nomames. Nada personal contra Pepe, sí me da gusto verlo, ¿cómo suponer que iba a ser él? "No te veía desde hace no sé cuantos años, ¿cuánto tiempo seguiste en la Coca-Cola?" "¿No me vas a invitar a pasar o qué?" "Pasa, Pepe, pero estaba por irme de viaje" "¿A estas horas?" "Sí, güey, está bien pinche, ya no sé a que hora me mandarán de viaje". "¿En qué trabajas ahora, o qué?" "Es confidencial". "No mames, cabrón, ¿en la Pepsi o qué? ¿FBI, CIA, eres el Jason Bourne mexicano?" "Ay, pinche Pepe, nunca cambiaste". Entra al depa su vista se topa con mi gran depósito de alcohol, cajas y cajas de todo tipo de alcohol: "¡Ah, su re pinche madre! ¿Qué pedo?, ¿eres distribuidor de alcohol?" "Eh, sí, le vendo a los mayoristas". "Pues ábrete unas cervezas, ¿no?" "Pepe, no mames, güey, ya me tengo que ir". "No mames, Luca, mejor dime a quién te vas a ir a coger en lugar de inventarme la mamada de que tienes que ir de viaje ahorita". "Güey". "Güey". "No mames". "No mames tú, cabrón". "¡Oh que la chingada!" "Chinga, ya empezaste". "¡Me lleva la chingada!" "Ándale, pues". "¿Qué pedo?" "¿Qué pedo tú, cabrón? Te vengo a visitar y ni una pinche cerveza me ofreces". "Pinche nena". "¿Nena? No mames, puto, ¿hola cabrón?" "¿Qué nena yo?" "A huevo, eres la reina de las nenas sentidas del mundo". "Cabrón, me tengo que ir, luego te explico, por cierto, ¿cómo supiste que vivía aquí?" "¿Que qué?" "¿Qué de qué, güey?" "¿Cómo chingados me preguntas eso? ¿Otra vez con esas mamadas? ¿Ahora qué te estás metiendo? Pinche Luca; estás loco". Se levanta y se va bien encabronado mientras lo escucho decir: "Así está cabrón; por eso no tienes amigos".

Lo pinche es reconocer que me valió madres que se fuera, a pesar de que tenía demasiados años de no verlo, me valió madres. Lo único que me pudo haber hecho dudar era que fuera Megan, pero era Pepe, y una plática con él, sin importar el tema o urgencia de la misma, no me van a detener de irme a coger a Salma.

10

Me empieza a entrar la desesperación, como aquella cincuentona divorciada, guapa con dinero y un gran cuerpo, y que su apuesta a los juegos de la carne y del amor es ir cada domingo a iglesias diferentes a ver qué levanta, para levantarse al menos el ego; su plan, inicia con unos jeans-leggings marca True Religion en color rosa y una blusa Burberry de amplio cuello de tal forma que deja sus dos hombros descubiertos, brillando sobre ellos dos hermosos tirantes de su bello sostén. Sostén color beige, pequeños encajes en las orillas de los tirantes, los podías ver orgullosos de cargar lo que cargaban, casi escuché a los tirantes presumir su suerte de tocar y cargar esos pechos, como si gritaran: cómo te gustaría ser yo; cómo te gustaría tocar lo que yo estoy tocando en estos momentos; cómo te gustaría chupar lo que yo estoy sosteniendo en estos momentos, estos pechos talla 34 C, naturales. Los varones a los que les toca estar justo en las dos o tres filas de atrás de ella, se pasan toda la misa perdidos en sus hermosos hombros, en sus hermosas pecas, deslumbrados por el brillo y diálogos extraños de los tirantes del sostén. Por mi culpa, por mi culpa, por mi gran culpa, los varones ni siquiera le ceden algo de atención a la hija de la divorciada, chamaca hermosa, de pocos placeres, de pocas experiencias. Era claro que la atracción principal es la mamá; es ese par de hombros que piden ser tocados, masajeados. Hay varios señores mayores que logran su única erección del mes al ver esos jeans y esos hombros. No les importa experimentar esto mientras rezan el Credo y sostienen de la mano a su querida esposita de cuarenta años de matrimonio. La divorciada desesperada en cuestión se regodea toda la misa sintiéndose mirada; siente en sus nalgas y hombros muchas miradas y se pasa la misa esperando el momento de la paz para voltear y ver a sus presas, elegirlas, darles un saludo de mano muy caluroso o si eran conocidos un beso justo en la mitad entre labios y cachetes. Los de atrás, que ya conocían sus estrategias, se pasan la misa rezando para ser elegidos por ella. Siempre que cuento esta historia al final dudo quién estaba más desesperado: si ella o los güeyes de atrás que rezaban para ser elegidos sin atreverse a hacer algo por conquistarla. Quien creas que estaba más desesperado te doy la razón; así de pinche me está entrando la desesperación.

Así nunca he funcionado, pocas veces suelo ser multifuncional, tengo problemas severos con la claustrofobia, por eso dejé de ir a conciertos a nivel de cancha, por eso deje de ir a Woodstock, Coachella y al Austin City Limits. Siento que mi aura se mezcla, las vibras de toda la demás gente me debilitan y me desmayo. No soy bueno para eso. Justo cuando me siento así veo que tengo otro mensaje de texto avisando de nueva música. Ya no quiero más información, me abruma tener que controlar tantas cosas; siento como si vibrara más fuerte y rápido mi pinche celular, como si me gritara, reclamara ¡ya cabrón! ¡Me tienes hasta la madre! Ya no quiero saber nada más, ya no quiero querer, ya no quiero nada. Quiero volver al juego de no hacer nada, ya no quiero compromisos, ya no quiero quedar bien con nadie, me da una hueva la vida social, eso de cumplir por obligación; quien chingados metió ese concepto le dio en la madre a la vida de muchas personas. ¿Dónde quedó el ser auténtico? El decir las cosas porque se sienten, ir a donde dé placer ir, decir lo que haga sentir bien a ambas partes, el de educar para crear mejores seres humanos, sonreír, respetar y escuchar a los mayores, el de la obediencia como principio. ¿Dónde quedaron los buenos hábitos? Ver a los mayores, visitar a los enfermos antes de que mueran, no desgarrarte cuando ya se murieron. ¿Dónde? ¿A poco no es asfixiante tanta falsedad, tanta hipocresía? Ya me cansé de ver a la gente prostituir sus sueños a cambio de puestos, cheques, a cambio de órdenes de compra, de entrar a nuevos grupos de amigos. Ay, güey, tanta mierda cansa: entre estatus, marcas, poses, blof, vacíos, pedos existenciales, platos de comida tirados a la basura con la mitad del alimento ni siquiera tocado y a no más de diez kilómetros de esas mansiones niños muriendo de hambre, sobreviviendo comiendo Sabritas y Coca-Cola, cosa que quizá te lleve a preguntarte por qué están obesos si son tan pobres, esa respuesta, a pesar de que sí te la puedo dar, no me quiero desviar en este momento pues me tardaría mucho y me saldría más del tema. Son repentinos estos ataques que me ponen hasta la madre de mierda, como si fuera un ataque de pánico al alma, un ataque al alma ¿por qué no hacer todo más simple? ¿Por qué no ser auténticos? Ver por el prójimo, causar gozos, orgasmos, calambres, dar abrazos, un alcohol, un esprint, correr, sonreír, endorfinas, sentir, vivir, volar, dejar de comprar tanta basura, ¿no? ¿Está muy cabrón? Ah, pero no, ni de pedo; hacemos todo lo contrario y así me entra esta ansia que está bien que me dé porque al menos siento algo, prefiero sentir esta ansiedad que no sentir nada.

Con tal de que deje de vibrar este teléfono de mierda lo veo. Estos cabrones me mandan otra canción, *Loverboy* de Billy Ocean, estoy a punto de aventar el teléfono por la terraza, ¿de qué chingados me sirve? Ya me tiene hasta la madre, ¡pinche dependencia de mierda! Pero, pero... ¡Los pinches peros! Es Billy Ocean y no puedo evitar recordar los ochenta. Doy una respirada larga, pongo el pinche teléfono en el Bose y que Billy Ocean suene ¿así o mas ochentero? Mientras suena, me relajo. Recuerdo fajes, bailes, ex novias, amigos, cervezas, fiestas, vomitadas, miedos, historias, tengo un recuerdo que brilla entre los demás. Este es de color sepia, con un marco de madera dorada. Ahí está una señora hablándole a un niño: "Lo que quieres lograr, primero lo tienes que escribir, para poder atraerlo, para que suceda". Le hablaba de una forma amorosa, tierna, pausada, le miraba con los ojos llenos de armonía. El niño la veía de la misma forma, le creía todo sin cuestionar. A pesar de que Billy Ocean sigue sonando, parece que lo hacía en un volumen más bajo; sólo pienso en esta señora hablándole al niño. Empiezo a mover mis manos como si las tuviera dentro de mi recuerdo y pudiera tocarla. Sigue otra canción de Billy Ocean: *Caribbean Queen*. Qué épocas, ochentas, noventas y que no se acabó el mundo en el 2000, no cantes mucha victoria. Las baladas de Richard Marx y Brian Adams. Pantalones arremangados, top siders sin calcetines. Comprar la despensa en Estados Unidos, la leche Las Puentes en el Azcúnaga, los Atlantics GLS con amortiguadores de aire, cuando no había ningún dulce americano en ninguna tienda de conveniencia mexicana, los arrancones en la recta del Campestre, las primeras peleas callejeras y por lo tanto las primeras clases de karate. Phill Collins, los primeros besos, los primeros tocamientos propios y ajenos, las primeras muertes, primeros flujos, cuando la gente era feliz sin Internet, cuando lo más moderno era la Apple II, la Commodore 64 y sus bellos juegos de béisbol, Intellivision y sus controles raros que nunca nadie entendió. De Chabelo, de La Pandilla de la Mano Roja, de Star Wars, *We are not going a take it* de *Twisted Sister*, de campamentos de verano, revistas, parabólicas, passwords, de Karate Kid y su famosa patada, del creer que todo estaba bien y que ser grande sería grandioso. Cuando no había teléfonos celulares y sin embargo, todos se comunicaban de alguna forma; y no tenías que publicar en ningún lugar todas tus fotos y notificar todo lo que hacías cada minuto. Cuando tu popularidad no se medía por seguidores que jamás has visto en persona sino por los amigos que en realidad te deseaban cosas buenas y estaban ahí para ti. Además había pocas cosas más interesantes que jugar un futbolito en la calle, contra el equipo de la colonia de al lado, por el orgullo de la zona. De los veranos grandiosos, largos, casi eternos, llenos de paletas de jamaica y limón. Los ochenta cuando el reto era aguantar y vencer a la monotonía y la rutina de la escuela, las largas seis horas en la escuela, San Juan Bautista De La Salle, ¡ruega por nosotros! ¿Por qué seis horas? ¿Por qué teníamos que aprender de una forma tan monótona? A la de a huevo, al machete, a repetir a lo pendejo: a ver rápido, dime, ¿cuánto es 6 por 8? ¿Lo recordaste? ¿Lo pensaste o hiciste la multiplicación? Es más, tal vez multiplicaste 8 por 5 para irte a la segura y luego le agregaste ocho o incluso peor: quizá usaste los dedos para contar. No te apures: así nos jodió a todos el sistema de educación de la escuela primaria, pero ¿ahorita cuál problema? Iphone, Itunes, Itouch, Ipad, Ipod, Apple TV, y pronto Icookforyou, Iworkforyou, y el best seller: Ithinkforyou.

Un poco más calmado, gracias pasado, por ayudarme en el presente. Suena *The Strokes* con *You Only Live Once*. A ver, ¿cómo me voy a enojar escuchando esta música? Respiro lo más lento que puedo. Cierro los ojos y de nuevo la visión en sepia, con marcos dorados, casi fosforescente. "Lo que quieres lograr, primero lo tienes que escribir, para poder atraerlo, para que suceda". A veces hay que obedecer por obediencia, y sin preguntar más, tomo el Iphone me voy a la sección de notas, click al icono de +, y escribo: *Quiero estar hoy mismo en Monte Carlo, donde está Salma*. Termino de escribir y no pasa nada. Vuelvo a poner la música en aleatorio, y no pasa nada. ¡Chingada madre! Vibra de nuevo el Iphone, no quiero contar la cantidad de mensajes que tengo de Claudia esperando a ser leídos. Desde el por qué no me contestas, pasando por el sólo me quieres usar, ¿cuáles son tus verdaderos sentimientos hacia mí? Hasta terminar con: perdóname no me pongas atención, no me tienes que contestar nada, dejémoslo como estaba. Es frágil, me da un sentimiento extraño que no sé cómo nombrarlo el verla intentando ser agresiva y rebelándose según ella, luego el miedo de perderme la hizo doblegarse, arrepentirse y pedir perdón.

Para qué tanta pinche pérdida de tiempo, para qué más drama, para qué más alcohol a este cuerpo emputado, y antes que la ausencia de música me cause otro bajón, pues a tomarle a la última copa que le queda a la pinche botella de Angélica Zapata. Me vale madre el año, el sabor del Malbec, su olor, su brillo, su cuerpo; sólo ponme hoy mismo, este año 2010, en Monte Carlo. Sólo antes un Marlboro, llega otra canción al Iphone: *Some Day* de *The Strokes*.

Escucho toda la letra, ya me culeé. No más pérdida de tiempo. Tomo la copa, sirvo lo que queda, unos dos pequeños tragos. Ya sabes, el vino está como nuevo, mano a la copa, copa a la boca, vino avanzando, y sí sigue funcionando. Bye baby, ciao, ciao. Como estoy sentado en el piso ahora no me caigo, me ladeo un poco al sentir el mareo, escucho un click, y todo negro. Siento vértigo, viento en todo mi cuerpo o mi ser o lo que sea que se esté moviendo. Sigue estando todo oscuro; sin embargo, percibo de alguna forma movimiento muy veloz, olores bellos, lavanda, orquídeas, azahares. Siento algo de humedad, y, de pronto, como si me dieran un gran golpe en mi cara: ¡wang! No veo nada, ahora todo es brillo, luz al máximo, colores, olores, agua, gritos y caos. Estoy en el piso de una banqueta caliente rodeado de cubetas llenas de flores, no es mi sepelio aunque no me sorprendería mucho si lo fuera. Me ayudaría a resolver muchas cosas. Un señor me levanta dándome un fuerte jalón a mi camisa; no deja de gritar en italiano, luego en francés. Aquí te lo voy a poner en español. Es un puesto de flores, llegué volando, o como quieras, y caí de lleno sobre las flores, asusté a la clientela, destruí varias cubetas, flores en el piso, en la calle, el señor gritando. ¡Qué madrazo me di! Siento un golpe en el pómulo derecho. El señor, que resultó ser italiano, Stefano, me sigue gritando y cuando me toma del cuello de mi camisa blanca, obvio que sucia, ahí fue suficiente. 1, 2, 3, 4 click. "Stefano, me suelta de inmediato y nos arreglamos por las buenas o le va mal; me pierde a mí y pierde todo, tal como lo perdió hace diez años, un día con veintiocho minutos". Sus cejas pobladas se levantan dos centímetros sobre su arrugada y amplia frente, afloja sus manos y despacio me suelta. Segundos después le digo: "¿Cuánto le debo por todas las flores que destruí?" Voltea sorprendido a contar las cubetas. En dos segundos que volteé, yo ya sé el numero exacto. Don Stefano, no me mienta, no le conviene mentirme. Su hermosa hija de veintiséis años ayuda a barrer y trapear parte del caos que causé con mi aterrizaje. En eso le digo: "Natale, para ahí. No levantes nada más. Dime la hora para ver si podemos jugar un juego". Don Stefano se enoja, está equivocado: no quiero hacerle nada a su hija, al menos por ahora. Déjame decirte a quien se parece ella; se parece, no que sea, se parece, para que la puedas ubicar y me puedas entender: se parece a Mónica Belluci, ben-di-to Dios. Se sorprenden porque sabía su nombre. "¿Qué horas son, Natale?" "Las once cuarenta y cinco de la mañana". "¿En qué año estamos?" "¿Qué? ¿Por qué esa pregunta?" "Sólo dime". "2010". "Muy bien, entonces sí tenemos oportunidad para jugar un juego". Don Stefano da dos pasos hacia mí, molesto. "Tranquilo, los tres jugaremos". "Deme un papel, por favor". Me da una pequeña libreta, de espiral negro, muy chica; cabe en la palma de mi mano. Escribo un número en la hoja sin que ninguno de ellos me vea. Y les digo: "Empezaremos por la parte fácil, ¿cuántas cubetas destruí o dañé?" Me volteo hacia el lado de la calle, para no verlos mientras cuentan, por primera vez veo el mar, qué bello mar, inconfundible costa: es

Monte Carlo. Tardan treinta y seis segundos y me dicen que están listos; volteo, les entrego el papel doblado, les pido que me digan el número: "Dieciocho". Abren el papel, ahí estaba escrito el mismo número. Muy bien, ¡ganaron! Son honestos (cosa muy rara en este mundo). "Muy malo su juego" "¿Cuánto les debo por esas dieciocho cubetas?" "Mmhh, digamos que unos ochocientos euros". "¿Acepta American Express?" "Claro que sí, señor". "Espere, don Stefano: yo sé que el total de cubetas en su local son setenta y uno, ¿usted me cree eso?" "Le creo lo que quiera, señor, no me importa". "No, no, pare: permítame plantearle algo" "Gracias, no tengo tiempo para juegos estúpidos" "Mire, le propongo esto: A) Le pago los ochocientos euros de las flores que le dañé, y listo, me retiro. ¿Acepta la opción A?" "No quiero jugar" "Hay más opciones" "Que necio" "Aquí le va la opción: B) Le pago los ochocientos euros de lo que le dañé y le reto a atinarle al total de cubetas en todo su puesto. El que le atine o esté más cerca del número gana. Si yo gano le pago la diferencia entre el total de cubetas menos las dieciocho al 50% de su precio, si usted gana, le pago el total de cubetas menos las dieciocho al 300% del valor de su precio. O sea, le compro todas las flores de su local". "No quiero sus juegos necios y llenos de soberbia. No diga más, joven; no quiero jugar su juego". Monica Belluci, perdón, Natale, me observa dos pasos atrás de su padre, se ve más divertida. "Déjeme decirle la tercera". "No me diga más". "Padre: déjelo que le diga la tercera opción". Don Stefano voltea a ver a Natale, y con la mirada la calló. "Don Stefano: le quiero comprar todas las cubetas, son sesenta y nueve cubetas, le pago las dieciocho que le destruí en los ochocientos euros que me dijo y las cincuenta y un cubetas restantes dígame en cuanto quiere que se las pague, sólo necesito que me conteste dos preguntas" "¿Este es su juego?" "No, no se apure: ya no hay juego. Sólo contésteme: ¿sabe dónde está el Saint Hotel?" "Sí, lo sé". "¿Cuánto me cobra por llevar todas las flores de su puesto a una habitación de ese hotel?" "¿Todo? ¿Quiere comprar todo?" "Ajá, las sesenta y nueve cubetas, incluyendo las dieciocho que están semidestrozadas". Este olor a sal, a coral me alegra, súmale el olor de los paños verdes de las mesas de los casinos cercanos. "Le compro todas sus flores al precio que usted diga. ¿Qué tal, eh? ¿A poco hoy por la madrugada que se levantó tan temprano, como toda su vida, se imaginó que para estas horas del día llegaría algún cliente a comprarle al precio que usted quiera todas las flores de su puesto? ¿Eh? Ya le hice su día, y quizá hasta su semana. Sólo necesito que Natale me acompañe a llevarme todas las flores hasta el hotel". De reojo veo que ella se sonroja y sonríe; estas europeas me van a volver loco. ¿Dónde están las europeas feas? ¿Hicieron algún sindicato con registro vitalicio gratis y se autorreclutaron por todo Europa para luego huir a alguna isla del Mediterráneo, un autoexilio y vivir ahí hasta morir sin interferir con la belleza del resto de las habitantes del continente? No recuerdo haber visto alguna europea fea. No es justo, pienso en la gente fea que recuerdo y no se me hace justo, ¿por qué habrían de estar feas? ¿O por su bondad, tuvieron que hacerlas feas para compensar y no brindar tantas ventajas? Por otro lado, hay mujeres que tienen el ego tan alto que no podían ser bellas; en esos casos su fealdad es para nivelar su ego. ¿Por qué una dama habría de ser fea desde que nació? Y no sólo eso, además irse poniendo más fea conforme pasa su vida, encaminada a la desgracia; cada célula que se le muere incrementa su fealdad, ¿y ella qué culpa?

Imagina a alguna fea que jamás nadie la ha volteado a ver, entiende bien lo que te digo, nadie jamás le regaló una mirada, sonrisa, menos un cumplido. Hubo tiempos en que la fea buscaba captar miradas con su sola mirada, aún así no lo lograba, con quien por accidente del destino lograba cruzar alguna mirada, ésta no duraba más de un segundo. Otras feas lograban desarrollar un buen cuerpo, pero su fealdad era tanta que no merecía el riesgo de ver su trasero si habrías de cruzarte con su cara o, de plano, muchos sólo la volteaban a ver cuando ella hubiera pasado de largo. Jamás recibió un mensaje en los sitios de citas por Internet, nunca nadie le solicitaba informes, ni siquiera para charlar, nadie corría el riesgo de conocerla ni para saber si tenía dinero. Ni siquiera quitando su foto del perfil de su usuario de match.com, el perfil en blanco espantaba al más valiente. Debe de ser pinche y triste. Nunca ser invitada a salir, nunca ser deseada, elegida para unirse a cualquier equipo, organización, a excepción de muchos conventos de monjas que sí reciben con gusto a mujeres feas; es más, pareciera que es requisito. Jamás tocada, amada; esas son cosas de otro mundo para las feas. ¿En el futuro a sus generaciones les irá de maravilla por el precio de vivir una vida entera siendo fea? Entonces, si así es, ¿ser fea es lo mejor que le pueda pasar a tu descendencia? ¿Entonces las feas son las listas de este mundo? ¿Entonces en Europa hay pura mujer tonta? Imagina una mujer hermosa, inteligente, con voz ronca, buenísima de cuerpo, sin ninguna operación, curvas elegantes en sus caderas y cintura, que le gusten los deportes, atlética, buena en la cama, apasionada y que esté loca por ti. Pobres feas.

¿Dónde estarán todas las feas de Europa? Si es cierto que están en alguna isla del Mediterráneo entonces le han facilitado el trabajo a los feos. Compartan las coordenadas de esa isla entre todos los feos y los inadaptados que jamás han podido conquistar y enamorar a una mujer fuera de un table dance. "¡Lárguese de aquí, joven, en este momento!" Me grita don Stefano. "Mire joven, aquí es Monte Carlo, aquí pasan cosas que serían imposibles en cualquier otra parte del mundo. Sobre esta calle han pasado cualquier modelo de carro que imagine: Ferraris 458, Lambourghinis, Audis R8, Mercedes Benzs, Bentleys, Porsches, Alfa Romeos, Maseratis, aventando monedas de oro. Han pasado helicópteros lanzando fajos de euros a la calle. Han llegado carrozas jaladas por percherones blancos, con príncipes de algún país queriendo comprar calles de esta zona con lingotes de oro. He vendido una sola flor, una, una orquídea, en quinientos euros; una vaina de orquídea en quinientos euros, porque decidí que ese era su costo por ser tan bella y alguien concordó conmigo ese día. A diario llegan empleados de jeques de países lejanos pidiéndome algún tipo de flor y ofreciéndome a cambio el dinero que yo quiera, por simple placer, necedad o necesidad de tener ese tipo de flor en ese preciso momento, y yo se lo consigo porque aquí es Monte Carlo, porque soy Stefano, porque conozco el negocio. Estas sesenta y nueve cubetas que contaste, no me duran aquí más de unas tres horas, vendo más de ciento cincuenta cubetas al día, al precio que quiera, y en la noche vendo otras cien cubetas esas a un precio aún más elevado, así de loco es aquí. Si vieras mi casa o mis autos, no lo creerías. Y tú, pinche jovencito, llegas causando un caos, tumbando mis cubetas, espantando a mis clientes, queriendo enamorar a mi hija, amenazándome al revelar cosas de mi pasado que la verdad no tienen nada de privado: todo mundo sabe lo que perdí hace diez años, luego planteas un juego muy estúpido con tus aires de grandeza fincados en tu American Express. No hay mejor luz que la que dan los años bien vividos, sudados, sufridos, con esa luz te ayudas en los años finales. No me asustas con tus habilidades para contar rápido, menos con poseer información sobre mí, ya no me asustan esos juegos, con la luz que tengo te veo y no veo nada adentro, no hay nada en ti: eres uno más de la mayoría de este mundo, de los vacíos por dentro, los de almas vírgenes y cerebros intactos. Los que pierden el tiempo reclamando lo que no entienden, en lugar de vivir para entenderle, los que se la pasan llorando y no ven lo que se pierden al llorar. Los que tienen todo, como muchos aquí en Monte Carlo, y no tienen nada, porque no aman a nadie, nadie los ama, y sin amor no hay sentido de nada, el amor es el antídoto del sinsentido. Soy muy viejo para estos juegos. Retírate: no me pagues nada, ya no me quites tiempo. El dióxido de carbono que emana de tu cuerpo contamina mis flores. Adiós, como te llames."

Me dio en toda la madre: literal, descriptivo, exacto, sin lugar a réplicas, con la verdad tan grande y poderosa que no puedo emitir ni un sonido, hasta parece que el oleaje lejano se ha callado. Don Stefano da media vuelta y sigue levantando cubetas y flores del piso. Natale me mira con ternura; no, mejor dicho me mira con lástima. No encuentro algún sonido o palabra que venga al caso producir. Tampoco logro ordenar mi ser para mandarlo girar y largarme de aquí caminando a donde fuera. Creo que nunca nadie me había visto con lástima, y no ha sido placentero. Le doy lástima, lo que soy, lo que hago, ¿y cómo la refuto? ¿Cómo le digo que había algo de mentira en el discurso de su padre? No lo puedo hacer, la verdad estuvo en todas las palabras de don Stefano. Trato de decidir cuál sería el mejor acto o palabra para mínimo retirarme como un buen perdedor, estoy aturdido en este nivel de devastación emocional en que me ha dejado este señor. Quiero pedirle perdón, ponerme a recoger el lugar, ayudarle, demostrarle que estaba al menos un poco equivocado, que yo no estoy tan mal ni soy tan malo, que tan sólo estoy confundido. No logro nada, no hago nada, sólo me quedo aquí parado, en silencio. La gran fuerza de la verdad me había dejado paralizado.

Pasan algunos minutos, quizá horas; por fin logro juntar voluntad para mover mi cuerpo, girar y, sin decir nada, irme caminando por la hermosa banqueta, rumbo a los casinos. Voy caminando muy despacio, la calle con un poco de desnivel, me siento mareado. Poco a poco siento mi respiración volver; no recuerdo una situación en que alguien me hubiera dejado callado. ¿Dónde está el Luca chingón? El controlador, seguro, hablador, el poderoso, conquistador, peleador, el de miradas extrañas, ¿dónde? Don Stefano lo había dejado callado. Esta sacudida me mueve todo, pienso en Inés. ¿Tener todo será el problema? Las prioridades cambian, como cuando Claudia estaba preocupada y muy triste porque no le quedó bien un vestido talla cero y de pronto le llaman del hospital para decirle que a su padre le dio un infarto, así, de un segundo a otro, el vestido, la talla cero, la posible mala elección del diseño pasan a valer absoluta y rotunda madre. Pasa a valer madre el auto en que Claudia llegue a urgencias, con tal de que llegue a ver a su padre, a quien, por cierto, no veía desde hace cuatro meses a pesar de vivir en la misma ciudad, ciento veinte días sin verse, más de siete mil trescientos días sin decirse que se amaban y ahora ella lloraba mientras iba en el carro, le pedía a Dios, a las estrellas, al destino, a la vida, a san Judas Tadeo, a todos o, si son uno mismo, al mismo, que al menos le diera la oportunidad de llegar a verlo para, en vida, decirle que lo amaba a pesar de todo. A ella no le importó que ese día su bolsa no combinaba del todo con sus accesorios, ni que el chofer no traía el uniforme que le tocaba los miércoles, como los de todas sus amigas ese día debía de ser camisa celeste; Claudia pedía que el tiempo se parara lo suficiente para llegar a verlo en vida y poder vivir sin tantos remordimientos. Rafa pedía regresar el tiempo ocho minutos para poder apostar y ser millonario, Mike pedía regresar una noche para cerrarle la puerta a Rose, yo pedí regresarme un año para poder llegar a cogerme a Salma. Claudia no pidió el infarto, Rafa no pidió la desobediencia, Mike no pidió a Rose, yo no pedí a Salma. No puedo creer que me cueste caminar y menos aún que no esté emocionado por estar pronto con Salma. Sigo aturdido, me falta oxígeno para subir la ligera pendiente. Me paro en una esquina y unos minutos después tomo un taxi: "Al Saint Hotel, por favor". "Con gusto, señor". Pierdo mi vista en la costa, ¿es más bello aquí que la Riviera Maya? ¿O sólo es la diferencia en el valor promedio de los botes que flotan sobre sus aguas? El entorno es tan bello como para no ser feliz, soy bipolar, estoy casi seguro. "Chofer, ¿le puedo hacer unas preguntas?" "No puedo escucharlo, estoy ocupado manejando. Mi labor es llevarlo a su destino de una forma legal y segura, y eso es lo que haré. No puedo hacer nada más por usted" Exploto en coraje. "Bájame a la chingada aquí". Me bajo, doy un portazo.

Estaría con madre platicar con Claudia. No, estaría mejor platicar con Inés y que me ayudara a salir de este bache. Necesito a alguien que me hable de mi, que me diga algo que me ayude a refutar a don Stefano, ¿dónde puedo encontrar tantas respuestas? Hacia adentro sólo escucho ecos. Necesito al mayordomo de Batman, Alfred, para que me escuche con delicadeza y atención todo el tiempo que yo quiera y al final me regale el consejo exacto para salir adelante. No me quiero hacer adicto a este tipo de tristezas, no me quiero resignar a aceptarlas. Sigo caminando por las calles de Monte Carlo; pregunto en un café por mi hotel, está cerca. Ahora me siento encabronado, porque me siento triste y triste no puedo estar si voy a pasar una noche con Salma, ¿por qué, güey? ¿Dime por qué chingados me autosaboteo? Te he dicho que no sabemos ser felices. Se me desaparecen de entre las manos los segundos llenos de pequeños granos de alegría.

Son las tres de la tarde; estoy a pasos del Saint Hotel, a horas de Salma, y a millones de kilómetros de mí. Mi camisa blanca sucia después de mi aterrizaje no me permite simular ser el perfil habitual del Saint Hotel, ya frente al anuncio del hotel, cuánto deseé estar aquí, y ahora que estoy, y que debería estar lleno de energía, deseos, excitado por verla, ahora resulta que estoy en un bache emocional porque me dijeron mis verdades, y mis verdades son tan tristes que me abruman y abrumado no puedo amar a nadie. Ya sé, se oye bien pinche joto, tú no lo vas a entender porque tienes todo lo que yo no tengo. Aquí estoy dando por sentado a Salma, y dejando a mis demonios regocijarse conmigo, inyectándome tristezas. Necesito otro regaño, un susto, por ejemplo, que cuando esté en el cuarto esperando a Salma, llegue una mujer horrible, justo ahí valoraría la belleza de Salma.

Voy entrando al lobby del bello Saint Hotel, ubicado una cuadra atrás del Hotel París que está frente a la Plaza del Casino, rara la situación para mí de intentar pasar desapercibido en lugares como éstos. Apenas llevo dos pasos después de la puerta del hotel y "Buen día, señor", luego en voz más baja: "Luca Treviño", me saluda el concierge. ¿Qué? Busco un dejá vu, nada. Está cabrón ser siempre el que sabe menos de la situación, le contesto con una amable sonrisa, sigo caminando, bello murmullo en el lobby, el de la prosperidad, del dinero, muchas flores en enormes floreros, alfombras rojas, luz natural por todos lados, elegantes trajes, hermosos vestidos dejando al descubierto espaldas preciosas de asombrosas mujeres, elegantes sombreros, lentes, culpas, recuerdos, deseo, mentiras, sonrisas falsas, infidelidades, alcohol, apuestas, perfumes, lociones, tabacos, ansiedad, deseos sadomasoquistas, personas contando minutos para su siguiente plan, todos viendo lo que les deparaba el futuro sin ver con lo que el presente les golpeaba en la cara en ese instante. Por ejemplo, preguntarse, ¿por qué alguien tan sucio y fachoso como yo iba entrando y pasando entre ellos? O darse cuenta que la esposa del señor de traje blanco, cuando pasé a su lado, me sonrío, tocó mi entrepierna con mucho erotismo recordándome lo mágico que pueden ser las señoras de cincuenta años en la cama; debí de ser notado como pordiosero entrando al Palacio del Príncipe de Mónaco, y no me vieron. Bueno sólo me vio la esposa del de traje blanco. Al fondo a la izquierda del lobby encuentro unas escaleras, unos diez pasos más al fondo de los elevadores en donde esperan veintidós personas a los que le da demasiada hueva subir máximo cuatro pisos de escaleras, luego reclaman que las piernas no les responden. Mientras subo los primeros escalones aún siento la emoción del tocamiento que me dio la señora del lobby. Se siente bien ser deseado. ¿Quién resiste ese pecado? Si don Stefano hablaba que el amor es el antídoto del sinsentido, ¿qué es entonces el ego contra la tristeza? Quizá don Stefano pudo hablar así porque no recuerda la adrenalina causada por el deseo, una erección causada por dos roces, ocho palabras y dos miradas, ahora a su edad le atribuye efectos y poder al amor. No creo que el amor sea el antídoto al sinsentido, esta señora de cincuenta años me lo recordó con sólo tocar mi entrepierna. Voy subiendo escalones imaginando que me la estoy cogiendo contra un peinador de madera, yo parado y ella semi doblada moviéndose como diosa, sonriendo como demonio, haciéndome sentir lo que nadie antes había logrado. Gracias señora esposa del de traje blanco, por ese simple movimiento de mano. Llego al piso uno, estoy a tres de Salma.

Pudiera subir mil pisos siempre y cuando estuviera ella. Llego al cuarto piso. Para ser Europa, los pasillos son amplios; pisos de mármol blanco combinados con alfombras rojas. Todavía hay mucha luz natural. Difícil pasar desapercibido aquí, hay pocas habitaciones, supongo que son suites. No hay señales de localización de los cuartos. Después de varios pasillos sin salida, o puertas sin acceso, encuentro en una esquina la puerta del cuarenta y seis. ¡Lo hice! Camino muy despacio, veo directo a la puerta, 1, 2, 3, 4 no pasa nada. Llego a la puerta y toco, primero con unos golpes suaves, simulando alguna clave que no tengo la menor idea. Toc, toc, toc, toc. Nada. Ahora toco de una forma más natural. Nada. Ahora toco como desesperado, como adolescente abriendo su primera revista *Playboy*. Nada, chingados. ¿Me dijo que entrara? ¿Qué la esperara afuera? ¿Qué chingados me dijo? He hecho un desmadre para estar ahora aquí y no recuerdo qué debo hacer. Se me ocurre buscar, debajo del tapete, adentro de la planta del macetero que está al lado de la entrada al cuarto, entre la maceta y el macetero, en la parte superior del marco de la puerta. Nada. No hay llave, punto. Me siento en el piso. Intento ubicarme, encontrarme, escuchar lo que mi cuerpo grita, no escucho nada. Pienso en la señora de abajo y sonrío. Pienso en Salma y me pongo nervioso. Cierro los ojos y giran tornados dentro de mi. Siento vértigo y todo está oscuro. Los abro, no tengo sueño a pesar de que se supone que llevo más de ¿de cuántas horas sin dormir? No sé cómo contar las horas viajadas. Escucho pequeños pasos por la escalera. Es el concierge que me reconoció abajo, me sonríe, extiende su brazo y me da una llave. "¿Algo más en que le pueda ayudar, señor Treviño?" "No. Merci beaucoup". Ajá, ahora resulta que la vida me sonríe y yo soy súper feliz y súper afortunado. Me levanto, llave en la mano, mano a la chapa electrónica, inserto la tarjeta, ruidos extraños, foco verde, se quita el seguro, se abre la puerta y pues ahí voy, doy unos pasos lentos adentro de lo que sí resulta ser una gran suite. "¿Hola?, ¿hola? ¿Hay alguien aquí?" Silencio, sigo caminando en toda la suite, doble altura, puertas-ventanas de piso al techo con marcos de madera antigua, la vista panorámica a la famosa costa, hacia el otro lado vista a casas antiguas con pequeñas maceteras en sus ventanas, flores de todos colores. Hermosos muebles de madera, lujo, todo pulcro. Parece que nadie ha estado aquí en años. En el amplio vestidor, una maleta Louis Vuitton. La abro con mucho cuidado. Ropa de mujer; blusas, brasieres, calzones, jeans, faldas, hay dos hermosos vestidos marca Yves Saint-Laurent y Hervé Léger, una t-shirt blanca y unos jeans Levi's, tal como la he deseado. Voy al enorme baño, todo ordenado, espejos, lavabos de mármol, jacuzzi. Al lado del lavabo un neceser, también Louis Vuitton, lleno de maquillajes Estée Lauder, perfumes y accesorios. Ni al caso, ella no necesita nada de esto.

Salgo a la terraza, qué hermosos olores trae el mar, el poder, el éxito, a pesar de ser el mismo aire que respiro aquí en esta hermosa terraza y el que respira abajo ese taxista, estoy seguro de que el aire nos sabe diferente a ambos. Regreso a la habitación, al lado de la mesa del teléfono, un recado: *Llámame 33 6 09 46 69 21*. Le marco y nadie contesta, entra el buzón. Cuelgo. Tiene que ser Salma. Directorio, anuncio más grande de una florería, llamo: "Quiero veinte cubetas de rosas rojas. Está bien, y que estén aquí en la siguiente hora. Dejen todas las flores sobre el piso, se llevan las cubetas. No papeles, no plásticos: sólo un rollo de mecate, unas tijeras y una vela gruesa". Servicio al cuarto: "Un plato de fresas, uno de cerezas, un plato de pepinos, un plato de aceitunas, limones, unos Marlboro Lights, una botella de Tequila Cuervo 1800 añejo, doce cervezas Heineken. No, señor, Corona no. Heineken".

Salgo corriendo rumbo al lobby, con mi amigo el concierge: "¿Un buen lugar para comprarme ropa?" "Dos cuadras a la derecha, luego cuatro a la izquierda". Igual que la salida de la Coca-Cola en la Agrícola Oriental en la Ciudad de México. Mmhh, no, la verdad no. Parece otro mundo, tiempo, otro yo. Troto las cuadras, hay turistas, alegría, olores a hornos de piedra, panes, levaduras. Parece un mundo perfecto y, de pronto, de parecer que estaba en una pequeña aldea de la felicidad, el capitalismo me golpea, tiendas de marcas famosas, las mismas marcas que puedes encontrar en cualquier lado. Qué mundo más raro que la tienda de Louis Vuitton en Caracas, Venezuela. Perdón, me salí del tema. Y aquí está Estée Lauder, Armani, Versace, Prada, Gucci, Zegna, Ralph Lauren, yo que sólo quiero unos Levi's. Total, compro unos jeans, unos boxers, una camisa blanca y una t-shirt negra.

Acelero mis pasos, regreso al hotel, cuarto, servicio a cuarto servido en el área del bar y comedor, no flores. Baño veloz, cuido no dejar ningún cabello en el piso. ¿Quién tiene sueño? No sé cuándo dormí. No tengo sueño, no tengo hambre, no tengo nada más que ansia. No he querido tocar la cama desde que llegué. Pinches flores que no llegan. El sol inicia su partida y yo espero la llegada de Salma. Me siento en un sillón, abro una Heineken, viendo hacia la costa me pregunto: ¿quién chingados me creerá esta historia? O sea, Salma me habla de la nada, cruzo medio mundo para llegar a verla, y me está esperando para tener una noche de sexo loco ¿Será creíble? Lo más pinche es que no tengo a quien contársela. Tocan, en lo que voy hacia la puerta el concierge ya va entrando, con cuatro personas atrás de él, todos cargando las cubetas con rosas rojas. Entraron, salieron, sudaron, murmuraron y minutos después sólo me dieron las tijeras, una vela y un rollo con mecate, el más mexicano de los mecates. Setenta y dos rosas por cubeta, veinte cubetas, ¿igual a? No mames, ya no puedes multiplicar nada sin el Iphone, igual a un mil cuatrocientas cuarenta hermosas rosas. Empiezo a cortar los tallos, dejándolos a sólo cinco centímetros de largo. Junto veinticuatro rosas y las amarro con el mecate, formando unos ramos con tallos pequeños y con rosas que parecían ser gigantes. Lo más rápido que puedo hago sesenta ramos de esa forma, me llevo todos al baño, ahí los coloco en la repisa, silla, mesa, al lado del lavabo, adentro de la tina, de la regadera, dejo ahí todos los pequeños ramos, y justo al borde del lavabo dejo una nota: *Siempre te he soñado, deseo cada centímetro de ti. Luca.* Dejo todo pulcro, apago todas las luces, enciendo la vela en la mesa al lado de la terraza, me lavo los dientes con su cepillo, primero sin pasta para sentir algo de su aliento, me lavo las manos, otra Heineken. Ahora sí, tiempo: mátame.

Empiezo a ver las estrellas que quizá ella vio anoche. Más cerveza ¿Por qué sólo pedí doce? Más cigarros, más ansiedad, menos velocidad. El tiempo se burla de mí: Después de tres cigarros y tres cervezas aquí sentado en la terraza, sólo han pasado veintidós minutos. Ya me he mordido todas las uñas de las manos, ya he repasado todas las películas en que ella salía, ya he preparado qué le voy a decir. Y de pronto: La puerta del cuarto golpea con fuerza contra la pared, brinco de la silla, me pongo de pie asustado y excitado, alguien entra cargando muchas bolsas, está de espaldas tratando de cerrar la puerta, trae bolsas de compras por todos lados y dice: "¿Por qué chingados está todo apagado?" ¡Güey! ¡Güey! ¡Güey! ¡No mames! ¡Sí es! Aún estoy en la terraza, parado, inmóvil, ¡es Salma! Después sigue: "Cabrón, qué huevos para dejarme plantada anoche, ¿Quién chingados te crees? ¿Sí sabes con quién estás hablando, verdad? ¿Ya se te olvidó este cuerpo?, ¿sabes cuántos hombres...?" Y la interrumpo entrando a la habitación que ya está iluminada, ella la había encendido con intención de matar el romanticismo porque primero quiere mostrar su ego herido por mi ausencia la noche previa. Con justa razón tiene derecho a su revancha, sólo que aquí aplica un pequeño detalle: yo no sabía que la conocía, no sabía que ella me esperaba, pequeño pinche detalle. Junto todas mis habilidades para hablarle a las mujeres, me concentro en simular que ya la conozco, tengo que actuar casual, como su amante, y la interrumpo: "Salma, te pido una disculpa porque..." Y ya no puedo seguir hablando al ver su mirada, güey. ¡No mames! Es increíble, que europeas ni que la chingada, tiene una mezcla exacta de pasión y ternura, es espectacular, la podría ver a los ojos toda mi vida. "Cabrón, ni una llamada, no contestas una chingada de teléfonos, mails, mensajes, estás perdido en la nada". "Me encanta tu léxico veracruzano". "¡Ajá, cabrón! Siempre dices lo mismo". Voy entrando en confianza, doy cuatro pasos hacia ella, no mames qué bella es, no puedo creer esto, le paso una Heineken, rozo su dedo y justo ahí me excito, siento un calambre en el cuello, me lleno de deseo de tomarla, es demasiada belleza en ella. No es tan baja como dicen, su mirada es asesina; no puedo con sus ojos, al grado que ni le he visto los senos. No ha parado de hablar, incluso oírla reclamar es excitante. Obvio que no la he escuchado; estoy perdido. Debimos de haber cogido muy bien para que le moleste tanto mi ausencia, que me reclame así, debe de ser su forma de decir todo lo que me desea.

Espero que alguna vez puedas sentir lo que estoy sintiendo ahorita, convertir en realidad algo tan deseado por años es algo mágico. Ahora entiendo a los atletas olímpicos cuando lloran emocionados al conseguir sus sueños. Ella sigue moviéndose, hablando, cuenta toda su agenda, sus actividades, es espectacular estar aquí ahorita. Ya estoy algo húmedo, creo que he logrado aparentar que la escucho porque no me ha reclamado nada más, de hecho, le gusta que la escuche. Muchos hombres desconocen, por pendejos, los grandes beneficios del arte de escuchar a una mujer deseosa de hablar; es tan poderoso este acto que casi podría llamarlo afrodisíaco. La estoy escuchando, al estar su cerveza a la mitad, le sirvo un trago de tequila y en un plato le pongo dos rebanadas de pepino y cuatro aceitunas. Camino lento hacia ella, sin dejarle de poner atención. "Me encanta que recuerdes aún estos detalles del número de rebanadas de pepino. ¿Cómo los recuerdas si sólo te lo comenté una vez?" Trato de sonreír, trato de transmitir seguridad en mis movimientos, gestos y posturas. Es difícil ser el que no entiende nada y que la gente siga refiriéndose a cosas mías, que no puedo recordar. Sin embargo, estoy tan excitado en este momento tan afortunado, que puedo disimular mi desconcierto, y no sólo disimularlo, sino ignorarlo. De esas excitaciones que despacio van incrementándose, con el paso veloz del tiempo, ahora el tiempo vuela, con tal de darme en la madre; ahora las horas parecen segundos, estoy tan caliente que me empiezan a dar escalofríos, se me eriza la piel. Ella sigue guardando sus compras en el vestidor, de espaldas hacia mí, se quita la blusa, veo su brasiere negro, sigue hablando mientras se pone una t-shirt blanca, en cuello uve, se quita su pantalón negro de vestir, y a mí me baja la presión arterial y me sube el pulso cardiaco al mismo tiempo. Su calzón negro, hermoso trasero, hermosa cadera, piernas torneadas, son sólo segundos mágicos, se pone su Levi's. Gira, se suelta el cabello y con una mirada maliciosa camina hacia mí, se para justo dos pasos antes de mí y dice: "¿No me vas a ofrecer otra cerveza, cabrón?" "Perdón, las que quieras". ¿Por qué dos pasos? ¿Por qué no mis brazos? Prendemos unos cigarros y la sigo a la terraza. "¿De esta terraza es de dónde me hablaste anoche?" "Es correcto". "Estuvo elegante el recado que me dejaste en la grabadora". "Todos me dicen lo mismo". "¿Todos?" "Ajá, todos. ¿Ahora te vas a poner celoso?" "¿Por qué habría de ponerme así?" "Porque te conozco". "Ya está, no hay problema". "Por eso me caes bien". "¿Por qué?" "Por obediente". ¡Chingados!, nunca me habían madreado así, pero en estos momentos yo acepto cualquier cosa con tal de revolcarnos en la cama. Si aguantarme las ganas de refutarle ayudará a tener un buen final, con gusto me callo. Una noche con Salma no es cualquier cosa. Ella sentada en la silla de la terraza, yo fumando recargado en el barandal; volteo para la calle y sigue ahí el chofer del taxi. Silencio sano, como si organizáramos estrategias, me paro atrás de su silla, y le empiezo a dar un masaje en el cuello y hombros. Me acerco a oler su cabello, huele delicioso, "Qué loco, ¿por qué me hueles el cabello?" "Cállate y disfruta". Sí obedece, empieza a emitir gemidos suaves con mis rítmicos masajes. En ocasiones le toco con fuerza su cuello, para luego pasar a casi solo rozarla, le paso la lengua por los hombros, y luego soplo sobre los restos de saliva. Los resultados son positivos; ella está más relajada, habla menos. Tiene sus pies descalzos sobre el barandal, piernas estiradas. Toma más tequila y lo mejor es que sigue gimiendo. Me ruego a mí mismo que, por favor, siempre recuerde este momento, ruego a la vida, al destino, a los dioses, que por favor, por favor, al paso del tiempo, la muerte de neuronas, la monotonía y la rutina de este mundo no me hagan olvidar este momento, este instante en Monte Carlo, pasando mi lengua sobre los hombros y el cuello de Salma, escuchándola gemir el mejor gemido que jamás he escuchado. Es que con ese timbre de voz hasta cuando tose se escucha excitante. Tengo a Salma en mis manos, la noche estrellada de Monte Carlo sobre nosotros, la marea a lo lejos aporta humedad y su rítmico ruido. Por favor, cabrón: que nunca se me olvide este sentimiento que está inundando ahorita todo mi ser. Mi ego ya fue y vino en estos segundos a la cumbre del Monte Everest; esta noche no habrá nadie más poderoso ni más afortunado que yo.

Pensé en sacar mi Iphone para grabar sus gemidos y poderlos traer conmigo siempre, por suerte me contuve. No quiero interrumpir este momento memorable, de ley que esto es ser feliz. Si esto es la felicidad, pues buenas noches, felicidad, es un gran gusto por fin conocerte. Traer sus gemidos en mi Iphone sería una tentación constante de querer escucharla siempre, para recordarla, reafirmar que me sucedió, incluso desearla más y sólo vivir pensando en el momento en que la vuelva a ver. O sea, sería un martirio constante, sería mi recordatorio de lo triste que estaría sin ella, sería mi dependencia total, sería aceptar a vivir triste todo el tiempo en que no estuviera con ella, sería una dependencia total de su recuerdo. Además, nadie me creería que yo le causé esos gemidos, lo cual me vale madre de todas formas.

Y, como te puedes dar cuenta, ya me estoy saliendo del goce de este momento. Por fin estoy disfrutando algo, ella no tiene idea de lo que este par de hombros está haciendo por mí, no tiene idea lo que mi lengua siente al tocar sus poros capilares. ¿Esto es estar feliz? ¿Feliz por lograr algo que soñé por años o porque voy a cogerme a una famosa? Cierro los ojos para poder concentrarme en el momento, en ya no pensar nada más que en lo que me está pasando ahorita, o sea, el pinche joto tiene que cerrar los ojos para intentar controlar su mente, en lugar de abrirlos y ver a Salma. Al cerrar los ojos veo una pared en blanco, y luego, frente a la pared blanca, aparece Salma, y camina hacia mí. Ya me es común este pensamiento. Abro los ojos de inmediato con un pavor enorme, un pavor a haber confundido todo, lo cual me llevaría a preguntarme entonces a quién he estado tocando, chupando y masajeando si no es Salma. Me agacho por un lado de ella, y lo que veo es su hermosa cara. ¡Sí es Salma!

Tiene un cutis perfecto, y en eso: hola, tetas. Ahora descubro, parado detrás de ella, un gran ángulo de visión mucho mejor que voltear al cielo o a la costa. Veo directo a sus tetas, parado detrás de ella, sigo con el masaje, no puedo dejar de ver su pecho. Todo va a seguir bien, todo va a seguir bien, Luca. Por favor, esto no puede ser olvidado, que cuando me muera aún pueda recordar esta sensación, esta excitación, esta alegría, este cuerpo tan bello, esa voz tan excitante. "Para, güey. Está delicioso, casi me quedo dormida. Tengo que ir al baño". Se levanta y va hacia el baño. ¿Quedarse dormida? No mames, ni de pedo se puede quedar dormida alguien mientras gime así de placer. Es lo malo de salir con actrices.

Es un buen momento para que vea lo que está en el baño. Escucho cuando cierra la puerta del baño, prende la luz y luego los gritos: "¡Güey! ¡Güey! ¡Cabrón! ¡Te excediste!". Se escuchan carcajadas excitadas, gemidos, suspiros. El plan va excelente, ella estaría tan húmeda como yo, y de pronto, interrumpe uno de los gritos, lo corta de forma drástica. Silencio total. Se escucha que caen algunos frascos. "¿Estás bien, Salma? ¿Güey, todo bien?" Me acerco un poco al baño ya dentro de la suite, abre la puerta con mucha fuerza, y viene gritando hacia mi: "Cabrón, ¿cómo me haces esto? ¿Por qué después de tantos años me haces esto? ¿Quién chingados eres tú para meterte a mi baño, primero que nada; dos, para regalarme tantas pinches flores rojas. ¡Rojas, cabrón! Y tres, para luego ponerme una nota sexosa. ¿Qué chingados te pasa, cabrón? ¿Qué te metiste o a qué madres estás jugando?" "¿Qué pedo? ¿Qué? No inventes, Salma: tú eres la que está jugando. ¿Estás actuando?" "¿Jugando a qué, cabrón? No estoy jugando, no te hagas el pendejo" "¿Qué?" "Lo que oíste cabrón, cómo se te ocurre escribirme una nota así, flores y todo tu teatro, cero respeto a la autoridad laboral". "¡No me jodas! Ya tengo suficientes locuras, dime a qué estas jugando. ¿Después del masaje, las chupadas, me hablas de falta de respeto por una nota y unas flores?" "No confundas, cabrón: hay niveles". "Además, tú fuiste la que me llamó; la que dijo que me deseaba". "Nunca dije eso, sí te llamé, pero jamás dije alguna connotación sexual, estoy casada". "¡No mames! ¡Claro que sí! En tu recado sólo te faltó pedirme la posición en que quieres que te coja".

"¿De qué chingados hablas? Eres mi proveedor y me habías dejado plantada ayer". Mi cara en un segundo pasó de estar caliente y firme, a fría y aguada, los ruidos de la marea parecen ser ahora música heavy metal en bocinas gigantescas a dos centímetros de mis oídos. "¿Soy tu qué?" "Ay, cabrón, lárgate de aquí. Ahora vas a fingir que no sabes quien eres". Sigo inmóvil, cuerpo muévete, piernas giren a la chingada, todo parece estar desconectado, intento que mi cerebro mande la orden de irme, ¿cómo alejarme de un lugar al que había batallado tanto para llegar? Iba a ser una noche de sexo. "Sí me voy". Y me interrumpe: "No hables en francés no seas mamón". Cabrón ni cuenta me di: "Sí, me voy en este instante, sólo hazme un favor". "Que te vayas. Yo no te debo ningún favor". "¿Salma, sólo dime quién soy?" "Pinche gente loca, no soporto lo que hacen con tal de conocer a la artista, con tal de tocarme, cogerme", ahí sí me dio en el mero orgullo. Ahí sí me dolió. Hay cosas con las que no se juegan. "¡Simular la chingada! No vi nada de simulación en los primeros gritos mientras veías las flores, ni en los placeres que sentiste en el masaje. Sí me voy a la chingada, sólo que bájale a tus aires de diva ofendida. Mientras te toqué no te parecías mucho a una mujer casada y satisfecha". Desde luego, se enoja más y sigue gritando cuanto reclamo se le antoja.

Aunque me había controlado en no hacerlo, ahorita sí amerita 1, 2, 3, 4 click. "Ya calla. Paz, Salma. Calla. Te propongo un trato: yo te digo qué película tienes que elegir para que por fin ganes un Óscar, y tú sólo me dices quién soy, ayúdame a saber quién soy". "Estás bien loco, lárgate de aquí". "Que te gusten los lentes, combinan con tus maletas". "¿Qué lentes?" Salgo de la suite. ¿Qué pasó? ¿En qué momento se cayó todo? ¿Qué chingados le puse en la nota? Me hubiera quedado mejor toda la noche en el masaje, las chupadas de cuello y hombros. Güey, era Salma ¡No mames, pinche Luca! ¿Por qué la dejaste ir? ¿Debí haber aguantado cuanta madre dijera, agachar la cabeza y pedir perdón? La noche iba muy bien. Quería hacerla mía sin los cuatro segundos, para no tener cargos de conciencia, como con Inés. Salma ahorita está ahí del otro lado de la puerta, prendiendo un cigarro y abriendo otra Heineken, entendiendo lo que sucedió, analizando lo que dije. ¿Qué hago? ¿Me regreso y le doy mas información de ella? ¿Me trago el orgullo? ¿Le pido perdón de nada, con tal de tenerla? ¿Mi orgullo a cambio de su cuerpo? ¿O sólo toco, o tumbo la puerta, entro y la beso? Ya la vi y sé exactamente cómo le excita que le toquen el empeine de los pies, su orgullo es mayor a cualquier orgasmo que ha tenido. Duelo de orgullos parece ser una buena cartelera pero siempre tiene mal final. Es Salma, cabrón, es Salma, güey yo soy Luca, nunca le he rogado a una mujer, nunca he pagado por una y eso no va a cambiar hoy. ¿Dónde está la señora del lobby? La de cincuenta años, necesito que me ayude con este dolor de testículos, fueron demasiadas horas estimulado. Señora enséñeme. Si el destino quiere me toparé con ella ahorita en algún lado, sino me aguantaré con el dolor como seminarista.

En el lobby me topo al concierge: "¿Te puedo hacer unas preguntas? Necesito información" "Yo vivo de dar información". Pendejo, ¿por qué no se me ocurrió antes andar por todos lados con un concierge medio mamón, al que le pueda preguntar cualquier pendejada que no entienda de la vida y el güey me la va a contestar porque, según él, ese es su trabajo? "¿Por qué sabías mi nombre?" "Ese es mi trabajo, sé los nombres de todos los clientes" "Ya, güey, dime la verdad". "¿Perdone?" "Olvídalo, tú me saludaste al entrar la primera vez" "Hoy no es su primera vez aquí, señor Treviño" "¿Cuándo? ¿Cuánto he venido?" "Una vez cada tres meses desde hace dos años". "¿Con quién vengo?" "No puedo revelar información confidencial de lo que hacen los clientes". "¡Yo soy el cliente!" "No, señor Treviño: usted no es el cliente. En este caso el cliente aún está en la suite". "¿Y siempre vengo con el mismo cliente?" "Mmhh... Es correcto". "¿No puedes revelar información de lo que hacen los clientes, pero sí puedes ir a darme la llave para entrar a la habitación del cliente?" "El cliente llamó para solicitar eso". "Contéstame aunque parezca extraña la pregunta". "Señor, con todo lo que vemos aquí, ya nada nos parece extraño". "¿Sabes lo que hago?" "No, señor Treviño" "¿Sabes quién soy?" "Sólo sé que es el señor Treviño, lo que sé de usted se lo he dicho". "¿Sabes lo que hago con quien aún está en la habitación?" Sonríe con malicia. "Sólo contesta". "No lo sé, lo intuyo." "En las veces que he venido, ¿cuánto tiempo me quedo?" "Ya no le puedo dar información". "No te pregunto de nadie más: es sólo de mí". "Usted se queda siempre sólo una noche". "Apúntame tu correo electrónico". "¿Me puede decir el cuarto de una señora como de unos cincuenta años, la esposa de alguien que portaba un traje blanco?" "Señor Treviño, muchos portan trajes blancos aquí". Gracias y adiós.

11

Es la misma noche, mismas estrellas, ahora estoy abajo, camino sobre la banqueta, a cuatro pisos de distancia de su terraza. Ahí sigue el mismo chofer del taxi, parado al lado de su coche, casi inmóvil, me fija su vista. "¡Chinga tu madre! ¿Qué me ves?" Sonríe. Ahora sí, todo me vale absolutamente madre. Ambos extremos en una sola noche, del casi cielo de sus hombros, al casi infierno de estas calles mundanas. Me debato entre las ganas de correr o beber, y ganan las de beber. Algunas cuadras después, o quizá algunos kilómetros después, un pub irlandés. A como está el desmadre no me sorprendería encontrarme en la siguiente cuadra unos tacos al vapor de carne deshebrada con salsa verde en botecito para sopearle. ¿Qué te cuento del resto de esta noche en el bar? Ya te conté mucho de esta noche. Imagíname sentado solo en la barra, ignorando invitaciones de mujeres guapas de todo el mundo, recibiendo bebidas gratis de mujeres e, incluso, de uno que otro hombre, nunca emití una palabra, ni cuando ellas se sentaban a mi lado. Como Salma me había ignorado, así ignoré a varias en el bar. No me sentía mal en rechazarlas, era lo que me daba ganas de hacer en ese momento; la hueva ante la vida y yo, éramos uno mismo. No sé cuánto tomé, no sé en que momento me quedé dormido sobre la barra, no sé cuanto tiempo tenía sin dormir. No sé cuanto dormí: cuando desperté había rayos de sol entrando por cada resquicio que dejaba la fachada del pub. Dos personas barrían el área. Reviso mis bolsas, sí cartera, sí celular, a veces el mundo no es tan malo. El bartender me dejó una nota que no debía nada, que lo que había tomado me lo pagó una hermosa pelirroja. Chingados, hubiera sido perfecto que me dijera que una artista famosa vino a pagar mi cuenta arrepentida por haberme desairado. O no, mejor aún: que ahorita Salma me despertara aquí mismo pidiéndome que me fuera con ella, pero no puedo programar así mi vida.

Salgo del bar. Hola, dolor de cabeza, qué bien jodes. Hola, pinche tristeza: a veces hasta parece que te extraño. Hola, señor sol, directo en mi cara. Hola, cruda, mucho pinche gusto en saludarte de nuevo. Pasa un taxi, pasan dos y tomo el tercero. Me subo. "Lléveme a Berlín". "¿A Alemania?" "Sí". "No lo puedo llevar allá". "¿Por qué no? Le pago por adelantado". Piensa durante cinco segundos y luego vuelve a negar. "Lo puedo dejar en la estación de trenes". "Sí, llévame ahí". Es un buen final para esta pinche jornada, que acabe en un anden esperando un tren rumbo a Berlín, hacia Inés, volteando sobre mi hombro a ver si llega Salma. Pinche bato, cabrón.

Terminal de trenes de Monte Carlo, no pasa nada. En todos las ciudades de este mundo hay niveles, pobreza; incluso aquí, en la ciudad más rica del mundo por metro cuadrado. ¿O ya no lo es? A lo mejor ahora es Dubai o alguna de esas ciudades, en todas hay extrema pobreza y extrema riqueza. En algo nos equivocamos. Mejor hubiéramos elegido un término medio, en donde los ricos descubrieran que necesitan menos de lo que han imaginado para ser felices y los pobres descubrieran que se necesita mucho más esfuerzo en ser feliz que lo que se ocupa para sobrevivir; al parecer, nos gustan los extremos y se nos dificulta demasiado encontrar el punto medio. Me hubiera quedado en el masaje con chupadas que le estaba dando a Salma. Mientras espero mi tren, veo pobres simulando morir y ricos simulando vivir. Veo lugares sucios en la terminal que jamás han sido limpiados, vendedores de ilusiones, de drogas, de sueños, carteristas, ladrones de lo que sea, gente buena, gente de negocios, inversionistas, maestros, creadores de instituciones de beneficencia, familias enteras, maridos, amantes, despedidas falsas, lágrimas caídas, bienvenidas con alegrías actuadas, llantos reales, amores fingidos, tristezas, alegrías. Casi parece estar nivelado. No llegó Salma, no me encontré a ningún conocido, no hubo sorpresas. Me subí al tren, mi asiento en una ventana, y dale, no tengo nada que perder. Lo peor que pueda pasar es que ya no sienta nada, ni siquiera esta fiel tristeza.

Mientras avanza el tren recuerdo los momentos de felicidad que sentí mientras le daba el masaje. ¿De recolectar esos momentos por la vida es de lo qué se trata esto? Me la he pasado buscando respuestas y de pronto pareciera que las respuestas están en algunos instantes, como el orgasmo con Inés, el masaje a Salma, algunos instantes cortos, momentáneos y autodestruibles, memorables al fin. ¿Cómo recreo más instantes así? ¿A quién le tengo que demostrar que sí quiero, pero no puedo? ¿No hay algún grupo de apoyo, algún club para los tristes, los perdidos, los de almas errantes, los abandonados, los de corazones helados?

Dormí como anestesiado. El tren quizá recorrió todo Europa, me despierta el hambre y la sed, cual bebé. Mi cuerpo sigue completo, aunque aún queriendo unirse con mi alma. La central de trenes de Berlín es similar a la de cualquier lugar de Europa, similar a lo que vi en Monte Carlo, imagínalo de nuevo. No todo es tan limpio ni tan romántico como comercial de perfumes franceses. Quizá mucha gente muy trabajadora. Mejor dicho, quizá mucha gente adicta al trabajo. ¿Alguna vez has soñado con un día sin tener la responsabilidad de levantarte a trabajar? Son tan adictos al trabajo que lo odian, aunque creen que lo aman, y sus mejores sueños son cuando se sienten liberados del trabajo, del enemigo, creen que cuando no tengan que levantarse a trabajar ya podrán conquistar el mundo. Lo que no saben es que levantarse sin tener nada por hacer no es divertido. Esa es otra madreada que les tiene la vida: el primer día que se jubile, en su primer día libre de su adicción, se sentirá desdichado, solo, triste, sin entenderle al sistema, tal como me siento ahorita parado en la orilla de la banqueta frente a la estación de trenes de Berlín.

¿Dónde estás, Inés? Berlín sin ti es un llano. Eres el único motivo que me trajo aquí; eres el único motivo para no tirarme al precipicio aún más oscuro, más profundo. Con sólo recordar tu mirada triste, tu piel con pecas, cadera ancha, cuerpo delgado.... Nadie me ha mirado como tú, nadie ha mostrado sentirse tan cómoda conmigo como tú lo hiciste. Fueron las mejores horas de mi vida. Junto a ti, todo era fácil. Era fácil entender la vida, e ignorar a todos. Verte en silencio fue estremecedor. Me gustaban nuestros silencios, necesito tu cuerpo, tus ojos, tu olor, ayúdame a entender. ¿Por qué me fui? Aún no me perdono haberme ido, no haber regresado antes aquel día, fue de esas pendejadas que con el tiempo son muy obvias de ver y de juzgar solo que cuando las haces, cuando las vives, ni siquiera estás cerca de darte cuenta del gigantesco error que estás cometiendo. Nunca te debí dejar, debí quedarme en lugar de huir, debí abrazarte para verte sonreír mientras despertabas, ahora estaríamos juntos. Espero que me hayas hecho caso. ¿Dónde estás, Inés? ¿A dónde tengo que ir a buscar ayuda?

Han pasado cuatro años desde que la conocí. ¿En el tiempo de quién? Vuelvo al mismo Starbucks, cerca del Checkpoint Charlie, las mismas masas de turistas, mismo bullicio basado en historias de guerra, mismos olores, música, poses de los clientes. Ningún empleado de los que estuvieron aquí hace cuatro años. Los que están ahora aquí, hace cuatro años eran unos adolescentes en secundaria. Pensé que era sólo en México donde los clientes del Starbucks tienen que poner una cara de mamones, posar como si estuvieran haciendo una transacción multimillonaria, cuando si en realidad están haciendo negocios aquí en un pinche café es porque no tienen ni siquiera oficina propia, o bien, no están haciendo nada importante; sólo están escribiendo en Facebook, entonces, por favor, quiten la cara de mamones. Sólo están pendejeando en un café pinche que en el futuro no existirá por errores administrativos que cometerá su junta directiva.

Con la esperanza de que Inés fuera la gerente del local, pregunto por ella. Nadie siquiera ha escuchado su nombre. Para acabarla de chingar no sé su apellido; nunca me lo dijo. Ahora aquí, mientras camino por esta calle cualquiera de Berlín recuerdo las palabras exactas que Inés me iba diciendo en aquel día, justo al pasar sobre este tramo de la calle. Recuerdo el recorrido que hicimos juntos, y lo recorro con más desesperanza que emoción, como un protocolo que se tiene que hacer antes de morir. Calles, plazas, ríos, monumentos, la torre de la T.V., el restaurante arriba, subo, tomo, le grito, me callan los vigilantes, de nuevo me dan ganas de tirarme para volar. Bares, clubes, restaurantes, los que estuvimos, los nuevos, ahora más caros. Voy a su departamento: toc, toc. Un gigante de más de dos metros diez centímetros me abre la puerta, grueso, gordo, mirada muy perdida, pupilas muy dilatadas, dificultad para hablar, pelón, con cara de pendejo, un arete en una oreja, tatuajes en sus dos antebrazos. No mames, que no sea nada de Inés. Prefiero no encontrarla que encontrarla y saber que está con este pendejo. Del departamento salen olores extraños a mezcla de hierbas que no puedo identificar. Ahí mismo, en la puerta, le pregunto por mi Inés y me contesta: "No conozco a ninguna Inés". Güey, qué alivio saber que no está con este pendejo. "¿Cuánto tienes viviendo aquí?" "Tengo problemas con el tiempo". No mames, al menos no soy el único en el mundo. "¿Me podrías dar un estimado?" "Creo que como cuatro años". "¿Pagas renta? ¿Es tuyo?" "Es de mi mamá. Bueno, era; ella murió hace unos tres años, aquí mismo, en este departamento, en la recámara grande". Uy, lo que ha visto esa recámara. ¿Si entro el cuarto, me reconocerá? ¿Me hablará de alguna forma? "Mi madre se lo compró a un señor que apenas tenía un año de haberlo comprado a otra persona". "¿Tendrás el dato de esos dueños previos?" "Amable desconocido, a veces no encuentro el dato del nombre del cementerio donde está mi madre. Sigo esperando que estas drogas me ayuden".

Adiós departamento de Inés. Unas vueltas más a Berlín, ahora en zonas más lujosas, suponiendo que ahora fuera millonaria. No sé cuántas vueltas le di a la ciudad, cuánto tiempo pasó. Traté de recorrer cada centímetro de la ciudad, rumbos altos, bajos, diferentes horarios, en el sentido de las manecillas del reloj, luego en el sentido contrario, en hospitales, cárceles, en el zoológico, en centros de beneficencia, comedores públicos, en la calle, en las oficinas del gobierno, en Greenpeace, pregunté a quien pude, y nadie jamás había escuchado nada de Inés. En algunos lugares ya me conocían como el loco que buscaba a una mujer. Me voy a la plaza en donde aquel día posterior a Inés había logrado entrar en modo de mute al ver el cielo. Me siento justo en el mismo lugar y no me puedo desconectar. Tengo mucho coraje, mucha ansiedad, tristeza, ruido, desilusión. Ya no soy el mismo, ya no me importa mi Iphone, no me importa quién me escriba. Si alguien me manda música, me es indiferente, de hecho, tengo días sin verlo. Ya no corro, ahora duermo mucho, me hice amigo de la comida rápida, me alejé de las frutas, tengo días sin escuchar música. Ya no sé cuanto tiempo llevo aquí. Tengo dudas si como corre el tiempo para mí, corre para todos, o si hay niveles, que sólo vamos avanzando, y en cada nivel son tiempos diferentes. ¿Quién me asegura que estuve aquí hace cuatro años? Y no hace cuatro meses o cuatro minutos. ¿Quién me asegura que cada noche, al dormir, no nos cambiamos de nivel? Diferentes frecuencias, diferente ritmo, diferente timing y, como todos están cambiando, entonces parece que nada cambia, o que todos estamos viajando como yo, con libre albedrío, sólo pidiendo el tiempo y el destino a nuestros teléfonos, que todo esto sea tan común que ya no lo comentamos con nadie. ¿Qué tendría de raro viajar por el tiempo y por el mundo en base a lo que escribes en una aplicación del Iphone? Paso días sin bañarme, incluso sin cambiarme la ropa y nada me importa; sólo tengo la ilusión de encontrarme con Inés. A varias mujeres las he tocado por la espalda, pensando que era ella, nunca ha sido. Sigo con mi pensamiento de atracción como la vez que viajé a Monte Carlo, sigo escribiendo en mi Iphone: *Encontrar a Inés*. Y sigo sin viajar a ningún lado, por más botellas de Malbec que me tome, sigo sin viajar a ningún lado, sigo despertando en Berlín, el Berlín que sin ella ya no es bello. Cada día se ve más sucio, con bruma arenosa y rojiza; cada día más muerto, como yo. Espejito, espejito, chinguen a su madre todos.

12

Una mañana en algún hotel en que desperté con alguna mujer a mi lado, al llegar al baño frente al espejo me intenté ver por cuatro segundos, 1, 2, 3, 4 y no pasó nada. Ya no pasaba nada conmigo. Al siguiente día amanecí tirado en un parque, con golpes, heridas, manchas de vómito. La ciudad me estaba expulsando y me resistía, no porque me encantara, sino porque aun tenía la esperanza de encontrar a mi Inés. Ya pesaba doce kilos más, ya era momento de huir. Y por fin tuve el valor de escribir algo diferente en mi Iphone: *Quiero regresar a Monterrey, no me importa el año.*

Esa noche dormí en Berlín y amanecí en San Pedro Garza García, Nuevo León. Abro el ojo, mi recámara de mi departamento en Calzada del Valle, intenso olor a machacado con huevo. No me duele nada, no tengo sobrepeso, voy a la grabadora y no está el recado de Salma, entro a la cocina y hay una señora frente a la estufa. "Joven, su espresso americano ya está y su machacado estará en dos minutos". "Gracias, señito" Me vale madre. No haré más preguntas, si me quieren dar en la madre, estoy listo.

Tomo el celular y tengo música nueva, muy nueva, todo el CD de *Toadies, Play.Rock.Music* y un mensaje que me pide empezar con la última canción, *The Appeal.* Iphone al Bose y play. Uy, la guitarra ahora está triste, yo no. Yo quiero inventar un nuevo sentimiento; tiene que haber sentimientos nuevos. No creo que todo esté creado, no creo que todo esté nombrado. Sigue el olor intenso a machacado, ahora le acaba de agregar la cebolla y el chile serrano. Yo voy a mi terraza preferida, la que ve hacia Calzada, la que ve hacia Chipinque. Me asomo a la calle a ver si no está el taxista de Monte Carlo, y no, no hay ningún taxista sospechoso. ¿Cuántos sentimientos habrá ya con su nombre aceptado en todo el mundo? ¿Cómo funciona eso? La gente empieza a sentir algo y luego cada quien le pone el nombre que quiera. ¿Y luego cómo lo traducen a otros idiomas estando seguros de que, por ejemplo, coraje se siente igual en México que en Corea del Norte? Si se siente igual, luego, ¿cómo proceden a nombrarlos iguales? Si alguien de Vietnam le dice en vietnamita la palabra coraje a un americano, y él la dice en inglés, ¿ambos se referirán al mismo sentimiento dentro de su ser? "¡Ya está su machacado, joven!" Se acaba la canción y parece que se acaba la inspiración. Quiero inventar un sentimiento. Que contenga riesgos, que sea duro, intrépido, terco, intenso. No sé cómo nombrarlo. Quiero vivir así. No quiero volver a amanecer tirado en algún parque del mundo en otro tiempo. "¿Quiere tortillas de harina o de maíz?" Tomo el periódico de hoy, junio del 2011 y parece que es un diario de notas tristes, parece que las esquelas ahora están en todas las páginas del periódico. En los deportes hay notas de tramposos, deportistas usando sustancias prohibidas para tener un mejor desempeño. En espectáculos sólo notas de divorcios, engaños, contratos no cumplidos. En la internacional, fraudes de empresas multinacionales, fraudes en Wall Street, no somos los únicos con problemas financieros. Nada bueno, no hay paz en ningún rincón de este mundo. ¿Qué marca se quisiera anunciar a lado de tantas notas oscuras? Parece Ciudad Gótica en sus peores tiempos. Yo no pondría a mi marca al lado de toda esta mierda. "Se le va a enfriar, joven Luca". La canción cuatro de este CD está buena, *Magic Bullet*, y la cinco, *Beside You*, también. ¿Hace cuánto que no me río, un ataque de risa hasta llorar? ¿Por qué muchas de mis dudas siempre están relacionadas al tiempo? No recuerdo alguna vez en mi vida haber llorado de risa. Me da envidia cuando veo gente que puede hacer eso, que acaban diciendo que les duele el estómago y las mejillas de tanto reír. Sigo en la terraza, en la sala sigue el surtido enorme de alcohol. Nada como el olor de las tortillas de harina en el comal recién hechas. Veo la sección de mensajes del celular, hay más de cien, todos de Claudia. En ese monólogo de Claudia, se enojó, se desahogó, se declaró, se arrepintió, intentó encontrar una posición cómoda respecto a mí en donde le permitiera divertirse y a la vez comulgar los domingos en Fátima. Luego se volvió a enojar por mi silencio, luego se arrepintió, se preocupó, y así hizo dos veces este ciclo, ahorita acaba de llegar un mensaje diciéndome: *Eres tan infantil, tipo, no contestando nada.* Antes del machacado puedo hacerla feliz, texto a Claudia: *Te extrañé, ya volví, ¿Starbucks a las cuatro hoy?* Es mentira que la extrañé, sólo quiero evitar reclamos. *Hoy no puedo, tengo que llevar al niño al karate. Claudia, te veo a las cuatro en el Starbucks. Hazle como quieras.*

Nada como un machacado con huevo con tortillas de harina, estoy listo para desayunar. El depa está cambiado. Quizá quien ha cambiado soy yo. No me siento bien que me sirvan, menos que me vean comer. El olor a tortillas de harina siempre va ligado a la casa de la abuela, donde los martes y jueves eran días que tocaba lavar la ropa de color, y en la noche tocaba que Panchita hiciera tortillas de harina para todos. De niños, qué fácil era ser feliz. Después, de adolescentes había momentos grises, justo cuando anhelábamos crecer. "Señito, no se me ofrece nada, yo aquí me quedo solo". "Claro que sí, joven Luca". Me siento feliz porque tengo, por fin, cuatro cosas que hacer: primero, ver a Claudia hoy a las cuatro. Segundo, organizar una fiesta (ya estoy dudando si de pura gente que me caiga mal o hacerla con cualquier gente que caiga al depa) para acabarme el inventario de alcohol que aún sigue aquí. Tercero, inventar un nuevo sentimiento. Cuarto, ir a ver a Megan. Ya tengo al menos cuatro motivos para vivir hoy. Se me está ocurriendo otra cosa más por hacer y va relacionada con la creación de un sentimiento: quiero comprarme un coche. ¿Habrá un carro que me haga feliz? ¿Qué carros se compran los que dicen estar en la crisis de la mediana edad? ¿A mis treinta tardíos ya podríamos culpar de algo de mis crisis a mis años? Si el carro no ayuda, entonces luego vamos con el alcohol; si no, luego con mujeres y así le seguimos, ¿no? A intentar llenar el vacío con mezclas extrañas de materialismo, ideas simplistas, humanismo falso y decadente.

Baño, afeitada, loción hecha en París, con fórmula americana, con ingredientes procedentes de China, en envase fabricado en Vietnam. Hoy toca camisa azul; porque estoy feliz. El carro tiene que ser rojo.

Me encantaría poder comprar el Batimóvil. ¿La mañana para Megan o para comprar el carro? Decido ir a comprar el carro, no fue fácil. Megan es bella y ya me ha de extrañar, sé que sería mejor si llego en mi carro nuevo. Perdón, soné muy materialista, ¿será por las horas que llevo en esta ciudad? ¿Ferrari o Porsche? Mercedes es para abuelitos, Audi me agrada, pero para cuando esté más grande. Rol a agencias, vendedores jugando Angry Birds en sus celulares, desconocen las características de los motores de sus autos. Vendedores asumiendo que tienen poderes para detectar si uno es en realidad un cliente potencial. A la tercera agencia, y después de una prueba de manejo, casi me he decidido. Aún no es la una de la tarde, aún no voy a la Porsche y ya casi decido.

Creo que me voy a comprar el Ferrari 458 rojo. La vendedora de la agencia es bella; supo mostrar cada rincón del auto. Logró apartar la belleza de sus piernas durante la presentación del auto. En la prueba de manejo cubrió con unos folletos y una libreta sus largas y delgadas piernas. Siempre me vio a los ojos, me habló de tú, asumió que podía comprar el auto este mismo día, a pesar de que no le dije nada de mis planes de compra. Brenda viste un traje sastre color azul, falda un poco arriba de la rodilla, una blusa color celeste. Es bella y muy orgullosa. No quiere que su belleza ayude en sus procesos de venta, aunque esto es imposible. Prefiero a una mujer decidida, capaz, competitiva y además bella, que al empleado que en la otra agencia jugaba Angry Birds. Además, para el momento en que me encuentro en esta vida, es mucho mejor el Ferrari 458. Parados en el estacionamiento de la agencia, justo a dos pasos de un 458, con mi mirada perdida en la carrocería roja brillante, le pregunto: "Brenda, ¿este auto me ayudará a ser feliz?". Ya la había visto: los cuatro segundos y el click, me estaba divirtiendo con los procesos mentales que le estaba causando. Ahora no te contaré todo lo que vi. Resopló fuerte, al verse sorprendida por la pregunta. "No me contestes esa pregunta aún, te voy a hacer otra: ¿todos los que vienen a comprar aquí son gente triste?" "Claro que no. Mejor dicho, no sé. No los llego a conocer tanto como para determinar si son felices o no". Iba a seguir y la interrumpí: "Brenda, por favor, tú sabes a lo que me refiero. Tú lo puedes sentir. ¿Cuánta gente llega aquí a comprarse un Ferrari como culminación de un sueño? ¿Y cuánta gente llega aquí una mañana cualquiera a comprarse un Ferrari por el simple hecho que se le ocurrió esa mañana mientras desayunaba un machacado con huevo y está esperanzado que ese auto lo haga feliz al menos por momentos?" "No puedo responder eso, no tengo poderes para determinar eso. Claro que hay gente que se ve engreída y superficial y otros se ven buenas personas; más que eso es difícil saber". "¿Entonces sólo tienes esas dos categorías de personas dentro de los prospectos que te visitan?" Se avienta dos carcajadas y me gusta aún más. "Entonces, ¿qué otras preguntas tengo que contestar?" "La de si el auto me hará ser feliz y la de que si todos son tristes". Resopla de nuevo, mientras clava con fuerza su mirada en la mía. Me gusta mucho una mujer con convicción; me recuerda como Inés me miraba. "Luca, es obvio que el auto no te hará ser feliz en esta vida, sólo te podrá ayudar a ser más feliz, la mecha de la felicidad la tienes que prender tú. La otra respuesta sería que no sé si todos son tristes. Y la última, es que no tengo dos categorías de clientes, de hecho tengo cinco". "¿En qué categoría estoy yo, Brenda?" Al terminar la pregunta me dije: Si me contesta con la verdad, le compro el carro ahorita mismo. Veía todo lo que ella sentía, veía la lucha entre su demonio y su ángel. Vi pasar en su mente muchas opciones de palabras, el cerebro mandando opciones de respuestas, unas tratando de ser educada, otras de ser grosera. Hay una de ellas que siempre le aparecía en color verde y subrayada: esa era la respuesta correcta. Sus labios delgados le brillaban al ser mojados por su lengua, no estaba nerviosa sólo se estaba debatiendo, de pronto le ganaban las ganas de contestar como Brenda e invitarme a salir, luego seguía debatiéndose en qué contestar, a pesar de que no sabía la repercusión de su respuesta. Me gusta estar en silencio al lado de una bella mujer, ella se puede tomar el tiempo que quiera, su cuerpo lo puedo contemplar esta semana entera. No usa ningún perfume, la mezcla del jabón Dove y su ph causa un exquisito olor, fresco, cítrico. Me imagino ese olor mezclado con sudor de sexo podría ser una gran combinación. "¿En qué categoría estoy yo, Brenda?" Cierra los labios, aprieta la boca para luego abrirla e iniciar a decir muy despacio: "En la quinta categoría: la de los tristes". Tiene toda la razón, ella había elegido decir la verdad. Aguarda con gallardía mi reacción, segura de su respuesta y valiente a encarar las consecuencias. "Me lo llevo ahorita, Brenda". Treinta minutos después me daba las llaves de mi primer Ferrari, el 458. Todo lo que ella había dicho en esa visita había sido correcto; desde las características del auto hasta las características mías. Su profecía se empieza a cumplir desde el momento en que me subo al auto. No me emociona el olor de su interior, tampoco los detalles de su tablero. Incluso tampoco el sonido del poderoso motor al momento de prenderlo, un momento que muchos a lo largo de los años han descrito como el más emocionante de su vida. A mí no me causa nada ese momento. Aún rondan el ambiente los efectos de las verdades que Brenda regó.

Tengo el Ferrari, pero no tengo a Brenda. La poderosa verdad dándome en toda la madre. Tengo el Ferrari, aún no salgo de la agencia y ya sé que no me hará feliz. ¿Por qué tan valiente haciendo preguntas cuyas respuestas no puedo soportar? Antes de irme Brenda me dice: "Programé unas canciones de cortesía en el estéreo; espero que las disfrutes. Siempre la primera canción que escuches en tu Ferrari será memorable, será parte de la historia del auto y de la tuya". No me aguanto las ganas y de inmediato pongo la canción. ¿Cuál crees que era? *You Only Live Once* de *The Strokes*. Ajá, ¿ya me entiendes? ¿Ya empiezas a quererla? Imagina cómo suena la canción en el Ferrari. "¿Por qué pusiste esa canción? ¿Siempre pones ésa?" "No, me gusta poner unas canciones especiales de acuerdo con la personalidad del cliente". "¿Eres bruja? Creo que es mi canción favorita". "¿Crees? ¿Ni eso sabes?" "¿Qué rollo contigo Brenda? ¿Ya nos conocíamos o qué?" "No, al menos en esta vida no". No mames, ya casi la quiero. Sigue diciendo las palabras correctas, cien de cien si fuera examen de la SEP. "Pásame tu mail, te invito un café". Sólo tarda dos segundos en dictarme su mail. "¿Un café mañana en la tarde?" "Mándame el mail, ahí te contesto". Apúntame un momento más de felicidad, lo que no me dio el Ferrari me lo dio la sonrisa de Brenda, al menos por unos segundos. ¿Hay algo mejor que ver una mujer sonreírte porque está emocionada de verte? Ahora voy a acumular segundos así, segundos de felicidad.

Ferrari rojo, *The Strokes* cantándome ahí adentro, la ilusión de volverla a ver, acelero y salgo contento. Dos cuadras adelante de la agencia ya estoy detenido en el tráfico, causado por una manifestación de maestros que reclaman que les midan su rendimiento con exámenes anuales. Ahí estoy yo en mi Ferrari; sólo he recorrido dos cuadras y ahora no puedo avanzar mucho más. La canción de *The Strokes* se termina, el recuerdo de Brenda aún está aquí. Mañana también tendría algo que hacer, mañana ya no sería un buen día para morir, mañana veré a Brenda. Y como mis demonios trabajan con mucho ahínco para tratar de destruir mis incipientes intentos de felicidad, mientras estoy en mi Ferrari estático en el tráfico, me llega una pequeña duda a mi mente: ¿Brenda hubiera aceptado salir conmigo, si no le hubiera comprado el Ferrari? Ya no me jodan, por favor. ¿Quién gana tanto causando mares de gente triste o quién pierde tanto si hubiera gente feliz? La segunda canción que me dejó Brenda programada se llama *Wounderful Life* y la canta Bryan Ellis, sólo para que la cheques y me imagines escuchándola parado en el tráfico al lado de un ecotaxi con placas colgadas y atrás de un auto modelo 1981 con placas de Texas.

Don Stefano, déjeme en paz. No quiero pasarme preguntando, no quiero pasarme la vida sufriendo. Me regañó, llenó de verdades, agredió y no me dio ningún consejo. Brenda, al menos me mandó algunas canciones motivadoras. Voy a invitar a Brenda a que me ayude a descubrir y nombrar un nuevo sentimiento.

13

Cuatro de la tarde. Café Starbucks de Calzada del Valle. Si me hicieras caso, como supongo que Inés lo hizo, ya irías planeando vender las acciones que tengas de esta empresa; será la caída más estrepitosa en la historia comercial de todo el mundo. Las disputas internas harán caer al gigante y el líder mundial en cafés será Sanborns; llegará a tener el doble de locaciones de las que hoy tiene Starbucks. No se compara el sabor de unos molletes con chorizo con el panini español que vende Starbucks. ¿O qué me dices de una dona de chocolate contra una una galleta de tapioca brasileña con queso parmesano? Nada que ver. Vende Starbucks (SBUX), compra Sanborns (GSANBORN).

¿Es normal sentirme solo en esta vida? Un espresso americano ahora descafeinado, suficientes problemas tengo para conciliar el sueño. Los días dentro de estas cafeterías parece que son repetitivos: gente aparentando cosas. Aparentando ser buenos, estar ocupados, ser importantes, cuando todos están igual de tristes que yo. Treinta minutos leyendo tragedias en la aplicación para Iphone de CNN, cualquier otro periódico del mundo está igual, inundado en mierda. El supuesto jazz que suena en la música ambiental me asquea; se me antoja algo en español como Fito Páez, *Los Claxons* o Calamaro. Afuera el calor del sol, aquí adentro el frío de la indiferencia de los seres humanos. ¿En qué década cambió eso de que los seres humanos ya no se saludaran entre sí? A veces sí me entra una ansiedad por convivir con alguien más; a veces se me antoja dar un abrazo a un extraño, hombre, mujer, lo que sea. O que alguien me conteste el saludo de buenas tardes, sin que piense que estoy loco o que lo voy a asaltar. Treinta y seis minutos tarde y Claudia no aparece. Sigo navegando en mi Iphone, mi callado y fiel compañero. ¿Qué puedo hacer desde aquí con este aparato, que sea de beneficio para alguien más? Nunca, al menos lo que recuerdo de mí, he hecho algo por los demás, ni siquiera pensar en ese colectivo llamado prójimo. La piel se me eriza y siento calambres en el cuello. Me paro de inmediato gritando "¡Tranquilos, raza! ¡Tranquilos, raza!" Y como era de esperarse, una acción rara, tendrá una reacción rara. Bajan el volumen de la música ambiental, incluso dejan de hacer café. Todos me ven mientras yo, parado al lado de la mesa, tomo mis cabellos semi largos con las manos de forma desesperada. Algunos clientes tienen audífonos y no escuchan mi grito, la gran mayoría deja de hacer todo para verme, unos asustados, otros burlándose del pinche ridículo que según ellos yo estoy haciendo. Ya sólo se escucha la música ambiental, hasta que el encargado la apaga y me regala una sonrisa después de hacerlo, cediéndome y entendiéndome el nivel de atención que se requería. Es tanto el silencio que lo único que se escucha es el ruido de los compresores de los refrigeradores que tienen en la barra. Ya con ese nivel de atención y silencio, ahí voy de nuevo: "¡Tranquilos, raza!" Ahora el grito es más sentido que ansioso, ahora suplica más por ayuda. Ya no es un reclamo: es una búsqueda, una petición mediocre de empatía. Al menos es lo que yo creo, pero al parecer nadie más lo entiende así. Vi a un joven de unos treinta años, justo frente a mí, dockers caquis, camisa de vestir celeste, 1, 2, 3, 4 y click. Aquí le doy copy paste a su mente tal cual: "¿Tranquilos de qué, cabrón? ¿Cómo vamos a estar tranquilos después del pinche pedo que nos sacaste, pendejo?"

Creo que el miedo los tiene cegados. En eso entra una hermosa mujer como de unos cuarenta años, falda muy holgada y larga, blusa muy grande para su complexión, cabello corto, sin maquillaje y, aun así, bella. En la forma en que se viste se empeña en esconder su virgen cuerpo; ha de ser una numeraria del Opus Dei. Y le grito: "¡No te muevas!" Y ella, como si supiera lo que pasaba y lo que pasaría en los siguientes momentos, de inmediato se paró e incluso se sonrió un poco. Dos segundos después dice: "¿En qué te puedo ayudar?" ¡Vaya, por fin! De unas veinte personas aquí sólo una me entendió, sólo una pudo deducir que yo buscaba algo que no fueran sus carteras ni bolsos. "Necesito que sólo me contestes unas preguntas con la verdad, ¿puedes hacerlo?" Quizá es mediadora en situaciones de rehenes, muestra tener todo controlado: "Por supuesto, para no molestar a todos aquí, me haces las preguntas en tu mesa". "¡Chingado, no!, ¿ahora tú pones las reglas? Necesito que todos contesten y que este silencio siga. Nadie se mueve". Sentí que había exagerado un poco, ya que. Ella aceptó: "Ok, pregunta ya". "¿Cómo te llamas?" "Lucía" "Lucía, gracias. ¿Puedes ver la vida de las personas si les miras fijamente a sus ojos por cuatro segundos?" Con toda tranquilidad ella responde: "No" "¿Alguien aquí puede hacer eso?" Silencio. "Lucía, ¿puedes viajar en el tiempo?" "No". "¿Alguien aquí puede hacerlo?" Silencio nervioso. "¿Puedes elegir qué soñar?" "No". "¿Alguien?" Silencio. "¿Todo lo que sueñas al dormir se convierte en realidad?" "No". "¿Lo que escribes en tu Iphone se convierte en realidad?" "No". "¿Alguien aquí puede contestar que sí a una de estas preguntas?" Silencio. Justo cuando Lucía me pregunta si todo puede volver a la normalidad, me da una repentina necesidad por girar mi cuerpo hacia atrás, contorsionarme y, al mismo tiempo, detener el ataque de un hombre de unos cincuenta años que me quiere golpear la cabeza con una silla. Giro, detengo silla, rodillazo a sus testículos, patada a sus costillas, puñetazo a la garganta y patada a la espinilla para fracturársela. Mientras cae le quito una pistola que porta abajo de su chaqueta Members Only color café claro. El resto de la gente, al ver la pistola en la mano, grita, corre, pánico y desmadre total. Nunca apunto a nadie con la pistola, me caga la violencia que causan las armas; de hecho, ni la tengo tomada de la empuñadura, la sujeto justo del vértice para que vieran que no pretendía dañar a nadie. Pero el caos es el caos. Todos tenemos niveles muy pequeños de tolerancia. Camino muy despacio hacia la barra, con la pistola sobre la palma extendida de mi mano derecha, la gente grita, corre, mesas cayéndose, bonito desmadre se está armando. Llego a la barra, extiendo mi mano y le doy el arma al gerente. "Perdón, yo sólo quería que me contestaran unas preguntas". "No hay problema, ya vete". Giro buscando a Lucía, y no la encuentro. Camino hacia la puerta principal; ya casi está vacío el lugar y dos pasos antes de llegar a la puerta escucho: "¡No te muevas, pendejo!" ¿Qué pedo? Volteo y es el gerente apuntándome con una pistola. Le tembló la voz cuando gritó: "¡Manos arriba!". Me lleva la chingada; hasta para este tipo de diálogos dicen lo más pinche cliché. En este momento, un reflejo causado por el movimiento de la puerta de vidrio de la entrada principal me da justo en el ojo izquierdo; al seguirse moviendo la puerta le da también en el ojo al gerente. Quien abría la puerta era Claudia, que llega al café cuarenta y dos minutos tarde. Al ver la escena, cual agente policíaco grita: "¡Luca! ¡No!", el gerente acciona el gatillo, Claudia se lanza, pasa justo frente a mi y cae medio metro a mi derecha sobre un sillón de tela color marrón. Me toma la mitad de un segundo en cruzar los diez metros que hay de la puerta a la barra, ni siquiera el gerente alcanzó a parpadear cuando ya lo estaba desarmando con la mano izquierda y con la derecha ya le estaba reventando la nariz. "¡Eres un pendejo! ¿Por qué jalas el gatillo?" El imbécil no puede hablar del dolor. El resto de los empleados están hincados en una esquina amontonados unos sobre otros. Dos de ellos se orinaron. Tomo la pistola y regreso de inmediato con Claudia. Ella ya está levantándose poco a poco, está asustada, llorando, me quiere abrazar y yo a ella también. No hubo disparo, yo había quitado el cargador, no había ninguna bala. Abrazo a Claudia, la beso en su mejilla, y me sonríe como nunca me había sonreído nadie, yo tampoco había visto a alguien en la forma que veo a Claudia en este instante, creo que es la primera vez que sonrío así. Con estas sonrisas no se necesitan palabras; con estas miradas no se necesitan caricias. Nadie había hecho nunca nada por mí, menos querer salvar mi vida acabando con la de ella. Despacio salimos del local, me distraigo un poco para buscar a Lucía, no la veo por ningún lado. Vende Starbucks, compra Sanborns.

Nos cruzamos a la Calzada caminando sin prisa, como si nada hubiera pasado. Al pisar el pavimento, pasando los encinos, ella capta que no es buena idea ir tomados de la mano y me suelta sin aviso. En el instante en que sus dedos dejaron de rozar los míos sentí ganas de volver a tomarle la mano. Y pensar que a los catorce años tomarles la mano era suficiente para dejar secuelas en la ropa interior. La dejé que me soltara. "O sea, ¿tipo qué pensaste ahí adentro? ¿Qué pretendías, güey? ¿Qué pasó?" "No sé qué pasó, sentí escalofríos en todo mi cuerpo, luego calambres y de pronto me paré bruscamente y grité: ¡Tranquilos, raza! No quería lastimar a nadie. Al contrario sólo quería de su ayuda, quería unas respuestas". "O sea, ¿cómo?, ¿querías unas respuestas al hacer una exclamación, güey? ¿Qué rollo contigo? Cuando uno quiere respuestas, uno hace preguntas no exclamaciones. Cuando uno quiere ser escuchado va con psicólogos, psiquiatras o así. Si te da vergüenza ir con uno de aquí de la colonia, yo te puedo conseguir los datos de unos de Houston y otros de Nueva York que incluso hablan en español, son mexicanos, de hecho. Uno no se arranca a mil por hora, como un enajenado mental molestando y asustando a todo un Starbucks, güey". "Tienes razón, lo sé. No sé que me pasó en esos momentos y se fue descontrolando todo sin darme cuenta. Una cosa llevo a otra hasta que ya nada estaba ligado, era un caos". "Sí, te entiendo perfecto, así me pasó en mi matrimonio. Ya no sabes qué era el problema inicial cuando fueron surgiendo otros más pequeños, luego, otros tipo más grandes, luego olvidas lo que te molestaba y también olvidas lo que te hacía feliz. Ash, es como si olvidaras la combinación de un candado que habías podido abrir sin problemas durante años y de pronto un día ya no puedes, ya no te acuerdas de cómo era el juego, no te acuerdas de las reglas ni de los motivos para seguirlas, ni del motivo para jugar. Sientes todo weird. No hay diversión en ningún lado, la búsqueda es todo el tiempo. A veces buscas entender, a veces que te entiendan. A veces no buscas ser feliz, sólo quedarte ahí. Es raro entenderte a ti mismo. Y como nunca paras de buscar, entonces la búsqueda se hace monótona; por lo tanto, acaba siendo aburrida, sin sentido, hasta que las repeticiones te hacen que ya no sepas ni que estas buscando y o sea, te pones mal, entonces te acabas enfocando sólo en dar la siguiente respiración". "Wow. ¿Qué pasó contigo Claudia? Lo has descrito perfecto, así me siento muchas veces". Ella sólo sonríe. Ella es diferente hoy. No es como la recordaba, no es la que me había escrito un sin fin de mensajes estúpidos a mi Iphone. Ella piensa ahora diferente; ella había ofrecido con gusto su vida por la mía. "¿Y por qué andas tan filosófica hoy?" "Qué malagradecido y grosero eres". "Tienes razón, te invito una cena especial hoy en mi casa, cocinaré para ti". "¿Es la fiesta gigante que quieres hacer para acabarte las mil botellas que compraste de alcohol?" "No, estaremos sólo tú y yo". "Primero cuéntame: ¿qué preguntas querías que te contestara la gente en el café? ¿Por qué les pedías que estuvieran tranquilos? ¿Tranquilos de qué?" "No te puedo decir". "¿Qué? ¿Así le contestas a quien se atravesó ante ti para salvarte de una bala? Estuve dispuesta a dar mi vida por la tuya, cabrón, y ahora me sales con jaladas de que no me puedes decir". "Es que no me vas a creer o te vas a asustar". Seguimos caminando sobre la Calzada, ya casi llegamos a la calle Río Bravo, a mi departamento. "Es que a ellos no los conocía, no me importaba lo que dijeran o pensaran de mí. Y a ti sí te conozco". "En realidad no me conoces, Luca, crees que soy una fresa que se la pasa sólo haciendo deporte, arreglándose y matando el tiempo con sus amigas. Crees que lo único que me preocupa es traer lo último de Louboutin, Prada o Fendi. Que no hago nada más que ver los catálogos más nuevos de bolsas para estar a la moda. Crees que corro sólo por estar con mis amigas, crees que no soy feliz en mi matrimonio, que siempre le he sido fiel a mi marido, pero estás mal, no todo esto es cierto. Me caes mal cuando pretendes saber todo de mí. Sólo conoces una parte de mí. Además, ¿qué tan profundo hemos llegado en nuestras conversaciones? Es difícil profundizar en el nivel de conversación con alguien que en primera instancia ya me etiquetó como una pendeja, como una pinche fresa sin cerebro. Además te desapareces no sé cuanto tiempo y luego con un simple mensaje esperas que llegue toda cachonda a tiempo a la cita, para sólo verte y decirte: Vámonos a coger ya". "¿Y por eso llegaste tarde adrede, o así eres tú, eh? ¿Y a poco no se te antojaba llegar y decirme sólo eso?" "¡Güey! ¿Qué rollo contigo? Eres un pinche niño egocentrista mal plan. Te acabo de salvar la vida, pendejo, bueno como si te la hubiera salvado, ahora, o sea, sabes que estuve dispuesta a dar mi vida por la tuya y te pones así de mamón. En teoría el vulnerable emocionalmente deberías ser tú y ni un gracias dijiste. Sólo un abrazo, un beso en la mejilla y luego una invitación a coger a tu departamento y el remate: me sales con que no me puedes decir a mí lo que a todo el pinche Starbucks le gritaste a todo pulmón. ¡No manches! ¡Eres un pinche naco!" Y con justa razón da la media vuelta y se va corriendo sobre Calzada. Ah, qué la chingada, está muy complicada esta vida. Hay días iguales en los que no pasa nada y luego hay tardes como ésta. En la misma tarde en la que por primera vez pensé en el prójimo, confirmo que no todos tienen mis poderes, alguien estuvo dispuesta a dar su vida por la mía, descubro que Claudia es mucho más inteligente de lo que pensaba. No soy agradecido y acabo ofendiendo a quien más amor me ha demostrado en toda mi vida. ¡Qué pendejo! Y lo peor es que no tengo capacidad para reaccionar, mi naturaleza de autosabotaje está feliz destruyéndome. Aunque debería alcanzarla, aquí me quedo. Aunque debería pedir perdón, me quedo callado. Aunque debería hacer algo, estoy estático. Por alguna extraña razón podría decir que la mayoría de mí está gozando verla alejándose. Uno menos. Ya empiezo a entender lo pequeño de mi agenda telefónica. Todo lo que toco lo destruyo.

Depa. Dos Heinekens para el susto. Un cigarro para la digestión. Un whisky para el estrés. Tirado en el piso de lo que creo que es al área social menos visitada de todas las casas de la ciudad, viendo al techo blanco marmoleado, jugando a que el tiempo pase. Recapitulo todo lo que me pasó hoy: Brenda, Ferrari, Starbucks, Lucía, pistola, Claudia. Son muchas cosas para un sólo día. Deberían mandármelos más separados.

Necesito a Megan. Un buen cierre para un día como hoy podría ser como dijo ella: revolcarnos en el piso. El Ferrari en esta ciudad, pinche pendejo. ¿Qué te digo? No lo hago por las miradas ni por las mujeres. Es más, no sé ni porque lo hice; ese es mi mayor problema.

Colinas de San Jerónimo, qué bello se ve de aquí la Sierra Madre, esa Eme de Chipinque la quiero como mía. Frente a la casa de Megan, lado izquierdo de la fachada, ya no está la pequeña escalera. Verifico la casa, busco en las de al lado. Todas con rotundas bardas. Toco la puerta de la casa, me abre una viejita de noventa años que apenas puede hablar con su dentadura postiza. "Buenas tardes. Vengo con la doctora Megan". Porta unos lentes bifocales gruesos con tecnología de temperatura de tal forma que a los pocos segundos de estar recibiendo luz solar, se oscurecen como lentes de sol. La señora mueve la quijada de forma rara, tradicional para quien usa dentadura postiza, creo que es en parte para tomar saliva y en parte para pegar bien la dentadura a la encía vieja y evitar que salgan volando esos pedazos de plástico y marfil. Muy despacio me dice: "Aquí, eh, aquí, no vive, eh, ninguna, eh, doctora Meguan". "No Meguan: Megan". "No vive aquí". "¿Alguna doctora vive aquí?" "No, joven". "¿No tiene los datos de a dónde cambió su consultorio?" "No". Batalla para emitir cada palabra, sigue moviendo la quijada y necesita tomar mucho aire para poder decir alguna palabra. Le pregunto lento y fuerte: "¿Hace cuánto que se cambió usted a vivir aquí? "Joven, en esta casa llevo unos cuarenta y creo que aquí voy a morir". ¿Qué? ¡Qué! "¿Con quién vive usted? Entonces usted tiene que conocer a quien hace tiempo tenía un consultorio arriba, al que se entraba por unas escaleras aquí por un lado de la casa. Justo esas dos ventanas que se ven ahí dan a la parte principal del consultorio".

La viejita ahora ya también mueve su cabeza de lado a lado, negando lo que le digo. Cada vez habla con mayor facilidad. "Tengo más de veinticinco años de vivir aquí sola, desde que murió mi madre. Ya no tengo porque darle más información". Luego agitada, me dice: "Me molesta que porque una batalla para hablar, todos crean que también batallo para pensar." En mi desesperación causada por sus respuestas, no capto que es la tercera mujer del día a la que estaba molestando. "Le pido una disculpa señora. Tiene usted razón. ¿Me podría usted ayudar? Estoy seguro que aquí vine varias veces durante años a ver a la doctora Megan. ¿Usted conoce a una doctora, psicóloga, terapeuta, asesora o como le guste nombrar, que se llame Megan?" "No, joven" ¡Qué pasa! "Señora, por favor, necesito de su ayuda". Me hormiguean de ansiedad las manos. "¿Cómo le puedo ayudar?" Y con esos pinches lentes no podía verla, por qué tenía que salir tan moderna la viejita. "¿Se podría quitar sólo unos segundos los lentes para verle la cara completa?" "No, joven, no me pida cosas raras, porque si no pido ayuda de inmediato". Mientras señalaba un botón rojo que colgaba de su collar. Al ver ese botón me di cuenta que no había visto lo elegante que viste. Una mezcla entre la Reina Isabel II y Susan Sarandon. Si no fuera por su dentadura postiza y su dificultad para hablar, ella parecería más joven. "Entonces le pediré algo que no es raro: ¿cuál es su nombre?" Ella sonrió: "Samantha". "¿Qué?" Silencio tan grande que podía escuchar los débiles latidos de su viejo corazón. Y yo que no podía verle sus ojos por esos pinches lentes oscuros. "¿Usted tiene una hija que se llama Samantha?" "No". Y empieza a cerrar la puerta; se aleja cual si un hilo la jalara muy despacio hacia atrás. "Nunca tuve hijos, nunca me casé, nunca me enamoré". "¡No se vaya! ¡Señora! ¡Señora! ¡Samantha!" "Joven, no me haga llamar a la policía. Retírese, por favor". Termina de cerrar la puerta. ¡Así nomás! ¡No mames!

¿Qué sigue en estos pinches casos? ¿A cuál call center tengo que llamar para reportar la falla en el sistema? ¿En dónde presento la queja? Ni de pedo, güey, he venido aquí por años. Megan ya se sabía mis reclamos y discursos.

Me subo al Ferrari, los problemas desde aquí no cambian. Doy varias vueltas a las calles y cuadras alrededor, yo no tengo dudas. Todo es igual, sólo falta la escalera exterior por un lado de la casa de la viejita para poder subir al segundo piso, al consultorio de Megan.

De regreso a mi casa, mismo tráfico, mismo caos, mismas miserias. Recuerdo que la última vez que fui a ver a Megan, al regresar, llegué a un pequeño altar en Morones Prieto, por la Colonia del Carmen. Así que, aunque aquella vez no sirvió de nada, aquí voy de nuevo. Mi Ferrari contrasta con una pesera y un tráiler que carga placas de acero. Los dos choferes están frente al altar. Es tan chico el altar que no sé si unirme a ellos, esperar atrás, o de plano esperar cerca de mi carro para no interferir en sus oraciones. No fuera a ser que las oraciones se revuelvan y luego allá arriba se confundan mis peticiones con las de ellos y nos lleguen los beneficios cruzados a todos. Decido esperar recargado en mi carro. Me caga que me volteen a ver tanto, soy el mismo pendejo que antes traía un Jeta noventa y cuatro despintado, tengo los mismos miedos y soy igual de bueno en la cama que lo que era en aquel entonces. Los dos choferes siguen en trance rezándole a la Virgen de Guadalupe y yo cada segundo que pasa me siento más fuera de lugar. Mi presencia aquí no tiene nada que ver con ningún tipo de fe o esperanza, es más un reto. Por fin se van y me dejan el altar todo para mí. San Juan Bautista de La Salle, ruega por nosotros. Apenas me voy a hincar e intentar rezar algo cuando suena el bip de mensaje en mi celular. Y cual presidente de una transnacional que tiene miles decisiones por tomar en cada hora, como si tuviera una infinidad de cosas por hacer o amigos que atender, no me aguanto las ganas y veo el mensaje de texto: *Al lado del camino de Fito Páez, checa tu Iphone*. El remitente, ya sabes quién era. ¿Rezo o pongo la música? Ya estoy hincado, pues deja darle algo rápido, al cabo ya me queda muy claro que no es proporcional las bendiciones contra el tiempo invertido en oraciones, quizá depende de mi humor o depende si todo lo que nos hicieron rezar los Lasallistas cuenta, aunque no supiéramos que estuviéramos rezando, o aunque rezáramos sin querer. ¿Estará mal que ponga la música que me mandaron aquí justo en el altar? Deberían tocar rock en las iglesias.

Rezo un Ángel de la Guarda y un Dulce Madre y vámonos. Voy caminando hacia el carro, y pongo la canción de Fito. ¡No mames!, ¡Ya cabrones! Ya no quiero torturas así, ya no quiero no saber qué pedo con nada. No quiero más tormentos. ¡Ayúdame, Fito! No quiero estar vivo y enterrado, ya no quiero hacerme daño, quiero que me perdonen, ya no quiero enemigos. Ya no quiero estar al lado, quiero correr sobre el camino. Ya no quiero sentir espíritus malignos, Fito, quiero sentir el golpe de la vida, quiero gozar el peligro de estar vivo. Casi al terminar la canción, me doy cuenta que estoy acostado en el suelo junto a mi carro, lleno de tierra y llorando, revolcándome en llanto, tierra y gritos de angustia y ansiedad. Empieza a llover. Ni al caso que lloviera, ni nublado estaba minutos antes, ni había lavado mi auto. Siento mucho dolor al hacerlo. Es doloroso permitirme sentirme perdedor ante el dolor y dejarlo hacerme llorar así como pinche nena. Se acaba la canción de Fito, a quien en estos momentos le tengo más coraje que agradecimiento. No sabía que llorar era tan extenuante: pierdes por todos lados. No lo encuentro liberador. Lo bueno es que nadie me ve. "¿Se encuentra usted bien, joven?" Por la parte de atrás del carro, del lado de la avenida, está éste señor. Apenas escucho su voz, ya que el ruido de la lluvia es muy fuerte. Sólo aprecio su silueta, la lluvia es tan fuerte que no puedo verle la cara, trae una boina de tela oscura. De inmediato dejo de llorar, de gemir como pinche maricón, y como puedo me pongo de pie. Débil por mi trance, trastabilleo, luego me resbalo hacia un lado al quererme apoyar sobre el cofre de mi auto. Llueve con coraje. Caigo de boca hacia el piso, mi ropa enlodada, piso de tierra, de esa ligera, como talco café. Inmóvil en el lodo. "Estoy bien, gracias". Sesenta y dos segundos después puedo juntar fuerzas para doblar las piernas, rodillas al piso, estirar mis brazos, manos al piso y tratar de levantarme. El señor se acerca unos pasos más; ya sólo está a tres pasos de mí, la lluvia y la bruma son tan fuertes que sólo aprecio su silueta. Trae una gabardina de tela color verde. "¿Por qué me habló en italiano?" "¿Se encuentra usted bien?" "Ya le dije que estoy bien, gracias. Ya se puede retirar". Pero no se mueve, entonces me muevo yo. "Sólo lo quería ayudar joven, no tenga miedo". "No tengo miedo, no necesito su ayuda, ¿y por qué chingados me sigue hablando en italiano?" Doy un paso más, recargado sobre mi carro y tratando de no resbalarme en el lodo. Me meto al auto. El señor se queda estático, prendo el auto, reversa lenta y adiós. Adiós altar, señor, lodazal, fe y esperanza.

No sabía que al llorar me dolería así el estómago y el pecho. Entro a mi depa, dos pasos adentro. "¿Señito? ¿Alfred? ¿Batman?" No mames: nadie. ¿Me baño, me emborracho o me quedo aquí sin hacer nada? Me quito la ropa, me quedo en calzones y me tomo dos vasos de whisky, para la resfriada. Reviéntame la madre música pinche, me vale una chingada, reviéntame la madre pinche destino me vale madre, reviéntenme la madre todos me vale madre, me vale madre todo, ¡chinguen a su madre todos, pinches putos! Me voy hacia mi arsenal de alcohol y empiezo a romper las cajas de todo lo que ahí está. Adiós alcohol, adiós fiesta. Quiebro botellas de Johnny Walker, Heinekens, tequila, vino tinto, de cuanta madre hay aquí. Abro los refrigeradores donde tengo mis doscientas cuarenta y ocho botellas de vino y rompo cada una de ellas, lanzándolas contra el piso y paredes. Vidrios volando por el aire, mezclándose con ráfagas de vino tinto. Nadie llega a mi rescate mientras rompo cartones, cristales. Tomo de algunas botellas. No entiendo que pinche música suena, ni quien chingados la puso, nadie llega a salvarme, ni a verme. Ni siquiera a burlarse de mí. Varias botellas contra el piano. La sangre de cortadas en las manos y pies se mezcla en el piso con el color del whisky y ron. Practico mis golpes de boxeo sobre las cajas de cartón, tomo lo que puedo, golpeo lo que sea. Mi paladar está tan perturbado que, sea ron de algún pirata caribeño o bien whisky de algún caballero inglés, a mí me saben igual. Grito, reclamo, ya no lloro, ahora es puro coraje. De fondo se escucha *Cold Goodbyes* de *The Holy Mess*. ¡Me vale madre! Brinco, me la hago de pedo a mí mismo, se la hago de pedo a la vida, se la hago de pedo a Dios, al destino o a cualquier otro poder sobrenatural y nadie me contesta; nadie quiere venir a darse de chingadazos conmigo. Lanzo puñetazos al aire, puesto que ya no hay cajas que romper. Me resbalo muchas veces; ya no sólo tengo cortadas en los pies y manos: ahora también en las piernas, pecho y nalgas. Las paredes manchadas de líquido de diversos colores, alcohol por todos lados, la teclas rotas del piano y cubiertas de vino tinto, champagne, la cubierta rayada y con trozos de cristales encima, y mi última buena idea de hoy es prender un cigarro, ¿qué tanto mal me puede hacer un cigarro? Y aquí, empapado en diversos alcoholes, parado en charcos de alcohol, prendo mi cigarro. Al soltar las primeras cenizas… ¡Fuuu! En un instante hay grandes llamas frente a mí, parece que bailaban conmigo. El olor a alcoholes quemándose es delicioso, el olor de la madera del piano me recuerda fogatas infantiles. ¿Así es la entrada al infierno? Toda el área llena de llamas de piso a techo. Hasta que el calor me llega, me abraza y adiós. Síguela armando de pedo. Adiós, cabrón.

Me veo caer, me veo de arriba, como si yo me saliera de mi cuerpo y de unos dos metros de altura veo toda la escena donde caigo en medio de las llamas. Caigo al piso sobre vidrios, sangre, alcohol. Luego otro blackout, no veo nada. Es como si flotara, no huelo; de hecho no siento mi cuerpo, no veo y no puedo mover nada. No huelo a quemado, ni a alcohol. No escucho nada. Me siento como un alma. No me encuentro a mí. No encuentro mi cuerpo. Confusión. No sé que me toca hacer: haz de cuenta que estás en un cuarto oscuro en el que no ves ni tu mano si la pusieras frente a ti, además hay una sensación de vacío, ya que no siento tener peso. Imagina un ejercicio de la NASA en gravedad cero con el cuarto oscuro.

No hay ningún tipo de percepción ni de sensación. Lo único que tengo son mis pensamientos y de eso ya he tenido mucho. Ya no se la puede hacer de pedo uno a nadie, porque luego pasan estas pinches cosas raras. Ok: ya entendí. Ya prendan la pinche luz. Ya valí madres. No te puedo decir cuánto tiempo ha pasado, porque no sé cómo medirlo. Ha de haber sido mucho porque pasé del reclamo al reto, resignación, arrepentimiento y, por fin, al aprendizaje. Es un círculo que nunca había recorrido en su totalidad.

No tengo ningún sentimiento ni sensación, hasta que de pronto, recuerda que ese de pronto pudo haber sido años o quizá solo segundos, inicio a escuchar muy a lo lejos una hermosa música del CD de *Cut the World* de *Antony & The Johnsons*. Intento gritar, no logro hacer nada. Sólo pienso en gritar. No puedo accionar nada. Escucho a lo lejos la música. Siempre he temido a quedarme encerrado, tengo traumas claustrofóbicos y justo ahorita ya empiezo a sentir el ansia de no poder hacer nada. Quizá estoy encerrando en una caja pequeña de madera.

Al menos ya siento algo, aunque sea ansia. La música sigue sonando muy a lo lejos y el ansia la siento muy cercana, tengo que conformarme con estos dos sucesos, oír y sentir algo. Violonchelos, violines, pianos pareciera ser un ambiente pacífico, de pronto se escuchan algunos gritos: "Nooo" acompañados por ráfagas de viento que no siento sólo escucho. El sonido del viento viene de arriba, o lo que creo que es arriba y termina en lo que creo que es abajo. El sonido de la música lo escucho lejano, en lo que creo que es mi lado izquierdo. Creo que van cinco canciones de ese grupo, o de quien este tocando. ¿Es la música del cielo? ¿Estoy haciendo fila para ver si me dejan entrar?

O sea en una misma tarde lloré en forma por primera vez, luego sentí el infierno al ver las llamas y ahora pareciera que estoy en fila para entrar al cielo. Además ese día me compré un Ferrari, ligué con Brenda, pelee como el mejor, disfruté tomarle la mano a Claudia. No mames; sólo me faltó sexo. Ok, ok, está bien, ya voy, aquí si te lo puedo reconocer, nada más me faltó amor, aunque fuera un pinche puto gramo de amor. Pinche don Stefano; tenía toda la razón.

Al menos con la música puedo contabilizar de alguna forma el tiempo que pasa y mientras dura la canción en lo que creo que es mi mente, cuento, según yo, para determinar cuanto tiempo pasa. Lo malo es que la música para al llegar al veinte. No me hagas preguntas, yo entiendo menos. Entonces ya dejo de contar, prefiero escuchar la música. Ni mi respiración siento; no encuentro alguna referencia más para ubicar el tiempo. Ya no estoy tan ansioso, lo cual es bueno. Ahora sólo escucho, espero que no sea música en vivo porque si no al rato se van a cansar. ¡Ya valió madre! Ahora se escucha un arpa acompañada de un piano. ¡Se escuchan más cerca! ¿Entonces sí me morí? ¿Entonces sí fui bueno como para que me dejen entrar a lo que llaman cielo? No sé si alegrarme por no estar en el infierno o alegrarme por estar entrando al cielo, creo. O si ponerme triste por qué me morí.

¡Cabrón! Alguien apiádese de mí y déme una explicación ¿Estoy en mi ataúd? No quiero ver, no quiero saber quién iría a mi sepelio. Como que es algo de lo que no nos preocupamos, para ese entonces ya nos debe de valer madre todo, ¿no? Pues no. Ahorita me da pena; no quiero averiguar ni que nadie averigüe quién fue a mi sepelio. No va ir nadie; si acaso Rafa con cargo de conciencia por lo que me hizo en el hipódromo. Quizá también iría la señito de mi depa, que pinchemente no me sé su nombre. ¡No! ¡Paren la música! Ahora se escuchan más cerca tambores acompañando a flautas angelicales. ¡No! ¡Paren! ¡No me quiero morir! Los tambores más cerca, a lo *Cut The World, Kiss My Name* de *Antony & The Johnsons*, también más cerca los ocasionales gritos de desesperación, "Noo", y escucho más fuerte las ráfagas de viento que los acompañan, juraría que alguien pasa a mi lado cayendo.

No quiero ver nada, siguen los gritos, las ráfagas. Estoy seguro que no me quiero morir. No quiero ser enjuiciado ahorita. No hice nada bueno allá abajo, suponiendo que ahorita estoy arriba; es más, con tristeza puedo asegurar que no hice nada, deambulé a lo pendejo. Por primera vez en mi vida siento el miedo de verdad. Qué fuerte y dura sensación es el miedo, ahora entiendo tantas cosas. Ahora entiendo a esas gentes que se quedaron atoradas en algún miedo, y toda la vida la vivieron así, si es que sea posible decir que la vivieron, mejor dicho pasaron su vida muriendo con miedo, dieron cada respiración con miedo a que esa fuera la última, cerraron los ojos cada noche con miedo de que jamás despertaran, entraron a cada alberca pensando que ahí podían morir, acamparon en cada bosque pensando que algo entre una culebra y un oso les truncaría sus vidas, veían por la noche la estufa de su casa con miedo que tuviera una fuga de gas que los mataría minutos después de caer dormidos. Cada vez que cerraban los pasadores de las puertas de sus casas pensaban en quién podía romperlas para entrar a robarles. Cada vez que dejaban sus casas, veían a todos lados con temor a ser asaltados. No amaban por temor a sentir el dolor del rechazo. No viajaban porque podía pasarles algo. Les molían la comida a sus hijos hasta los diez años por temor a que ellos murieran asfixiados por alimento atorado en sus gargantas. Jamás se metieron a algún mar porque podían morir ahogados o ser presas de algún ataque mortal de un maléfico animal marino. No hablaban jamás con extraños, porque era peligroso. Cada vez que sus hijos salían de sus hogares, los llenaban de agua bendita, dos persignadas rápidas al despedirse y el camino a la escuela lo pasaban rezando misterios del Rosario para pedir protección ante tanta maldad de este mundo, de este valle de lágrimas. Pasaban tiempo en sus iglesias con cara de arrepentimiento y sufrimiento por el pasado, y se mortificaban por el futuro en lugar de estar con cara de agradecimiento y gozo por el presente. Seguían a escondidas a sus hijos mayores para estar seguros de que no les pasara nada. Se quedaron sin amigos porque nunca salían de noche, ya que la noche no es de Dios y nunca cosas buenas pasan en ella. Portaban un gel todo el tiempo para lavar sus manos y no contagiarse de bacterias mortales. No comían en restaurantes por temor a que le pusieran algo malo a sus comidas, o que no estuvieran preparadas con higiene. Nunca tuvieron sexo con extraños, nunca sexo casual, menos oral. Nunca un orgasmo, por miedo a sentir tanto en sus cuerpos. Una misma pareja todo el tiempo. Nunca confiaron en los preservativos. Todo el tiempo llamaban a sus seres queridos con el único fin de ver si se encontraban bien, si no les había pasado nada. Nunca rebasaron a un auto, ya que algún accidente podía suceder. No veían todo lo que tenían para ser felices, por estar cegados por los miedos. Cada día era una guerra entre el tiempo,

173

la segura tragedia que estaba por suceder y la preocupación de cómo la tragedia atacaría a la familia, ¿Quién era el ganador?, era la pregunta en su muy pequeño lado consciente que les quedaba a sus cerebros. Ganaba la tristeza, la desesperanza y el miedo: la Malvada Trinidad.

Que bueno que no sentí el miedo antes; qué fuerte sentimiento; qué fuerte monstruo de mil cabezas. Vuelvo a sentir cosas: miedo, ansia, claustrofobia. Quizá ni encerrado esté, capaz que jamás había sido tan libre, capaz que jamás había estado en una inmensidad tan grande que causa que ni me sienta a mí mismo, y con mi obvia humana terquedad, me sienta encerrado. ¡Pareen! ¡Paren los pinches tambores! ¡No quiero juicios ahorita! ¡No tengo nada bueno que responder! ¡No quiero morir! El redoble de los tambores cada vez es más militar, más fuerte; con más odio se escuchan los baquetazos. Ya casi no percibo lo violines ni el arpa, solo tambores, gritos y ráfagas de aire, gente, almas o cosas que caen muy muy lejos de aquí. ¡No veo nada! ¡No veo nada! Pudiera jurar que los tambores están ahora a mi lado, pudiera jurar que alguien me está viendo y apuntando. A lo lejos un pacífico chelo toca notas lentas, escucho que alguien susurra "Luca Treviño" ¡Noooo! ¡No quiero morir! Los tambores más fuertes, ahora entran coros angelicales. ¿Me dejas que ponga angelicales? Imagina una iglesia con coro de música Góspel. ¡Aaaahhhhh! ¡Déjenme hablar! De forma abrupta un silencio celestial. Que ansia: no veo nada. Ya valí madre. Siento que me señalan, ya no tengo miedo, tengo ansia, quiero hablar. ¡Quiero vivir! Se empieza a escuchar música de ángeles y serafines con trompetas; siento una muy suave y leve corriente de aire en mi cara, con un hermoso olor entre lavanda, vainilla y coco. La música es alegre, empiezo a sentir que avanzo, a pesar de que no veo nada, creo que así pasaron como ocho canciones, hasta que de pronto a lo lejos empiezo a ver una pequeña luz. ¡No! ¡No! No mames, no me quiero morir, me acerco yo a la luz o quizá ella a mí; tengo a la luz a diez pasos. Ahí se detiene como si fuera una puerta al final de un túnel. ¿Qué hago? ¿Aquí me espero? ¿Tú que harías?

No sé si morí sin hacer una chingada en mi vida, sin sentir, dar, amar, o bien me han dado una oportunidad, y voy de regreso a la vida, al mundo, con Inés. No mames: claro que me debí coger a Salma, le hubiera dicho lo que fuera, aceptado cualquier cosa, ¿cómo dejé ir esa oportunidad? Capaz que por eso: por pendejo, ahorita ya me gané la entrada al cielo. O quizá es la entrada al infierno y sólo que no es como nos lo han platicado. O quizá el mundo es el infierno. Sigue la música, me atrevo a decir que es alegre: es celestial. Alguien sí está feliz, quizá, de ver mi sufrimiento. No puedo verme, no puedo sentir mi cuerpo. Los olores agradables se fueron. Ahora hay una sensación nueva: humedad. O capaz que esto ha sido un reality show, y al cruzar esa puerta saldré al mundo real, tú mundo, y el juego terminaría en ese momento. Cuando era niño muchas veces escuché decir al Padre Méndez, de Santa Engracia, que los pecados podían ser de pensamiento, palabra, obra u omisión. Siempre se me hacía injusta esa medición; me sentía acorralado a tratar de descifrar ante cierta situación por qué lado sería medido. Parecía que todo era pecado. Si esta puerta es el acceso al cielo, no entiendo qué es lo que me hizo estar aquí a punto de entrar a la vida eterna, que por cierto espero que ahí se puedan hacer cosas divertidas, adicionales a sólo caminar descalzo sobre bellos jardines, conversando con gente desconocida todos vestidos de blanco. Fuera de abstenerme de cogerme a Salma, no encuentro algo que pudieran los de arriba calificarme como buen comportamiento, nunca hice algo por mi prójimo. Sólo me la pasé viendo por mí todo el tiempo. Si alguna vez ayudé a alguien fue por suerte ¿No venden chips que al insertarlos en mi cuerpo obtenga ciertos conocimientos? Yo quiero el chip del piano. La luz que se ve es tentadora y hasta hipnotizadora; no me aguanto más y empiezo a moverme, o el equivalente, hacia el final del túnel. No encuentro algo peor que me pueda pasar.

Me muevo, lo que sea que suceda, será mejor de lo que me ha sucedido. Además no aguanto más en esta materia, estado o forma extraña en la que estoy. Llego a la puerta y del otro lado no puedo ver nada, es un brillo absoluto. Sólo siento más viento, tengo que moverme, tengo que avanzar y avanzo, creo hacer lo equivalente a un brinco. Oigo corrientes de aire, siento moverme a gran velocidad, nada me duele, la luz cada vez es más brillante, me molesta en lo que serían mis ojos, hasta que los siento, hasta que me hace parpadear. Parpadeo, parpadeo, parpadeo y de pronto muy despacio abro mis ojos. Estoy acostado en un cuarto, cuatro paredes blancas, un pequeño sillón de piel café en un lado, abajo de una ventana. Del otro lado de la cama un buró simple, con un cajón. Arriba del buró un pequeño recipiente de plástico y en él un termómetro. En una esquina, una televisión y al lado de ésta, un pequeño lavabo. En el lavabo unas pequeñas bocinas Bose, que tocan una música que no puedo reconocer. Sólo un pequeño florero con una gerbera color naranja al lado de las bocinas. En mi brazo derecho, cerca de la muñeca, un catéter directo a mi vena; al lado de la cama un artefacto que parece un perchero, de ahí cuelga una bolsa de plástico que contiene un líquido que va directo a mi vena. En mi índice derecho, un artefacto que oprime la punta de mi dedo. En mi pecho diversos cables conectados a una pequeña máquina que también está a mi lado derecho, la cual emite un rítmico bip, bip, bip. Su pantalla muestra algunos números: 120-80 / 62. Apenas termino de dar mi recorrido visual, entra una enfermera y me ve con una cara mitad de incredulidad y mitad de alegría. Se queda parada junto a la cama y con sus manos unidas frente a su boca: "¡Joven! ¡Joven! ¡Qué alegría verlo! ¡Bendito Dios!" Nunca había visto a una enfermera sentir algo, dicen que siempre hay una primera vez. Ella está emocionada y feliz, como si me conociera. Se acerca a checar el catéter, la bolsa con líquido y la máquina a la cual le oprime varios botones. Sigo descubriendo cosas con mi vista, ahora veo mi cuerpo y hay pequeñas cicatrices en mis piernas, brazos y pecho. No están tan grandes como pensé, tampoco se ven tan recientes. Algunas zonas de un costado de mi cuerpo están rojas. Intento hablarle a la enfermera, quien trae un gafete que dice: *Mi nombre es Juanita*. Sólo que no puedo hablar. Empiezo a retorcerme, a gemir y a mover lento mi brazo izquierdo para tratar de tocarme la boca, descubro que moverme es bastante doloroso. Juanita me ayuda, para que yo logre tocar mi cara y descubro que tengo un tubo metido en mi boca por lo que no puedo hablar. "Es una intubación endotraqueal; está conectado a un respirador". Me dice que ella no puede desconectarme de la máquina; tiene que avisar a mi doctor. Con los ojos le clamo que lo haga y con mi brazo pido algo para escribir. Me quedo solo en el cuarto. Giro mi cabeza a la izquierda y por la ventana puedo ver directo a la Sierra Madre Oriental, mi montaña, mi Eme, mi Chipinque. De nuevo veo esos extraños reflejos distribuidos en todos los cañones de la sierra, como si alguien los manipulara para enviarme un mensaje. Menos mal tengo esta vista. Vuelve Juanita diciendo que pronto vendrá un doctor. Ella trae una tabla donde apunta datos que obtiene de las máquinas a mi lado. Yo quiero una tabla para escribir. Insisto con mi mano derecha pidiendo algo para escribir. Quiero verme, quiero ver mi cara.

Unos minutos más y llega de nuevo Juanita, ahora acompañada de cuatro enfermeras más; cuando las escuché aproximarse pensé que venían mínimo diez mujeres hablando por el nivel de murmullos que generaron, sólo son cinco. Todas me ven con una enorme cara de felicidad. Aquí tengo a cinco enfermeras del Hospital San José de Monterrey, alineadas frente a mí cama, todas viéndome con una enorme felicidad. Una saca un pequeño Rosario de una bolsa frontal de su chaleco azul, con el Rosario en la mano se persigna dos veces y pone su mirada al cielo, bueno en este caso su mirada al techo del cuarto "Gracias, Dios Sacramentado", dice llena de fervor. La misma enfermera del Rosario, saca un pequeño frasco de plástico con agua bendita de la bolsa de su blanco pantalón, moja sus dedos y se acerca a mí. Con su mirada me pide permiso, con mi mirada se lo doy. Me hace la señal de la cruz en mi frente, boca y pecho, una persignada completa con sus dedos húmedos de agua bendita. Insisto yo con mi mano derecha haciendo como si empuñara un lápiz y moviendo de lado a lado mi puño semicerrado. Quiero escribir. "Ándale Toñita; ve por el pizarrón", apura una a Toñita, quien de inmediato gira y sale del cuarto. Las demás me siguen viendo felices, como si yo no las escuchara. Fui dándome cuenta de que podía mover mis piernas, todo mi cuerpo. Por fin aparece Toñita con un pizarrón blanco tamaño carta con un cordón y al final del mismo un plumón azul y pegado por atrás un borrador. Me lo entrega y lo primero que escribo: *¿Mi nombre es Luca?* Todas sorprendidas se voltean a ver, cuchichean entre ellas, como si yo no las pudiera oír, y luego todas asienten con sus cabezas sin decir nada.

De nuevo escribo: *Díganme la verdad.* Y algunas de ellas contestaron: "Sí: su nombre es Luca". Luego una de ellas dice: "Mejor esperemos a que llegue el doctor o la señora para que con ellos platique". *¡No!* pongo en el pizarrón. *¿Qué, señora?* Gimo lo más fuerte que puedo y escribo: *¡Un espejo!*

Todas se apresuran a retirarse y sólo se queda Juanita, quién de un cajón abajo del lavabo saca un pequeño espejo. ¿Quién estará en el reflejo? ¿Ahora quién seré? Con el espejo en la mano, respiro hondo. No me toma mucho tiempo reunir el valor para verme, después del proceso amorfo del que venía, todo esto es mucho mejor. Quien quiera que sea, espero ser más feliz que el que era. Veo mi cara, es la misma de siempre, la que es hermosa para las mujeres. Tengo algunas cortadas y cicatrices. Trato de verme por cuatro segundos, 1, 2, 3, 4 y nada, nunca me he podido ver. Al voltear a ver a Juanita no quise probar en ella. Luego escribo en el pizarrón: *¿Cuál es mi apellido?* Juanita suspira; me pide el pizarrón para escribirme, me niego a soltarlo. Sólo escribo: *Yo sí escucho.* Se apena, sonríe con torpeza, se sonroja un poco y me dice: "Ay, joven: su apellido es Treviño". Suspiro, sonrío y luego lloro dos lágrimas. Ella acaricia mi frente, tratando de acomodar mi cabello y se retira del cuarto.

De momento no necesito saber más. Volteo a la ventana; es la mejor montaña del mundo. ¿Qué ciudad tiene un montaña tan bella en medio de ella? Las bocinas siguen reproduciendo música; es buena, aunque no la reconozco.

Me quedo dormido viendo la sierra, los reflejos, hasta que alguien me mueve el brazo. "Discúlpeme, joven: tengo que tomarle la temperatura". Es una enfermera y atrás de ella un doctor y atrás del doctor tres jóvenes más con batas blancas. Con un tono ceremonial me dice el doctor: "¿Cómo está?" Contesto levantando mi pulgar derecho. "Tenía usted muy pocas probabilidades de salir del estado comatoso". Levanto mis hombros en respuesta. "Al parecer se encuentra todo bien. Vamos a monitorearlo durante unas horas más antes de proceder a quitarle la intubación endotraqueal y el respirador. Mañana analizaremos qué pasa con sus cuerdas vocales". Asiento con mi cabeza. El doctor no se ve feliz de verme; ha de ser abrumador ver cómo gente muere y ver cómo gente despierta de comas con mal pronóstico. No tengo las fuerzas para verle a él, me encantaría ayudarle de alguna forma. Creo que para él sólo soy un número de cama más. No creo que sepa mi nombre; sólo soy algo a lo que se le puede hacer procedimientos. "Ante la ausencia de algún familiar, tendrá usted que firmarnos algunos papeles en dónde nos autoriza a desconectarle el respirador que en éste tiempo lo mantuvo con vida". Le firmo lo que quiera, pensé. Asentí. Ya empezaron las malas noticias: ausencia de algún familiar, no mames. Luego el doctor dice: "Nunca nos había tocado un paciente al que nadie viniera a visitar en tanto tiempo. Intentamos buscar a familiares por muchos medios y no encontramos nada. ¿En serio no tiene algún familiar?" ¿Y qué chingados quiere que le diga? pensé. No supe si su comentario era una broma en la que todos nos teníamos que reír al final; qué bueno que ahorita no puedo hablar "¿Tiene alguna duda?". Después de que me ha dado en la madre no tengo ganas de hablar con él, pero no tengo muchas opciones y escribo: *¿Qué pasó?* "Fue rescatado de un incendio en su departamento, con quemaduras de primer grado en treinta y seis por ciento de su cuerpo. Una caída le ocasionó un traumatismo craneoencefálico severo con fractura lineal en el lóbulo parietal derecho, más un edema cerebral severo. Tenía múltiples heridas superficiales y áreas de equimosis en la cara. Llegó aquí en estado de coma profundo. Al momento de hacerle la intubación endotraqueal le dañamos sus cuerdas vocales; seguiremos analizando la recuperación de las mismas. Basándonos en el tipo de incendio que nos reportaron, y el lugar en donde usted estuvo, su cuerpo debería tener quemaduras de tercer grado. Sólo tenía quemaduras de primer grado; pareciera que a su cuerpo no lo dañó el calor. La fractura del cráneo sanó increíblemente en sólo dos días; para nuestra sorpresa, no vimos ningún rastro. En los análisis de sangre que se le hicieron al llegar no mostraba nada de alcohol, contrario a lo que se esperaba según la descripción del lugar del accidente que brindaron los rescatistas. Al día de hoy todos sus análisis de sangre siguen en rangos normales. Se le realizaron diversos tacs para evaluar la extensión del daño en su cerebro, no hay marcas de daño. Sólo le faltaba salir del estado de coma en el que estaba. Jamás había visto a alguien de treinta y ocho años con esta recuperación. Jamás había visto algo así. Los rescatistas que llegaron a su hogar reportaron que una mujer fue la que los llamó, ella fue quién estaba con usted afuera de su departamento, al parecer ella lo había sacado, al parecer ella lo salvó" *¿Cuánto tiempo llevo aquí?* "Cuatro meses". *¿Quién paga los gastos?* "Esa información a mi no me compete" El doctor les dice: "Realicen la papelería para que la firme el paciente y hacer el procedimiento en la noche. Ya le pueden avisar a la señora". Se retiran y yo gimo para que Juanita voltee. Y ella voltea; hasta parece que ya me conoce. Llega a mi lado y escribo: *¿Cuál señora? ¿Estoy casado?* En este momento reconozco la música que está sonando es el CD de Ben Taylor, *Listening*, Juanita sonríe llena de ternura y me dice: "Joven Luca: no estoy autorizada para decirle nada de eso. Puedo perder mi trabajo. Nos hicieron firmar un contrato de confidencialidad especial para su caso". Frunzo mi ceño lo más que puedo tratando de manifestar toda la sorpresa que tengo al oír eso; pujo con la mayor fuerza que puedo. Muevo mi cabeza de abajo hacia arriba, como preguntando el por qué "No joven, no puedo decirle más" mientras ella mueve su cabeza de lado a lado. Muevo mi cabeza todo lo que puedo hacia atrás hasta arquear mi cuerpo un poco. Ruego con mi mirada y la hago dudar. Ella puede ver la ansiedad en mi mirada, y yo no tengo fuerza para verla y obtener lo que quiero. No puedo contar los cuatro segundos manteniendo fija la vista. Duda un poco y se va.

Sobre la cama me quedo con el espejo, el pizarrón; me quedo conmigo. En la televisión sin volumen está SportsCenter de ESPN. Escribo en el pizarrón mi siguiente pregunta: *¿Dónde está mi Iphone?* Vuelvo a ver los reflejos en las faldas de la Sierra Madre. Ahora contesto con mi espejo. Debería inventar el idioma de los reflejos. Veo que entre las sábanas hay un botón rojo; lo oprimo, una voz de alguna bocina atrás de la cabecera me pregunta "¿Si? ¿Qué se le ofrece?" ¡Chingados que no puedo hablar! ¿Cómo quiere que le conteste? Sólo gimo lo más fuerte que puedo, esperando causar alguna preocupación para que Juanita, Toñita o quien sea se dé una vuelta para intentar obtener más información.

Al menos este turno de enfermeras sí es profesional, y unos minutos después, mientras suena la canción *Burning Bridges* del mismo disco de Ben Taylor, llega de nuevo Juanita. Le enseño el pizarrón con la pregunta que ya había escrito. "Creo que lo tiene la señora". Cierro los ojos y suspiro con ansiedad, abro mis manos lo más que puedo como si gritara reclamándole más información. "Sólo le voy a decir esto para que se calme y ya no se me acelere, para que lo puedan desconectar al rato y no le tengan que inyectar ningún calmante. Sólo que no le podrá decir a nadie que yo se lo dije". Por la bocina se escucha: "Te estoy oyendo Juanita; no le digas". "Chta, Toñita: no sea metiche y déjeme calmar al joven. Se me calla usted y le apaga a la bocina de inmediato, que yo también le sé muchos secretos a usted. Cállese ya, Antonia". Le agradezco con la mirada a mi Juanita; ya la empiezo a querer. Ahora resulta que así de fácil ya empiezo a querer a personas. Escribo: *Por favor dime*. "No conocemos toda la historia; sólo sabemos que tuvo un incendio en su departamento. Una señora viene todas las noches de los martes, miércoles y jueves. Al parecer ella lo salvó. Cada martes y cada jueves trae una flor naranja, como la que está ahorita ahí en el florero; no sé cómo se llama la flor, siempre es igual de brillante. Todos los días que viene trae un pequeño aparato, que parece clip, Toñita dice que se llama uoesebé o algo así, y lo conecta a esas bocinas que están en el lavabo y le deja siempre música diferente sonando a medio volumen. Estamos amenazadas; Dios nos libre si le quitamos la música o le cambiamos al canal de deportes, aunque no tenga volumen la televisión. Cada vez que viene pasa aquí tres horas. Parece relojito: siempre de ocho a once de la noche. Ella lo peina, le limpia la cara y a veces también le habla, aunque la mayor parte del tiempo sólo lo acompaña en silencio. Pocas veces le hemos escuchado su voz, sólo las primeras veces que vino" El disco de Ben Taylor ya va en la canción once, *Next Time Around* y yo ya llevo doce lágrimas. No puedo creer que alguien sienta algo por mí, tanto como para hacer eso por mí. Mi pecho lo siento lleno de aire, de sentimiento, deseoso de explotar en llanto. La lágrima trece no sale y le extiendo la mano a Juanita. Por primera vez sé de alguien que me quiere. Mucho más que mis doce lágrimas iniciales corren ahora por mi cara. Mis brazos tiemblan, mi cuerpo está sufriendo y disfrutando este llanto. Juanita me ve llena de ternura, y cuándo toma mi mano, se une a mi club de lágrimas. Como puedo, escribo: *¿Inés?* Juanita, con cara de sorpresa, me suelta la mano de inmediato, se seca las lágrimas, da un jalón a su garganta tragando algunos mocos y me dice: "¡No!" Su cara está llena de sorpresa e indignación. Ahora yo te pregunto cómo madres me va a enjuiciar si voy saliendo de cuatro o seis o no sé cuántos meses dijo el doctor de estar en coma. Ya los dos dejamos de llorar al sentirnos uno atacado, otra defraudada. Ahora escribo: *¿Esa señora es mi esposa?* Juanita sólo niega con la cabeza. Como si la hubiera defraudado; asumió que yo era una buena persona. Como cuando se asume que quien muere era buena persona. "No es su esposa, no se llama Inés. No se supone que yo deba saber cómo se llama ella. Todas supimos por accidente. La familia de esa señora es la dueña del hospital. No le puedo decir su nombre. Ya confórmese con saber que usted no está casado" Juanita ahora está enojada conmigo, siente que la defraudé al haber escrito otro nombre. Sigo alejando a los que empiezo a querer. Escribo suplicando con todo mi cuerpo *¿Quién es ella?* "No le puedo decir" *¿Qué día es hoy?* "Viernes". No puede ser; tendré que esperar cuatro días para verla. Y como si supiera lo que pensé, Juanita me dice: "Nos había pedido que cuando usted despertara, le avisáramos a un número celular. Ya le llamamos, dijo que a las ocho estaría aquí. Ella siempre supo que usted iba a despertar; se le notaba en su mirada llena de convicción, los primeros días después del accidente nos dijo que usted era muy fuerte y muy terco, que era harto seguro que volvería y pues de nuevo el Sagrado Corazón nos hizo el milagro". Con mis manos, pregunto la hora: "Son las cuatro de la tarde". ¡No mames! ¡Cuatro horas! Por la bocina se escucha "Ya no le digas más, Juanita". Con mi mano derecha le pido a Juanita que pare, que no se vaya, y mientras escribo: *2011*, se lo enseño a Juanita, y ella asiente. Estoy conmigo, a cuatro horas de ella, en el año que debo estar.

14

Algunas horas después regresan dos de los doctores, creo que son residentes, estudiantes o algo así. Los acompaña Juanita, que a pesar de aún estar enfadada por haberle roto su historia romántica, aún parece ser aliada mía. Me explican algo relacionado con las hojas que traen, son más de diez, todas ellas con una letra minúscula. Uno de ellos recita letanías de consecuencias y riesgos al desconectarme del respirador, parece más abogado que médico, es buen estudiante puesto que no muestra emoción en ninguna parte de su ser, como el doctor principal de hace rato. Sigue leyendo. Lo dejé de escuchar cuando pasó el segundo minuto. Me es divertido dejarlo hablar, que diga todo lo que sea. Su meta es lograr mi firma, para cumplir con su procedimiento de la tarde. Y al salir este día de su turno; después de cogerse a su novia, pueda presumirle que hizo de forma correcta todos los procedimientos que su jefe le había encomendado ese día. Su novia estaría muy orgullosa de él, con que no se le ocurra preguntarle el nombre del paciente, ya que seguro este doctorcito residente no sabría mi nombre, a lo mucho recordaría mi número de cuarto y quizá algo de mi historia: el que llevaba cuatro meses en coma. Esta noche, al salir de su turno, él cenaría con su novia algunos tacos de trompo y dos Coca Colas sobre alguna banqueta de la colonia Mitras Sur, para luego ir a tener sexo con ella. Mi noche será ahora algo diferente, voy a esperar que sean las ocho para averiguar quién es la famosa señora. Este doctorcito debería de ser más feliz, va bien, puede cenar tacos de trompo, pude tener sexo hoy, tiene una novia que lo quiere. ¿Qué más quieres para sonreír hoy? Pero no: está abrumado por la competencia de los otros estudiantes, la grilla de los doctores, cuidándose de la mafia de las enfermeras y muerto de cansancio. Según él las incertidumbres en su vida son mucho más que las cosas seguras que puede percibir. ¿Qué no es así para todos? En fin, él se siente así, abrumado, medio perdido y lo único que puede hacer es lo que sabe: seguir el camino que conoce, el ya recorrido. Entonces sigue estudiando, desvelándose y trabajando, esperando pronto acabar su especialidad, llegar a la meta sin importar cómo llegue, con tal de lograrlo. Yo sigo oyendo su recital, pobre, tiene que leer demasiadas hojas. Me da pereza seguirlo escuchando y le hago la señal de que quiero firmar. "La ley y el protocolo me indican que tengo que al menos leerle y explicarle los primeros ocho puntos del documento". Me despiertan cuando acabe. No sé si sólo dijo los primeros puntos o todas las hojas, el caso es que me dan una pluma y firmo en cuanto lugar me indican, me vale madres; no tengo nada que perder y cuando uno no tiene nada que perder uno se vuelve muy peligroso. Firmas, firmas y más firmas.

Llegan más residentes, llega el doctor principal de quien me queda bastante claro que no ha sonreído al menos en dos meses. "Muy bien, Luca. ¿Ya le indicó el doctor Rodríguez lo que procederemos a realizar, así como los riesgos?" Asiento con mi cabeza, él y su equipo empiezan a desconectar aparatos: me quitan cables, fuera sonda de Foley, gasas, tubo endotraqueal. Ver salir de mi boca un tubo de plástico celeste es una sensación bizarra. Ese tubo me salvó, me mantuvo vivo y ahora está olvidado en el bote de la basura. ¿Podré vivir sin su ayuda? Ya no quiero que metan ni saquen más cosas de mi cuerpo. Quiero estar sano. Parece que mi cuerpo no olvidó cómo respirar, aún me queda un sabor a plástico en la boca. Me dejan el catéter a la vena por donde me pasan suero, el artefacto que está en el índice derecho y el monitor cardíaco. Sigo sin poder hablar "Bienvenido de vuelta, Luca. Vamos bien. Seguimos monitoreando, estaremos atentos a estas primeras horas desconectado. Mañana vemos lo de las cuerdas vocales, que tenga buenas noches". Se empieza a escuchar a *Soul to Squeeze* de los *Red Hot Chili Pepers* mientras toda la comitiva se retira, al final Juanita se queda aquí. Ahora me mira de una forma más tierna. Ella de seguro es madre; sólo las madres saben mirar así. Le escribo a ella: *Perdón, no sé por qué puse ese nombre.* Mentira número uno; de esta versión de mi nueva vida, no me tardé ni medio día en ya aventar mi primer mentira. "No se apure, usted recupérese. Al rato viene la señora" El tiempo sigue siendo terco, avanza lento. Casi no hay destellos en la sierra, ya está atardeciendo, la música no para. Ahora más que antes, creo que alguien lee mi mente y en base a eso programan la música: *Secret Meeting* de *The National*.

Mientras sigue la espera, solicito tomar agua. No recordaba lo placentero que es tomar agua, ¿Cómo nombrar un orgasmo en la garganta? Siento el regocijo de mis papilas gustativas en mi lengua; siento el carnaval de éxtasis que causa en la pared de mi garganta el agua al rebotar en ella. Tendrás que aguantarme más preguntas. ¿Tú sientes lo mismo al tomar agua? Juanita con amabilidad, a mi lado sostiene el vaso desechable de plástico color gris. Intento ver a Juanita; sólo necesito cuatro segundos directo a sus ojos, no puedo. Estoy débil y, para el tercer segundo, mi mirada se nubla y desenfoca. "Ya falta menos, joven; ya casi son las siete. Si Dios quiere en un ratito aquí llega la señora", dice mientras se retira del cuarto.

Más música, más ansia, menos velocidad, más tragos de agua, mismo silencio, más repeticiones de SportsCenter. Trato de enderezarme un poco, de acomodarme el cabello, pido ayuda a mi Juanita para que me lave la cara. "¿No quiere que lo bañe todo?" Sonriendo y, apenado, le niego. "Ay joven, no se apene: todo este tiempo lo bañé a diario. Ya le conozco todo su cuerpo, además una es muy profesional". Le regalo una mirada de incredulidad. "No le niego que eso es uno de los pocos beneficios de esta profesión". Ya perdoné a mi Juanita.

Faltan cuatro minutos con cuatro segundos para las ocho, e inicia la canción *Somebody That I Used to Know* de *Gotye*. Se acaba la canción, ocho en punto, se abre la puerta. Entra una mujer misteriosa. Viste una gabardina ligera, con capucha sobre su cabeza, grandes lentes de sol. Labios pintados de color rojo claro mate. Hermoso maquillaje, sus párpados con tonos grises y café. Las pestañas tupidas de rímel. Hermosos anillos en sus manos, un Rolex en una muñeca. Al quitarse la gabardina muestra un vestido estilo Peplum de Armani. Es guapa, delgada, joven, no trae argolla de matrimonio; trae un anillo Tiffany de oro blanco en su anular derecho. "Hola, Luca", me dice llena de emoción mientras se limpia unas lágrimas de su bello rostro. Como puedo, finjo sonreír. "¿Cómo te sientes?" Asiento con mi cabeza, desviando mi mirada hacia la televisión. "Estoy muy feliz de verte despierto; siempre supe que volverías. A todas les dije que sabía que volverías" Me siento muy incomodo por no poderla ver a sus ojos, no de los cuatro segundos, sino verla de forma normal. Siempre me gusta ver a los ojos, ahora no le aguanto su mirada, no es pesada ni penetrante, sólo que hay algo que me avergüenza al mirarla. "Me ha dicho el doctor que el único detalle que queda por superar es el de las cuerdas vocales". Escribo en el famoso pizarrón: *¿Tú me salvaste?* Ella asiente con una mezcla de orgullo y alegría. Muchas Gracias. *¿Tú eres quien me visita, música, flores, etc.?* Con más lagrimas en su cara me dice que sí. Ella me ve con alegría, su mirada está llena de compasión y ternura. Con mis brazos le pido un abrazo. Con cuidado se acerca a mí y dentro de lo posible, debido a mi posición y poca movilidad, nos damos algo que parece ser un abrazo. Ella no me quiso apretar, por temor a lastimarme, y yo no tenía fuerzas como para apretarla y sentir su cuerpo, sus huesos. Digamos que pareció un abrazo muy educado, muy americanizado. Ella quiere tomar mi mano derecha, yo la quiero tener libre para escribir: *¿Cómo te llamas?* Al ella leer esto, parece que deja de respirar. Pone su mano derecha en su boca. Sus ojos crecen, su ceño se frunce. Luego cierra los ojos, sin embargo empieza a respirar de forma más agitada, da respiraciones muy profundas, después de un minuto me dice: "¿No sabes quién soy?" Muy triste, moví mi cabeza despacio de un lado a otro en forma horizontal, me duele causarle esta angustia, este dolor. "Soy Claudia, ¿No me recuerdas?" Para ya no alargar el momento, ahora escribo un fulminante: *No.* Ella llora, llora y llora. Lo más que puedo hacer es tomarle de la mano. Son tantos sus llantos que Juanita los escucha afuera y entra preguntando si todo estaba bien: "¡No me recuerda! ¡No sabe quién soy!" "¡Virgen Santa!", contesta Juanita. Y heme aquí de vuelta a este mundo, de nuevo repartiendo tristezas y dolores, en medio día ya he hecho llorar a dos mujeres y en ambos casos no puedo hacer nada al respecto. ¿De esto se va a tratar ahora?

Yo creo que Juanita antes de ser enfermera, era monja, ya que tiene un don para ver de una manera muy tierna. Además, se parece al estereotipo de una monja, belleza muy inferior al promedio de los países latinoamericanos: piel gruesa brillante y morena, cachetes redondos; piadosa, mete a Dios en muchos de sus diálogos. Fue o va a ser monja, de ley.

Juanita ve con compasión a quien dijo ser Claudia y se funden en un abrazo. Te digo que Juanita tiene amor para todos. Ni de pedo me digas que ya te había tocado una enfermera así. Aquí tengo al lado de mi cama a las dos mujeres llorando. Yo viendo sin poder hacer mucho, ya no gimo, ya no escribo nada. Ya no la quiero cagar más. Qué bueno que hay música sonando porque si no hubiera sido aún más incómodo el momento, *Against All Odds* de Phill Collins.

Hubiera sido la situación perfecta para que la que llegara fuera Inés. Con Inés no estuve ni siquiera veinticuatro horas, capaz que ni doce y mira como la extraño. La he deseado y extrañado como a ninguna otra mujer. No entiendo como alguien en tan poco tiempo te puede marcar tanto. Han de ser los orgasmos que tuve con ella. Pienso en sus hombros llenos de pecas, sus ojos color miel, su tipo de mirada que parecía triste, luego reviraba y se convertía en una mirada llena de pasión. Al estar con ella, todo el resto no importaba. Estar con ella en silencio era mágico; era mágico sólo vernos, para luego tocarnos. Nos cortejamos viéndonos, no tocándonos. La mayor pendejada que he hecho en mi vida fue alejarme de ella esa mañana. Ahorita estaría con ella, llevaría muchos años de felicidad, llevaría mucho de todo.

Las dos mujeres siguen llorando, Claudia sentada en mi cama. Qué pinche, ellas llorando por mí y yo pensando en Inés, no valgo madre. Esta chava que se nombra Claudia es quien me salvó. Tratando de romperle ya sus llantos escribo: *Quiero conocerte.* Ella interrumpe su llanto, se limpia sus lágrimas con un pañuelo desechable que saca de una cartera marca Kate Spade y asiente. Apenas sonríe y dice: "Claro que sí; será un placer" Por fin al menos la hice sentir un poco bien. Juanita nos deja solos, Claudia me toma de la mano y me ve directo a los ojos. No mames, me urge poder hablar; está de hueva tener que escribir todo lo que quiero decir, le pongo: *¿Pq me ves tan fijamente? ¿Tienes poderes?* "Obvio no, no tengo poderes. Sólo me gustan tus ojos, tu mirada. ¿Es en serio que no me recuerdas?". *No, no te recuerdo.* Me gustó la forma en que apretó sus labios mostrando algo de ansiedad "¿No recuerdas nada de lo que hicimos?" Sonrío con orgullo, sintiendo que voy teniendo el control, a pesar de que no sé quién es ella. *¿Estuvo divertido?* "Sí estuvo divertido, y no fue sexo. No se te quita lo caliente". *Perdón.* "Me da un poquito de ansia que tengas que escribir todo en la cosa esa; escúchame mejor, ¿ok?" Venga, le asiento con mi cabeza. "Corremos en Calzada del Valle, muchas mañanas, a veces sólo tú y yo, a veces con mis amigas" *Las Naranjas*, escribo en el pizarrón "¿Ya te acordaste de mí?" Niego con la cabeza, encojo hombros, escribo: *Sólo del nombre del grupo.* Ella sigue ansiosa de contar más; está entusiasmada. "Al principio mis amigas me criticaron por hacerme amiga de ti, aún algunas de ellas están enojadas conmigo; de hecho unas se salieron del grupo de la corrida porque me dijeron que era una bitch, dijeron que ellas no querían ser testigos de una infidelidad anunciada. Hubo otras que no me criticaron, les dio envidia que me hubieras elegido a mí. La verdad casi todas somos muy guapas, tipo en buena onda, a casi todas nos va bien con los hombres; entonces varias de ellas quisieron haber sido elegidas por ti. Unas decían que te cogerían bien severo porque estás buenísimo. Yo nunca dije nada de ti ante ellas. No me extrañaría que alguna de ellas te hubiera buscado aparte para tirarte la onda para coger; muchas bitches en el grupo. Luego me invitaste muchos cafés, platicamos muchas mañanas en los Starbucks de Calzada. Al principio me daba pena que me vieran con un hombre, siendo yo casada". Y ahí levanto la mano en señal de alto y le escribo: *¿Y tu anillo? ¿Casada?* "Sí sigo casada, pero cada vez que vengo a verte, me lo quito. No quiero levantar tantos comentarios aquí. Bueno, volviendo a los cafés mañaneros, como tú les decías, platicábamos de todo. Me encantaba escucharte hablar de lo que fuera; me encantaba retarte con preguntas extrañas, todo, absolutamente todo lo sabías siempre. Te decía que eras un nerdo, muy guapo y con imagen cool. No es posible que, lo que te preguntara, lo supieras. Nos pasábamos horas jugando a eso: yo navegando en mi Ipad, para hacerte cualquier tipo de preguntas, y tú tomando café y contestando con una facilidad increíble. Lo más que te tardabas en contestar las preguntas más difíciles era cuatro segundos. En esas charlas me fuiste haciendo una mejor persona; aprendí muchísimo de ti. No sólo de las respuestas que me dabas, sino de la vida en sí. Con base en insistirme, me hiciste que valorara lo que tengo; me hiciste entender que no todo mundo tiene lo que yo, me hiciste hablar incluso de una mejor forma, ya que cada vez que decía tipo me regañabas y te burlabas. Decías que me querías quitar lo fresa. Sin decirte nada empecé a hacer esfuerzos por no usar palabras tan fresas y en las noches escribía planas y practicaba mientras me bañaba para tratar de decir frases completas sin decir nunca tipo u o sea. Un día hice una colecta con mis diversos grupos de amigas y todas emocionadas llenamos un camión de bolsas de ropa y zapatos que mandamos donar a Caritas. En ese momento empecé a sentirme bien, sentí bien darle algo a los demás y ese sentimiento fue gracias a ti. Entonces dejé de ir a algunos grupos con tal de tener tiempo de empezar a organizar cosas que ayudaran a los demás. Nos juntamos otras amigas y creamos una empresa; compramos cuatro camiones con refrigeración e hicimos contratos con varios restaurantes para ir a recoger comida o ingredientes que les sobran, y hacemos tipo un banco de alimentos y luego lo repartimos en varios comedores para gente muy humilde y así. Y me seguía sintiendo cada vez mejor; dar algo de mí a otros que no conocía y no conoceré me hacía sentir bien. Nunca te quise contar nada de eso por dos motivos: uno, no me la ibas a creer y te ibas a burlar de mí, y dos, te ibas a creer mucho de lo que estabas causando en mí. Traté de no gastar tanto en mí ropa y accesorios; obvio, sin dejar de arreglarme, y empecé a hacer un ahorro para mí, para luego donar a organizaciones que ayudan a niños huérfanos. Lo único malo era que me estaba enamorando de ti. En muchas ocasiones rozábamos nuestras piernas abajo de las mesas del café, rozábamos nuestros brazos al correr. El contacto físico iba aumentando, al igual que las sonrisas. Me encantaba estar contigo; era la parte del día que esperaba. Obvio que te empecé a desear más a ti y menos a mi marido; él nunca tiene tiempo para mí. Me gustaba el tipo de mujer que me estabas haciendo: más segura, menos superficial, hasta con un tono no tan fresa, según yo. Vi que muchas mujeres te deseaban, te gustaban. Si estabas conmigo siempre me respetabas. Siempre sabes qué decir y qué hacer con las mujeres. Sé que de ley a muchas las has llevado a la cama, aunque nunca me quisiste decir el número. A pesar de todo eso, conmigo siempre cometías alguna estupidez. Justo cuando todo parecía que íbamos a dar el siguiente paso, a tocarnos, a besarnos y quizá a tener sexo, hacías alguna estupidez. Algunas veces me dejabas plantada para la corrida o para los cafés. Una ocasión te perdiste por muchas semanas y no supe nada de ti. Antes de que te desaparecieras me preguntaste por Salma, o como se llame esa naca; me pediste el avión de mi marido. Luego no supe nada de ti, creo que incluso a la siguiente mañana habíamos quedado de vernos y me dejaste plantada. Esas semanas me la pasé escribiéndote de todo, desde rayarte la madre, decirte todo lo que te deseaba, hasta arrepentirme de todo lo que te había dicho. Bien yo, bien indecisa. Y en esa ocasión, después de tus semanas de silencio, de pronto mandaste un mensaje, y me invitaste un café en el Starbucks de Calzada a las cuatro. ¿Le sigo?" Le indico que sí con mi dedo índice. "¿Del Starbucks a las cuatro, nada te acuerdas?" *Quizá.* "¿Ya te acordaste de mí?" *No, recuerdo algunos eventos, incluso de ese día, pero no te recuerdo a ti. Sí recuerdo a Las Naranjas.* Me duele ya la mano de tanto escribir; tengo que empezar a hacer la letra más chica. *Sí recuerdo algo de lo que dices, a ti no. Sí recuerdo lo que pasó en el Starbucks ese día. Mis gritos, mi diálogo con una desconocida que parecía numeraria, mi pelea con un señor a quien le quité una arma, el cajero accionando el gatillo, y ya.* "¿Qué? ¡No puede ser! ¡Te acuerdas de casi todo, menos de mí! ¿No te acuerdas de lo que pasó después de que el cajero accionó el gatillo de la pistola?" Niego ahora con mi cabeza. "¡No manches! Yo iba llegando y me aventé para salvarte, estuve dispuesta a dar mi vida por la tuya". Intenté decir: ¿Qué? sólo se escuchó como un pujido, le escribí mi pregunta. *¿Qué? No recuerdo nada de eso.* "¡Goey! ¡No mames! Perdón, ya no quiero decir tanta maldición, no manches, Luca. ¿Estas bromeando, verdad?" *Perdón.* Niego con mi cabeza, hago la señal que se hace al terminar una persignada, como si lo estuviera jurando. Y luego escribo, ya con mi mano muy cansada: *Me acuerdo cuando el cajero accionó gatillo. Luego corrí a golpearlo y quitarle la pistola. Luego me salí con Lucía la que parecía numeraria y caminé con ella por Calzada. Luego lo del incendio* "¡Noo! ¡Noo! ¡Por favor!" Claudia está llena de angustia y coraje, incluso levanta la voz en varias ocasiones. "¡Era yo! Yo me aventé frente a ti para protegerte del disparo. No hubo disparo: caí al lado de ti. Me golpeé con un sillón. Si es cierto lo que dices que de una manera super super veloz, que me dejo toda frikiada, fuiste con el cajero, le pegaste en la cara y le quitaste la pistola y luego... ¡volviste conmigo! Me ayudaste y ¡conmigo te fuiste caminando por Calzada hacia tu departamento!" No puedo creer que yo recuerde otra cosa; como quiera sí le creo. Si ella me ha cuidado, si ella me salvó no tiene por qué mentir, no la quiero lastimar más. A menos que sea una loca, que se la pase por los hospitales buscando gente en coma, desamparada por sus familiares. Ni al caso; ya estoy alucinando mucho. Lo que ha contado ella sí lo recuerdo todo, todo menos a ella. Yo recuerdo cuando el cajero accionó el gatillo, y nada pasó, no hubo disparo, tampoco hubo ninguna mujer que se tirara frente a mí intentando protegerme de la bala. *¿Y luego qué pasó?* "Mientras caminábamos hacia tu depa, ibas súper súper mamón. Ni al caso la actitud que tenías. Me contaste a medias lo que había pasado en el Starbucks, no querías contarme lo que habías dicho ahí cuando te paraste gritando como loco. Eso me molestó mucho. Además, me reclamabas que hubiera llegado tarde y estabas demasiado creído, tipo decías que sólo quería coger contigo, que nos fuéramos a coger y así. Andabas súper súper raro. Me hiciste enojar mil y me fui corriendo, ahí te deje caminando en Calzada. Me regresé hasta donde tenía mi camioneta, en el estacionamiento del Starbucks, iba llorando del coraje, de verte de pronto tan diferente, mucho más mamón". Y que entra Juanita, como mamá checando a los novios de quince años; no tenía algo fijo que hacer, sólo movió algunas cosas cerca del lavabo, oprimió unos botones en la máquina del suero y dijo: "¿Todo bien con ustedes, jóvenes?" "Mejor" contesta optimista Claudia. Yo sólo sonrío a mi Juanita. "Lo que se les ofrezca". "Gracias" "Iba en mi camioneta, rumbo a mi casa; de pronto ya no me dieron ganas de llorar, ya no tenía tanto coraje. El coraje se había convertido en felicidad cuando capté que, sin haberlo pensado, estuve dispuesta a dar la vida por alguien: por ti. Y eso no puede ser calificado como algo malo, algo pendejo; no puede ser calificado como algo envidioso, no puede ser calificado como algo fresa. Haberme lanzado a bloquearte la bala me había quitado lo fresa, y estando en el semáforo en rojo en el cruce de Gómez Morín y Alfonso Reyes, sonreí. Y me sentí muy feliz, tenía muchísimos años de no sentirme tan feliz, de no sentir tanto gozo, fue de esos segundos que todo fue perfecto, todo tuvo sentido, todo estaba en orden. No me había sentido así de feliz desde cuando en el CECVAC ganamos el campeonato nacional de Voleibol en secundaria hace miles de años. Llegué a mi casa demasiado feliz, incluso yo preparé la cena a mis hijos, los bañé y los llevé a la cama. El coraje ahora era felicidad y quise regresarme para contarte cómo me sentía. Iba con la idea en mi mente de contarte todo lo que había pensado; cómo había pasado del llanto al coraje a la súper alegría. Quería decirte que por haber estado dispuesta a dar la vida por ti deberías de quitarme el título de fresa que sé que me tienes asignado. Iba feliz porque por haberte conocido, me habías hecho una muchísimo mejor persona. Estaba extasiada, te deseaba. Ya te había perdonado; no importaba lo que me contaras o no. Yo ya era mejor gracias a ti y quería hacer más cosas contigo; quería estar más contigo. Quería amarte, besarte, tocarte, hacer el amor. Y llegué a tu depa y desde el estacionamiento, pude ver las llamas. Corrí lo mas rápido que pude, llegué al segundo piso, por las pequeñas ventanas verticales de al lado de la puerta podía ver cómo todo el interior del depa estaba en llamas del piso al techo. No te veía a ti, hasta que de pronto vi tu cuerpo tirado entre llamas. Pensé que ya estabas muerto: no te movías. Obvio en ti, la puerta estaba cerrada con llave. Tomé una maceta de las que había en la escalera en frente del otro depa, y rompí con ella la ventana al lado de la puerta; metí la mano, abrí la puerta y, sin pensarlo, corrí hacía ti. Me tapé con mi blusa mi cara, y te jalé hacía afuera, te arrastré de la camisa, de las axilas, incluso creo que en un momento te jalé de los cabellos. El calor era demasiado intenso; las llamas estaban en toda el área social y ya se empezaban a ir para el cuarto. Cuando logré sacarte del depa, marqué al novecientos once. Me esperé a que llegaran y me fui contigo hasta el hospital en la ambulancia. Traías tu Iphone en la bolsa, lo tenías con clave. No pude accesarlo. A mí también me checaron unas quemadas que traía en las manos y en los brazos, y unos tallones en la cara, no fueron tan graves. Sólo me hicieron unas curaciones y me dieron una crema para las quemadas. Ya que te ingresaron a urgencias en el hospital, me regresé a mi casa. En mi casa esa noche nadie notó a la hora que llegué, ni a los siguientes días nadie notó los raspones en la cara ni las quemadas en los brazos. No es que lo hubiera ocultado. De hecho me ponía la crema enfrente de mi marido, pero él ya no me voltea a ver; ya casi no tenemos relaciones". La interrumpo con alguna señal extraña de mis manos y escribo: *Es un pendejo, ¿Cómo no pueden desear a alguien tan bella como tú?* Manotea, como ignorando mi comentario "Ese no es el punto importante de esto, eso ya lo sabía desde antes. Desde esa noche en mi casa creen que los martes, miércoles y jueves voy con los grupos de mis amigas, la realidad es que en lugar de ir con ellas, vengo contigo. Vengo a verte, te traigo una gerbera naranja, que es mi flor favorita, naranja como el grupo de la corrida donde nos conocimos, y te traigo música nueva cada vez que vengo. Amenacé a las enfermeras de que siempre tenía que estar ESPN en la tele sin volumen y la música sonando a un volumen medio bajo. Sabía que ibas a despertar; eres un terco, siempre logras lo que quieres. Los doctores estaban asustados con que no te hubieras quemado más, incluso me dijeron que me quemé más yo. Me decían que tus estudios de sangre estaban excelente, que era impresionante y que el cráneo y el cerebro al parecer no tenían las marcas del golpe, como si se hubieran regenerado solos de forma muy rápida. Te platicaba lo que estaba haciendo ahora de caridad, para que estuvieras orgulloso de mí. Otros días sólo te veía, pasaba mil de horas sólo viéndote. Me arrepentí por haberme enojado contigo ese día, me sentí culpable de tu accidente. Si no me hubiera ido toda enojada, tú no te hubieras accidentado. Lloré mucho tiempo, el cargo de conciencia aún lo tengo. Te salvé de una bala... Bueno: te hubiera salvado de una bala, y luego te mandé a un incendio". Para, le pido con mis manos y luego escribo: *No fue un accidente, fue una pendejada mía. No es tu culpa.* "¡No puedo creer que no te acuerdes de mí! ¡Qué ansia, por Dios!" *Recuerdo ir caminando por Calzada con Lucía, más de ti no recuerdo nada.* Le escribí y otra vez soltó unas lágrimas. Ahora le pido que me ayude a poner el pizarrón del otro lado de la cama. Hasta ahorita capto que también puedo escribir con la izquierda: *Gracias por todo, por brincar por la bala, por regresar a mi depa, por salvarme, por acompañarme, por cuidarme, por creer en mí.* De nuevo le pido un abrazo. Ahora la aprieto un poco más y ella dice: "Tienes que acordarte de mí" Le digo que sí con mi cabeza. Mañana o pronto estaré fuerte para verla. Un escrito más: *Ya no eres tan fresa.*

15

Días después, más fuerte, el suero y los medicamentos haciendo su labor, yo ya estoy de vuelta. Quiero que mucha gente entre al cuarto para poder checar mi poder de visión. Para sorpresa del cuerpo médico ya he recuperado el habla. Mis cuerdas vocales están como si nada hubiera pasado. No se explican las razones de dicha recuperación tan veloz. A quien entra 1, 2, 3, 4 click. Estoy de vuelta, he visto vidas de todos los que han entrado, el mal le va ganando al bien y eso que se supone que es gente trabajadora la que anda afanando ahorita por mí en este hospital. Desde la Juanita, los de limpieza, hasta los doctores más reconocidos de la ciudad. No veo diferencias entre los males de los más humildes y los de los más ricos. Veo que son muchísimas cosas las que les preocupan, muchísimas las cosas que hacen durante sus días, pocas de ellas merecen siquiera escribirlas. Si esta vida es una guerra entre el bien y el mal, el mal va ganando muy cabrón. Se la pasan viendo lo que no tienen en lugar de ver lo que sí tienen. Lo que sea por unos aplausos, lo que sea que dé poder, reconocimiento y dinero, sin importar que en el camino se tenga que aplastar a otras personas, transar, mentir y ser corrupto. Lo que sea por que su foto salga en el periódico. Mucha soledad, no soy el único. Mucha tristeza, no soy el único. Muchísima más falsedad, pose y apariencias; ahí sí yo no le entro. Siempre me ha valido madres lo que digan de mi. "¿Ya me recuerdas?" dice Claudia mientras entra al cuarto. Cada vez se ve más buena. Creo que lo hace con dolo, para que la vaya deseando cada vez más. Ella ahora trae un vestido BCBG de estilo wrap al frente, en tonos azules y grises, con tela muy delgada, el vestido le cae con elegancia sobre su delgado cuerpo. "Te recuerdo desde que te conocí; o sea, desde que desperté después al incendio". "Que chistosito amaneció el niño hoy, con eso de que ya habla" A Claudia es la única que no puedo ver. Ya le he pedido en varias ocasiones que me deje verla, pero hay algún bloqueo. La veo más de cuatro segundos, menos, de una posición, de otra y no pasa nada. No la recuerdo, no la puedo ver. Me gustaría recordarla. Ella no deja de intentar que la recuerde, me ha contado mucho, tiene una habilidad tremenda para hablar sin parar.

Pasan varios días en el hospital. Me checaron todo y no podían entender porqué mi piel no se quemó ni porqué habían desparecido tan rápido las marcas del golpe. Hasta para hacer mi salida será algo extraño, ya que sigo sin tener familiares. No me quieren dejar salir del cuarto a ir a pagar al área de cajas que está a dos pisos de distancia y del otro lado del edificio. ¿Cómo te pago si no me dejas ir a la caja? ¿Cómo me voy si no me dejas ir a pagar? Otra desventaja de no tener familiares. Claudia hace una llamada, para que le acepten que ella pueda hacer el trámite del pago en mi representación. No me gusta usar influencias, porque luego te cobran los favores. Esta es una excepción: a Claudia le debo mi vida. Se puede decir que me la salvó dos veces en un mismo día. ¿Qué más le puedo deber a ella? No creo que pueda estar más en deuda con ella. Papeleo, largas filas para pagar. Parece fila de supermercado. Que el seguro no quiere pagar algo, que te tomaste dos botellas de agua de más, que un día un juego de sábanas se mojó de jugo de manzana. Tres horas después llega Claudia al cuarto diciendo que nos podemos ir.

Vamos en su camioneta por La Loma rumbo a la del Valle, una Audi Q5 color negro, interiores beige. "¿No tenías una Land Rover?" "La cambié para bajarle un poco al nivel". Ah la madre. "Ya ni te conté del carro que me compré". "Lo pude deducir. Todo este tiempo estuvo un Ferrari rojo en el estacionamiento de tu depa. No lo han movido; está lleno de polvo. Se ve muy nuevo, y muy sucio, mucho tiempo sin uso". "Ajá, como yo. ¿No se supone que debería sentirme feliz al salir del hospital?" "Sí". "Sí estoy algo feliz, por sentir el aire del exterior, por verte a ti fuera del hospital. A pesar de eso, me agobia no saber que hacer conmigo, con mi vida. En lo que puedo recordar, siempre me ha pasado igual. Cuando parece que le estoy entendiendo algo me pasa. Me siento con hueva de volver a intentar entenderle a esto. Si ese día me hubiera muerto a nadie le hubiera afectado". "A mí sí, no seas chiflado". "Perdón, a ti sí, tú eres mi única amiga". "Hay gente que sólo tiene un amigo en toda su vida, y tipo así son felices". "Claudia, no me lo tomes a mal. Estoy muy agradecido contigo, y aunque no te recuerde antes del incendio, estaré agradecido toda mi vida contigo, serás siempre mi amiga, mi mejor amiga. Sólo que, con todo respeto, eso no me alcanza para ser feliz en toda mi vida, para entenderle a este juego, que al parecer tú le entiendes mejor que yo". "¿Qué? ¿Tener un marido que te ignora, que de seguro me pone cuerno, y unos hijos que prefieren estar con la nana que conmigo, eso es entenderle a esta vida? ¿Que conocidas te acepten en sus grupos porque vistes, viajas y manejas autos como los de ellas, es entenderle? ¿Tener todo el dinero del mundo para hacer lo que quiera y no hacer nada por mí ni por nadie, es entenderle? ¡No seas cabrón! Me extraña que te dejes ir por las apariencias". "No te enojes. Tengo algo que contarte, para que veas que sí te quiero, para compensar algo todo lo que has hecho por mí. Es confidencial, no se lo puedes decir a nadie. Te voy a decir lo que pasó en el Starbucks el día del incendio en mi depa; lo que aquel día no te quise contar, suponiendo que aquel día eras tú y no eras Lucía como yo lo recuerdo". "Ay sí, qué tierno; a mí me dices que es confidencial y ya lo gritaste a todo el Starbucks, qué lindo te dejaron en el hospital" "¡Oh, que la madre! Es diferente; de ellos a nadie conocía; nadie de ellos conocía mi nombre siquiera". "Eso es lo que tú crees". "Ok, es lo que yo creo, y supongo que sea cierto". "Otra vez estamos discutiendo idéntico que aquél día al salir del café. Ya hiciste mucho show: cuéntame. No le diré a nadie, será otra parte de nuestra historia privada". "Tengo poderes". Y el silencio es tan grande, que hasta este momento capto que en el estéreo había puesto música de Jaymee Dee, ahora escuchamos *Rules*. Me hubiera gustado mucho disfrutar esa canción, conviviendo con ella. Silencio. Vamos por Gómez Morín, veo la cumbre de Chipinque. ¡Qué hermosa montaña! "¡Ash! Qué chiflado, ¿eh?, ¿Tienes qué, goey?". "Poderes". "¿Poderes para qué?" "Si me le quedo viendo a la gente por cuatro segundos, directo a sus ojos, puedo ver sus vidas, sus presentes, sus pasados.

Sus miedos, pensamientos, deseos, casi todo. Y del hospital para acá, veo muchísimo más". "No es cierto, es broma, no te creo, güey" "Es verdad". "Ajá, sí. ¿Y qué más? ¿Qué otro poder?" "Ee: puedo viajar por el tiempo". "Goey, ¡no manches Luca!". "Puedo viajar a donde quiera, sólo lo escribo en el Iphone. Alguien secreto me manda música y mensajes". "Equis que alguien te mande música y mensajes; eso no es un poder". "Ok, ignora eso". "Ok, ¿Y qué con los poderes?" "Pues no sé, eso es lo frustrante. Yo no los pedí. No los busqué, no sé como los tuve y no sé qué hacer con ellos". "Pues sí". Silencio mientras la música de Jaymee Dee sigue y vamos tomando Calzada del Valle hacia el poniente, unas cuadras antes del famoso café. ¡Qué hermosa Calzada! "Pues sí; ¿es lo único que me vas a decir después de lo que te conté?" "¿Qué quieres que te diga? Los doctores hablaron conmigo. Me anticiparon..." "Pérate ¿Anticiparon? ¿De cuándo acá usas esa palabra?" "¡Goey! Ya está volviendo el Luca agresivo; no eres el único que puede mejorar. Déjame hablar. Los doctores me anticiparon que era probable que tuvieras algunas incoherencias en tus recuerdos y que por el golpe, los medicamentos y por todo lo que pasaste en el hospital, era normal que algunos eventos no los recordaras, que tuvieras datos imprecisos de algunas cosas y que incluso tuvieras recuerdos extraños o algún tipo de alucinaciones incluso sin tomar alcohol. Por eso ya te dijeron que no tomaras alcohol al menos en tres meses". "¡Con madres! ¿Ahora estoy alucinando? ¿No me crees?" En los silencios sigue resaltando la guitarra de Jayme Dee. Si hay algo que me encabrona es que no me crean. "¡Claudia! ¡Claudia! ¿No me crees?" "¡Ya, güey! ¿Por qué habría de creerte esa historia alucinada? Siempre eres bien bromista, más lo que me avisaron los doctores, no encuentro nada para creerte." "¡Chingados! Yo de pendejo que te lo ando contando" Y de nuevo, en la misma Calzada del Valle, en la misma cuadra, justo dos antes de mi depa, de nuevo aquí estoy discutiendo con una mujer. "Ok, ya, goey, ya no quiero pelear, hoy es un día muy bonito para ti. Si tienes los poderes demuéstramelos ahorita" ¡A que la chingada! "Veme, a ver que ves" "Con todos me funciona menos contigo". "Luca, por favor goey: no manches". "Ok, espera, en el estacionamiento del depa lo hacemos". Llegamos al estacionamiento, la veo 1, 2, 3, 4 y nada. Un intento más, nada, no puedo. "Ya Luca, tranquilo. Me dijeron los doctores que podía ser un momento de mucha emoción el volver a tu depa, el accidente, los recuerdos, etcétera. Olvidemos esta conversación, todo está cool. Te quiero mil. Tranquilo: vamos al depa". No tengo opción, me quedo callado. Todo este tiempo le pedí a Claudia que no me diera mi celular, hasta ahorita. No quiero ver mensajes. Sólo quiero música. Quiero empezar de nuevo y quiero empezar de cero, y no sé como decírselo a ella. "Claudia, quiero enfrentar el regreso a mi depa yo sólo. Dejame entrar yo sólo, voy a estar bien. Cualquier cosa te marco". "¿Seguro? ¿No es porque te enojaste?" "No, no me enojé". Claro que si estoy enojado. Quiero entrar solo. No me gusta hacer algunas cosas mientras alguien me observa, sobre todo si son importantes. "Ok, aquí te espero, me avisas y luego ya subo". "Mmm es que necesito estar solo". "Entra y luego vemos, aquí te espero". Voy subiendo escaleras, con celular en mi mano. Los olores me ubican, los colores me centran, la memoria me guía. Todo lo recuerdo menos a Claudia; pinches injusticias de la vida. La única persona que ha hecho algo por mí, al menos que yo sepa, es la única persona a la que no recuerdo y a la única que no puedo ver. Pinche ironía, capaz que es amor y el amor es irónico, ¿no? Abro la puerta y todo está igual a como lo recuerdo, como si el incendio no hubiera pasado, todo menos la inmensidad de cajas de cartón que había llenas de botellas; eso ya no está. Está todo tan idéntico que me asaltó la duda de si el incendio sucedió: "Pásele, mi joven: ya lo estoy esperando con su machacado con huevo", grita desde la cocina la misma voz conocida, mi señito. "Lo esperaba para desayunar, por eso le hice su machacadito con huevo, su favorito con chile serrano" Y sale de la cocina, yo aún parado sólo dos pasos adentro de la puerta, no puedo llegar al lugar donde había caído esa noche ya que llega la señito a abrazarme. "¡Mi joven, que buen susto nos sacó! Bendito Dios que está usted con bien!" Me gustó el abrazo, me gustó ser abrazado. "¿Y a dónde dejó a la señorita Claudia?" "¿Usted conoce a Claudia?" "Sí, después del accidente. Ella se encargó de todo para que la casa estuviera idéntica a como estaba antes". ¡Ándale! "Oiga, señito:, me dijeron los doctores que quizá olvidaría algunas cosas". "Sí: ya me avisó Claudia de eso. Me dijo que usted no se acuerda de ella. ¿Es cierto?" "Es cierto". "¿Y no se acuerda de mi?" "De usted sí me acuerdo, aunque no me acuerdo de su nombre" Nunca me lo había sabido y su nombre no lo podía ver. Apúntame, pues, otra pinche mentira. "Estelita" "Estelita, cierto. ¡Muchas gracias por todo!" "¿Y a dónde dejó a la señorita Claudia?" "Abajo, quería enfrentar este proceso solo". "¿Sólo? Pos si ya usted sabía que iba estar yo aquí, como todos los días". "Pues si. Estelita, ábrame todas las ventanas, las persianas, los shutters, quiero que entre el sol y el aire, quiero oler los árboles". No hay emociones, no hay recuerdos, nada me mueve, no siento nada. No miedos, no arrepentimientos, como si fuera de roca. Como muchos de este mundo. Vibra y suena mi Iphone, su sonido me hace sentirme en ambientes conocidos. *Pon la nueva canción.* Y, como ya sabes, siempre he sido muy obediente ante mis amigos incógnitos. Claudia respetó todo lo que tenía, poniendo todo igual, incluso el piano, los refrigeradores para las botellas de vino. Además agregó algunos muebles y accesorios, como en la pared del fondo de la sala donde puso una consola de acero inoxidable con algunos detalles de cristal y madera. Ahí en el centro de la consola, ahora está un reproductor Bose. Es idéntico al de antes del incendio.

Oler mi hogar me hace sentirme bien; el olor de las maderas de las persianas, el olor del machacado con huevo, los robles de Calzada, lo viejo del edificio, el piso de concreto, son cosas que el fuego no pudo vencer. Es el olor de mi hogar. Iphone al Bose, play a la nueva canción, *Strange Dream* de Savoy Brown. Cierro mis ojos y de inmediato la guitarra me hace moverme. "¡It was a strange dream! ¡Fuck!" Si quieres sentir lo que siento, ponla. Baila conmigo desde ahí. Voy a la terraza bailando. Veo a Claudia en su camioneta, la invito a subir con mi brazo. Sonríe feliz. Es bella, buena, tiene buen cuerpo. No había captado que además tiene un buen culo. Tampoco había captado que ahí está el Ferrari, sucio, lleno de tierra. Ha de ser el Ferrari más sucio y más olvidado de todo el mundo. No mames: sólo lo usé un día.

Entra Claudia, y se abraza con Estelita. Las amigas. "Joven, ella hizo todo, quería dejar todo igual. Dijo que tener todo igual como a usted le gustaba le iba a servir" "¡Muchas gracias Claudia!, no tenías porque hacerlo". "No tienes nada que agradecer, lo hice con mucho gusto". "Dime cuánto te debo". "No me debes nada". Veintidós segundos antes, Estelita ya había captado que se tenía que ir a la cocina. "Luego te cobro de otra forma". "Ja. Sí te pago de otra forma después, ahorita dejame pagarte primero con dinero". "¡Qué no!" "No quiero pensar que con el dinero de tu marido se reconstruyó mi departamento, no quiero pensar en él cada que vea una pared". "Estás bien frikiado; además no fue con el dinero de mi marido, fue con mi dinero". "¿Tu dinero? Es lo mismo, ¿no? O sea te lo dio tu marido, ¿no?" "Luca, Luca, a veces tan indiferente, a veces tan metiche; a veces tan cosmopolita, a veces tan ranchero, a veces viendo el universo, a veces viendo sólo la pared blanca de enfrente". "Ya. Paz. Luego vemos eso". Y diversa música que ya tenía en el Iphone sigue sonando. Claudia se me acerca, con la mirada cambiada, caminando cual modelo de Victoria Secret, con el cabello suelto, y con la voz temblándole un poco de la excitación dice: "¿Bailamos?" En esos cuatro pasos que dio veo lo bella que es; no entiendo por qué su marido no la desea. "Claro que sí" ¿Y qué canción crees que empieza? *Sometimes When We Touch* de Dan Hill. ¿Qué pedo, cabrón? ¿Cómo no sentirme observado? Mi mano izquierda con su mano derecha arriba, mi mano derecha a su cadera. ¡Cómo amo tocarles las caderas a las mujeres! Se me hace una parte tan sexy y a la vez tan vulnerable. Tan vulnerable como para simular tocarla por accidente, tan vulnerable como para tocarla con toda intención sin ningún temor a ser juzgado como un depravado. Es la zona perfecta para iniciar la declaración de intenciones carnales. Puedes tocarla muy suave o aplicar algo de presión. Puedes tocarla con la palma sobre la ropa y con los dedos mover la ropa para tocar su piel y empezar a sentir sus reacciones. Había olvidado lo bien que suena el piano en una balada. Ya no sé si puedo tocar el piano así. Claudia me empieza a cantar la canción, palabra por palabra. ¡No! ¡No quiero que me la cante! Su mirada ahora es tierna, dulce. Sigue cantándome, tengo sus ojos a quince centímetros de mis ojos y no la puedo ver. ¿Por qué me ve así? No, ni al caso que me la cante; no quiero que me la esté dedicando, sigo escuchando la letra y más ansia me entra.

No la hubiera cantado y hubiéramos disfrutado la canción. Ya hasta me olvido de su cadera al escuchar la letra. Y aquí voy a destruir el momento. "¿Todas las canciones que escuchas, las cantas?" Sonríe despreocupada y se menea con más sentimiento. Va justo al ritmo de la batería, a un ritmo perfecto. A cada golpe de la tarola su cuerpo cae en su lado derecho. Trae el ritmo perfecto como niña de diecisiete años bailando unas calmaditas en un baile de quinceañera. "¿Las tortillas las quiere de harina o de maíz?", grita desde la cocina Estelita. "Nunca las canto", me contesta segura y sonriente, como asegurándose de que yo entendiera el mensaje. No quiero que sienta eso por mí, no quiero que me la dedique. "Ahora te la canto a ti" No, por favor: ya ni siento mi mano derecha. En un mísero intento de rescate le pregunto: "Que me la cantes no significa que me la dediques ¿verdad?" "Te la dedico, te la canto y te la bailo". No, no soy bueno para amar. No sé amar. ¡No mamen! ¿Por qué no puedo tener un chingado capítulo de mi vida completo en el que pueda decir: qué capítulo tan feliz, ahorita soy feliz? ¿Por qué del goce de ver mi casa, de nuevo a Estelita, en segundos pasamos a la declaración de amor de Claudia? A veces creo que me encantaría que pasaran momentos en los que no pasara nada, en lugar de estar atrapado en una liga de eventos entrelazados que no dejan de suceder, que no dan tiempo fuera: si son gozosos, son cortos; si son dolorosos, son largos. "¿Suaves o tostadas?", escucho a lo lejos a Estelita. Por un lado quiero que se acabe la canción para ya no seguir escuchando las palabras que Claudia me dedica; por otra, no quiero que se acabe porque tendré que tener una conversación con ella y no estoy seguro de querer hacerlo en este momento. No sé como pararla sin lastimarla. No quiero que se vaya, tampoco quiero que esté tan cerca de mi. Ya me conoces, de ley me estas entendiendo. "Entonces, ¿estás confundida? Es lo que dice una parte de la canción". Fue mi segundo intento de salvación "¿Ay, qué?, Obvio no. Te dedico la parte romántica". "Ya no me dediques nada. No me lo merezco. Suficiente has hecho por mí y yo no encuentro qué hacer por ti; no encuentro ni qué hacer por mi". Sonríe, controladora de la situación. "Luego veremos, no te preocupes por lo que viene, disfruta en lo que estás". "Nunca he podido hacer eso en toda mi vida. Siempre dejo de disfrutar el presente o por el miedo a lo que viene o por ansiedad de que llegue lo que estaba esperando con emoción. Es un laberinto que no acabo de descifrar". "Es que te esfuerzas demasiado, intentas demasiado fuerte y acabas distorsionando". "Y luego, cuando llega el mentado momento, se me esfuman los segundos frente a mi, en mis manos, y no puedo hacer nada, y justo ahí inicia otro ciclo". "Estás bien loco. En serio que necesitas descansar mil". Están las últimas notas de la canción y Estelita sale de la cocina. "Ándenle, jóvenes, para que tengan energía. A usted también le preparé, Claudita. Lávense las manos". Desayuno; no recuerdo otro desayuno en el que hubiera dos personas más cerca de mí. Bueno, era almuerzo o comida. No importa. Machacado con huevo, café espresso para mí y capuchino para ella. Un plato de fruta fresca, kiwis, fresas, ciruelas, cerezas, melón verde, moras, rodeadas de pequeños trozos de hielo. El antecomedor, que suele estar solo, ahora en uso y habitado. Siento que en este depa nací y siento que jamás hubiera salido de él. Dos vasos de agua, ella y yo en la terraza, recargados sobre el barandal. "Todas las botellas o se rompieron o se quemaron. Sólo quedó una, que la dejé dentro de los enfriadores nuevos que te compré, iguales a los que tenías." "Gracias Claudia. Te luciste. ¿Por qué has hecho tanto por mí?" "Porque nunca había hecho nada por nadie". "Y tú me enseñaste a hacer algo por los demás y pues luego tocó que tú eras parte de ellos a los que el destino quería que ayudara". "¿Crees en el destino?" "Creo que el destino es la vida; no creo que haya algo preestablecido, sino que cada uno va eligiendo qué camino tomar." "Necesito irme a bañar, y descansar un rato; tengo mucho sueño". "Ok, claro. Te caigo a la noche. Te voy a traer una cena especial. Es viernes; hacemos movie night o algo, ¿no?" ¿Qué le digo güey. No mames: me salvó la vida. "Ajá, ok, aquí te espero" Y camino fingiendo que estoy algo mareado, cuando en realidad estoy pensando como pararla.

16

Extrañaba las paredes de concreto liso de mi regadera y la entrada de luz natural por una pared. Extrañaba las bocinas Bose en plena regadera. Veo a mi cama, y siento que jamás la he usado para dormir. No la recuerdo como lugar para descansar en paz. Recuerdo muchas miradas, cuerpos, orgasmos, muchas mujeres. Es un cuarto con recuerdos felices, mejor dicho con recuerdos de noches felices y mañanas extrañas. Es un cuarto acostumbrado a escuchar gritos, música, pujidos, gemidos por la noches y arrepentimientos por las mañanas. Siempre los extremos, si esta noche fuiste muy feliz sintiendo la excitación en cada rincón de tu cuerpo, sintiendo frío de tanto deseo que tienes hacia una mujer, sintiendo que la voz se te enronquece al decirle lo hermoso que tiene su cuello y sus pechos, si eres tan feliz esa noche al sentir el deseo puro, salvaje, deseo de explorar, entregarte, sentirla y hacerla sentir, de volar, de una noche de sexo, de placer, orgasmos, de venirte varias veces, de risas, caricias, miradas, besos, fantasías cumplidas, posiciones y olores nuevos, gemidos, filmaciones, fotos, orgasmos, de que te vengas tú justo al mismo tiempo que ella, de ver cómo el orgasmo le pone una cara que jamás había hecho, de oírla pujar como jamás nadie, ni ella, había pujado antes. Ajá: si así fue una o muchas noches aquí, siempre tiene que venir el extremo opuesto. Entonces las mañanas están llenas de sol, cuando lo que ocupabas es oscuridad para dormir, las mañanas están llenas de dolores de cabeza, de alma y espalda. Llenas de ojos rojos e hinchados, esfuerzos por recordar nombres, historias, miedos de no siempre haber usado condón, miedos de que quiera quedarse conmigo. Lo único bueno de esas mañanas, es que la mujer que estaba a mi lado, siempre era muy bella, siempre era la más bella del lugar la noche previa. Esa era la ley, la más guapa de la fiesta iba acabar en mi cama. Me recuerdo a mí en mi cama cogiendo, no durmiendo.

"Joven: ya me voy. Nos vemos mañana. Abajo del buró del otro lado de su cama, le puse una contestadora, para que entraran las llamadas de cuando yo no estuviera. Ví que había como ocho recados la última vez que vi el número rojo que sale ahí. Cuídese y descanse; que Dios y San Juditas me lo sigan cuidando". "Gracias, Estelita. Hasta mañana". Me acuesto en la cama y me duermo. Dormí demasiado profundo, no recuerdo haber dormido así nunca. Quizá sea la falta de preocupaciones o la ausencia de alegrías. La gris neutralidad de este momento en mi vida me había regalado la mejor siesta de mi vida, si es que a dormir doce horas seguidas se le puede llamar siesta. Manden instrucciones, manden el manual. ¿Qué sigue? Necesito un Marlboro Light. En la mesa de la entrada hay un recado de Claudia: *Te vi dormir y te esperé un buen. Hasta vi una película, me dio pena despertarte. Qué bueno que descansaste. Hablamos mañana.* Me gustan las madrugadas cuando estoy sobrio, por qué me gusta la soledad de las calles y el ambiente fresco. Me gusta el silencio de las madrugadas. Voy al refrigerador por la botella que sobrevivió. Ajá, claro, la otra botella de Angélica Zapata. Voy a la terraza a fumar. Me siento. Extiendo mis piernas sobre el barandal, viendo al frente hacia los árboles de Calzada. Abajo, al lado derecho, mi sucio y nuevo Ferrari. Es extraño estar despierto a estas horas y no estar en una fiesta, tomando o corriendo. Es extraño sentirme lo bien que me siento, lo fuerte que me siento. Ojalá pueda dormir más ocasiones de esa forma.

Creo que es el momento exacto de abrir de nuevo el Iphone. Siento algo de emoción. No llamadas perdidas, no contactos nuevos. Nada nuevo. En este instante me mandan un nuevo mensaje: *Pon la nueva canción.* Checo cuál es y desde ahí, en mi Iphone, *Living Each Day Blind* de *The Darkness*. Ni de pedo voy a mejorar así, si cuando apenas estoy agarrando aire siguen mandando mensajes y música así. Me gustaría poder vivir sin música y sin esta dependencia a este pinche aparato. Ni siquiera Inés tiene mi número.

Cómo te extrañaba, nicotina. Gracias. Y como ya es costumbre, me mandaron el disco completo, mucho rock and roll para la hora que es. Segundo cigarro, madrugada silenciosa. Ya empiezan a aparecer corredores en Calzada. Acabo mi segundo cigarro y a correr, a correr como pinche loco. Nada me duele, no tengo sed; veo el amanecer, sigo corriendo. Entre más corro más fuerte me siento, no me canso: me fortalezco. Llevo más de cuatro horas corriendo, más de sesenta kilómetros y no he parado ni para tomar agua. Van varios corredores que rebaso; algunos de ellos me acompañan sólo durante unos minutos hasta que ya no me aguantan el paso. No te quiero dar los detalles de las calles; imagina que recorro todo San Pedro, muchas calles, muchos kilómetros. Mientras corro todo es bello, nunca debería dejar de correr, para siempre ver y sentir todo bello. A la quinta hora, a lo lejos aprecio a un grupo de mujeres que vienen corriendo en sentido contrario al mío, hacía mi. Son nueve, son bellas, son arregladas: son Las Naranjas. Y con ellas viene mi amiga Claudia. Bajo un poco mi ritmo, preparándome para detenerme en los siguientes segundos, están a unos ocho metros de mí, las saludo con mi mano. Ya dejo de correr. De pronto, pareciera que sale de la nada, aparece una güera hermosa, cabello corto, cuerpo de diosa guerrera, músculos firmes, brazos fuertes. Imagina a una rusa que fuera agente secreto. Ella viste shorts muy cortos de color negro marca Nike con una línea delgada color blanco y un top Nike color morado muy oscuro, me toca el hombro y estoy corriendo ahora en Nueva York en Central Park. ¡Bang! Así, directo. No hubo sentimiento de viaje, olores, vientos, nada. Un paso lo di en Monterrey, el otro lo di en Nueva York. ¡Gracias! ¡Gracias! Yo no escribí Nueva York, yo no dije nada, yo no lo pedí, yo no tomé. Sigo corriendo como si todo estuviera normal, sin importarme nada. De entrada, visto para el clima de Monterrey y no para el de Nueva York. Sin embargo, muy pocos me miran extrañados; la mayoría ni me voltea a ver. Vengo de saludar en Monterrey a todo al que me topara de frente y aquí llevo tres personas que no responden a mi saludo. Bienvenido a Nueva York. Corre mientras le entiendes, el que se pare pierde, simula que estas con madre, no pares de correr que te vas a morir de frío. No traigo más que mi Iphone en mi brazo midiéndome lo que corro, mis audífonos, y la llave de mi depa de Monterrey. Yo no voy a parar de correr, chingue su madre. Corriendo estoy bien, corriendo estaré. Lo único que tengo que decirte es que ayer pensé que quizá sería bueno ir a Las Vegas, o encontrar a Inés. ¿Ahora también me leen la mente? Sigo corriendo, empiezo a observar al resto de la gente que corre y a lo lejos en otro camino del parque veo a una mujer idéntica a la que me tocó hace unos momentos en Monterrey; es idéntica y viste igual. ¡Pinche vieja! Corro. Corro lo más veloz que puedo, me cambio de camino, cruzo por pedazos de jardín, otros de tierra llenos de hojas y piedras. Subidas, bajadas, curvas, puentes. Y por fin le salgo al lado a esta mujer. No es la misma, a pesar de ser demasiado parecida, y por la forma en que me ve, pareciera que ella sabe lo que pasa. Gira su seria cara para verme, me ignora y aprieta el paso. Corro a su lado sólo unos tres minutos durante los cuales me acerco a ella para rozar nuestros brazos, "¡Tócame!", le hablo en inglés, en ruso, en español, "¡Explícame!" No se inmuta, incluso alcanzo a verle una pequeña sonrisa burlona. Toco su hombro, nada pasa. ¿De qué se trata esto? Intento mantenerle el paso, es impresionante la forma en que corre. Me deja atrás. ¡No mames! ¡Pinche vieja! Nunca jamás nadie me había ganado corriendo. Hola Luca, bienvenido a NYC. Paro, jalo aire como puedo, casi me vomito del agotamiento que siento. Estoy con mi tronco doblado hacia el frente, apoyando las manos sobre mis rodillas, volteo hacia todos lados del parque y alcanzo a ver a varias mujeres. Me enderezo, miro a todos lados y en todos lados hay mujeres así: shorts negros, top morado, güeras cabello corto, todas idénticas. Y de pronto todas ellas desaparecen en unos cuantos segundos.

Ahora sólo camino. Intento ver señales, veo las mismas cosas extrañas que en otros lados. Aquel señor que está sentado se pone bloqueador solar en la cara y cuello y enciende un cigarro. El viento es frío, todos visten chaquetas, suéteres o ropa deportiva de invierno. Más adelante un grupo de hombres hacen yoga en el jardín, vestidos sólo con shorts color blanco. No hay señales, sigo atento. Un hombre a lo lejos con dos teléfonos celulares, uno en cada mano, uno en cada oreja y gritando. Llego a una orilla del parque, sobre la quinta avenida, del otro lado la calle hay varios restaurantes, cafés, museos. #Noentiendo. Camino sobre la banqueta del lado del parque. Veo en la otra a una señora dando en masaje en pleno restaurante a un señor que viste un traje Hugo Boss. El señor desayuna y con tranquilidad lee el periódico. ¿Hace cuanto que no tengo sexo? ¿Por qué no me duelen los testículos? #necesito4segundos NYC es raro y hermoso. Es el único lugar en donde el caos es bello. Sigo caminando al paso más veloz que puedo. Es de mañana, aún no hay tráfico. En otro café, un grupo de amigas desayunan juntas en una mesa redonda; todas están sonriendo a su teléfono. Unas leen, otras escriben. No se miran. No se hablan: están atadas a su aparato. ¡Hola Cabrón! Yo sé que estoy igual. Siempre es más fácil ver los errores en los demás. No entiendo cómo puedo estar tan atado a mi Iphone si no recuerdo que me haya funcionado para alguna llamada. Si paro de caminar me voy a helar; estoy empapado. Las tiendas siguen cerradas.

Estoy a quince metros de la quinta y la cincuenta y nueve, ahí en la esquina está estacionado un Ferrari 458 rojo, igualito al mío. La puerta del chofer abierta y un hombre levanta su brazo para saludarme, mientras sonríe. "Buenos días señor; justo a tiempo" ¿Mike? ¿Mike? ¿Mike? ¡Wow! ¡Es Mike! "¡Cuanto tiempo Mike!" Y le doy un gran abrazo como si fuera un gran amigo. No me digas nada por andar repartiendo abrazos; si nunca los había dado no te da derecho a que ahora que inicio empieces a criticarme. Se queda inmóvil ante mi intempestivo y fraternal abrazo. De por sí no creo que los ingleses estén muy acostumbrados a abrazarse, ahora imagina la calidad de abrazo que le planté al verlo después de tanto tiempo. "¿Cuánto tiempo qué señor? ¿Lo hice esperar mucho?" "Olvídalo, Mike". Intenta darme las llaves del Ferrari. "Gracias Mike, hoy no quiero manejar. ¿Puedes tu llevarme por favor?" "¿Está seguro que no va a manejar usted? ¿Se siente bien? Yo no tengo problema en caminar o en acompañarlo". "Tú llévame, Mike" Empieza a pitar mi Iphone, la agenda llena de eventos. Desayunos, citas, llamadas, comidas. Veo la fecha, todo bien. Es normal, todo esta cool, easy, easy. Veo de nuevo mi Iphone, hay un evento hoy en la noche, la fiesta de los Tony Awards y en las notas del evento dice: *Ir con S.M.W.F.*

Checo en los contactos, en efecto tengo a Samantha M. Williams F. #Nomamar. ¿M. de Megan? Al llegar al bello Upper East Side en Manhattan, se detiene el Ferrari frente a un edificio. Espero a que Mike se baje, lo veo directo a sus ojos, 1, 2, 3, 4 click. Hasta se detuvo para que lo viera mejor, incluso puso su cabeza derecha y abrió mas lo ojos. Parecía que sabía que yo ocupaba esos cuatro segundos. ¡Wow, Mike! pensé; sonreí y me regresó la misma sonrisa. Me dio mucho gusto ver lo que ha hecho. La puerta de la calle, es negra de fierro forjado con una lámina en la parte de atrás que no permite ver nada hacia adentro. Al lado de la chapa, hay una pantalla que pide una combinación; ya me la sé y no me sorprende sabérmela, incluso capaz que te la sabes tú: 3,6,9,0. Chingado: le hubiera dicho al señor del hipódromo los números en lugar de decírselos al pinche Rafa. Pude deducir que mi piso era el último; no esperaba menos de mí. Vi el buzón del correo para el piso diez con las letras L.T. Elevador con Mike, piso diez, silencio, cruzando miradas a través de los reflejos de nosotros que se hacen en las puertas doradas del elevador cerrado. Ya vi todo, Mike: ya no sonrías tanto. Despista pues, al menos. Penthouse del piso diez, ni siquiera lo intentes: está idéntico al de Calzada. Sólo éste es más grande, está arreglado igual, la parte que da hacia el frente del edificio, tiene puros cristales, la luz del día entra de forma maravillosa; en una esquina un piano, igual al de Monterrey. También están los enfriadores: veo las botellas y todas son Malbec Angélica Zapata. Algunos sillones más para cubrir el área que es mayor, algunos pisos de madera, combinando con otras áreas que son de cemento pulido, fuentes, el resto casi idéntico. Me siento en el piano, y toco *Piano Man* de Billy Joel, luego toco *Flight of the Bumble-Bee* cual si fuera yo Yuja Wang. Me sale casi perfecta, ajá la de la película de Shine. Luego toco *La Marcha Turca* de Mozart. Quiero conocerla, quiero conocer a Yuja y que esas manos veloces y audaces me toquen a mi. No mames; ¿por qué estoy pensando en ella? Métete a YouTube y búscala, checa como toca ella estas dos canciones que acabo de tocar, y luego me vas a entender por qué la estoy empezando a desear. Imagina esas manos en tu cuerpo: http://www.youtube.com/watch?v=8alxBofd_eQ y http://www.youtube.com/watch?v=j1fgo7hp-Ko. Ahora ya sin pensarlo, tomo mi Iphone, que por cierto me marca que corrí hoy noventa y seis kilómetros en cinco horas y media, me voy a la sección de notas y escribo: *Quiero conocer a Yuja Wang*. Me duelen un poco los dedos, lo malo fue que nadie me vio, nadie me aplaudió, quizá solo a lo lejos Mike me escuchó. Llego a mi cuarto, todo es igual: sólo falta los olores del machacado. La cama está desarreglada en la misma forma que estaba cuando desperté en Monterrey, en la regadera aún hay gotas de la última vez que alguien, o yo, la usó. Baño, jeans, camisa manga larga blanca, y en camino a la primera cita. Gracias Google Maps, gracias Iphone. Tengo un desayuno a las nueve cuarenta y cinco en un café que se llama The Square Coffee en el área de Times Square. Dejo mi Ferrari a varias cuadras al norte, cerca de Central Park, será mejor llegar ahí caminando. El tumulto ya está conviviendo con el asfalto; la ciudad ya se deja ser usada; los humanos intentando vivir. No puedo dejar de pensar en Yuja. En Monterrey también tenía un piano, el cual no recuerdo haberlo tocado nunca, no estoy seguro. Sólo me imagino teniendo sexo con ella, imagina esas manos y esa sensibilidad en ti. Ya sé que no es la más guapa, sólo en esta ocasión pudiera omitir mi regla de estar con la más bella. Sólo checa todas las habilidades que tiene esta chava para que entiendas.

Voy en medio de la masa de gente, todos cercanos, lejanos, con al menos algún aparato electrónico en su cuerpo, conectados en línea, desconectados entre sí, dependientes de señales electrónicas, semi estáticos, controlados por los watts de nuestra tecnología. Van tan fuera de este mundo que ni siquiera detectan los cambios de las estaciones durante el año. Me empieza a entrar un poco de claustrofobia. Un segundo después, sin yo ordenarlo, has de cuenta que en automático, mi brazo derecho se va extendiendo rápidamente hacia adelante un poco diagonal hacia la derecha, el puño cerrado y un milisegundo después el puño se topa con una nariz y parte de una boca. Volaron dos dientes, se desvió un tabique y cayó al piso de espaldas un ladrón. El hombre traía una máscara de la cara de un cochino. Cayó al suelo, en medio de toda la gente, casi inconsciente del madrazo que le había puesto. Patada corta con mi pierna derecha para romperle dos costillas, otra patada corta para quebrarle la tibia. Se desmaya del dolor. Me agacho para quitarle la máscara. La gente sigue caminando como si nada sucediera, como si estuvieran acostumbrados a este tipo de acontecimientos. Al momento de tocar su máscara, otra vez en automático me levanto. Giro noventa grados para poder patear de lado a otra persona que viene del mismo sentido que el primer ladrón, patada estilo Shito Kai, de lado pierna extendida directo a la garganta. Éste también cae, siente ahogarse, patada corta para dislocarle el hombro, y una segunda para también quebrarle dos costillas. Ambos con máscaras de cara de cochino, ambos con grandes bolsas en sus manos y armas en las bolsas de sus gabardinas color negro. Alguna gente nota lo que sucede, empiezan a sacarnos la vuelta. No paran su vida, sólo nos rodean. Siguen muy ocupados ensimismados en sus celulares. Sus vidas son muy importantes como para detenerse a observar lo que sucede. Y mientras tomo las armas de los dos caídos, escucho que alguien corta cartucho de una pistola justo a unos pasos de mí. "Suelta sus armas, y pásame las bolsas". Suelto las armas, me levanto muy despacio, lo tengo frente a mí: otro cara de cochino. Está a dos metros de mí: la persona me habla, la pistola me apunta. Aparece un helicóptero volando sobre la calle, en medio de los dos edificios; un camarógrafo filma desde la orilla de la cabina, amarrado con un arnés. Sólo falta Coppola, pensé. Entro en una zona de silencio total; dejo de sentir todo lo que sucede a mi alrededor. Sólo lo veo a él. Dejo que pasen dos segundos y luego actúo. En menos de un segundo logro moverme hacia él, con mi mano izquierda lo desarmo, con mi codo derecho le rompo la nariz, con mi rodilla derecha lo dejo sin descendencia. Sólo me tomó un segundo moverme los dos metros y darle los tres golpes. Fue tan rápido que él no pudo hacer nada. Permaneció estático recibiendo los golpes; el dolor le avisaba que lo estaba golpeando, ya que le fue imposible verme. Me cagan las armas. Tomo las tres pistolas, las tres máscaras y junto las seis bolsas que traían, dejo todo a unos metros de los caídos y me pierdo en la multitud al ver que llegan dos policías a controlar la situación.

Sigo caminando, me pierdo entre la gente, ahora sólo una cuadra más. Por fin llego al café. Una pequeña cafetería que presume ser orgánica. Todo muy minimalista, blanco, madera clara, acero inoxidable, pizarrones verdes, menús escritos con gises. El olor del café es único, incluso diría que es excepcional; sólo aquí lo he olido así. La especialidad son los bagels de salmón orgánico de Alaska. ¿Cómo asegurar que es orgánico? No hay música de jazz pretensioso del Starbucks, ni ruido de cubiertos al ser recogidos con desgano por las meseras del Sanborns. El murmullo de la ciudad de Nueva York es la ambientación que entra al lugar, que mantiene sus puertas abiertas todo el tiempo. Me siento sin pedir nada, necesito acabar de entender que sigue. Checo el Iphone, sólo está marcada la cita, la dirección y una letra i mayúscula ¿Inés? No tengo ningún contacto en mi celular que empiece con i. No hay mensajes nuevos, no hay pistas, no hay música nueva. Pido un café y un bagel, regreso a mi mesa, y en eso una güera cabello recogido hacia atrás rematado con una elegante cebolla, tez muy blanca, alta, delgada, lentes de sol, me pregunta si se puede sentar conmigo. No entiendo por qué chingados le contesto en español "Sí". Corrijo de inmediato a decirlo en inglés; ella me regala una sonrisa y se sienta en mi mesa. Siempre he disfrutado de la presencia de las mujeres en mi vida; me gusta, diría incluso que las necesito. Y aquí estoy como pendejo no queriendo tomar el bagel sin haberme lavado las manos, y no queriendo hacerlo para que no se fuera a ir la güera. Después de un pequeño intercambio de palabras sobre el clima y lo hermoso de Nueva York, o sea, después como de ocho segundos, le comento a la güera que iré al baño a lavarme las manos (pinches demonios que no me dejan comer con las manos sucias), pregunto si me espera ahí, junto a su comida y junto a mi espresso americano y mi bagel de salchicha. Asiente sonriendo mientras ella muerde su bagel de salmón y un poco de queso crema se le queda en su hermoso labio inferior. ¿Qué tanto me hubiera costado vencer mi antojo y haber pedido un bagel de salmón? Así comería más sano y estaríamos los dos comiendo lo mismo. Bueno, voy rumbo al baño, y estornudo, de esos estornudos donde parece que sale el alma: achuuuuu; y ¡que se me cae un diente! ¿De cuándo acá se le caen los dientes a los que estornudan? ¿Cómo madres se me cae un diente? Está bien que era un diente postizo, pero tenía que caérseme este día, en Times Square mientras desayuno con una güera desconocida que me recuerda a alguien sin que la pueda ubicar. Total que estoy en el baño con un diente en mi mano y viéndome al espejo chimuelo, me falta el lateral derecho. ¿Qué pedo? Veo un pequeño rozón cerca de mi boca, quizá en la lucha con alguno de los cochinos. Entré al baño con las manos sucias y ahora voy a salir con las manos limpias y sin un diente. ¿Cómo le voy a hablar a esta güera? Pinche oso. ¿Cómo voy a morder el bagel? Salgo del baño y mientras voy de regreso a mi mesa, detecto que afuera se siente un poco más del bullicio normal, un poco más de la locura promedio de esta ciudad.

Pasan varios reporteros, cámaras y demás carnaval televisivo hacia donde estaban los ladrones. Esta ciudad está acostumbrada a que le pase de todo, por eso a veces ignora muy fácil. Pareciera que allá afuera, a una cuadra de distancia estuviera *Pearl Jam* regalando algún concierto desde alguna azotea. Llego a mi mesa, la güera aún está aquí, llego con un diente menos en mi boca, un diente más en mi bolsa delantera derecha. Deseando que un pedazo grande de pan me tape el boquete y la güera no lo note. "Gracias por esperarme. Disculpa que no pregunté tu nombre, tu belleza me abrumó" Sonríe con aplomo mostrando estar acostumbrada al piropo. "Me llamo Irina". Sonríe mientras hace un gesto de sorpresa. "Irina". Irina tiene un acento extraño, de algún país de Europa del este. Ella trae un vestido Gucci color negro de manga larga con un delgado cinturón negro de piel con detalles en dorado un poco arriba de su cintura. El cuello en forma de arco invertido; tela delgada, algo stretch, se mantiene pegada a su bello y delgado cuerpo. El vestido le llega justo arriba de su rodilla, es una atenta invitación a soñar con esas piernas. Estas son las mejores piernas que he visto, son muy hermosas, delgadas y tan largas. "¿Y no me vas a preguntar mi nombre?" "Yo ya sé tu nombre", contesta algo divertida. Siempre me ha excitado escuchar a mujeres europeas hablar. Entre más del este sean, su acento es muchísimo más excitante. Es una arma seductora que poseen, no es justo. Los hispanos luego tenemos que compensar con habilidades de baile y siempre confirmar el mito sobre nuestra calidad como amantes. Pueden estar diciendo lo que sea y es excitante. Estoy a punto de ponerme a divagar en pensamientos eróticos con ella, para después invitarla a mi departamento escucharla es tan placentero que me mantengo poniéndole atención y deseándola a la vez. "Irina, Irina: me recuerdas a alguien. ¿No te conozco?" El aplomo y porte que muestra Irina me está excitando aun más; no se deja impactar por nada. "¿Así de bajo has caído con tus cumplidos? ¿Así de plano con el típico me recuerdas a alguien" Lo anterior me lo contestó en checo, lo cual es aún más excitante. "Era broma", intentando salvar mi comentario previo. "¿Qué te pasó en la boca?" Apenas terminó de decirlo y yo cerré mis labios lo más fuerte que pude, "¿Dónde?" "Ahí", y me señala arriba de mi boca. "Traes como unas pequeñas heridas, como un raspón". "No sé, no es nada" "Al equipo le interesaría saber si estas lastimado" "No te preocupes, no es nada". ¿Dijo al equipo? No le he quitado la vista a Irina, le he repasado todo su cuerpo, está acostumbrada a ser vista, adorada y deseada, lo bueno es que yo también. Ella tampoco ha parado de desearme; ve con insistencia mi boca y mi cuello.

Por fin, para tener un respiro un poco más largo, logro quitarle la vista de encima y volteo a una televisión de pantalla Samsung plana HD de cincuenta pulgadas que está en una esquina; la sostiene un solo tubo escondido que hace parecer que flota. No tiene volumen, está mostrando la noticia de tres ladrones con máscaras de cochinos. Habían asaltado a dos camiones escolares que estaban frente a las escaleras del Museo Americano de Historia Natural. Los niños iban bajándose en fila hacia el museo; en cada camión iban dos mamás, o padres substitutos, como los nombran aquí. Dejémoslo en que iban cuatro adultos, más dos choferes: seis adultos, y sesenta niños. Tuve que pedirle a Irina que parara y viera conmigo la noticia. Esto es raro en mí: me cagan las noticias sensacionalistas, los noticieros llenos de tragedias. Cuando los niños bajaban de sus camiones en fila hacia las escaleras frente al museo; los ladrones los amenazaron con sus pistolas. Cada niño tenía un celular y un Ipad. Lograron sesenta y seis celulares y sesenta y dos Ipads, ya que dos mamás y los choferes no habían llevado los suyos. A cambio habían marcado a sesenta y seis vidas. Para acabarla de joder, al final dieron dos disparos al aire desatando el pánico y la histeria en los niños. El toque trágico fue cuando un guardia del museo se percató de lo que sucedía; llegó corriendo lo más pronto que su gordo cuerpo de sesenta y dos años le permitió y los ladrones lo recibieron con cuatro tiros, dos de ellos en el pecho. El guardia cayó muriéndose, desparramando su sangre en las escaleras, a metros de donde estaban los niños gritando y llorando. La reportera del canal de noticias, sigue dando los informes. Algunos clientes que hacen fila para ordenar algo empiezan a realizar comentarios sobre la noticia, apuntan hacia la televisión, el resto de la clientela ignora una noticia loca más. Hasta que me vi en la televisión: ahí estaba yo. La reportera presumía ser el único canal que tenía la escena donde un ciudadano desarmaba al tercer ladrón después de controlar a los primeros dos. "Nuestro helicóptero se internó en medio de los edificios de la ciudad, persiguiendo a los presuntos culpables. A continuación, el único video que muestra la forma extraña en que los presuntos culpables fueron controlados por un ciudadano del cual hasta el momento se desconoce su identidad". Y pues sí: ahí estaba yo en la televisión, ahí estaban mostrando el video de justo cuando el tercer ladrón me apuntaba, la forma en que lo desarmé y golpee. Irina voltea a verme sorprendida, emocionada y de nuevo gira para seguir viendo la televisión que se encuentra a su espalda. Irina no se ha quitado los lentes de sol, creo que es de las que les excita que sus parejas sean buenos peleando. A tus órdenes, amiga.

La gente del restaurante me empieza a reconocer, me señalan y luego señalan a la pantalla. Ahora todos los presentes me observan y hablan con quien tienen a su lado. Primero me tapo la cara con mi mano, luego intento ver la televisión como si nada sucediera, luego finjo no percatarme de nada y simulo tener una conversación importante con Irina hasta que, unos minutos después, el que parece ser el gerente me señala y muy excitado grita desde atrás de la barra: "¡Please give an applause to our hero!" La cafetería orgánica me regala una ovación de héroe, no te puedo negar que se sintió bien. En la televisión ya aparece abajo una franja roja: *Breaking News: A Hero Saves Kid's Ipads and Arrest The Criminals. NYC Has A New Hero.* Y el remate: *#findtheNYhero*. Algunos se acercan para saludarme y felicitarme, otros me empiezan a pedir fotos con ellos. Y pensar que hace unos años nadie sabía que traer una cámara consigo todo el tiempo era una necesidad básica. Irina está emocionada, me toma de la mano, checa mi herida y me da un abrazo. ¡Güey! ¡Que rico abrazo! Éste inició siendo un abrazo no sexual, y al tercer segundo, los cuerpos ya se estaban empezando a entender. Tengo muy pocos recuerdos de abrazos ajenos a escenas sexuales. Así, abrazos como inició este, de amistad, cariño, de amor. La verdad son pocos: sólo recuerdo tres mas. El de Claudia en el hospital, Estelita en mi depa, y cuando vi a Mike hoy por la mañana. En todos gocé ser abrazado. En éste, con Irina, me excitó sentir los huesos de su cadera contra mi cuerpo. Después del abrazo me toma de los dos brazos y me dice: "Una vez más estoy muy orgullosa de ti: sigue igual, vas muy bien". Ya me desea; aunque siga con los lentes, lo sé. Me da un beso en la mejilla, verifica mi herida y nos sentamos de nuevo. Más gente llega a saludarme, otros ya no me saludan solo me toman fotos desde lejos, hasta llego a pensar que hubiera una recompensa por dar conmigo. Esperando que el bullicio, desconcierto y la emoción del momento ayudaran a disminuir el riesgo de la pregunta, me animo a lanzarla. "¿Y cuál era el motivo para vernos?", y justo en ese instante se escucha un murmullo colectivo, todos atentos a la televisión. Uno de los adultos que acompañaban a los niños asaltados era Yuja Wang. Ajá la pianista que acompañaba a uno de sus sobrinos a su visita al museo. Sus manos estaban a salvo, sólo estaba saliendo de un ataque de pánico. La entrevistaban y sólo alcancé a leerle los labios donde dijo: "Quiero conocer al héroe" #nomames "¡Luca! Ponme atención antes de que sea imposible hablar. Tan solo soy la mensajera; el motivo era traerte la última propuesta de la escudería. Ferrari te quiere como su piloto de Formula Uno para el siguiente año y su mejor propuesta es de ochenta millones de euros por un año". ¿Qué pedo, güey?

La noticia de Yuja desata aún más emoción; tengo mucha gente a mi alrededor. Irina queda lejos de mí. Hay porras, gritos, el gerente pone en oferta unos cafés y me manda regalar un pastel. Buscan mi autógrafo para luego subastarlo. Me piden tomarme fotos con todos los empleados, casi todos paisanos. En un pizarrón escriben: *Where heros have breakfast*. Siento más una urgencia por ver cómo podrían ellos beneficiarse con la

suerte de toparse con el héroe esta mañana que un sentimiento auténtico de agradecimiento o admiración. No pidas peras al olmo: es NYC.
Antes de que el tumulto nos separe, Irina me da su tarjeta y me pide que
la llame, a lo lejos asiento mientras veo su tarjeta: *Irina Gorbacheva, PR
Director, Ferrari. Formula Uno.*

17

Me toma más de cuarenta minutos salir de la cafetería, logro salir antes de que llegue algún reportero. Me pierdo de nuevo en la masa en movimiento, los miles de cuerpecitos moviéndose cual río multicolor. Le marco a Irina, no funciona mi teléfono. Ni siquiera se escuchan los tonos sonando. No sé ni de dónde es mi teléfono, no sé como debo marcarle; además, ¿por qué madres habría de funcionarme ahora, si no he podido hacer o recibir una llamada en lo que recuerdo? Parece más Ipod que Iphone.

Sigo caminando sin un rumbo determinado, a donde me lleve la ciudad; ya estoy acostumbrado a dejarme llevar. Tiempo después llego a una plaza, hay unos pequeños árboles y, al fondo, un barandal que da hacia el mar, o al río. A lo lejos se ve la estatua de la libertad; se le ha caído un pedazo de su brazo izquierdo. Hay carros que venden hotdogs; quien prepara el hotdog cobra y no se lava las manos. ¡Pinche asco! Hay también carretones de madera de color verde; están llenos de fruta. Extranjeros venden fruta.

Mi Iphone sí funciona para avisarme del resto de las juntas o llamadas del día, a las cuales no he asistido ni he hecho. Me compré una gorra y una chaqueta, para que no me reconozca la gente. Hoy en la ciudad se estrelló una avioneta en un edificio y se escaparon unos animales del zoológico de Central Park: un león, una cebra, una jirafa y un hipopótamo. Dos robos a bancos, seis intentos de suicidio, todos ellos fallidos para variar. Se crearon oficialmente dos religiones, se rompieron ocho récords Guinness, van cuarenta y un asesinatos, más de cinco mil personas fueron infieles hoy, mejor dicho, en lo que va de hoy. Veintidós se quedaron dormidos en el metro y despertaron cuando el vagón llegó al final de la ruta. Dos por ciento de la población de la ciudad tuvo sexo en las horas que lleva este día, sin estar consciente de que lo tuvo. Se han enviado más de quinientos mil mensajes de texto con connotaciones sexuales. Un avión aterrizó de emergencia en el río. Se están filmando veinticuatro películas. Se están escribiendo dos mil cuatrocientos once libros. Se han presentado seiscientos casos de divorcio. Sólo hoy ya se vendieron sesenta y cuatro revistas pornográficas, doscientas cajetillas de cigarros y veinte paquetes de seis cervezas a menores de edad. Dieciséis empleados de la ciudad ya han sido sobornados. Cuatro pendejos han golpeado a sus niñas hasta causarles heridas; se los va a llevar la chingada. Y pensar que aún no son las doce del medio día.

Camino un poco hacia a la orilla para ver el agua y hay un hombre de unos treinta años con gran barba. Se ve pulcro. Está descalzo, usa jeans decolorados y una t-shirt blanca. Trae lentes de sol, un pequeño sombrero de vestir color verde oscuro, medio triangular; no le combina con su apariencia. Y carga un gran letrero blanco y en texto en color negro se lee: *Free Hugs*. En la parte de abajo lleva la cuenta con rayas verticales unidas cada cinco por una diagonal. Sólo lleva doce abrazos. El hombre llama mi atención; más que la posibilidad de ver la estatua manca o de comer un sucio hotdog. Me le acerco con cautela y desde unos diez metros le grito: "¿Los compras o los vendes?" "Ha, Ha, es la mejor pregunta que me han hecho hoy. Como tú quieras hermano". Como tú quieras me suena a que no le importa nada con tal de que se arme el abrazo, lo cual me puede llevar a pensar que está demasiado necesitado de un abrazo o bien tiene tendencias homosexuales y quiere sentir el cuerpo de un hombre. ¿Por qué madres me dice hermano, si ni nos conocemos? "Anímate: serías el trece de hoy". Uta madre: no me ayudes más. "De los doce que llevas, ¿cuántas han sido mujeres?" "Hermano, hermano. Tranquilo, es sólo un abrazo. Siete han sido mujeres". "¿Desde qué horas estás aquí?" "Desde las seis para alcanzar el tráfico de la mañana". "O sea, en casi seis horas sólo has logrado que de toda la gente que pasa por aquí solo doce acepten un abrazo?". "Sí, hermano, y ha sido un buen día hoy". "¿Cada cuándo vienes?" "Tengo como seis meses de hacerlo a diario, todas las mañanas de las seis de la mañana a las tres de la tarde. En la noche tengo otro trabajo". "¿Esto lo llamas trabajo?" "No: no acepto dinero. No lo hago por el dinero: lo hago por repartir el amor. Todos necesitamos un abrazo". "Deberías vender fotos o mandar la foto a su Facebook". "No es mala idea, aunque no lo hago por dinero. Nos educaron para no tocarnos; acá nadie está acostumbrado a los abrazos. Tú tienes cierto acento, quizá no eres de aquí; aquí la gente no se abraza. Aquí la gente no se roza, no se tocan al saludarse, no se tocan para nada. O no se tocan nada, o acaban fornicando: son los dos extremos." Me hizo sonreír. "¿Y cómo abrazas? ¿Con qué estilo?" "No sé hermano, es lo que quiero descubrir: cuántos abrazos hay. Quiero saber cómo abraza la gente, qué caras ponen, cuántos repiten. Luego quiero hacer un libro sobre ello." "¿Entonces estás aquí para dar tu amor?" "La vibra se crea en cada abrazo dependiendo de lo que cada uno de los dos aporten. No se puede crear sola". "¿Y cuál ha sido el mejor abrazo?" "El de una niña de siete años que pensó que yo era su padre, quien había muerto un año antes". ¿Por qué nos tenemos que morir? La muerte no debería aplicar si vas a dejar a un niño triste de por vida. Me animo a darle un abrazo. No sentí nada. Fue como un abrazo entre yerno y suegro en la ceremonia de petición de la novia. "Apúntame el trece. Buen día". "Adiós hermano. Amor para ti". Me regreso unos pasos para preguntarle por un teléfono público y le pido prestados cincuenta centavos para hacer la llamada. Me informa donde está la caseta más cercana, una cuadra a lo mucho y me avienta dos monedas de veinticinco centavos. Camino, llego, descuelgo, empiezo a marcarle a Irina. El número inicia con la clave de Italia, +39 0536 949 269. No hay suficiente saldo para realizar esa llamada. ¡Que la chingada! No sé si es la ciudad, mi agotamiento por todo lo que corrí o el éxtasis de la aclamación de héroe, hoy me siento diferente. No siento que tengo que pelear contra mí mismo; no siento que tenga que demostrarme nada. Siento que puedo no hacer nada hoy y como quiera estar bien. Es tan sólo un día más en mi vida. Pareciera que desear a una mujer es tarea fácil, pero no lo es. El momento en el que por primera vez la deseaste puede ser memorable, puede ser el inicio de un camino tortuoso o bien un camino lleno de orgasmos. Ellas siempre tienen el poder. Irina me tiene ganchado y mis testículos ya me empiezan a doler.

Regreso a la plaza, me mantengo al lado opuesto de quien regala abrazos; ya no quiero platicar con él. Mientras escribo en mi Iphone: *Quiero ver a los cuatro padres que maltrataron hoy a sus niñas*. Mejor empiezo a caminar, dos cuadras adelante. "A sus órdenes, señor". "¿Mike? ¿Qué haces aquí? Yo no te llamé". Me subo al Ferrari ¡No manches! ¡Está con madre! "Yo sé que no, señor. Al ver que no ha cumplido con todos los eventos de su agenda de hoy, me tomé la libertad de localizarlo vía el GPS de su celular y pensé que le daría gusto verme". "Gracias, Mike, ¿cómo sabes que no estaba cumpliendo con mi agenda?" "Señor: lo conozco. Además en la cocina del penthouse tiene su Ipad sincronizado. Siempre nos ha comentado que ahí podemos ver lo que sea. Me llamó la atención que no fuera marcando los eventos de su día, más que el del café de las nueve cuarenta y cinco de la mañana. Además, ya vi su video por todos los canales de televisión, youtube, internet, el hashtag #findtheNYhero es trending topic en Twitter. Lo conozco: supuse que estaría intentado huir de la gente. Detecté que su carro y usted estaban demasiado lejos, fui por el auto, lo lavé y aquí estoy, a sus órdenes. Supongo que no quiere revelar su identidad y menos antes del evento de la noche". "Lo que sea, Mike: ya no puedo controlar todo. Ya no quiero controlar nada". Le pido su celular, le paso el mío, le marco a Irina "¿Irina?" "Luka, ¡El héroe de Nueva York! Si cerramos el trato, sería una gran forma de dar la noticia al mundo: héroe y piloto de formula uno". No mames: su acento es un himno al orgasmo. Con ella sí tendría sexo telefónico. "Para, Irina. ¿Cuándo te veo? Antes que el contrato, quiero hablar contigo. Te invito a cenar hoy en la noche". Me avisa Mike desde el asiento del copiloto que no, que hoy no y me muestra la agenda de mi Iphone: Tony Awards with S.M.W.F. "Espera Irina, dame un segundo". Mute al teléfono. "¡Mike! Tú todo sabes, no manches. ¿S.M.W.F. es Megan?" Me mira como sólo los adultos saben mirar; los mayores de sesenta y cinco obtienen de la vida esa forma de ver a los menores de su mismo sexo: esa mezcla de sabiduría, condescendencia y complacencia. "Irina, perdón. Hoy no puedo. Te invito a desayunar", me interrumpe, "Ya sé que hoy no puedes: tienes los Tony Awards. No eres el único que conoce

221

tu agenda, además yo también iré a la noche. Todo mundo ama a Ferrari, recuérdalo". "Irina, ya no hables: me encanta tu voz. Quiero hablar contigo por horas, viéndonos frente a frente. Te invito a desayunar mañana". Mike me hace señales: que no es una buena idea. Me señala al reloj, me ilustra que estaré dormido hasta tarde. Pinche tráfico de NYC; igual es el tráfico de cualquier lugar del mundo, sólo que éste pintado de carros amarillos, en la India con vacas decorando la ilustración y en México algunos vendedores ambulantes. "Perdón: me avisan de un compromiso nuevo para mañana por la mañana". "Mañana en la tarde, corremos en Central Park, luego acepto tu invitación a cenar donde tu digas. No podemos dejar pasar mucho tiempo sin una respuesta, el final está cerca. Ocupan una respuesta. A las cuatro en la esquina de la quinta y la cincuenta y nueve. Como quiera te saludo hoy en la noche". "Trato. Ciao". Pareciera que entre más cumplidos recibe, más fuerte se pone; su muralla está a mi nivel. Me gusta ver el efecto de mis piropos en sus caras, sus expresiones, su piel, en sus tics nerviosos o incluso en sus silencios. Como Irina, que sólo los toma, disfruta y guarda silencio. Le vibra mi cel a Mike, me muestra el mensaje: una dirección en Brooklyn. Me confirma que no es la dirección de ninguna de las citas de hoy. Le pido que me guíe. Supongo que el Ferrari está más frustrado que yo: si no es el tráfico, son los ridículos límites de velocidad. Me acuerdo: soñaba con un carro al que le salieran hélices del techo y pudiera huir del tráfico. No avanzo nada. En México ya hubiera pasado el vendedor ambulante en medio de los carros, caminando con un chaleco lleno de tarjetas de tiempo aire de telefonía celular, en su mano derecha una tabla a la cual tendría colgados, chicles, fritos, banderas de México y máscaras de luchadores. Y en su otra mano sosteniendo una especie de charola con cigarros, chocolates y condones. Atrás de él estaría su esposa, que parecería que tuviera al menos cincuenta años, sólo tiene treinta y nueve, treinta y nueve años quemados por el sol y el hambre. La esposa arrastraría una hielera vieja con pequeñas ruedas, de plástico, con botellas de agua al tiempo. Bueno: si fuera el D. F., dirían que están frías; si fuera Monterrey, dirían que están calientes. Las aguas no están frías porque ese día la pareja no tenía para comprar hielo, entonces sólo llenaron de agua la hielera y pusieron las botellas a la venta un peso mas barato. Para bien o para mal, aquí no es México: es NYC. No hay vendedores ambulantes como el que te conté; de pronto pasan motos, bicis, gente en traje y patinando. No puedo avanzar nada en este pinche tráfico. "¿A cuánto tiempo estamos de esa dirección, Mike?" "Sesenta minutos con tráfico". "¿Y de ahí a la casa?" "Dos horas". "¿A qué horas me tengo que ir por Megan para llegar a tiempo al evento?" "A las seis". "¿Alcanzamos?" "¿Qué tan importante es esta vuelta, señor?" "No sé, supongo que es importante". "Le voy a dar, chingue su madre. Al cabo la agenda de hoy ya valió madres". Y avanzo otros cuatro metros en mi Ferrari 458 rojo. Con Mike los silencios son cómodos. Da información sólo cuando se le pide. Ayuda sólo cuando se le necesita.

Llego a Brooklyn: mi enojo por el tráfico me nubla los motivos por los que estamos aquí. Me dan ganas de regresarme a mi casa y tocar el piano, comer frutas y tomarme una agua mineral. El auto atrae más miradas que las de costumbre frente a la dirección. Mike guarda silencio. Necesito un pedazo de su prudencia, ¿Todos los ingleses son así? Me bajo del auto, le pido que me espere adentro. No recuerdo la última vez que haya sentido miedo; ¿tú te acuerdas? Sin querer presumir, la verdad yo no lo recuerdo. El olor del aire es diferente: se siente más denso, húmedo, con olores a aceros oxidados, menos concreto y más árboles. Hay más aire que en Manhattan. Timbro en el pequeño townhouse que marca la dirección que me llegó; nadie abre. Diez minutos, veinte timbridos. Nadie abre. Gente de diversos colores, nacionalidades y religiones caminan por las banquetas. En algunos locales sobre la misma acera donde estoy, venden comida casera para llevar; en otro venden panes y enfrente hay una tienda que presume vender auténtica comida Kosher. Casi todos los que caminan traen bolsas en sus manos, bolsas de cartón, creo que con alimentos adentro. Vuelan de regreso a sus nidos a alimentar a sus bebés; quizá no han cambiado mucho las bases de la época cavernícola al día de hoy: comer-sobrevivir-reproducirte-dormir. Recorro toda la cuadra, de esquina a esquina. Vuelvo al townhouse, timbro de nuevo. Mike esta a dos casas de distancia, aún dentro del auto. Veo que se acercan a mí, una pareja con dos niñas de siete y de cinco años. "¿Timbró en mi casa? Ya pagamos todo, ¿Por qué nos siguen molestando?" "¿Perdón? Sí, sí timbré en su casa. No vengo a cobr..." Y no terminé de decir la frase cuando ya habían pasado cuatro segundos viéndonos, él y yo, 1, 2, 3, 4 y click. ¡No mames, cabrón! Llevaba meses golpeando a sus niñas, quienes tenían las piernas llenas de moretones. Una de ellas tenía rojo un pómulo y la otra tenía el labio roto. La señora tenía una venda en su brazo y una cortada en el labio igual. "¿Por qué les pegas, pendejo?" Y ante la sorpresa que dejó mi comentario, el señor saca una navaja y se viene contra mi. Tomo el brazo de la navaja, tuerzo la misma muñeca, quiebro el pulgar, quiebro la muñeca, la navaja cae. Codazo lateral en su mejilla derecha, cruzado derecho a su ojo izquierdo, golpe con dedos juntos y erguidos directo a la garganta. Deseaba caerse, no sabía que aún le faltaba sufrir. Patada lateral inclinada hacia abajo, adiós rodilla izquierda y un puñetazo izquierdo con toda mi ira, directo a sus costillas derechas. Me llevé dos. Finalmente cae. En el suelo intenta sacar su arma, ni cuenta se dio cuando se lo impedí, descargué el arma y le quebré la otra muñeca. Dos muñecas, dos costillas, una rodilla, una boca, muchos dientes, un ojo tan hinchado que no puede ver, un dolor en su garganta que le durará meses. Hoy había sido el día de suerte de este pendejo. Me hinco y le digo: "Sé todo lo que haces. Si las vuelves a ver, te castro". Las mujeres ya están a varios pasos de distancia. El pendejo éste sólo llora y asiente a todo lo que le digo. Espero que huyan las mujeres y me voy al carro. "Mike encárgate de las mujeres, ayúdalas a cambiarse de casa. De vida" "Sí señor. Acabo de meter un reporte anónimo de violencia familiar. Me llamó la policía, ya tenían varios reportes de él, era su última oportunidad, ya vienen por él para llevarlo a la cárcel". Apenas le doy la vuelta al auto, para subirme y veo que una patrulla ya va llegando a la casa. Well done, ciao.

Mike, paz. Voy con Megan. Mucho golpe: quiero amor.

18

Mientras volvemos, navegando sobre concreto y luchando contra la ira de los habitantes de esta ciudad que sienten que el mundo se la quiere arrebatar, sigo añorando mi sueño de niño: el carro al que le salieran hélices. Llegamos a mi casa; el buen Mike informa que tengo treinta y cuatro minutos para estar listo, que en mi caso es tiempo más que suficiente. En mi cuarto, el esmoquin que debería portar y unos zapatos de charol, al parecer nuevos. Sobre la cama al lado del saco una nota: *Lo siento señor, es el código de etiqueta del evento de hoy.* Baño veloz, rasurada, mi loción Hypnose de Lancome y el disfraz, perdón el esmoquin. Hasta me da tiempo de sentarme en el piano a tocar otra canción: *How To Save a Life* de *The Fray.*

Mike me entrega en un papel la dirección de Megan. Sonríe con malicia. Ya no me creo nada, después de lo de Salma. Apenas me subo al Ferrari, y llega una canción nueva, con una nota: *Héroe, para que disfrutes el camino. The Wallflowers* cantando *Heroes.* El remitente de siempre. Llego a Greenwich Village. Antes de bajarme suena mi teléfono. ¿Puedes creerlo? A menos de que esté mal, según yo no me había entrado ninguna llamada. No puede ser: es Mike. Primera llamada en la pinche historia y es Mike. "¡Bueno!" "Perdone que le moleste señor, en el asiento de atrás le dejé seis rosas rojas; pensé que era un buen detalle para Megan". Aquí estoy timbrando, un timbre similar como al del townhouse de Brooklyn hace unas horas; las fachadas son muy diferentes, el vecindario también. Hay poca gente caminando. Pasaron cuarenta y seis segundos en los que timbré tres veces, se abre la puerta muy despacio. Justo en ese momento en altavoz de mi Iphone empieza la canción, *Dreams,* de *Van Halen,* luego empieza a sonar en unas bocinas que están colgadas en las fachadas de las casas y en los postes. ¡Sí señor: es Megan! Cabello ondulado suelto, color negro. Vestido negro con rojo estilo strapless marca Balenciaga, de nuevo con lentes de sol. Zapatos Balenciaga de piel roja, tacón grueso, cuadrado y muy alto. No puede ser posible su belleza, una mezcla perfecta entre demonio y ángel. Depende en qué parte de su respiración la sorprendas será la versión de su cara que verás. Apenas puedo respirar. Me acordé de mi juventud en donde las rodillas temblaban de la excitación al tocar una mujer. Sólo ellas tienen el poder para hacer que las rodillas tiemblen, la voz se esconda y que de la cintura hacia abajo empiecen a suceder revoluciones. Es demasiado bella, no puede ser. Está increíblemente buena. La saludo, me saluda incluso con un abrazo breve, a lo lejos unos paparazzi. Me pide que nos subamos al auto. "Gracias por las flores". "Gracias por la noche". "¿Cuánto tiempo? Te extrañé". "¿Que eres el nuevo héroe de la ciudad? Mi agente estaba feliz que hoy fuera a salir contigo, el héroe de la ciudad". "Te fui a buscar a tu consultorio". "¿De que hablas? Qué bueno que nuestros agentes se conocían ¿No?" "¿De que hablas tú? Te fui a buscar a tu consultorio en Monterrey". "No te entiendo, Luca, ¿qué consultorio? Yo te estoy hablando de que eres el héroe. ¿Qué se siente serlo?" "¿Qué se siente ser tan bella? ¡Megan: el consultorio!" Se emparejan dos paparazzis en motos. No sé si me siguen a mí o a ella. "No más juegos, Megan: o me dices la verdad o te quitas los lentes". "No me puedo quitar los lentes, porque recién me operé, tendré que usarlos toda la noche". "No mames, Megan". "Wow. ¿Y ese vocabulario?" "Megan: ya, güey. Para el juego". "Ya no voy a caer, te conozco: tuvimos sexo, te recuerdo en el consultorio y me recuerdas. Eres mi doctora y yo soy tu paciente mínimo desde hace diez años. Conoces a la perfección mis dolores, traumas, alucines, incluso sabes de memoria la forma en que recito todos mis problemas. Por cierto, hueles delicioso. Y ese collar rojo de Bottega Veneta se te ve excelente". "¿Cómo le haces para decir tantas incoherencias en tantas palabras en tan poco tiempo?" "¿Qué te operaste?" "La vista para no ocupar lentes". "No te creo. ¿Qué más tienes operado en tu cuerpo?" "Nada; todo es natural". "Ok, ya: a la chingada. Tan bien que íbamos con las flores, el abrazo inicial, tu belleza, para luego discutir por estas pendejadas simulando que no me conoces". "Pobrecito, qué sufrido. ¿Sabes que hay miles de personas que darían miles de dólares por salir conmigo?" "¿Y cuántos crees que di yo?" "¿Qué?" ¡Ja! "Ya, güey, siempre tenemos diálogos violentos, en lugar de disfrutarnos. ¿Así de violento fue cuando cogimos? ¿O fue tierno y suave?" Sonríe como diabla. "No sé de qué me hablas; ya quisieras siquiera besarme", conozco esa sonrisa contenida: está perdida. "¿Y si te dijera que ya me acordé de la vez que tuvimos sexo?" "¿Ah, en verdad la habías olvidado?", dice algo ofendida. "¿Cómo olvidar algo que no sé si sucedió? Desde la última vez que te visité en el consultorio en Monterrey, he vivido con el ansia de no poder recordar la ocasión que dijiste que cogimos". "Tranquilo, Luca. Deja de soñar". "No me interrumpas; déjame acabar". Pinche tráfico "Todas las noches que he podido dormir, siempre pienso en por qué no me puedo acordar de nosotros cogiendo. Me acuerdo de muchísimas cosas, incluso antes de conocerte; sólo de esa ocasión, no. Durante esas noches decía que cambiaría muchísimos recuerdos por el tuyo, por el nuestro. Incluso cambiaría muchísimo dinero por ese recuerdo. Porque un recuerdo es más valioso que un sueño. El recuerdo ya sucedió: es sobre un hecho. No me incomoda para nada la libertad de pensar, crear eventos en nuestra mente, fantasear. Los recuerdos siempre serán más poderosos. Intentaba fantasear contigo, ni siquiera eso podía, porque al recordarte con tu traje sastre, después me ganaba la ansiedad de intentar recodar lo sucedido y no podía, total que me acababa durmiendo sin poder recordarte y sin poder fantasear. Sólo así lograba conciliar el sueño. El piquete causado por el ansia fue tan constante que dejé de sentirlo, no por eso deje de recordarte". Empieza a morderse su labio inferior, como jamás haya visto a alguien hacerlo; me excito. "Es imposible olvidar a alguien tan bella como tú". "Suponiendo que entiendo lo que estas diciendo, si me recordabas o deseabas así, ¿Por qué no me fuiste a buscar?" "Es que pasaron demasiadas cosas. ¡No he parado! ¡No han parado de pasar cosas! Y para acabarla de joder, cuando te las contaba, decías que estaba loco". "Ja, ¿sabes cuántos hombres me decían eso en preparatoria, después de dejarme plantada? -Es que me pasó algo- Qué casualidad que hasta salir de preparatoria, ningún hombre jamás me ha dejado plantada.

Los que me dejaron plantada en preparatoria, ahora la pasan muy mal. Uno de ellos se suicidó; ese quizá no esté tan mal. Otro se perdió en las drogas; otro se perdió en el alcohol. Otros dos, sus esposas los abandonaron y llevan años desempleados. Y uno más aún vive con sus padres. Son la burla del pueblo. Me tuvieron de oportunidad y me dejaron ir. Desde entonces nadie me ha dejado plantada, hasta que llegaste tú, que no sólo me deja plantada, sino que se pierde por años. Luego su agente es quien le tiene que hablar a mi agente para que nos concierte una cita, y ahora al preguntarle el porqué no volvió me sale con que le pasaron muchas cosas. Mejor reconoce que conociste a alguien más guapa que yo". "¿Estas jugando, verdad? Claro que sabes de lo que hablo" "¡Claro que estaba jugando, carajos!" Sí es probable que traiga un demonio adentro; grita fuertísimo. Su mirada, chingados, su mirada... ¡no la puedo ver! "¡Yo también te extrañé! Pero, ¿qué querías? ¿Que después de tanto tiempo, que me dejaste colgada, llegara corriendo a tus brazos a besarte?" "No sería una mala idea; nos hubiéramos brincado todo este diálogo. A lo mejor ya ni iríamos rumbo al teatro: iríamos rumbo a mi departamento. Ya hubiera besado tus labios, tu cuello y ya hubiera puesto mi mano en tu entrepierna, hundiendo ese pedazo de tela de tu vestido. De hecho no hubiera sido una mala idea". "Qué chistoso; no se te ha quitado". "Aguántame: yo soy el que no sabe de qué hablas. No recuerdo haberte dejado plantada". "¡No manches, Luca! Sé hombrecito para reconocerlo". "¡Güey!" "Si acaso sólo quedamos de que volvería al consultorio algún día, ni siquiera de eso estoy seguro. Si a eso llamas que te planté, pudieras tener algo de razón, más no del todo, porque técnicamente sí volví a tu consultorio". Se vuelve a sonreír. Si vieras esa sonrisa llena de malicia y deseo, tú también te excitarías. "Yo tampoco nunca lo he olvidado". ¡Eso cabrón! "¿Y por qué toda esta pinche broma?" "Es obvio que te quería molestar y sé que si de algo no estás seguro es de tus tiempos y recuerdos; en efecto, sé como te atacan tus demonios: me quise unir a su club. Estuve muchos años de tu lado luchando contra ellos. Ahora quise experimentar algo diferente y me uní a su bando, el de los méndigos". Necesito un semáforo en rojo. ¡Ya! Me urge besarla. "Si necesitas experimentar algo nuevo, vámonos mejor a mi casa ya". "Ay Luca; estás bien loco". "¡Ves que siempre acabas diciéndome eso!" ¡No mames, Nueva York! Ahora resulta que todos lo pinches semáforos están en verde. Extiendo mi brazo derecho y muy despacio pongo mi mano en su descubierto hombro izquierdo; siento su tersa y caliente piel, muy apenas la rozo, luego llevo despacio mi mano al hueso de su clavícula izquierda. No reclama, aunque lo recibe un tanto orgullosa, con la mirada perdida en éste tráfico terco, que ahora avanza al ritmo de toda una ristra de semáforos en verde. ¡Ya, cabrón! ¡Déjenme besarla! "¿Aún te gusta Emily Jane White?" Sonríe con algo de emoción, aunque se nota que tiene muy claro lo que su belleza causa. Nunca da esperanzas. ¿Qué esperar? Es Megan. "¿Cómo te acuerdas?" "Siempre recuerdo los detalles". "No es cierto, Luca; la vez del consultorio ni siquiera recordabas que me conocías". "Está bien: mi respuesta debió haber sido: casi siempre recuerdo todos los detalles". "¿Será?" "¡Sí!" "A ver ¿cómo vestía?" "Claro que me acuerdo, aunque tú no te acuerdas de eso". "No importa; dime la respuesta". "Traías un traje sastre muy apretado color café oscuro. Una blusa blanca abrochada hasta arriba. Ese día traías el cabello liso, juré que había visto los labios más rojos y excitantes de mi vida. Para variar, ese día también traías lentes de sol, a pesar de que estábamos en tu consultorio. Este reloj Cartier que traes ahorita ha de ser muy importante, porque es el mismo que traías aquel día". Aprieta la boca e intenta negar con la cabeza. "Aquel día pensé que había visto los mejores labios, estaba en lo correcto. Los he recordado mucho tiempo, no hay defensa contra el deseo. La única defensa contra el deseo es convertirlo en hecho". La ciudad pareciera que no reconoce que yo soy el héroe, puesto que aún siguen en verde todos los semáforos que me tocan, disminuyo la velocidad, hasta que el Ferrari está parado. Justo en el carril de en medio de la Sexta Avenida por fin me regala otro tipo de sonrisa, de las que me gustan. Muy lento me voy acercando hacia ella; pienso pedirle que se quite los lentes. No tardaron dos segundos en empezar los reclamos de carros, hasta peatones gritando cuanta pendejada te puedas imaginar: cláxones sonando a decibeles que sólo en esta ciudad suenan. A mí me vale madre: estoy a punto de besar a mi Megan. ¡Jódanse! Si estoy soñando, no me chinguen: déjenme besarla. Los autos pasan muy cerca; se escuchan sirenas, siempre se escuchan sirenas. Gira su cuerpo hacia mí; ella combina perfecto con el carro. Rojos mortales. Humedece su labio superior sacando rápido su lengua, y luego el labio inferior lo moja al meterlo un poco a su boca. Mi ritmo cardiaco sube, mi piel está chinita. Estoy a cinco centímetros de su boca, éste es el momento que me gusta verlas a los ojos. Mi mano izquierda en la parte posterior de su cuello. Despacio mis labios a los de ella, toques eléctricos; no puede ser malo sentir esto. Saliva a los labios, calambres, más lenguas, más bocas. Me encantaría que el tiempo se perdiera en mí en momentos como éstos y quedarme atorado en un beso así. Cuerpo estremecido, calambre en la parte derecha de mi cuello, excitación en cada lugar donde debería mostrarse, cual adolescente. Termina el beso y mi pierna derecha está temblando. Sonrío. Tratando de mantener mi compostura pensando que jamás había besado unos labios así, me regreso a mi lugar, arranco el Ferrari. Ahí vamos, poco a poco. El siguiente semáforo ahora sí ya me toca en rojo, aún tengo el goce del beso previo y no quiero iniciar otro: quiero seguir disfrutándolo. Aún siento su aliento en mi boca; aún tengo su sabor. Este es de los momentos en que me gusta quedarme callado porque cualquier palabra que diga ahorita va a destruir el momento. Nos regalamos grandes suspiros y miradas. Sus piernas llaman a gritos a mi mirada; mi mirada educada responde. No, cabrón: para ya. ¿Cómo se sentirán esos labios en otros lados del cuerpo? Quizá sí me conviene destruir este momento con un comentario pendejo, si no me bajaré con los pantalones mojados. Me aguanto y la sigo viendo callado. Crear momentos así cuesta mucho; hay quienes jamás lo logran, ni siquiera con una mujer poco agraciada. Y ahora, ve tú a saber por qué motivos, bajo qué mandatos, hoy me toca vivir esto. No lo voy a empinar ni de pedo; lo voy a disfrutar. A huevo que sigo callado, viendo su espectacular belleza. Siento su sabor y, a pesar de lo que acabo de pensar, empiezo a hablar, dándole en la madre al silencio excitante que juntos habíamos creado. "Ha de haber estado tan espectacular la vez pasada que cogimos, que ahora siempre que me ves lo haces con los lentes

porque no quieres que te vea, porque tienes miedo de sentir tanto placer, tantos orgasmos, miedo a llorar de placer y a quedarte muda de goce.
No me tengas miedo: quítate los lentes. No tengas miedo de sentirme".
Ella toma aire profundamente. "Aaaay Luca, no has aprendido bien
el arte de excitarnos en silencio. Te hubieras quedado callado, aún no lo
controlas bien". Tiene razón: debí quedarme callado. ¿Qué chingados
pasa conmigo? Si parte de los planes es contradecirme siempre, entonces
lo voy haciendo muy bien.

19

Llegamos al Teatro Beacon, en la Calle 74 y Broadway. Alfombra roja en la entrada, toda la parafernalia de los medios. Justo lo que necesito, multitudes, luces intensas, gritos. Cuando lo que yo quiero en realidad es intimidad, oscuridad y gemidos. Le toma a alguien gritar que yo era el héroe lo que a mi me toma dar la vuelta al Ferrari, para irle abrir la puerta a Megan. Flashazos, algarabía. Ella espectacular, alcanzó a pintarse de nuevo su boca. Yo no recordé limpiarme la mía; por lo tanto, en las primeras fotos mañana de los periódicos saldremos, Megan, yo con mi boca y sus alrededores manchados del mismo color del labial de ella, las rosas y mi Ferrari atrás. El marco perfecto que ocupan los tabloides de aquí. *Héroe con suerte*.

Llegamos al lobby, la noticia de que el héroe estaba en el lugar había llegado antes que nosotros. Pinche tecnología, pinches paparazzi. Entramos, caminamos; me limpio la boca, al llegar a unas escaleras observo el lobby unos escalones abajo. Desde ahí nos reciben con una fuerte ovación; muchas caras conocidas; bueno, ellas conocidas para mí. No creo que fuera de mi repentina fama neoyorquina algunos de ellos me conozcan. Todos sonriendo. Aún están aplaudiendo. Nos vemos Megan y yo, nos entendemos y nos adentramos en el tumulto de gente. Abrazos, muchos de ellos falsos, palmadas, felicitaciones, una que otra agarrada de nalga. Fotos. Por fin una copa de champagne; no importa que me quite su aliento, al cabo está conmigo. Se supone que los que están aquí son famosos, como quieran saben idolatrar, bueno, bueno, son los mejores de Broadway. No te emociones Luca, quizá solo están actuando. Disfruto los olores, perfumes, abrazos, las bellas mujeres, y toda la pinche idolatría falsa y hueca. Al tomar el primer trago capto que no tomaba desde el día del incendio.

Han pasado veinte minutos, lo bueno es que aquí no puede entrar la prensa. Nos indican que podemos pasar al teatro; no sé qué decir, no sé cómo me siento, no sé si decir qué hueva o qué con madre. Si digo qué hueva es porque me daría hueva estar no sé cuántas horas sentado ahí, luego recapacito y entiendo que debo sentirme afortunado de estar en un evento como este, así de la pinche nada. Yo andaba corriendo en Calzada en Monterrey, y ahora estoy en la entrega de los Tony Awards. En un mismo teatro tanta mujer bella, y de la mano de Megan. No tengo cara para decir que está de hueva el evento, sería muy ingrato decirlo. Debería reconocer que hoy ha sido un día feliz: Megan, reconocimiento público, la esperanza de acabar la noche revolcándome con ella, el desmadre del héroe, Irina en la mañana y Ferrari buscándome para que sea su piloto. No me puedo quejar. Ya estoy en mi lugar, ni he podido cruzar palabra con ella; pareciera que los dos andamos sólo buscando miradas. Creo que está buscando contratos. Está trabajando. Yo no: yo sólo disfrutando. Empieza la entrega, bromas del conductor, más menciones a mi acto heroico, más luces directas a mi cara. Murmullos acerca de mi relación con Megan. La gente se cuestiona por qué está ella conmigo. Lucho contra el sueño y un poco de aburrimiento; me entretengo viéndole las piernas a Megan, tocándoselas en ocasiones y buscando miradas de mujeres. Cuánta mujer bella. Se acaba la entrega, se vacía el teatro de forma ordenada. Logística perfecta; mi auto, obvio, en la puerta del frente, donde más reporteros hay. Ella lo goza. Para las fotos, se pega a mí lo más que puede; yo, sufriendo, dejándome querer.

Doce minutos después llegamos al lugar de la fiesta. Un edificio viejo, de triple altura, remodelado con pisos de madera brillante color claro, los muros de concreto, en algunos pedazos hay tramos de ladrillos y en otros largas vigas de acero, iluminación indirecta causando un ambiente de penumbra romántica.

Me pierdo aquí con la que sea. Mientras veníamos en el carro, Megan se la pasó escribiendo mensajes en su BlackBerry y apuntando unos teléfonos en un pequeño pedazo de papel. El papel al parecer arrancado a mano de una libreta; me recordó al que escribí y aventé al asiento de adelante del taxi de Mike al bajarme de su auto aquella mañana en París, en el jardín que está frente a la Basilique du Sacre Coeur. Aquel papel decía:

2011
Roland Garros: Mujeres: Li Na / Hombres: Nadal
Wimbledon: Mujeres: Petra Kvitová / Hombres: Djokovic
US Open: Mujeres: Stosur / Hombres: Djokovic
Copa Davis: España

2012
Australia: Mujeres: Azarenka / Hombres: Djokovic
Roland Garros: Mujeres: Sharapova / Hombres: Nadal
Wimbledon: Mujeres: S. Williams / Hombres: Federer
US Open: Mujeres: S. Williams / Hombres: Murray
Copa Davis: Argentina

Se lo escribí a Mike mientras me llevaba al Saint Motel aquella vez en París. Después de ver lo que vi en sus ojos, ya no quise dejarle más trabajo al destino esa vez y de plano me metí. Ya no quise arrepentirme como cuando en el hipódromo no bajé a darle los números al señor de la boina café. Al Mike le escribí lo que sabía que iba a suceder en los torneos de tenis, el había perdido mucho por ese deporte, era momento que él ganara mucho por el mismo. Digamos que le llegó un golpe de suerte. Para que eso sucediera, tenían que pasar muchas cosas, las cuales supe que sucedieron cuando vi a Mike esta mañana. Aquella mañana en París, al momento de bajarme del taxi, le pagué con mi mano izquierda, mientras que con mi mano derecha solté el pequeño papel hacia al asiento del copiloto, cerca de donde tenía un pequeño y viejo maletín y una manzana muy pálida, casi blanca. El pedazo de papel voló y quedo insertado justo entre la manzana y el pequeño maletín viejo, pegado al respaldo del asiento del copiloto. Si Mike o alguien imprimiera presión en ese asiento, el papel se iría por el hueco que se generaría debido a la presión y acabaría cayendo en el piso del asiento trasero, en donde cualquier cliente de Mike lo pudiera ver. Entonces tenía que pasar que primero nadie pusiera presión en el asiento del copiloto para que no se cayera, luego Mike lo tendría que ver, luego tendría que creer, luego tendría que tener el valor para vender todo lo que tenía, que aunque no era mucho, era todo lo que tenía al fin y al cabo, empezando por su carro. Luego tenía que ser inteligente para hacer apuestas directas, con montos muy altos. Tenía que ser valiente para apostarle todo al primer evento, como si no tuviera mas información, de modo que para el segundo evento tuviera aun más dinero para apostar y así poder acceder a mayores premios. Lo más difícil, no sólo para él, sino para todos, es creer. Muchos se quedan perdidos por no creer, no creernos, no creerle a la vida, y, el limbo, de incrédulos está lleno. Los que no creen se estancan en reclamos hacia lo injusto de la vida. ¿Por qué Mike iba a creer en un pinche papel? Pues Mike creyó, Mike tuvo valor y se dejó llevar por la vida. Ahora la vida se lleva con él.

La fiesta, pues. Cientos de charolas llenas de alcohol, como si flotaran. Los invitados sufren tomándolas. En la altura equivalente a lo que fuera el segundo piso del edificio, hay una extraña terraza; es sólo una placa de acero que sale de una esquina y no tiene barandales, como si estuviera flotando. Ahí hay un grupo tocando, ni hubieran hecho el gasto, el murmullo es muy grande a pesar del alto techo. Alcanzo a oír que es David Gray cantando *Please Forgive Me*. Te puedo asegurar que hoy es el día de toda mi vida en que más mujeres hermosas he visto. Lo mejor ha sido que muchas de ellas vienen a felicitarme, a abrazarme o a unirse para una foto con el héroe de hoy. Creo que esto debe de ser la felicidad. Corre la noche, corre el alcohol. Siguen los abrazos, siguen los tocamientos, poco he visto a Megan; entre sus necesidades de buscar trabajo y mi momento de fama, no hemos pasado más de dos minutos sin que alguien nos interrumpa. Ella va y viene, cuando le pregunto porque lo hace, dice molesta que me está dejando libre, que no quiere molestar. Regresa Megan, me muerde-chupa la oreja suavemente y me dice, toda exaltada: "¡Acaba de llegar Coppola, parece que quiere hablar conmigo!" y se va. Yo la verdad no le entendí lo que dijo, estaba en otro mundo después del beso en la oreja. Un mesero, mexicano, que estaba a mi lado fue quien me repitió lo que ella dijo. Al mesero no lo habían besado y como quiera traía los ojos exaltados de ver tanta mujer hermosa. Llamada del alcalde de la ciudad, mientras me rodean reporteros, que en teoría no podían entrar a esta fiesta. Luces dirigibles derecho a mis pupilas. Idolatría falsa, todos sólo buscando su momento de fama. Justo ahorita extraño una tarde de sábado en Monterrey, haciendo una carne asada a lado de mis dos mejores amigos. A ver: explícame. No sé si alguna vez he tenido dos mejores amigos, y la otra cosa es que no puede ser que ahorita desee eso. Además no puedo extrañar algo que no he tenido, o que no recuerdo si he tenido. ¿Por qué carajos no puedo disfrutar esto? Sí lo estoy disfrutando, sólo pensé por un momento que estaría con madre estar en un lugar en paz, auténtico, con sentimientos reales, conviviendo alrededor de un carbón. ¡Pinche Joto! Pensando en amigos cuando tienes aquí a las mujeres más hermosas de la industria del teatro, cine y televisión. Pasa Tina Fey a dos metros de mí; sólo me saluda con su mano y me guiña el ojo. ¿Qué te tomas, mami? Es sexy, no me importa la edad. Además, ahorita en Monterrey hay, en algún lugar de la colonia Cumbres, tres amigos haciendo una carne asada, viendo algún partido de fútbol en la televisión, tristes porque hace tiempo que no ven a mujeres guapas. En este instante los tres estarían dispuestos a cambiarme los roles. ¿Qué chingados le hago? Así siempre he sido: reventador de momentos, conspirador de tristezas, traidor de alegrías. Más alcohol, más abrazos, los besos, algunos en la boca, los recibo con alegría ¿Por qué el mesero no es yo? ¿Qué hizo o dejó de hacer él para que no tuviera mi suerte? O al revés: ¿por qué no soy yo el mesero? ¿Quién será más feliz? A él lo ha de esperar su familia hoy en un humilde departamento para, juntos, cenar sopa y pan. A mi no me espera nadie. A él lo despierta a diario al amor de sus hijos brincando en la cama. A mí el amor no me ha tocado jamás. ¡No mames! ¡Acabo de ver a lo lejos a Emma Stone! En este momento, casi me enamoro de ella. Hace veinte minutos que no llega Megan. Baño, urge orinar. Orino, me lavo las manos. Salgo del baño, llevo cuatro pasos en el angosto y muy iluminado pasillo que me lleva de regreso al salón de la fiesta. Siento una fuerte mano en mi cuello del lado derecho, me jala hacia adentro de un pequeño cuarto totalmente oscuro, cierra la puerta. No veo mucho, huelo y siento que me están dando una manoseada tremenda. Me recordó mis épocas de preparatoria. Empiezo a manosear yo también. La piel de la dama se siente tersa; su vestido, de unos muy pequeños tirantes, deja mucho campo libre en sus hombros. Mis ojos batallan para acostumbrarse a este nivel de oscuridad. Escucho sus gemidos. Nos tocamos partes que tenían rato de no ser tocadas. Me toca como nadie me ha tocado. Sabe con exactitud qué rincón tocarme. Ella también la pasa bien. Tiene piernas torneadas, tronco fuerte y delgado, caderas al ancho perfecto; por consecuencia, culo perfecto. Sudor, salivas, humedad, prisas, coitos, gritos. En la oscuridad no puedo ver adentro de sus ojos; no importa: irla descubriendo en vivo es mejor. Irla sintiendo. No nos hemos hablado una palabra. No sé quién es; ella sí sabe quien soy, no importa. La estoy tocando, la estoy sintiendo y además me la estoy imaginando. Es una mezcla de fantasía y realidad. No sé quién es, sé que está bien buena. Nunca había cogido sin saber con quien; es excitante. No sé cuánto tenía sin coger, me siento como adolescente. El orgasmo de ella llega; luego, treinta segundos después, el mío. Huele delicioso; me gusta su piel. No mames: capaz que es menor de edad. Capaz de que estamos en un auditorio con cien gentes viéndonos con lentes de visión nocturna y ahorita encenderán la luz. Me quitarán todos mis reconocimientos de héroe por estar teniendo relaciones con una menor de edad. Nos vestimos de prisa, silencio perfecto, como debe de ser después del sexo. Silencio. Ausencia de preguntas pendejas. No preguntes lo que no pudiste confirmar en el acto. Los orgasmos no se encuentran, se buscan. No quieras que una respuesta falsa, como los abrazos que me han dado hoy en el salón, levante tu ego. Tu ego sólo debe de ser levantado por los orgasmos de ellas. Une su frente a la mía; sigue callada. Mis manos en su cadera. Veo cada vez más la silueta de su cara. Dos minutos de silencio. Lo rompe diciendo: "Gracias por detenerlos; fuiste mi héroe", abre la puerta y se va. Me quedo estático, esperando que alguien prenda la luz y aparezca yo en un escenario al centro de un auditorio tipo estadio, o esperando escuchar algún grito de arresto, sirenas y que se me cayera mi espectacular suerte del día de hoy. No pasa nada. Me fajo bien la camisa, me asomo al pasillo para intentar verla, la luz me encandila. Creo que ya sé quién era. Baño, me peino de nuevo, me limpio maquillaje, más alcohol estaría con madre. Quiero fumar. Estos güeyes no dejan fumar en ningún lado. Regreso al gran salón, a lo lejos Megan platicando con varios hombres. Me topo con el mismo mesero "Compadre: ¿dónde puedo fumar?" Me indica la puerta a la terraza de los viciosos. Me abro espacio, ya menos saludos, o ya todos me saludaron o, conforme avanza el alcohol, disminuye el hambre de saludar al héroe. O la vigencia de mi token de heroísmo está por caducar. Nada raro en Nueva York, nacer y morir el mismo día. Llego a la terraza de los fumadores: no hay nadie. No mames: la nicotina está fuera de moda, o ya todos se murieron, y soy el único pendejo dentro de esta fiesta que sigue fumando. Dejame fumarme mi cigarro para poder acabar con mi cruda moral. Me vale madre: empezaré hoy a morirme solo. Prendo mi cigarro, dos toques en paz. Y entra mi hermosa amiga Irina. "Le dije al equipo que ya no fumabas". "No tienes que mentir por mí". "También le dije que ya no tomabas". "No mientas por mí" "¿Cómo ha estado el día del héroe?" "¿Siempre vistes tan hermosa?" Ella trae un vestido largo hasta las rodillas, marca Donna Karan, negro, sin mangas, con escote en forma de uve. "La ropa es bonita, yo soy la hermosa". "Tienes razón". "¿Has pensado sobre la propuesta?" "No mucho. He pensado más en ti". Sonrisa europea directa para Luca. Luca uno, Irina cero. Vaya, hasta que le saco una sonrisa coqueta. "¿Qué más ocupas para firmar con Ferrari?" En serio. "¿En serio? Hoy en la mañana me dijiste que si había caído muy bajo usando el piropo de que te me hacías conocida". "No me refería a lo que estás pensando. Me refería a las condiciones del contrato". "Si ya me ofrecieron ochenta millones de euros por un año, creo entonces que pudiera pedir todo lo que quiera, lo que sea; sé que me lo darían. Entonces precisamente por esto todo pierde valor, si puedo tener todo con sólo pedirlo, entonces al momento de que lo tenga perdería todo el valor. Mejor me voy con la escudería más pobre y corro con ellos gratis, ayudándoles a ganar algunas carreras". "Y si tener todo no tiene valor, entonces, ¿por qué no pides lo que sea y todo lo donas a caridad?" Hermosa y lista, su acento al hablar; te enamorarías al instante. Me gusta esta conversación. Buen punto, Irina: uno a uno. "Si firmo con Ferrari, te quiero todos los días a mi lado". "¿Eso ocupas que esté en el contrato? ¿No que muy conquistador? ¿No puedes lograr tenerme sin contrato, sin cláusulas?" "No inventes palabras que no dije. No dije que estuviera eso en el contrato: solo dije que te quería conmigo". Y empieza mi indecisión: ¿la conquisto yo solo, o la veo para conquistarla? Ya no trae lentes, sólo depende de que quiera yo hacerlo. No seas nena; sigue sin verla. Ok, seguiré sin verla. No secretos, no poderes: a la antigüita. Me cuesta trabajo no verla a sus ojos, tendré que perderme en su pecho y su tentadora clavícula. "Sí puedo tenerte sin contratos y sin miradas". "¿Cómo sin miradas?" "Olvídalo" Pinche alcohol. "Irina: ¿no conoces a un ejército de damas rusas, de cabello corto, que visten tops de color morado, shorts negros con una raya blanca y todas son iguales? Corren como máquinas en Central Park y tienen una imagen de espías, todas casi idénticas". "No, no sé de qué hablas". "A ver si mañana, cuando vayamos a correr, las vemos". "No me vayas a dejar plantada, no te duermas muy tarde. ¿Y tu acompañante de hoy, ya te botó?" "Ja: sí te puedes burlar". "¿Te divertiste con Yuja en el cuarto cerca del baño?" "¿Primero burlona, ahora celosa?" Segundo punto para mi, Luca dos, Irina uno. "Piensa bien qué necesitas para firmar; no te podemos esperar más tiempo. Suficiente fue lo que hicimos por ti, cuando el accidente". "¡Ah cabrón! ¿Y como qué fue lo que hicieron por mi?" "No sabía que eras malagradecido". "¿Cómo lo agradezco, si no sé de qué hablas? ¿Cuál es el idioma en que tu voz suena menos sensual? ¿Como puedes soportarte a ti misma todo el tiempo con tanta belleza?" "Te esperamos a que te recuperarás. Firmamos papeles, apoyamos con lo administrativo, te mandábamos flores. Alguien de parte del equipo te iba a ver todos los días. Yo estuve ahí tres semanas contigo, a diario; te ponía música". "¡Claro que no!" "Te estás juntando con Megan para seguir con sus pinches bromas". "Tranquilo, Luka; tranquilo. Nada de bromas: si lo que dije te alteró, olvídalo. Así de simple. Vuelta a la hoja" Se puede cambiar de desearla a querer no verla en tan pocos milisegundos. ¡Chingados! Y lanzo un fuerte grito "¡Yo apenas te conocí hoy!" "Tranquilo, Luka; tranquilo". "Piensa lo que te dé paz. Lo único que te voy a decir es que el que hayas marcado las mejores pruebas de velocidad, que jamás alguien haya manejado así un auto de cualquier escudería, sí te da muchos beneficios, muchos: uno de ellos soy yo. Que me veas, me conozcas, que venga de mensajera. Recuerda que en este mundo, donde todo es perecedero o desechable, estas ofertas también caducan. Si en realidad lo quieres, sólo pide lo que gustes y firma el contrato. Tú y yo luego nos divertimos, nos enojamos, nos contentamos. No dejes ir esta oportunidad. No es normal tener así a tus pies a la industria de la Fórmula Uno. Sólo pide la isla que quieras, el dinero que quieras, el lugar del mundo que quieras para vivir, o para esconderte, las mujeres que quieras, y listo. A cambio te presentas cada ocho o quince días a manejar un Ferrari, el Ferrari más veloz del mundo, te encargas de que cruce la meta antes que todos, y te regresas luego a vivir a tu mundo. Es todo. Es un acuerdo simple." Se acerca y me besa, la mitad de su boca en la mitad de mi boca. Mitad boca, mitad mejilla. Rosa mi mejilla izquierda con sus uñas, en forma vertical desde un lado de mi ojo hasta el cuello. Me cagan esos besos provocativos; solo le faltó chuparme la mejilla. "Ok". Entre que dijo la verdad y que la dijo con ese acento que no tiene madre, nada mejor que un simple ok y esperar a ver si sigue hablando. "¿Y qué? ¿Me andas vigilando todo lo que hago o qué?" "Tengo que cuidar los bienes del equipo". "Aún no soy parte del equipo". Aaay, Irina: qué buena estás. No te he querido ver; quiero tenerte sin ayuda de mis poderes. "Ya me voy, héroe. A las cuatro mañana en Central Park". "No te creo que ya te vas". "Tampoco soy tu niñera. Suerte con Megan". "No necesito suerte". Volvemos juntos al salón. Viene Megan hacia mí. Irina empieza a retirarse justo cuando le pregunto: "¿No me harás exámenes de alcohol, verdad?" Megan llega directo a mi boca, entusiasta, exagerada, sobreactuada, su mano a mi entrepierna. Algo tripiada. "¿Que te metiste?" "Nada" Pinches drogas. "Vamonos a tu casa" Eee mmm... Está bien. Bye bye Broadway, Hollywood y similares, suficiente por hoy. Lo que hicimos en mi casa y como lo hicimos no entra al nivel de lo que te he contado. Mejor imagínalo. Recuerda aquella vez en su consultorio cuando me dijo que nos habíamos revolcado en el piso y que luego yo le dije que como perros. Bueno, hoy estuvo más denso. No podía ser algo más leve con alguien como ella; su lado angelical se va a dormir a las once de la noche, y salimos del evento a las doce. Tenerla fue diferente, todas son diferentes. Fue extraño. No fue mejor a la del cuarto oscuro, ni a Inés.

Mañana de no vuelo a tomar. Mañana de por qué chingados no tengo cortinas más oscuras. Mañana de no vuelvo a desvelarme. Mañana de no estoy seguro si usé condón. Mañana de no vale madre el condón para todo lo que hice. Mañana de nunca el amor ha llegado a mí. Mañana de hambre. Mañana de al menos sí saber quién se está bañando. Entonces no estuvo tan grave. Sale del baño en jeans, t-shirt blanca con cuello uve, tenis converse, cabello suelto mojado, labios rojos, mirada satisfecha, sonrisa plena. "Me tengo que ir héroe, no te olvides de mí. Te veo en mi consultorio o en cualquier lado. Ciao". Y se va, me quedo buscando mi pinche teléfono para tomarle una foto. "¡Megan, espera! ¡Una foto!" Se regresa por el pasillo hacia mi cuarto; apenas me levanto de la cama y le tomo una foto. Pinche Megan, qué bella es. Si quieres te mando la foto por mail, mándame tu dirección a mi correo: lucatrevino@gmail.com. "Gracias, Mike, por el café", escucho que grita. "Pinche Mike", digo en voz baja. "¿Me hablaba señor?" me dice Mike al entrar al cuarto con mi taza de espresso americano, tres fresas y algunas zarzamoras. Ahora me enfrento a esas mañanas en las que no tengo nada que hacer, lo que me lleva a pensar en cualquier tipo de pendejada acerca de mi vida. Mejor que me sucedan muchas cosas esta mañana, hasta el momento que vea Irina, así me distraigo y evito verme conmigo y empiece todo mi desmadre existencial. Como Claudia le hacía en Monterrey con sus amigas y toda su vida social, llenar los vacíos con socialitos, con ruidos, con paja, ya estoy pinche igual. Está bien pinche tener todo y no tenerme a mí. Ya no quiero tener más porque, entre más tenga, más me voy a dar cuenta de lo infeliz que soy. Ya no habrá retos para distraerme. Además, no me quiero parecer a la clase alta de Garza García, ni a la de ningún lado. Me suena el Iphone, me llegan tres direcciones más. La de los otros tres pendejos que golpearon a sus hijos. Voy, fui, vine. Los tres pendejos acabaron con la misma suerte que el pendejo de Brooklyn. Extraño el machacado de doña Estelita. Extraño el acento de Irina. Extraño a la gente buena de este pinche mundo. Extraño el bien. Extraño al güey que ayudaba aunque no me conociera. Extraño a los caballeros que ceden sus lugares a las damas. Extraño ver en las salas de espera solo mujeres sentadas. Extraño vivir en paz. Extraño el Monday Night Football. Añoro una comida familiar. Extraño la calma. Extraño un carbón, a mis amigos. No tengo a quién contarle mis historias. Extraño entenderle a las cosas. Creer en algo más grande que yo. Extraño darle a mi fe mis miedos. Llorar, quiero llorar como un pinche joto. Extraño sentir cosas diferentes. No puede ser que los únicos sentimientos que tengo sean malos, no quiero más tristeza. No quiero estar vacío. Quiero creer en la amistad como lo hacía antes. Quiero parar el tiempo, bajarle como treinta y cuatro revoluciones. Quiero poder vivir sin música, sin Iphone, sin Internet. Quiero vivir, a pesar de mí. Quiero encontrar algo más grande que mis tristezas, quiero goces más largos que un orgasmo. Tiene que haber goces que al menos duren tres meses. Quiero emocionarme, soñar, poder dividir los tres tiempos, para siempre estar sólo en el presente. Quiero matar todos mis miedos, todos mis vicios. Que alguien me necesite. Quiero amor. Quiero poder ver a alguien a sus ojos y sólo ver sus ojos. No quiero ver más que eso; es mucho lo que veo y me atormenta. Quiero estar en la agenda de alguien y que funcione mi pinche teléfono. Saber quién chingados me manda todas estas pendejadas. Aunque con el día de ayer no me puedo quejar. Lo malo es que son goces temporales, que sólo causan que vea el pozo más grande. Quiero saber quiénes son las güeras del parque. Quiero saber quien soy. No quiero estar triste como canción de Sarah McLachlan. No quiero pertenecer en ningún lado, ni a nadie, ni a ninguna cultura; sólo quiero pertenecerme a mí. A veces me gustaría que las decisiones que tengo que tomar en mi vida fueran tomadas por el shuffle de mi Ipod. Que la suerte decida y me mande una canción con un mensaje oculto para cada pinche decisión que tengo que tomar. Ya no quiero pasármela estrellándome contra todo y contra nada todo el tiempo, deambulando en mis propios laberintos perdidos en los tres tiempos. Ya estoy hasta la madre. Necesito un esquema, instrucciones, esperanza, fe o lo que sea, o como se le llame a lo que millones de personas se cuelgan para seguir esperanzados a una mejor vida. No hay endorfina, droga, fiesta, mujer o cosa que me mantenga emocionado mas de tres días. No quiero ambientes egoístas, no quiero que la soledad sea tan famosa. No quiero niños pegados a la puerta esperando a padres que nunca llegan a tiempo para jugar. No quiero niños maltratados. No quiero más inocencias rotas. Debería poner una encuesta en Internet para saber cuánta gente se siente tan miserable como yo; no sé con cuál resultado me sentiría más alentado. Ya no quiero sentir ese vacío que se siente por segundos después del sexo. Quiero partirle la madre a todos los que golpean a sus hijos. Ir a la terminal de un aeropuerto a ver los reencuentros y llorar y alegrarme con ellos, simular pertenecer a un grupo que al menos espera a alguien y ser participe de este sentimiento colectivo que llaman amor, aunque sería falso. Pinches paredes de aeropuertos ve tú a saber cuantos recibimientos han visto, desde los más fríos, hasta las lágrimas más cargadas. Pinches paredes de cuartos de hoteles, ve tú a saber cuánta pendejada han visto. Si pudieras elegir qué pared ser, ¿cuál pared serías? Creo que yo elegiría la de un museo. Quiero hacer el ridículo, quiero que toda la gente se salude en la calle. Bip bip. Mensaje de Texto: *NY, cabrón! #*$.&% Te excediste mil en no invitar.* De ley ya sabes quién es: mi bella amiga regiomontana. *No manches con el héroe, aquí diario hay miles de ellos.* ¿Qué, hago güey? ¿Qué chingados le digo? No me entiendo ni yo sólo, ¿cómo le explico?. No quiero sonar como infiel llegando a su casa dando historias raras. *¡Pinche Luca!* Otro mensaje. *¿Qué se siente ser trending topic en Twitter?* ¡No siento nada! ¡No siento nada! Ni siento nada sabiendo que Ferrari me quiere firmar, no siento nada en tener un Ferrari ni en tener a la mujer que quiera. Si acaso, siento la excitación previa, pero después, todo se acabó. Después, a casi ninguna quiero seguir viendo, a menos de que sea súper espectacularmente bella, como Megan, Irina, Inés. Por eso no quiero tener sexo con Claudia, porque luego se iría o me iría yo, y valdría madre. Ella es mi ancla. Además, me salvó la vida. No le quiero contestar nada.

Cuatro de la tarde, labios secos, aire muy frío en mi cara. Llego a la esquina en que quedé con Irina, en Central Park. Llego treinta minutos antes de lo acordado. ¿Qué haría alguien normal si anoche se hubiera cogido a Megan? Ya no quiero hacerle daño a nadie. Ya no quiero mentiras, ni envidias. Quiero libertad. Quiero que fumar no mate. Quiero besos y abrazos repentinos. Quiero vivir peligros. No quiero ser el primero: quiero ser el mejor. No quiero que haya gente que dé todo su dinero a cambio de su salud. Me cagan las herencias y el desmadre que dejan, pinches peleas hasta por mecedoras. Quiero poder hablarle a los que están por morir, para que se acuerden de mí, de lo que fuimos aquí. Me caga la bipolaridad: no puedes estar en misa comulgando con cara de tierno angelito si un día antes te jodiste a tus empleados, fuiste infiel a tu marido y tienes dos semanas de no ver a tus hijos. Salte de la iglesia y ve con tus hijos a tomar un cono de nieve. No quiero nombres comunes: sino nombres únicos. No quiero que la iglesia tenga el poder para anular matrimonios. No quiero que la gente vuelva a equivocarse igual. No quiero guerras químicas. No quiero virus que maten. No quiero plantas nucleares; esa energía está en el aire. Por fin me animo a escribirle a Claudia: *¿Me viste ese día que iba corriendo hacía ti?* ¿Dónde pinche chingadamadre está el amor? "¡Hola, héroe!" "No manches, Irina. Qué bella eres. Tus piernas dentro de esas licras es lo más bello que he visto". Blusa de manga larga, pegada color morado. "¿Qué tal la noche?" "Bien". "¿Sólo bien?" "Hubiera sido mejor contigo". Silencio y sonrisa frágil de la bella Irina. Empezamos a caminar, prendo el Nike+ en el Iphone, aunque no quiero correr. "¿Ya tomaste una decisión?" "Sí". "¿Aceptas la oferta de Ferrari?" "Tengo primero que contarte algunas cosas". Llega mensaje de Claudia: *No sé de qué hablas.* "Primero, si ves a una mujer corriendo con un top color morado y un shorts negros, cabello corto güera, me avisas. Segundo, si estando aquí de pronto desaparezco, la próxima vez que nos veamos no me regañes; sólo trata de ver todo lo que sucede en esos segundos". "¿Cómo?" "Irina: sólo observa. No me hagas preguntas". Le contesto a Claudia: *Al día siguiente del regreso a mi depa, te vi corriendo. Iba hacía ti y luego pasó algo.* Que hueva esto por texto; pinche teléfono de mierda que no funciona. "Ok, Luka: cuentas con el apoyo de Ferrari y con el mío. Lo que tú digas, héroe". "Ok: pues si así está la cosa, entonces lo que quiero es más tiempo. Necesito un alto en el camino, empezar de nuevo". Empieza en mi Iphone mi power song, *Can 't Stop Loving You*, de *Van Halen*. "¿Un alto de qué?" "¿Pues no que me conocen bien ustedes? De todo lo que me ha pasado. De toda esta pinche vida". "Luka, tranquilo. Si por nosotros fuera, te esperaríamos hasta minutos antes de la primera carrera. Las reglas de la FIA nos piden que dos meses antes estén ya firmados todos los pilotos que competirán". Otro de Claudia: *Sí fui a correr con las naranjas ese día, y nunca te vi. ¿Qué pasó?* "Ahorita me da hueva todo, Irina". "No te creo, yo no te doy hueva". "Tú no". "Ok. Entonces vente conmigo y solo unos días compites con Ferrari. Todo el resto nos perdemos en algún lago de Suiza o algún bosque en República Checa. Invernamos todo el año en una cabaña intentando encontrarle sentido a esta vida y de consolación coleccionamos orgasmos. ¿Qué tan más mal puede estar? ¿Qué tanto pierdes al venirte conmigo? ¿Qué es lo que te detiene? ¿Qué tienes que perder? Creo que es una decisión simple: Ferrari F1/Irina vs. La soledad de tu departamento en Monterrey". "¿Por qué tanto interés en mí?" "Porque eres el mejor del mundo. Nadie nunca había manejado un F1 tan veloz como tú". Le escribo a Claudia: *¿Es cierto que no fuiste la única que se encargó de mí mientras estuve en el hospital?* "¿Qué te han ofrecido las otras escuderías?" "No sé de que hablas". "Primero me hablas como si fuera tu amiga, y de pronto me hablas como si esta conversación fuera solo de negocios". "Ja. Primero me hablas como si fueras mi amante, y luego me hablas como si fuera sólo negocios. ¿Por qué te metiste en la ecuación de la oferta? ¿Eres de las que, sobre lo que sea, tienen que lograr los objetivos, sin importar si te tienes que traicionar a ti misma? Me ofreces perdernos en una cabaña, ¿y qué pasará cuando tengas que conseguir el siguiente piloto, después de que me mate, renuncie o me aburra de ganar?" "Tendrás que correr ese riesgo. Soy alguien que merece que se corran incluso riesgos reales, no estas simples encrucijadas de tu supuestamente vida difícil." "Yo también, lo soy. Dices que nadie puede correr el auto como yo. Nadie te puede amar como lo haría yo. A nadie has deseado como a mí.

Yo también merezco. Somos de la misma altura, estimada Irina". Seguimos caminando en Central Park. Sigo sin verla, tengo que hacerla mía sin verla. Ella será mi prueba de que no todo es mi mirada. Entra otra power song de mi Nike+, *Right Now*, de *Van Halen*. "Es que quiero cambiar. Quiero hacer el bien y no sé si lo pueda hacer corriendo un Ferrari en la F1. Estar ahí me alejará del mundo real". "Ya te dije: dona todo lo que ganes y harás más bien de lo que ahorita haces". "¿Cómo sabes qué bien hago ahora?" "No lo sé, cuéntamelo". "Golpeé a cuatro pendejos". "¿Eran cuatro los ladrones de ayer?" "Ja, no los de las máscaras eran tres. Me refería a otros cuatro imbéciles. Madrear a los cochinos también fue muy satisfactorio". "Entonces, ¿cuáles cuatro?" "Digamos que me enteré de cuatro puñetas que golpeaban a sus hijos, y que por lo visto llevaban tiempo haciéndolo. Y pues fui a su casa, confirmé que si lo hacían y los madreé. Les rompí las muñecas a todos, algunos brazos y demás huesos, para que no vuelvan a tocar a sus hijos". Irina siempre está cool, nunca muestra exaltaciones, siempre entiende todo. "¿Y cómo confirmaste que lo hacían?" Ah, qué pendejo estoy. Ni al caso que le contara esto. "Digamos que lo confirmé. Tengo poderes". No se impresiona con mi comentario. "Ok. ¿Y qué con todo esto?" "Si me voy al mundo de la F1, ya no podré seguir haciendo eso o cualquier otra pendejada que se me ocurra para intentar sentirme mejor. ¿Por qué contratar a alguien que quizá está loco?" "Luca, no estás loco. Ya te hemos analizado. Tenemos todos los posibles estudios que te imaginas: sangre, orina, DNA, mentales, de comportamiento. No hay nada malo en ti. Todo tú estás muy bien". "¿Y no se llevaron mi fórmula para ser feliz? Si ya vieron tanto dentro de mí, deberían pasarme información que me ayude a entenderme ¿no? Es en serio: ¿tú viste todos esos reportes?" "Sí, señor. Perdón, sí señor héroe. Ya deberías tranquilizarte. No hay nada malo en ti. Ni adentro, ni afuera". "¿Tienes reportes también psicológicos, psiquiátricos, mentales?" "Sí, de todo, y todo bien. Lo único que aún no podemos analizar es el alma". Ves, apenas me estaba emocionando y luego me dejas una ventana abierta, el alma. Estoy mal del alma entonces. Llega canción nueva: *Wish List*, de *Pearl Jam*. Los empiezo a ignorar; mucho pedo con sus pinches canciones. "No puedo hacerlo ahorita, Irina; necesito tiempo". "Tengo que ir a Las Vegas, dame más tiempo". "No puedo esperarte muchos días más, eso es verdad". "Creo que estoy mal del alma. ¿No me quieres ayudar?" "Para arreglar el alma, sólo el amor". "Por eso mismo estoy en severos problemas. ¿Cómo encuentro el amor?" "En la F1 hay mucho amor". "No es cierto, eso no es amor". "No es, pero se parece". "¿Crees que se pueda amar a alguien que sólo viste ocho horas en toda tu vida?" "Sí, claro que sí". "¿Tú has amado a alguien?" "Sí, el amor es bello". "¿Has hecho el amor?" "Sí". "¿En realidad es mucho mejor que el sexo?" "Sí, totalmente. Mmhh… bueno, depende. Quizá no se puedan comparar, ¿no? Creo que son cosas diferentes. Se buscan otros gozos, entran otras sensaciones y sentimientos. Como si comparáramos fútbol con handball". "No viene al caso tu ejemplo. Me agradó la respuesta previa". Respuesta inteligente, moderna, casual, muy Irina. "Yo digo que son diferentes porque puedes hacer las dos y en las dos sentir cosas diferentes. En la mañana, hacer el amor con tu pareja, y, en la tarde, sexo con tu amante o con un desconocido". Ay, cabrón: ves que las europeas son las mejores. "¿Tus orgasmos son tan bellos como tú?" Me regala su silencio acompañado por una sonrisa indefensa. Le tomo la mano y me excito. Me acuerdo de cuando una simple tomada de mano era suficiente para excitarme. Llega otra canción, Wheels de *Foo Fighters*. Ahí nos debimos haber quedado, donde las cosas pequeñas eran suficientes. Tomarla de la mano, un beso simple. Una pelota en el parque. Un juego de mesa. Una cena caliente en familia. Una cama limpia. La palmada de un amigo. El aire en tu cara mientras avanzas en la bicicleta. Un ataque de risa que te haga llorar. Un recuerdo de una carta a tu hermano. La memoria de un consejo de tu abuelo. Aprender a encender el carbón. Enamorarlas con palabras. La alegría de ganar un juego en el recreo. Poder ir a donde quiera. Escribirle una carta. Tener tiempo para hacer nada. Extrañar. Respirar. Sentir. Llorar. Ah, pero nos teníamos que complicar todo este pedo, por la avaricia, el poder, el sexo, el deseo y le dimos en la madre a todo lo simple, a las bases y ahora ya no sabemos para dónde apuntamos, ya no sabemos si la amamos o la deseamos, ya no sabemos si lo quieres o lo necesitas. Su mano también es bella. Ayer logré verle también los pies. Mensaje de Claudia: *Yo estuve siempre contigo en el hospital, yo hice todo sola*. Llega otra canción *These days*, de nuevo de *Foo Fighters*. "Nunca voy a saber si lo que hagas conmigo es porque me deseas, o lo haces para convencerme de que firme". "En cualquier opción no sales lastimado; el camino es gozoso". "Hay una forma de saber pero no la quiero usar". "Si no la quieres usar, entonces no la uses, ni la saques al tema". "Tienes razón. Te invito a cenar. Tienes dos opciones: elegir cualquier restaurante y cenar rafagueada de flashes de cámaras y ser perseguidos todo el tiempo por los reporteros de la ciudad viviendo los últimos momentos de mi token de héroe citadino, o bien, cocino en casa para ti, te toco el piano, bailamos en la oscuridad. Tú elige". "Por supuesto que la opción dos. Simplemente por lo del piano". "Ja, siempre he dicho que eres muy lista". Camino más tiempo con ella, más historias. Quisiera que tuviéramos una historia juntos, lo malo es que no sé cómo se empiezan esas historias. No sé si se empiezan cogiendo; creo que no, porque es lo que me he pasado haciendo, o se empiezan contando historias, y luego van apareciendo señales, gozos, cosas nuevas y se va adentrando a etapas y sentimientos nuevos. Y yo que me he regido sobre las reglas de que sino acaban en mi cama en las primeras dos salidas es un fracaso total.

Quiero ser bueno, no sé cómo. No tengo ningún ejemplo, ninguna referencia. Debería ir a la iglesia a alguna misa de aniversario de cincuenta años y, al terminar, acercarme a los señores, a los novios y preguntarles cuál es su secreto. Tiene que haber chingo de secretos, reglas, acuerdos. Tienen que acordarse de cómo empezó. Que me digan como se empieza. ¡Mándenme más ángeles, chingadamadre, que no puedo, no puedo! No quiero fama, no quiero poderes. ¡Sólo quiero una vida normal!

No me queda más que seguir la pinche farsa. Llegamos al lugar donde iniciamos, volteo hacia el famoso parque y a lo lejos veo a dos de las güeras. "¡Allá! ¿Las ves?" "Sí". "Ellas son". "¿Ellas son qué?" "Nada, tú sólo siempre búscame, ¿ok?". "Ok, sabemos más de ti de lo que crees; no te vamos a dejar hasta que te vengas con nosotros a Italia". Nos retiramos, cada quien a rumbo diferente; yo me adentro lo más rápido que puedo entre las calles, lejos del parque. Que me protejan los edificios. Yo creo que Mike tiene escondido en mí un micrófono. Llego a la casa, y en la barra blanca de la cocina está él acomodando lo que saca de dos bolsas de cartón. Un filete grande de salmón, un bote de alcachofas, dos botellas de vino rosado, veinte espárragos, una cabeza de ajo, una tabla de madera y una pequeña caja de arroz. "Vi su agenda, señor. Supuse que invitaría a Irina a cenar, supuse que ella elegiría la casa. Le compré todo para que cocine". Pinche Mike, no me dejes nunca. Como sea, extraño el olor a machacado de Estelita; nada como eso en las mañanas.

Se vino la noche, se vinieron todas las estrellas del país a postrarse justo enfrente de mi departamento. Se vinieron dos grillos a brindar ambientación campirana. Se vino la oscuridad, se prendieron las velas. Se cruzaron los olores del ajo, aceite de olivo, cáscaras de limón, orégano. El hielo le ganó al vidrio y enfrió el vino. A Irina le ganó la ansiedad y llegó sólo dos minutos tarde. Maquillaje, vestido, brillo, olor, ojos; tremenda belleza. Intento sólo unos minutos tener una conversación como si no estuviera interesado en llevarla a la cama, y no puedo. Toco el piano para ella, se recarga sobre él, eso hace que me equivoque en varias ocasiones, lo cual es muy raro. Bailamos sin música, cenamos. Platicamos. No tocamos el tema del contrato, tampoco el de mi infelicidad. Sólo nos conocimos, nos reímos como si fuéramos amigos, la verdad apenas nos conocemos. Se quitó los zapatos, y sólo catorce minutos me contuve en besar sus pies, de ahí empezó una cadena celestial. Estoy seguro que en ninguna religión algo de esto es pecado. Su acento ahora es mío, controlo su boca, su habla, sus gemidos son míos. Todo lento, a tiempo, suave. Mirada de asesina, actos de experta. Los círculos se repitieron varias veces en la noche. Vino, piano, baile, risas, llantos y orgasmos. Bendito Nueva York. Hasta que nos quedamos dormidos. El sol me despierta y ella está a mi lado, fue mía sin verla. Ahora no me voy a ir ni de pedo. Le empiezo a acariciar el cabello, es demasiado hermosa. Soy un afortunado por lo que hice con ella, por conocerla. ¡Por favor! ¡Extiéndanme este momento de alegría y paz plena que siento! ¡Que al menos me dure unos meses! No quiero pensar en nada, sólo en ella. Ya huele a café. Despacio abre sus hermosos ojos.

Estoy en un hermoso trance al ver este bello amanecer, es hermoso despertar a su lado. Lo único que falta para la perfección es el olor a machacado con huevo de Estelita. Mike trata de borrar ese deseo con un olor esplendoroso a café. Café orgánico de Chiapas. Pongo mi Iphone en las bocinas, en shuffle, que la suerte toque. *Let Her Go* de *Passenger* adereza mi mañana casi perfecta. Un listado de mensajes de Claudia intenta regresar mi mente a Monterrey, parece que mi proceso de autoboicot contra estos segundos de felicidad está por activarse. Me defiendo, canta, canta, no acortes el momento. Irina, quédate aquí. No preguntes nada. Sólo respira y calla. Sólo regálame tus ojos. Y me los regala, unas gotas de lluvia caen en esta mañana soleada. Huele a Nueva York mojado, huele a orgasmos. Me quiero quedar aquí, en la lluvia, en la música, con Irina a mi lado.

Por fin la vi, y vi todo normal: infancia, amigos, escuela, universidad, uno que otro trabajo, demasiados pretendientes; pocos afortunados la tuvieron, entre ellos algún príncipe. Un comunicado de prensa que hizo en una agencia donde trabajaba medio tiempo como asistente cambió su vida profesional. Rompió el protocolo a la hora de realizarlo y logró que la marca de pastillas para adelgazar recibiera invitaciones a los shows de televisión más famosos de República Checa. De ahí siguieron sólo más aciertos. Se le dificulta saber cuándo la quieren por sus habilidades profesionales y cuándo la quieren por su cuerpo. Es bella, muy bella. Sus piernas son imponentes. Un día la empresa de seguros para la que trabajaba le mandó regalar una entrada a una fiesta de una carrera de la Fórmula Uno en Monte Carlo. Ahí, hace ocho años la conoció Piero Ferrari y la invitó a su equipo de mercadotecnia. El ambiente de Monte Carlo le ayudó a anestesiar su constante juicio sobre las intenciones de su jefe, y aceptó la propuesta casi de inmediato, sólo después de dos copas de vino tinto con don Ferrari. Desde entonces ella es el as de Ferrari en Relaciones Públicas y Mercadotecnia. Nadie del equipo la ha tocado, es inalcanzable para los mortales. No tiene jefe más que don Piero Ferrari. Y a mí me deseaba desde que nos topamos en París, cuando ella bajaba y yo subía al taxi de Mike, aquella tarde pudimos haber ido directo del taxi a alguna cama parisina, pero no capté. No capté por pendejo. No capté porque andaba buscando a Salma. Pinche ansiedad con esas cegueras momentáneas. No capté porque no es posible captar todo, si ni siquiera me capto a mí mismo, mi peor pinche enemigo.

En este mundo nada se para; quien se para se muere. Entonces, en aras de sobrevivir, todos nos movimos. Ella se fue con elegancia, Mike apareció y desapareció como siempre. Yo sigo intentando encontrarme. Las mañanas no han parado de pasar. Los días parecen cortos y las noches eternas. Irina habla poco conmigo. Cuando me contesta sólo me dice los días que tengo para decidir. Le digo que tengo que verla para comunicarle mi decisión, me dice que no la volveré a ver sino hasta que firme el contrato. Usa todo su armamento. Busco en las calles de Nueva York las respuestas, el pavimento no habla y la gente está triste como para escuchar. Irina me confunde, ¿lo hizo para convencerme o para pasarla bien?. Según ella, no tengo nada que perder, son Ferrari y ella contra mi vida de mierda. Lo que no sabe es que la mierda me sigue a todos lados. Le pido paz y tiempo a Claudia, ya no entiendo tanta pendejada que me escribe. Le pido que espere a que nos veamos. En estos días me han llegado una lista de dieciséis direcciones. Fui a cada una de ellas y todos eran golpeadores de niños; a todos les fue como el primero, el de Brooklyn. Todos acabaron con muñecas, costillas y piernas rota. Dudo que alguno de ellos pueda volver a caminar con facilidad. En un poste en alguno de estos barrios vi un anuncio que decía: *If he hits you, text me* y aparecía mi celular. *#NYhero*. Llevo a la casa el anuncio: era la escritura de Mike. Mike me ve, sonríe y dice que sólo fueron pocos. Siento placer en joderme a todos esos pendejos. Siento placer al estar con Irina. Casi no puedo dormir, llevo seis días seguidos sin dormir más de una hora seguida. Me atormentan sueños extraños. Lo que escribo en el celular ya no sucede. Una mañana me levanto, decido bañarme, selecciono la toalla, verifico que esté seca. Elijo la ropa. Me visto. Cartera, pulsera, teléfono. Separo vuelo de avión. Camino o manejo. Camino. Pienso. Ignoro más mensajes de Claudia. Espero más correos de Irina. Camino muchas cuadras y llego a Central

Park. Entro y consumo miradas. No pasa nada. No aparecen las güeras. Paso tardes enteras buscándolas. No están. Escribo en mi celular que quiero volver y no pasa nada. Ya no me llegan mensajes de golpeadores. Me da hueva pensar que ahora tengo que tomar un avión. Mike dice que no puede ayudar. Sueño con que aparezco desnudo en un auditorio y que no me doy cuenta hasta ver la reacción del público. Sueño con que un día despierto y no tengo dientes, y no me doy cuenta hasta que intento hablar en la escuela. Sueño ser otra persona. Sueño que voy corriendo en un bosque oscuro y me va persiguiendo una manada de violentos lobos blancos. Megan habla a la casa para decirme que se irá unos días a Las Vegas, consiguió unos pacientes allá y quiere su despedida. Sólo porque es muy bella, sólo porque es ella. Nos vemos, nos hablamos poco, nos tocamos mucho. Pasó lo que queríamos que pasara. Es el tipo de despedida que ella quería de mí y era el tipo de despedida que yo estaba dispuesto a darle. Pura carne, pura superficialidad. Nada de sentimientos, nada de introspección. No discutimos ni en una sola ocasión, lo cual me extraña y me preocupa. Sigo escribiendo que quiero estar en Monterrey y no pasa nada. No encuentro a las güeras del parque. No quiero regresar en un pinche avión normal. Le llamo a Irina. Le digo que acepto el contrato. Responde sin emoción; me cita en el café de la vez anterior para firmarlo. No tengo mucho que perder. Otra noche, otra pesadilla, poco sueño. Voy camino al café. Paso por donde conocí a los cochinos. Todo lo demás es idéntico a aquella mañana. Las masas adormecidas por sus miedos caminan como siempre, acompañados de la seguridad que da la rutina. No tengo idea de cuánta gente quisiera ser hoy el piloto de Ferrari. A mí no me entusiasma mucho.

Llego al café. En la entrada la foto en donde salgo con todos los empleados el día en que fui héroe. Entro, pido un bagel de salmón, un espresso. El gerente me abraza, me pide otra foto. No me cobra mí orden. Elijo la misma mesa que en la ocasión anterior. Irina no está a tiempo; ella siempre llega dos minutos tarde. Necesito mucho más de dos minutos para aburrirme pensando en ella. Apenas iba en sus piernas, cuando la veo entrar. Le puedo firmar el matrimonio también, si quiere. "No me digas nada de aquella noche; primero firma". "¿Debo leer diecinueve páginas del contrato o puedo confiar en ti?" "Haz lo que te dé paz; confía en tu conciencia". Y lo firmo de inmediato. Confío en mi deseo sexual, más que en mi conciencia. Intento apurar el proceso para ver si nos vamos cuanto antes a mi casa. Firmé con desdén. Mis demonios están aceitados, trabajando a la perfección. "¿Ahora comes los bagels de salmón?" "No sabía que notaras tantos detalles". "Los detalles son los que me hacen ser única en mi trabajo". "¿Pusiste en el contrato lo que pedí respecto a ti?" "Dijiste que no necesitabas cláusulas para tenerme". "Ajá, y eso ya quedó demostrado". "¿Cómo sabes que no lo hice sólo para motivarte a que firmaras?" "Porque lo sé, porque tengo poderes". Y suelta una hermosa carcajada, el nivel exacto de goce, no sonidos de más, no volumen de más, apertura de boca precisa, movimiento facial detallado y delimitado. Ella es de las que no les cuesta ser bellas. Aunque no haga nada para serlo, siempre es bella, incluso al despertar. Es el tipo de mujer con el que fácil te puedes casar y no preocuparte de cómo se verá un día sin maquillaje recién levantada. Se ve aún mejor de esa forma. "¿Ahora ya puedes comer sin lavarte las manos?" Y ahora que me lo señala me da asco y dejo de comer. Tomo mi café. Ella sigue sin querer nada de comer. "No puedo ponerme en el contrato, no soy esclava. Estaré pendiente de ti todo el tiempo". "Qué bueno que no te pusiste en el contrato, estaba bromeando. Me gustaría verte todo el tiempo fuera de contrato. Quiero que me ayudes con mis ingresos, quiero donar todo para los niños que sufren de violencia, hambre o lo que sea". "No me quieras chantajear". "¡Válgame! Te quiero ver, porque me gustas, porque me gusta estar contigo, porque eres extremadamente bella, porque me gustó lo que hicimos en mi casa, porque estando contigo todo es mejor. No requiero contratos, no necesito que me ayudes con nada; sólo quédate, no puedes negar que te gusta estar conmigo". "No lo niego, también me gustas. También a mí me gusta estar contigo, así estaremos. Sólo no pidas esquemas, reglas, ni protocolos. Vamos avanzando a ver qué sucede. Tú maneja el auto, métele en primer lugar en cada carrera, y el resto del tiempo ahí estaré". Si hoy fueran los ochenta, lo que le acabo de decir sería una total declaración de amor, pudiera decir que le llegué y que su respuesta fue un frío sí. Como no son los ochenta, entonces sólo fue la expresión de un sentimiento que la otra parte recibió con educación mostrando sólo algo de emoción. "Volviendo al contrato, gracias por confiar en mí y firmarlo sin ver. Tienes que estar en Italia en un mes". Lo que no sabe es que sí lo leí; me tomó menos de medio segundo leer cada página. Al hojearlas, leí todo y confirmé que todo estaba bien. "Tengo que ir a orinar". Era mentira: lo que tenía que hacer era lavarme las manos para seguir comiendo. Voy rumbo al baño, dos pasos antes de la puerta me dan unas tremendas ganas de estornudar. Busco un lugar donde no hubiera personas para estornudar sobre mi codo doblado, y ahí, al lado de una mesa vacía, estornudo. Tomo una servilleta para limpiar mi nariz y boca cuando alguien me toca en el hombro. Volteo de inmediato, podría asegurar que es una de las güeras del parque, sólo que ahora trae una peluca, su mirada es idéntica. Esta mujer también viste con ropa deportiva; en sus tenis trae morado, sus pants y sudadera son negros. No quita su mano de mi hombro. No dice nada. Coloco mi mano en su hombro, no pasa nada. La veo, 1, 2, 3, 4 y no puedo ver nada, a los tres segundos parpadea y evade mi mirada. No me habla. Sonríe con frialdad. Después de extraños veintidós segundos, me pregunta en inglés si se puede tomar una foto con el héroe de la ciudad. Acepto. Foto en su Iphone. Ella no tiene ningún olor. No dice gracias, sólo se va después del click en su teléfono. Me deja abrumado y pensativo. ¿Será un habitante más de esta extraña ciudad? Entro al baño, me lavo las manos, abro la puerta para salir y aparezco en el baño de visitas de mi departamento en Monterrey. En el proceso, mucha luz directo a mi cara, mucho aire. Sentí estar en posición horizontal, como si volara. Creo que no fueron más de diez segundos, en ellos recordé todo de Claudia, desde que la conocí en Calzada. Qué bueno que no tendré que volar en avión. Qué mal que ya no vi a Irina. Salgo a mi departamento. Dicen que no hay nada como volver a casa, luego otros contestan que casa es donde está tu corazón. Ésta también la siento como mi casa. Es mi depa: mi depa en la Del Valle. Impecable, batallo para recordar cuándo estuve aquí y cómo me fui. Lo siento con más accesorios y decoración, de seguro Claudia lo ha adoptado como su nuevo hobby.

Tomo una pera y una agua mineral Topo Chico. Muchos refrigeradores para botellas de vino, sólo una botella en ellos: Angélica Zapata Malbec. La repetición va quitando emoción. Canción nueva para mí: *Jumper* de *Third Eye Blind*. Ahorita no la quiero oír, ya no quiero consejos musicales. Saco la botella de vino. La abro para que vaya respirando. Le escribo a Claudia: *Voy llegando a mí depa. Ya te recuerdo. No sé cuánto estaré aquí.* Un minuto después Claudia me contesta: *¡Ya me recuerdas! Yeii, te caigo en veinte minutos. No te muevas.* Me asomo por la terraza y en el estacionamiento está mi Ferrari lleno de polvo, como si no lo hubieran usado en años.

20

Le escribo a Claudia: *Te espero en Calzada, en la banca frente al depa.* Cruzo la calle, estoy en la banca. Agua mineral, kiwi dentro de una bolsa de plástico Ziploc. Huaraches cafés, shorts de tela café con muchas bolsas y una t-shirt blanca, chingue su madre. Llevo dos minutos tomando, comiendo y viendo pasar a la gente que hace deporte cuando llega un policía caminando: "No puede traer botellas de vidrio a la Calzada". "¿Eh?" "Que no puede traer botellas de vidrio a la Calzada". "¿Dónde dice? ¿Dónde está esa regla?" "Nos mandaron el reglamento a nosotros en la comandancia. Nos dieron un fax". Ay, no mames. "¿Les dieron un fax?" Jamás me ha gustado romper las leyes, me cagan las ideas estúpidas. "O sea, si camino diez metros hacia la banqueta, cruzo la calle, allá del otro lado sí me la puedo tomar, ¿verdad?" "No sé si son diez metros de aquí hasta allá". "Eso no es importante". Y levantando un poco más la voz dice: "Lo importante es que la ley se cumpla siempre, joven. Todo momento sin importar nivel social ni nivel de dinero". "Tranquilo, mi comandante". "No soy comandante". "¡Ah, que la madre! Qué pinche afán de molestar. A ver, ese carro que está en la esquina hizo el alto sobre la línea del cruce del peatón. ¿Por qué no lo multas? Su error pudo costar vidas y en lugar de ver eso, ah, no: a joder al joven de la botella de vidrio por una pinche regla inventada de la nada. Nadie anda descalzo aquí". "Reclámele al Cabildo Municipal: ellos son los que pusieron la regla". "Claro, la pinche regla que nadie conoce, ni la publican en ningún lado, más que en un puto fax en su cuartel". "Tranquilo, joven: lo puedo arrestar por alterar el orden público". "Ni de pedo me puedes arrestar por eso. Ni de pedo me puedes tocar". "No le tome más joven, no puede tomarle mientras discutimos". "Ja, ¿por qué no? Ya sin líquido ya no hay problema, ¿no?" "En serio joven, no le tome, o lo voy a arrestar". "Ja si intentas tocarme te lleva la chingada. Es más, que te vaya llevando la chingada de una vez". 1, 2, 3, 4 click. Si te cuento lo que vi, va a desentonar bien pinche con el mood en el que me quiero poner. Sólo te puedo decir que no ha golpeado a niños ni mujeres. Me da más tristeza que enojo. Le doy el último trago a la botella y luego se la entrego en la mano. "Paz, mi poli. Paz". No sabe qué hacer con la botella, parece que le tuviera miedo. No hay ni un pinche bote para tirarla. "Démela, al rato me la llevo a mi casa". Me la da, se da la vuelta y se va confundido.

La gente pasa caminando, corriendo, trotando. Unos solos, otros en grupos, otros en parejas. En el jardín del otro lado de Calzada, hay un grupo de jóvenes tomando clase de Aikido. A lo lejos, sobre Calzada, diviso a un joven, pelón, delgado, alto, sonriendo todo el tiempo, muy mamón. Trae medias altas de compresión de color negro y una cinta KT en su rodilla derecha. Se siente el dueño de Calzada, corre con los codos muy abiertos, para ir golpeando a las otras personas que osan atravesarse en su camino. Es fuerte, es veloz, es mamón; un típico sampetrino, el estuche que usa para guardar su celular mientras corre es marca Louis Vuitton, con eso te digo todo. Es tan mamón que hasta a su ego le cae mal. Tristemente hay muchos como él en este mundo. Me paro en medio de la Calzada, levanto mi mano para señalarle que se pare. Quiero hacerle unas preguntas para conocer por qué es tan mamón y también quiero comparar con él mi nivel de felicidad y mi nivel de expectativas; una simple encuesta de la vida. Era de esperarse que no se parara; de hecho, al verme sonríe aún más, de una forma burlona. Pasa cerca de mí sin disminuir su veloz ritmo, y como es costumbre en este pendejo, me tira un codazo. Lo que no sabe es quién soy yo. Obvio que sólo me muevo unos centímetros y lo hago fallar. Se sorprende por su fallo, baja el ritmo, voltea sorprendido y me pinta un dedo. "¡Chinga tu madre!", me grita. Ah, no; pues no. Así no me llevo. Me arranco a correr. El pobre pelón se sorprende un poco; nadie nunca le había respondido a sus agresiones; sin embargo, sigue sonriendo como todo buen villano. Para su sorpresa, en pocos segundos lo alcanzo. Intenta acelerar al máximo. Lo cual para mí es una miseria de velocidad. "¿Esto es tu mayor esfuerzo para huir?"

"No estoy huyendo, pendejo". Apenas le puedo entender mientras sigue corriendo. "Entonces, ¿por qué corres, pinche nena?" "¿Nena?" Ahora sí baja su ritmo y después de diez pasos ya está caminando. Copio su ritmo. "¿Me dijiste nena, pendejo? Ya te cargó la chingada" 1, 2, 3, 4 click. Uta, gracias. Está con madre este pedo, esto va a estar divertido. "¿Ya me cargo la chingada a mí? ¿Así como cuando te cargó la chingada a ti cuando tu esposa, a la que tenías más de dos meses de no tocar, te pidió de regalo de cumpleaños una noche de libertad?" Parece que los ojos se le van a salir. Una vena le salta por la frente de forma inclinada y otra en el lado derecho de su cuello. Adrián se llama este pobre cabrón. "¿O como te carga la chingada todas las mañanas que ves a tu hijo de cuatro años con fractura de cadera y piernas porque un día te dio hueva ponerle el asiento de seguridad en el carro y cuando chocaste por imbécil salió volando de frente, se fracturó la cadera, piernas y quedo con severas cicatrices en la cara? ¿Así de pinche me va a cargar la chingada, pendejo? ¿O como cuando se entere el gobierno que tu empresa decidió, por orden tuya, retener en almacén miles de vacunas contra la Influenza A H1N1 unos días más para que el precio aumentara un diez por ciento y tuvieras ingresos de arriba de dos millones de pesos sólo por esa pequeña retención del producto a costa de mil ochocientos niños que murieron en el país esa vez por no tener la vacuna? ¿Así, hijo de tu pinche madre?" Su respiración es agitada, no por el esfuerzo de correr; está asustado. Es más alto que yo, trae una banda blanca con dos rayas azules horizontales, colocada en su cabeza sin cabello. Suda como basquetbolista. "¿Eh? ¿Así o exactamente cómo me va a cargar la chingada?" Sigue resoplando sin poder emitir sonido. Quiero seguir ensañándome con él.

Ya me tiene hasta la madre; muchas veces había escuchado lo que hacía en Calzada, Las Naranjas me habían contado de él. Es un pendejo al que hay que joder para que deje de molestar. Incluso hay anuncios clavados en los árboles indicando que tuvieras cuidado del pelón golpea-dor. Un pendejo cualquiera. Se intenta mover, para irse, muevo mi brazo derecho a una velocidad mayor a la del sonido y con la mano abierta, y sólo con los tres dedos (índice, medio y anular) le doy un punzante golpe en el brazo derecho. Se detiene ante la sorpresa y el dolor del golpe tan preciso. "Te conviene decirme cómo, si no te seguiré poniendo más ejemplos". Noto que en efecto intenta pensar alguna respuesta. Obvio que no está muy acostumbrado a pensar y lo único que se le ocurre es tirar un torpe golpe cruzado con su brazo derecho, el cuál evito moviéndome lentamente unos centímetros atrás. Tira otro golpe, ahora con su mano izquierda. Lo desvío sin esfuerzo con la parte externa de mi mano derecha. Dos fallas. Varias humillaciones. Se arranca corriendo. Intenta sacar su celular, para llamar a algún guardaespaldas, no lo dejo, obvio que no es más veloz que yo. Unos segundos después ya vamos corriendo lado a lado a pesar de que lo dejé que avanzara, para que se ilusionara con su escape. Corriendo lado a lado me tira uno de sus característicos golpes; falla de nuevo. "¿Cómo exactamente me va a llevar la chingada, pelón?" Imprime más velocidad, recorremos dos camellones más; estamos a un camellón de llegar a Humberto Lobo. No se me adelanta ni un centímetro. Se cansa, se vuelve a parar. Jadea cansado, se flexiona hacia el frente, colocando las manos sobre sus rodillas, agotado. Ahí agachado, según él para sorprenderme, se levanta para tirar un upper cut, apuntando directo a mi barbilla, ya sabes que falla. Luego una patada lateral, ya en señal de desesperación, y falla de nuevo. "¡Ya, güey! ¿Qué chingados quieres? ¿Con cuánto nos arreglamos?" "Eres un pendejo. No quiero nada de ti. Quiero que me digas cómo me va a cargar la chingada. ¿Me va a cargar como a ti cuando la ONU y el gobierno japonés se enteren de que una de tus empresas japonesas fue sobornada para que diera como satisfactorio el nivel de mantenimiento y seguridad de la planta nuclear, que luego falló en el tsunami? ¿Así de pinche es como me va a cargar la chingada?" "¡Ya cállate, cabrón!" Ahora está rojo. Varias personas han pasado a nuestro lado, muchos de ellos disfrutando lo que ven; muchos son los que no querían a este pelón mamón. Incluso varios amigos de él, al vernos, se han dado la media vuelta y han huido. "Ya sé, me va a cargar la chingada, ¿como cuando te enteres de que tu esposa lleva un año siéndote infiel con uno de tus amigos y además lleva seis meses de también ponerte el cuerno con una colombiana muy sabrosa que conoció en el Sport City? Le hubieras aceptado armarle el trío cuando te lo pidió: eres un pendejo. Ese es el sueño de muchos y a ti se te presentó muy fácil y, como de costumbre, no la escuchaste. Ni la escuchaste ni la dejaste satisfecha; error, pelón. Error." "¡Ya cállate! Yo no te hice nada a ti". "¿O me va a cargar como a ti cuando el papá del joven que hace dos meses manejaba el coche al que adrede le negaste el paso a tu carril se entere de la verdad. Su hijo iba en el carril de la derecha en La Loma, y además le diste un pequeño cerrón por lo que tuvo que pasar sobre diesel desparramado en su carril, causando que su carro saliera volando al precipicio hacia la colonia Fuentes del Valle, perdiendo así la vida? La única pista para la familia del chamaco era una pequeña raspadura en el lado izquierdo del carro, la raspadura de ese color plateado, que sólo tienen los Porsche Boxster, como el que vendiste al día siguiente para evitar la hueva de arreglar un carro con un tallón y con algo de historia. Hoy, después de algún tiempo, ese padre va a saber quién le cerró el paso a su hijo, por el simple pinche afán de no quererle dar el paso, por darle un cerrón. Hoy ese padre va a confirmar que su hijo no había tomado alcohol y que no conducía con exceso de velocidad: va a confirmar que no fue una negligencia de su hijo, sino una chingadera tuya. Hoy va a dormir un poquito mejor, con un poco menos de dolor y sin tantos remordimientos. Hoy voy a conocer a ese padre y le voy a dar tu licencia". Ahora sí, este pendejo ya no habla, ya se dio por vencido. "Puedes esperar un buen recibimiento en la cárcel. Eres tan pendejo. Primero déjame decirte que es sorprendente que con tanta mierda en tu vida, puedas sonreír. Por más falsa y vacía que sea tu sonrisa, está cabrón actuarla todo el tiempo que corres en la Calzada. Si yo tuviera sólo uno de tus secretos, no podría actuar la sonrisa que traes todo el tiempo en tu pinche cara sampetrina. Estás bien pendejo; todo esto lo pudiste haber evitado si te parabas cuando te hice la señal. Sólo quería hacerte unas preguntas, una simple encuesta sobre la felicidad. Te hubieras parado, contestado unas preguntas y asunto arreglado. Como estás bien pendejo, una vez más complicaste todo. Esta vez no vas a salir librado, ni con dinero, ni palancas". Me da muchísima hueva este tipo de personas, que miden sus logros en base al auto que traen, en el cuadro que tienen colgado, en las acciones que tienen en algún cajón, las propiedades que tienen dispersas en el mundo. El Porsche Panamera es un gran carro, pero no sana ese tipo de tristezas. El avión privado brinda confort para los viajes sin tenerse que rozarse con la gente, pero el avión privado no te habla cuando necesitas un amigo verdadero. ¿De qué sirven dos pisos arreglados y decorados en la mejor zona de Nueva York o de París, si cuando llegas ahí estás solo, más solo incluso que yo? ¿De qué sirve el sexo con hermosas y diversas mujeres si lo tienes que pagar? Muchos cambiarían su dinero por momentos auténticos de felicidad. Muchos darían su dinero a cambio de un abrazo de su padre aunque jamás lo reconocerían. Me cagan las reuniones que hacen, con un playlist de mierda tocando en su sistema de sonido en toda su residencia, las mujeres en una sala, los hombres en otra. Los hombres presumiendo sus logros en el golf, mujeres, negocios y coches. Las mujeres presumiendo las marcas de ropa que consiguieron, detallando consejos de shopping de algún centro comercial del mundo en donde no haya tanta pinche gente naca. Presumiendo alguna línea nueva de ropa, los centímetros bajados de su cintura por alguna dieta extraña y los centímetros aumentados en sus pechos por alguna cirugía ya muy común. Sólo en el área del bar es donde se topan, por unos minutos, algunas mujeres con los hombres, cuando ellas van a servirse una copa de vino blanco y el hombre va por un whisky. Rozan las manos en la bandeja de los hielos; son manos de un hombre y una mujer, ambos compadres, gustosos van seguido al bar a encontrarse por casualidad. Los temas siempre son los mismos, los playlist muy similares. En la hora de la cena interactúan los dos bandos. Los mismos chistes de siempre, las mismas carcajadas borrachas. Abajo de la mesa, piernas buscando piernas nuevas. Arriba de la mesa son los mejores amigos, los mejores compadres. En la mente de muchas revolotean ansias de que sea lunes para verse en algún hotel con otro que está en esa mesa. Abajo de la mesa rondan espíritus calientes. Las faldas se quieren subir un poco más. Las piernas se abren un poco más. La conversación sin remedio tiene que acabar en el tema de la servidumbre. De postre, alcoholes diferentes, música diferente, amores de siempre. Compadres que se juran amor. Comadres que se apenan. Al final las tristezas son tan grandes que ni el alcohol, ni el veneno del deseo, ni las drogas, ni el pinche dinero, logran hacerlos un poco más felices. Las madrugadas llegan a esas fiestas y casi siempre encuentran el mismo mugrero. Las mujeres llevándose de por medio a cuanta mamá de la escuela que ose ir en contra de lo socialmente aceptable y los hombres, con altos niveles de alcohol, presumiendo historias de mujeres y negocios, casi siempre de mujeres. Todas las historias son siempre las mismas, esperan que algo cambie por el simple hecho de contarlas; los que escuchan esperan encontrar algún mensaje nuevo al que puedan sujetarse y comparar, para así darse cuenta de que ellos no son tan desgraciados, ni tan malos, ni tan miserables, o mínimo para descubrir que siempre hay alguien más infeliz que ellos. Justo eso era lo que yo quería comparar con este pendejo, con la encuesta que le quería poner. Yo estaba en paz esperando a Claudia.

"No me hagas decirte tu dirección exacta, en la colonia Santa Engracia. Me das tanta hueva y tanta lástima que te daré una oportunidad de huir, sólo dame tu licencia. En lo que encuentro el Boxster que vendiste, tienes para salir en tu avión, reza para que no le haya hecho nada a su motor". "La tengo en el carro a dos cuadras de aquí". "Te acompaño". Pasamos al lado de una tienda de vinos. "Entra, compra una botella y te la tomas toda. Sin preguntas. Me tienes hasta la madre por ser un pinche culo". Tienda. Vino. Corcho fuera. Botella a la boca. Entre el miedo y la sed se la toma toda como si fuera jugo de uva. Caminamos. Su carro estacionado en una cuadra perpendicular a Calzada, un Lamborghini Diablo color amarillo. Te digo que es mamón. Me da su licencia, con su mirada pide la confirmación de mi propuesta. Le asiento con mi cabeza, y se arranca. Empujo su auto de la parte de atrás, cuando apenas iba avanzando. Un empujón de héroe, hace que el auto se mueva a 40 km/h adicionales a lo que él iba acelerando al querer huir. Y bueno, pues, es un pendejo. El pendejo de siempre que trae un viejón. Y como pendejo, pierde el control de su Lamborghini mamón, se sube al camellón de Calzada y choca contra un árbol grande. Desde luego que no trae el cinturón; a pesar del supuesto alto nivel de seguridad del auto, su bolsa de aire frontal no evita que este pendejo embarre su cabeza en el vidrio de en frente. Se abre la frente, nariz de lado sangrando y la boca destrozada al pegarse con el volante. El labio superior partido en dos, sin tres dientes frontales y el ojo derecho inflamado. Llego a su lado, me ve con pánico y empieza a llorar. Está sentado, se mueve poco, no intenta huir, no intenta decir nada. Como sea, no creo que pueda hablar así de como trae inflamada la boca. A unos metros de distancia, ¿quién crees que viene caminado? El policía, el que me regañó por la botella de vidrio. "¡Poli, Poli!" Llega corriendo, mostrando incluso algo de orgullo y alegría por aprovechar la oportunidad que le brinda su trabajo de hacer el bien. "Está bien, no trae licencia, y trae aliento alcohólico. Ahí en el piso del copiloto va una botella de tinto vacía". El policía, feliz de la oportunidad de usar su poder y su posición, se ensaña con el pendejo. "¿Está bien, señor?" El pendejo gime un poco queriendo decir algo, no se le entiende nada. Mueve la cabeza para decir que sí. "¿Como que ya está grande-cito para andar tomando así y andar haciendo estas cosas, no, señor?" El pendejo no puede hablar. El policía tiene todo para lucirse y se luce. "Como casi no hay sangre y ha dicho que está bien, va directo a la cárcel del municipio en lo que inician las averiguaciones. Manejar en estado de ebriedad es un delito grave. Mínimo cuarenta y ocho horas en la cárcel municipal". Gracias Poli. Corro, corro con su licencia.

21

Llego frente a mi casa y ahí está Claudia con una gran cara de ansiedad. Está pensando que una vez más la dejé plantada. Ahora no. Aquí
estoy, y me tengo que ir. Me gustaría no tener que hacer nada más que
platicar contigo y tener sexo. No es cierto: no me gustaría no tener nada
que hacer. "¡Luca!" Tengo que reconocer que ser extrañado genera un
buen sentimiento. Es bueno escuchar cuando una bella mujer dice tu
nombre de una forma tan emocionada como Claudia lo hace al verme.
"¡Luca! ¿Estás bien?" "¡Claudia! Vente. Corre". Cruzamos la calle. A mi
depa. Me obedece. Subo, puerta, llaves, puerta, bajo. Alarma, Ferrari,
seguros, puertas, arriba los dos. "¿Es cierto que ya me recuerdas?" "Sí"
Ahora a usar el Ferrari aquí. Voy al otro lado de la colonia. Al lote de
autos. Ya vi todo, entiendo todo. Llegamos al lote, al fondo un Porsche
Boxster Plateado. Corremos a el. Y en efecto, del lado derecho a la altura
de la polvera se ve un tallón color naranja: era el color de la Caribe del
joven. Foto con el Iphone; vaya, que me sirva de algo. Corremos. No le
he podido explicar mucho a Claudia, está emocionada con el ambiente
que se ha generado. Ha entendido que es algo importante. Además, la
noticia de que ya la recuerdo es suficiente para estar todos felices, ¿no?
Ahora vamos a Lomas del Valle; donde vivía el joven que cayó al barran-
co por culpa del pendejo. Con el Ferrari todo es más veloz. Ha de ser día
festivo porque casi no hay tráfico. O domingo. Llegamos, timbre, puerta
dos veces, timbre otra vez, ansiedad y emoción mezcladas de nuevo, buen
nivel de adrenalina. "Ya no toques", me ordena Claudia. Le doy un beso
en la boca, de la emoción; le aprieto ambos brazos, pongo una cara de
emoción y le planto otro beso. Ambos los recibió bien para estar casada.
La vieja puerta de maderas verticales hinchadas, se abre muy despacio.
Un señor en bata de cincuenta y nueve años abre la puerta. Periódico

doblado bajo su brazo, lentes sobre su nariz, tristeza dentro de su ser desbordándose por todo lados. Pálido de dolor. "Señor, le tengo información para que pueda dar con el culpable de la muerte de su hijo". Sus ojos se iluminaron por muy poco tiempo, para luego darle cabida de nuevo al nivel de tristeza inicial. "Ya no jueguen con nuestro dolor. Ya no nos molesten. Ya déjanos en paz. Todo ha sido pura mentira con tal de sacarnos algo de dinero", dijo en un triste tono de voz, tan carente de energía que apenas las letras se podían sostener juntas entre ellas para lograr que la palabra fuera dicha y al menos algo audible. "Lo entiendo, señor, y le pido una disculpa por molestarlo con este tema tan delicado. Yo no le pido dinero y usted hará todo muy rápidamente. Cite a la policía en este lote de autos y llévelos a la parte final, al fondo; y ahí está un Porsche Boxster, el cual le dio el cerrón adrede al carro de su hijo. El Boxster tiene marcado en la polvera derecha la pintura del auto Caribe naranja de su hijo". Le enseño la foto que tomé en el lote. Su cara empieza a recobrar vida. Su piel deja ese color gris-blanco que tenía cuando nos abrió y la esperanza de justicia le puso algo de color a sus mejillas. "Y le tengo una mejor noticia. El culpable, el que manejó, el que a propósito cerró a su hijo tan sólo porque le dio la gana, ahorita está preso en la cárcel municipal por manejar ebrio y chocar, y además aquí está su licencia." Tienes que creerme que el pobre padre esboza una pequeña sonrisa. La primera que hace en dos meses, desde la muerte de su unigénito. Toma la licencia, ahora ya con algo de vitalidad. De algún lado saca una reserva de energía y endereza un poco su espalda "Siempre he creído en los ángeles, ahora son con los que estoy hablando. Que Dios los bendiga". Se acerca y me da un beso en la mejilla, luego hace lo mismo con Claudia. Me hace temblar. Sus palabras y sus actos me estremecen. No puedo decir palabra. Alcanzo a tomarle su mano derecha con mis dos manos, se la aprieto mientras le digo: "Suerte y gracias". Se despide, entusiasmado. Cierra la puerta, a pesar de ello puedo escuchar cuando, lleno de energía, le grita a su esposa: "¡Vieja! ¡Amor! ¡Amor! ¡Ven!" Giro para retirarme de su pórtico y traigo unas lágrimas en los ojos. Claudia trae muchas más. Me toma de la mano y caminamos juntos hacía el auto. Dentro del Ferrari, seguimos creando un muy sentido silencio. Si el Ferrari leyera mi mente pondría de fondo alguna pieza de piano, lenta, con mucho sentimiento. Claudia llora más. Avanzamos, por la solitaria ciudad. Siento una mezcla de tristeza y felicidad. Creo que me contagié un poco de la tristeza que salía a bocanadas de la casa del señor. Me ha puesto triste saber que nada podrá reponer el dolor que ellos sienten; sus vidas ya no serán las mismas. No sé si el cuerpo del ser humano esté diseñado para soportar tanto dolor y tristeza. No entiendo cuál es el afán de permitir o repartir tanta tristeza en este mundo. ¿Será que necesitamos tanto dolor para darnos cuenta de que existe la felicidad? Claudia sigue sollozando. Habla a su casa a preguntarle a sus nanas si sus hijos están bien. "Rosita, ¿los niños están bien...? Muy bien. ¿Comieron algo...? Muy bien ¿Y su medicina...? Gracias. ¿El señor no ha llegado verdad...? Ok, yo al rato llego, dale varias vueltas a los niños". Bendita ella que su celular funciona para hacer llamadas, bendita ella que tiene a quien llamar, bendita ella que tiene por quien sufrir. ¿Yo a quien le lloro así? O incluso peor: ¿quién llora así por mí? Mejor me quiero enfocar en sentir lo bueno. Me siento feliz de haberle ayudado al señor. De ver cómo su cara fue cambiando, de parecer casi un muerto al principio, hasta verle la cara algo roja al final, la sed de justicia. De hacer el bien. Tan sólo hacer el bien. La vida de esos padres jamás volverá a ser igual, ¿la vida de quién es igual al día previo? No hay, ni habrá en toda su vida un segundo que no piensen en su hijo. Que piensen en cómo crecería, qué haría a cierta edad, con quién se casaría, cuándo los convertiría en abuelos. Lo exitoso que sería como director de un gran corporativo regiomontano. Al menos lo recordarán bien. Su vida también hoy cambió, desde el momento en que me abrió la puerta; esa conversación es un parteaguas en su vida. Llega un mensaje al Iphone; avisan los incógnitos de una nueva canción. El Ferrari la detecta en el Iphone y la empieza a tocar. *Sonata Claro de luna* de Beethoven. A mí ya no me sorprende nada lo incisivos que son con su música, lo pinche necios y punzantes que son los mensajes que me mandan, con las letras, con los títulos de las canciones o, con la musicalización de mi vida. Claudia no entiende nada. Entre mocos, sorbidas de flemas y lágrimas. "¿Qué, güey? ¿Qué madres te pasa? Ves cómo estoy llorando, y ve lo que pones". El acto vale por mil palabras, y en lugar de tratar de explicarle cualquier teoría que ni yo entiendo, estiro la mano y apago el estéreo. Al siguiente instante la canción ahora se empieza a reproducir en mi Iphone. "¿Qué carajo contigo y tus desmadres?", solloza. Detengo también la canción en el Iphone. Quisiera llorar como ella. Quisiera tener alguien por quien llorar así. Quisiera que un ataque de llanto así sacara todos los nudos que siento en mi pecho. "¿Qué se siente llorar así?" "Híjole, tú no respetas nada". "Es en serio, Claudia. Quisiera poder desahogarme así". "Pinches hombres locos y sus teorías del machismo. Esa enseñanza es la que más daño les ha hecho a los hombres, no darse permiso de llorar les ha causado miles de traumas. Por un lado, los que lloran se sienten mal por hacerlo. Y por otro, los que no lloran van acumulando llantos en toda su vida hasta que un día explotan y le sacan un susto inmenso a todos, incluyéndose ellos mismos". "No destruyas el momento. Quedémonos en silencio, mejor". "¿Cuál momento? No he parado de llorar" Hay miedos que creemos que cuando nos toque enfrentarlos jamás los podremos superar; lo bueno es que para entonces, no seremos los de hoy, seremos los del futuro, más viejos, más grandes, más golpeados, más vividos. Y ya con esos años, esos madrazos y lo vivido, superar ese miedo del futuro será tan fácil que quizá ni nos demos cuenta, quizá que en aquel entonces ya ni como miedo lo calificaremos. Por más que quiero seguir recordando la cara final del señor, el vacío es muy grande. Pienso en su dolor, en mis dolores, en el caos del mundo. Pienso en aquel niño que está parado en la banqueta pidiendo dinero, sin zapatos, sin camisa y ni padres. A diez cuadras de aquí hay unos padres que perdieron a su hijo en un accidente. Aquí hay un niño humilde, abandonado, hambriento, indefenso, sin padres. A una cuadra de aquí, en varias casas hay fiestas familiares con exceso de comida y bebida. Yo voy manejando un Ferrari. Claudia no para de llorar; trae cargo de conciencia por el tiempo perdido sin estar con sus hijos. Algo está mal en este mundo. ¿Cuál fue la diferencia para que al momento de la concepción yo no fuera yo, sino que fuera ese niño y ese niño fuera yo? ¿Quién pagó qué? ¿O, de plano, el niño es feliz?

¿Qué méritos para que mi alma fuera unida temporalmente a este cuerpo? ¿O los cuerpos pasan y a lo pendejo van eligiendo almas?

Silencio. Depa. Mesa redonda con cubierta de cristal. Alcohol. Sentados frente a frente. Créeme que apenas hace un minuto acaba de dejar de llorar. Intenté varias veces llorar, y no pude. No sé qué tan triste tienes que estar para llorar. "Claudia, no sé ni qué pedo con mi vida". Da un suspiro muy profundo; se endereza, ya que estaba semirecostada sobre la mesa. Se suena la nariz con un pañuelo desechable que sacó de su bolsa Coach de piel color verde brillante. Se recoge el cabello y se hace un chongo. "Soy todo oídos. A ver si al fin podemos hablar. No creas que yo sé mucho de la mía. Bienvenido a mi mundo". "Lástima que no pueda yo darte la bienvenida al mío". "¿Por qué no? Espera, necesito una copa. ¿Tienes alcohol?" "Claudia, tú sabes mejor lo que hay en este depa. Abrí hace rato una botella de un tinto, un Malbec. Tómatela tú". "¿Qué marca es?" "Es un Angélica Zapata, Malbec". "No gracias, creo que en el refrigerador había dejado varias botellas de vino blanco. De cuando me venía a pasar aquí tardes y noches, pensando en ti, esperándote. Era mi depa de soltera. Venía al menos a olerte. Dejaste tu olor impregnado aquí". Se levanta. Va a la cocina. Vino blanco. Copa. Me da una copa vacía a mí. "Para tu tinto". Ni yo me ofrecí a servirle su copa, lo cual es muy raro en mí, ni ella en servirme la mía. Hasta parece que ya estamos casados. "No voy a tomar de ese tinto ahorita. No te conviene" "¿Por qué no me conviene? ¿Te pones muy pedo y luego no respondes?" Lo dice muy seria. Digamos que los dos estamos hartos de nuestras vidas, del otro y de todo. "Sin comentarios, Claudita". "Ni al caso, ya sé, qué hueva. Hasta yo me di hueva". Me levanto. Refri. Vaso pequeño. Lleno el vaso de hielos y lo lleno de Frangelico. De nuevo los dos sentados frente a frente. No nos hablamos mucho en lo que me tomo mi primer vaso y ella su primera copa. A la cocina. Recipiente para mantener su botella fría. Lleno el recipiente de hielos. Hielera adicional con hielo. Todo ahora en la mesa. Tómale, pichón. El silencio y la hueva de enfrentarnos a nosotros mismos le van ganando al habla. Que el alcohol ayude una vez más. Saca unos cigarros raros de su bolsa. Delgados. La cajetilla es rosa con celeste. Me dio hueva leer la marca. Antes de que pudiera repelar, saca unos Marlboro Lights para mí. Encendedor. Ella prende el mío en su boca tratando de dejarlo lo más embarrado posible del poco lápiz labial que le queda. Toque al cigarro. Qué rico saben los mexicanos. Sólo que ahora, con este olfato que tengo, en cada toque, huelo su lápiz labial. No entiendo quién ni cuando, mucho menos por qué, alguien decidió que todo, todo, absoluta y pinchemente todo lo que causa demasiado placer está prohibido o causa algún mal. La comida, la bebida, el sexo, el tabaco. Cualquier tipo de placer que le presentes al cuerpo, trae su pinche factura. No viene al caso. Segundo vaso. Segunda copa. Mi Iphone en la mesa, frente a mí. Suena mensaje nuevo: *Canción y CD nuevo, ponla ya. Come Back Little Star de Patterson Hood*, del disco *Heat Lightning Rubles in the Distance*. "Mira". Lo giro y se lo aviento sobre la mesa. "¿Qué tiene?" "Checa lo que dice". "Te mandan una canción. ¿Qué de malo?" "Ajá, ¿quién me la mandó?" "Aquí dice". Y oprime en el lugar donde puedes ver el remitente. Y pues obviamente no puede ver: no hay nada. "Está raro tu teléfono". "No es el teléfono. El teléfono sí funciona. Bueno, no funciona para hacer llamadas, y recibo pocas. No es el teléfono. Por ejemplo: recibo bien mensajes de otras personas. Todos tus mensajes me llegan bien, mira". "Ok, ni al caso. ¿Tipo a qué con eso?" "¿No que ya no decías tipo?" "Ajá, ándale. Ahora tú me vas a reclamar cosas a mí. Estás muy mal, Luca." Tercera copa. Tercer vaso. "No puedo creer que esté tomando esta madre para ponerme pedo. ¿No tienes whisky?" "Es tu depa, güey". "Pues lo arreglaste a tu estilo que ya no lo siento tan mío". "Güey, siempre tan mal agradecido. O sea, tu estilo es que no haya nada". "Pues que haya poco". "Lo mismo piensas de los cuerpos de las mujeres". "Mmhh, pues es difícil responder, en términos generales, sí. No se requieren enormes tamaños para que sean atractivas". "Eso no pensaste de las bubis de Salma." "¿Qué? ¿Tú qué sabes de ella?" "Escuché, aquí en tu depa, la grabación que te dejó, una de las veces que te desapareciste. Estelita y yo somos grandes amigas. Ella sí sabe reconocer a la gente buena, la que te hace buena compañía". "No sabes nada de lo de Salma, era de trabajo". "Ja, trabajo. Claro. ¡Güey! No sabía que eras mentiroso". "No soy mentiroso. No pasó nada. Era de trabajo". "Pinche Luca. Saliste en la revista *Hola*. La nota decía: *Fotos candentes de Salma y su secreto amante en Monte Carlo*. Y mostraron varias fotos de ti besándole el cuello, los hombros, las bubis y todo un faje y cogida y así en la terraza de su suite". "¿Qué pedo?" Se levanta de la mesa orgullosa según ella de haber dado un buen golpe. Coloca el Iphone en las bocinas y pone el nuevo CD que acaban de mandar, y repite de nuevo *Come Back Little Star*. "¡No le besé las tetas! Ojalá se las hubiera besado. Tampoco me la fajé; mucho menos me la cogí. Claro que me quedé con muchísimas ganas de hacerlo. No voy a inventarte cosas". "¿Quieres el CD en orden o en shuffle?" "Me vale madres". "No me grites, güey. Yo no fui quien mintió, ni quien no se cogió o sí se cogió a no sé quien", "Claudia, no te grité. Me vale madres la canción que pongas. Pon la que quieras". "Shuffle, pues, a ver qué nos quieren decir los que te mandan, según tú, tus canciones". "¿Y a qué viene al caso el tema de Salma?" "No, nada. Lo que tú digas, pues. Deja conseguirte unos whiskys." Y manda unos textos de su muy funcional celular. "Qué chiflado con lo que dices de las canciones, ¿eh? Eso ni al caso. Te encanta hacer un show de cualquier cosa. Siempre eres tan exagerado y tan dramático. Debe de ser alguna aplicación o algún servicio extraño que te mandan canciones sin orden o sin motivo aparente. A lo mejor hasta tú les compraste ese servicio y ahora ni te acuerdas". "Ni al caso, Claudia. No es eso, pero no te apures. Si no puedes entender eso, menos entenderás lo demás". "¡Ay, me chocas! ¿Ves que te encanta el drama? Mi Drama King". Otra copa. Otro vaso. Cada quien con sus respectivos alcoholes raros. "Ya Claudia. Quiero paz contigo". "No, güey, yo quiero amor contigo". "Oh, pues. Calma, calma. Para allá vamos. Déjame contarte. Dijiste que me escucharías. Cállate, no agredas. No hables. Me está llevando la chingada". Ya estamos algo pedos los dos. Siento la lengua pesada y los ojos un poco rasposos. "A mí me está llevando desde hace mucho". "¡Güey! ¿Ves que no dejas hablar? Te quiero contar cosas que no le he contado a nadie". "Yo también te quiero contar y preguntar mil de cosas". "Mil son un chingo". "No soy la única necia ahorita aquí. ¿Por qué nunca me has querido coger?" "¿Eso es lo que me querías preguntar?" "Ajá". Y luego le entra un ataque de hipo. Se levanta. Inicia a correr y dar unos brincos estilo ballet, da un grand jeté: la pierna derecha la pone horizontalmente hacía adelante y la izquierda hacía atrás. "Con esto siempre se me ha quitado el hipo". "Claudia, ¿qué más me quieres decir?" "No, ya no, ya no te quiero decir nada más. Tú crees que aquí me vas a tener siempre. Tu fiel amiga. La que te salvó la vida dos veces el mismo día. La que dejas plantada cuantas veces sea, al cabo es casada. La que te cuidó por meses en el hospital. A la que hasta hoy le has dado dos pinches picoretes en la boca, porque a eso que me diste en la casa del señor no se le puede decir besos. La que te arregló el departamento mientras estabas inconsciente para que todo lo encontraras como estaba y capaz que tú querías que estuviera todo diferente, todo nuevo a tu regreso, si es que regresabas, aunque eso no me preocupaba tanto porque creo que casi nunca has sabido lo que quieres". "¡No sé ni quién soy ni a que vine a este mundo y quieres que sepa lo que quiero!" "¡Cállate, cabrón! ¡Ahora me vas a dejar hablar todo lo que yo quiera! Tu amiga la pendeja, a la que le pides el avión para irte a coger a Salma y pretendes que no me entere. Tu amiga a la que consideras la fresa pendeja que no se da cuenta de nada, la que no es capaz de nada. No voy a estar aquí siempre. Ya me hartaron tus supuestos viajes, tus desapariciones repentinas, tus pinches preguntas raras, tu mundo de sospechas, de incoherencias. Ya me hartaste. Te quise mucho tiempo, muy cabrón; te deseé demasiado. Sudaba de tanto que te deseaba. Pasé noches sin dormir por pensar que teníamos sexo. Fuiste mi engaño perfecto. Estuve dispuesta a seguir el proceso, el protocolo de una infidelidad anunciada, para no parecer una puta más de este mundo. Y luego te perdías, interrumpías los procesos y después aparecías como si nada. No estoy para ser ignorada. Me hartaron tus largos, muy largos viajes y silencios consecuentes. Soy una mujer deseada por muchos". "Claudia, no, no ese tema, por favor". "¡Sí señor! ¡Ese preciso tema es con el que quiero empezar antes de pasar a los otros pinches temas de tus loqueras de mierda!" "Claudia, ya no tomes". Se sirve otra copa; ya van varias botellas. "No eres mi papá. Y no voy a manejar, así que te callas de nuevo para que pueda hablar bien. Y nunca me tocaste. Nunca me besaste. Nunca me fajaste. ¡No mames! ¿Por qué no? ¿Qué defecto me viste? Hice todo lo que decías". De fondo musical, por si te interesa ubicar toda la escena bien, está el disco de *Theatre is Evil* de Amanda Palmer. Obvio yo no lo puse. Ya sabes cómo está el pedo, no me preguntes en este momento. Suficiente tengo ahorita con Claudia. Camino a la cocina. Necesito café bien cargado. Cafetera puesta. Ya llevo tres cuartos de la botella de Frangelico, ya siento la boca hinchada de lo dulce. Me urge el café. "Me preparé para hablar mejor, ser una mejor persona, incluso hice más ejercicio para mejorar aún más mi cuerpo. Hice todo lo que pensé que querrías ver en mí. Y siempre me ignoraste, me olvidabas, me relegabas. Al fin que al volver siempre estaba yo aquí para escucharte, cuidarte, y casi rehabilitarte de nuevo. Vi que en Nueva York te hiciste héroe, vi que Yuja te deseaba conocer, de ley te la cogiste. ¡No mames, cabrón! ¿Qué hizo ella por ti? ¿Cuántas vidas te salvó? ¿No me chingues que ella es más guapa que yo? ¿Cuántas veces la viste antes de cogértela? ¿Cuántas veces la viste antes de cogértela, eh? ¡Dímelo!" Pausa. Pausa. No mames. ¿Le digo la verdad? Ahora si se excedieron con la musicalización. Ahorita está la ocho de ese mismo CD, *A Grand Theft Intermission*. "Dime, cabrón. ¿Cuántas veces la viste antes de cogértela?", pregunta entre llantos y gritos. "¡Dime!" "No puedo contestarte esa pregunta". "Eres un pinche joto". "¡Ya Claudia! ¡Para! ¡Para! Claudia, contigo no quise nada sexual porque te veo como mi amiga. Ellas no significaron nada para mí, más que calentura. Tú eres mi amiga, por eso no he querido manchar nuestra amistad con sexo. Destruiría lo que tenemos". "¿Qué tenemos? ¡No tenemos nada! No soy tan ingenua como siempre lo has creído". "Claudia, tú no hubieras estado dispuesta a que tuviéramos sexo, aún sabiendo que no te amo". "¿Cómo sabes eso? ¿Por qué siempre me has menospreciado en ese sentido? No eres el único al que de pronto le vale madre todo en esta pinche vida que no entendemos. En uno de los viajes de mi marido y en una de tus desapariciones, me fue muy fácil serle infiel a él. Y le fui infiel con un compadre. Y le fui infiel aquí en tu departamento, en tu cama, para que de perdido participaras, aunque fuera de forma simbólica". Dije todo al mismo tiempo que ella desde 'Me fue muy fácil serle infiel a él' hasta 'De forma simbólica'. Eso ya lo sabía, ni cuenta se dio que lo dijimos al mismo tiempo; está en pleno trance de desahogo. "Y me gustó sentir el deseo, la ansiedad y luego el dolor posterior. Fue un ciclo con inicio feliz y terminación dolorosa, aún así mereció vivirlo. Y lo viví varias veces, con varios amigos de él y otras con amigos míos. Me caga que te hagas el sufrido diciendo que no le entiendes a esta vida. Hoy otra vez ibas a empezar con tu discurso del pobre mártir del que nadie entiende las cosas raras que te pasan. ¡A todos nos pasan cosas raras, carajo! No puedo ser el juguete de mi marido, mucho menos el tuyo. Estoy feliz por haberte salvado la vida; nunca me arrepentiré de eso. Espero que un día me presentes a un hijo tuyo y le digas que gracias a mí pudiste conocer a su mamá. Sí, algún momento pensé y deseé vivir contigo el resto de mi vida. Gracias a Dios me di cuenta de que sería una pendeja. Sería como vivir con un rockstar, o incluso peor, con tanta cosa rara que de pronto sacas. Me tuviste por mucho tiempo, dispuesta a ti. Te quise. Incluso creo que te amé. Me hiciste mejor mujer en aras de tenerte. Al darme cuenta de que no te tendría, ahora estoy jugando en el lado malo que a la vez es el divertido. Ya no me importa ser una mejor mujer, ni persona, ni esposa, ni mamá. Me encantaría regresar el tiempo a un segundo antes de cuando le dije a mi marido que sí en el altar. Es de lo que más me arrepiento en mi vida, haberme casado con este güey. No haberla embarrado ahí implicaría no tener hijos ahorita, lo que implicaría que podría ser libre, entonces sería más feliz. Mis hijos no me necesitan, no me buscan, no me quieren. Y sin embargo tengo que estar aquí, viendo por ellos". "Claudia, la libertad no da la felicidad". "¿Ves que eres muy pen dejo a veces? La libertad es todo, ya que puedes elegir lo que te causa placer". "No. El que seas libre no significa que tomarás siempre las mejores decisiones. Además, una cosa es ser libre de la estructura social, o de tu marido o, incluso, de tus hijos, suponiendo que quisieras ser libre de ellos, lo cual no te creo, y otra cosa es ser libre de ti misma. Nunca serás libre de ti misma. Tu mente nunca será libre del pasado; parte de su trabajo es darte en la madre con todos los errores del pasado. La otra parte del trabajo de tu mente es darte en la madre con los miedos de eventos futuros. De tu mente nunca estarás libre. Puedes ser libre y seguir perdida, cometiendo puras pendejadas como las que estás contando. No puedes dejar de ser una buena persona así nada más porque sí. Además, no me quieras echar a mí la culpa. Espero que lo que me dijiste sea mentira". "¡Tú eres la mentira! Todo lo que dices y haces es mentira. ¿Para qué tanta tocada de pierna si no ibas a pasar de ahí? Parecías novio de secundaria. Todo el tiempo quejándote de lo pinche que está tu vida. Todo el tiempo viéndome como si yo fuera inferior por el hecho de tener dinero. En unos momentos parecía que habíamos nacido para estar juntos; fueron momentos grandiosos. Luego parecíamos matrimonio de treinta años de casados, llenos de secretos, mentiras, ausencias, dudas, rutinas, cuestionamientos absurdos. El otro día me cuestionaste si era cierto que te había cuidado en el hospital. Eso sí es querer joderme. ¡No tenías que lastimarme tanto! Te hubieras ido antes". Llora mientras habla, mientras grita. "¿Ido de dónde? Porque no te quería lastimar: por eso no te quise tocar. Porque ya me conozco. Ya sabía que me iría, que desaparecería de ti a la siguiente mañana. No sé por qué, así soy. Al parecer, no soporto las cadenas de momentos felices. Y cuando veo que se avecina una racha de felicidad, me entra el pánico, me friqueo mal plan y huyo. Y no quería huir de ti. Tú eres mi amiga. Tú has estado para mí, por eso no te quería tocar, para no abandonarte. Eres bella, eres caliente, te lo he dicho muchas veces; yo también te he deseado, pero quería conservar lo bello que teníamos: una amistad más grande que el deseo sexual". "Eres puro rollo, eres un chiflado y así. Ya no me digas nada. Tus hechos hablan solitos, ¡eh! Qué fácil decirme que no me tocabas a mí porque te importaba y sin embargo te pasabas tocando a cuanta mujer se te atravesara en Nueva York o cruzabas el Atlántico para irte a coger a Salma", agrega mientras descansa un poco su llanto. "Claudia, no sabía que te sentías así. No sabía qué estuviera tan densa la situación". "Siempre manejas la situación como te conviene. Hasta llegué a pensar que eras joto. Malagradecido, mentiroso, joto, mal quedado y mártir. ¡No mames, que combinación! Te encanta hacerte el sufrido, el desafortunado, sin darte cuenta de todo lo que tienes". "¡Hola! Discúlpame, yo no veo tan desgraciada tu vida". "¿Ves? Ahí vienes de nuevo con tu madre de yo estoy más jodido que tú". "Déjame hablar. No te estoy comparando conmigo, te estoy comparando con el resto de la población normal. No te entiendo tu drama, no entiendo qué es lo que te causa tanto dolor. ¿Crees que eres de las pocas que tienen un matrimonio de mentiras? ¿O sientes lástima por ti misma porque tu marido no te voltea ni a ver desde hace meses? ¿Crees que ya eres muy desgraciada por eso? ¿O por el remordimiento de serle infiel? Si es que te dio remordimiento. No te juzgo por nada de eso, sólo déjame decirte que eso no es tan dramático. No se te ha muerto nadie: ahí están tus hijos. Puedes empezar de nuevo; tienes a quien amar". "¡Tú también!" La ignoro. "No te quiero lastimar, sólo que no entiendo. ¿De dónde tanto drama y de dónde tanto vacío? ¿De dónde tanto dolor? ¿Por qué sufres tanto, si parece que tienes todo?" "¡No! ¡No! Güey: no has entendido nada y no has aprendido nada. Me siento vacía desde hace muchos años, cuando le dejé de importar a quien fue por mucho tiempo lo más importante de mi vida. Sin amor no tengo nada. Quiero encontrarle el sentido a vivir cada día". En el sonido empieza *Better man* de *Pearl Jam*. "Lo peor es que no sé qué hice o qué dejé de hacer para que él cambiara así. Y luego intenté por años transferir ese amor y esos motivos a mis hijos, sólo que a ellos no les corresponde sostenerme sentimentalmente. Entonces me quedé perdida ahí. Hubo un tiempo en que comprarme cosas me daba algo de satisfacción, luego me jugaba en contra porque darme cuenta que podía comprarme lo que fuera me hacía sentir muy mal". "Exacto, sé lo que dices. Yo me he sentido igual". "Entonces podía comprar lo que fuera, ¡lo que fuera! ¿Sabes lo que es eso? Lo que se te ocurra lo podía comprar, lo malo es que si lo compraba se convertiría en un fiel souvenir de mi tristeza, de mi desgracia y de mi pinche soledad. Me pasé un tiempo tratando de entender por qué no me alocaba más, tratando de entender por qué me quedaba pegada a mis supuestos valores, a mis supuestos principios de al menos misa los domingos y una confesada al semestre. No sabía qué me mantenía ahí como niña buena; de hecho sigo sin saberlo. Creo que las monjas hicieron bien su labor en mi inconsciente". Intento hablar, levanta las cejas, los brazos y me calla. "Querías que habláramos, ahora me dejas hablar. Y pues ahí estaba yo divagando sobre mi vida gris cuando apareciste tú. Y me enamoré de ti". Otra vez quiero hablar, no me deja. "Es en serio, me enamoré muy cabrón de ti. Con lo muy poco que me diste, al fin y al cabo me diste algo. Tenía años de que nadie me diera su atención, sus deseos, su tiempo. Y tú empezaste a compartir algo de todo eso conmigo. Yo volví a nacer. Era otra mujer. Mis amigas morían súper mal plan de la envidia y así. Me preguntaban cómo había mejorado mi vida sexual; me decían que se me notaban todos los orgasmos en mi cara. ¡Ja! Pinches amigas, yo que tenía años sin coger. Lo que tenía era el amor, estaba enamorada, no era de mi marido y eso me valía madre; al fin sentía que empezaba a vivir. Hasta que empezaste a darme muestras de parecerte a mi marido. Ausencias inexplicables, preguntas raras, desconfianzas, mentiras y, al final, infidelidades". "¿Cómo te era infiel si no teníamos nada?" "¡Sí teníamos algo! Me estabas haciendo vivir de nuevo". "Claudia, yo traía demasiados pedos. No sabía quién era yo. De hecho, no lo sé. Me sucedían y me siguen sucediendo cosas muy extrañas. Me pasan cosas que no puedo controlar. Para empezar, es raro cuando puedo dormir más de una hora. Eso ya altera mi vida lo suficiente como para vivirla de una forma mediocre. Mientras duermo, o intento, al momento de cerrar mis ojos, veo muchos sucesos de las vidas de personas a las que he visto: a un chef de la Ciudad de México, a mujeres, a ti, a un vendedor de flores en Monte Carlo, a unos golpeadores. Haz de cuenta que sus vidas pasan en mi mente; se proyectan flashazos de lo que les está pasando, como si los estuviera vigilando. Por eso supe que habías sido infiel en mi cama". "Ash, ajá, claro que no sabías". La ignoro. "Sigo viendo cuando hacen cosas las gentes a las que vi y no puedo vivir mi vida; no puedo dormir por seguir viendo eso al cerrar los ojos". "¿Ves? Otra vez con que tú estabas peor que yo". "No es eso; déjame hablar. No son carreras de tristeza. Lo que quiero decir es porque no fui capaz de darme cuenta de cómo te sentías. Asumí cosas equivocadas, estaba y estoy metido en remolinos y laberintos mentales llenos de mierda. Nunca tuve un sentimiento malo hacia ti. Siempre te vi como mi puerto de seguridad; eras lo único real en mi mundo, mi ancla a la realidad, por eso no te quería lastimar, por eso no me quería ir de ti. Muchas veces antes de verte, me pasaban cosas muy raras que impedían que nos viéramos. Nunca quise lastimarte, nunca pensé nada malo de ti. Bueno, al principio sí me caías mal, por lo fresa que eras. Luego, a pesar de ser fresa, disfrutaba verte, me ayudabas a tratar de hilar cosas coherentes en mi vida. Tú cambiaste para bien, me contaste que empezaste las obras de caridad, a ser más humilde". "Había empezado a cambiar por ti para que me vieras una mejor persona, para merecerte". La callo con una señal de mis manos: "Claudia, Claudia." Pausa, silencio, nuestras miradas chocando con intensidad. "Yo soy el que nunca te he merecido" Silencio. Aprieta su boca. Está tratando de aguantar. Tres segundos. Hasta que no aguanta y de nuevo inicia a llorar como si nunca hubiera llorado. Se dobla y agacha sobre la mesa. Aún está llorando. Me tallo la frente con mis dedos. Estiro mis pulseras por el ansia que siento. Intento acariciarla, con su mano me pide que pare. Su llanto ha rebotado en cada rincón del depa. Me encantaría llorar así con ella. Me siento como un pendejo aquí sin llorar, sin poder hablar y siendo causante, al menos en parte, de este dolor. Ya no quiero causar dolores. "Déjame ayudarte". Le paso un vaso de agua. El llanto se ha calmado después de unos minutos. Entre el alcohol y el llanto sus ojos están hinchados. Respira hondo. Prende un cigarro. Tocan la puerta. ¿Ahora quién madres? Ella se levanta, abre sólo una parte de la puerta, recibe una bolsa de cartón y cierra la puerta. "¿Quién madres era?" "Mi chofer; aquí están tus botellas de whisky. Espero que Johnny Walker etiqueta negra esté bien". "Gracias, no tenías porqué hacerlo". "Que haga algo el pobre hombre; se muere de aburrimiento siempre con las mismas vueltas o limpiando los carros. Mi marido de terco dice que debemos tener tres choferes para estar acorde con el nivel de la sociedad en el que nos movemos. Y pensar que hubo un tiempo en mi vida en el que estaba de acuerdo con esa idea". "Es de lo más pinche darnos cuenta de cómo el tiempo y los golpes, nos hacen cambiar las cosas que hacemos, creemos y en los principios en que basamos nuestra vida". Ahora cambio a whisky en las rocas, doble. "Yo también quiero whisky".

Prendo un cigarro. Ella está en la ola baja después del gran llanto. Yo no encuentro dónde estoy. "¿De qué carajos hablabas? ¿Qué decías de las personas que viste? ¿Cuándo las viste?" "Primero quiero tu perdón. Regálame tu perdón". "No, primero cuéntame lo que me ibas a contar, al cabo que creo que yo ya acabé. Salud. Luego veo si te perdono". Chocamos los vasos. Ya hay varias botellas de vino blanco y una de Frangelico vacías regadas en el piso y en la mesa. El llanto y la verdad la han aligerado. Se levanta, ahora más torpe, otra vez gira alrededor de la mesa, dando sus saltos de ballet, ahora de mucho menos calidad. No sé si agradecer o reclamarle al alcohol. "Es que tengo poderes, ya te había dicho antes, y no me creíste". "¡Jaaa!" Deja de brincar para poder reír más a gusto. "¡Luca es poderoso! ¡Luca es un superhéroe!" "Chingados, sólo porque estoy en deuda contigo". "No es cierto, sólo porque no te aguantas las ganas de contárselo a alguien. ¡Sígale! ¡Ándele, señor Treviño!" Desde luego, ya empezaste a notar el nivel de alcohol. "Si le veo a las personas por cuatro segundos seguidos directo a los ojos les veo casi toda su vida en ese instante. A veces veo lo que están incluso pensando en ese momento o lo que van a decir o hacer. A veces su pasado y otras veces su futuro". Se queda pensando, entre la liberación del llanto y la valentía que brinda el alcohol no sabe bien qué postura tomar. Siento que no sabe si seguirse burlando o intentar creer. "¿Y a mí ya me viste?" Esto será doloroso. "Sí, desde el momento en que te conocí, supe todo de ti. La historia de la canción de *Fallen Angel* en el baile del Instituto Americano. No es que haya estado yo ahí como te lo conté cuando te conocí, sino que lo vi en tu mirada". Aquí viene. "¡Qué, cabrón! ¿Es en serio?" "Ese día te dije que tenía poderes y no me creíste. Luego contesté en voz alta lo que estabas pensando, y ni así captaste que te estaba leyendo la mente. Estaba dispuesto a decirte todo ese momento. No sé porqué, y lo hice; sin embargo, no dijiste nada al respecto". "¿Qué, cabrón? ¡Pinche Luca! No me acuerdo de eso; sólo que estaba toda emocionada de estar hablando contigo. ¿Y qué? ¿Es en serio? ¿Por qué puedes hacer eso?" "Sí, es verdad; sí lo puedo hacer. Y no tengo idea de por qué lo puedo hacer". Y por supuesto que me reta, me pone a prueba. Me pide que le adivine lo que está pensando ahorita. "¿En qué color estoy pensando?" "¿Así de fácil?" "¡Contéstame!" "Rosa" "¡Ash! Era muy obvio, ¿en qué número?" "Siete" "¡Ay, qué! ¿En qué ciudad?" Dos segundos pasan. "Marbella" "¿Lo qué pienso ahora?" "En mí... ahora en George Clooney... Brad Pitt... ¿en serio piensas en eso? David Beckham". "Ash, me chochas, todo es muy obvio". "Pues tú, piensa algo diferente" "Ok, ya no voy a preguntar, sólo dices lo que ves en mi mente". "Isla... pareja besándose... niño abrazando a su mamá en un parque... modelo hermosa caminando en pasarela... tú dándole un abrazo a tu papá... tú en mi cama teniendo sexo con un hombre... tú recordando uno de tus pocos orgasmos... cuando nos conocimos en Calzada... tú comprando zapatos en una tienda Louboutin en Suiza... el abrazo que me diste en el hospital... la última discusión que tuviste con tú marido". "¡Ya güey! ¡Párale a tu show!" Todo lo que pasa por su mente, lo controle ella o no, se lo digo. Después de unos diez minutos de retos y aciertos, ella empieza a aceptarlo. Seguimos tomando alcohol. "Pues está con madre el truco, eh". "No es truco: por un lado sí pareciera estar con madre, luego es un tormento. A todos los que alguna vez les vi, ahora no me dejan en paz. Te dije hace rato: no puedo dormir porque me llegan imágenes de sus vidas. Escenas de lo que están haciendo, lo que harán, lo que les pasará". "¿De todas?" "No, no de todas, sí de muchas". "¿Cuántas has visto?" "No sé, lo suficiente para tener demasiada información cuando cierro los ojos; lo suficiente como para arrepentirme de haber visto tanto". "¡Qué padre! Ya te has de saber todos los chismes de todo San Pedro!" "Que chistosa. No es divertido; ya no lo es". "¿Y qué más? ¿Qué has hecho al respecto? ¿O qué otra monedita de oro tiene el señor Treviño? ¿Treviño qué?, por cierto" Gran suspiro, inhalo, exhalo muy despacio. Otro trago al whisky, otro cigarro. "Me pasan cosas extrañas, me persiguen personas extrañas. Corro demasiado rápido, soy demasiado bueno y veloz para los golpes, para las peleas, para leer, ver, contar cosas, moverme. Jamás nadie me ha podido golpear". "Ohhh, Uuu". Pinche alcohol en plena acción. "A ver, y ¿qué más señor Luca?" Aay güey, ¿le digo o no le digo? No pierdo nada. "Puedo viajar en el tiempo" "No, no, no, no, no: dígale que si al señor Luca. ¡No se diga más!

¡Todo una chulada de hombre! Señores y señoras, con ustedes la monedita de oro, la mejor chulada de hombre, y además súper héroe con súper poderes: el señor Treviño, taraaaán. ¡Apláudanle al señor Luca! ¡Taraaaán! ¡El héroe de San Pedro!" "Muy bien, ya acabé. Puedes seguir con la burla". "Me parece bien, seguiré con la burla, sírveme más alcohol, pinche héroe". Más alcohol para la señora. "A ver, superhéroe: ¿cuándo se junta a desayunar con el Hombre Araña? ¿Dónde te tomas las cervezas con Batman?" Se levanta de la mesa y empieza a simular estar peleando contra varios villanos al estilo Batman. Escúchala: "¡Puff, Bang, Wow!" Esos son sus ruidos mientras pelea contra su sombra. "Mándenme a todos los villanos; aquí tengo a mi superhéroe muy poderoso. ¿Y cuál es tu nombre de superhéroe?" "Para, Claudia, tranquila. Ya no tomes. Calma". "¿Tranquila, cabrón?" Mientras, sigue simulando pelear. "¡No me chingues, güey! No te creo nada, no sé qué buscas con decirme tantas historias de locura. Lo has de hacer para encubrir tanta estupidez que me has hecho. ¡Llégale a la fregada! Ya me cansé de ti y de todas tus pinches historias. No te perdono y ya no te quiero ver, búscate otra pendeja". Soba con desdén mi cabello, despeinándome aún más y camina hacia la puerta. La abre. "Ciao, baby. Ciao Luca. No me busques más". "Espérate, no te vayas. No puedes manejar así". "Mi chofer me espera". Me levanto de inmediato y ella me señala con su brazo y me apunta con su mano. "Ni te me acerques: dije ciao, es ciao". Intento dar unos pequeños pasos y ella da el portazo. Se fue. No mames, se fue. Abro la puerta y desde algunos escalones abajo me vuelve a gritar: "No te acerques: dije bye. Se acabó, Luca. Ciao".

Empiezo a escuchar sonidos de tubos de metal, campanas tubulares que suenan tristemente. Regreso adentro; ahora está la canción *Best Loved Spot* de *Snowblink*. Camino lo más lento que puedo hacia la terraza; estoy absorbiendo toda la tristeza regada por el lugar. Veo que se sube a la camioneta que maneja su chofer. Se va mi amiga. Mi única amiga. La que me salvó dos veces la vida. La que ha hecho tanto por mí y yo no hice nada por ella. Regreso a la mesa. La tristeza regodeándose con la soledad. Tomo con mis dos manos la botella del Malbec Doña Angelica.

Estoy mareado. ¿Qué madres tienes adentro? ¿Qué eres? Estoy en blanco, sentado de forma desparramada. Borracho. Sirvo toda la botella en un aireador de vinos. Música triste de fondo, ahora es *Saefty Stories* de *Snowblink*. Ya con el vino adentro, muevo el aireador hacia los lados. El vino se mueve con alegría. Lo dejo en el centro de la mesa. Prendo un cigarro y lloro. Lloro como lloró Claudia hace unos momentos. Lloro como Mike cuando su padre se burló de él y de su sueño. Como cuando Claudia supo que no la recordaba. Lloro como han de haber llorado al muchacho que murió en el accidente de carro. Lloro como siempre debí haber llorado. Minutos llorando. Luego minutos gritando. Quiero echar fuera todo. "¡Aaahhh!" "¡Aaahhh!" "¡Aaahhh!" Me empieza a doler la garganta. Silencio. Estoy hincado y doblado hacia el frente. Me giro. Ahora, acostado boca arriba. Más silencio. Más tiempo. Me levanto. Tomo el celular, lo pongo sobre el borde del aireador. Cuento cuatro segundos y lo dejo caer hacia el vino. Golpea el fondo del recipiente, sale una pequeña chispa, la pantalla se apaga. Siento placer al verlo ahí. Ya nadie me va a decir qué hacer. Sólo yo elegiré la música que quiero comprar y escuchar. Ya no quiero recibir pistas de nada. Seré libre. Ya no quiero viajar. Ayudaré a quien pueda. Amaré a todo el que se me acerque. El celular en el fondo. Y, dentro de mi tristeza, siento algo de alegría. Siento como si alguien estuviera atrás de mí, asintiendo mi acción. Silencio en el depa. Ya no recibiré mensajes de nadie, no los necesito. Si alguien tiene algo tan importante que decirme vendrá a buscarme. Haré el bien a todos los que pueda. Ese será mi trabajo. El héroe de NY ahora estará aquí. Soy tu héroe. Ya no buscaré respuestas en el pasado. No necesito ninguna respuesta para respirar. Sólo haré cosas que me hagan sentir bien. No requiero saber todo para vivir. Puedo sentir mucho sabiendo poco. Me dan ganas de meter la mano y sacar el celular, secarlo y estar toda mi vida con él. Aún puedo aguantarme. Espero poder mantenerme con esta idea cuando mi cuerpo no tenga alcohol. Siempre las tristezas están muy pegadas a las alegrías, y viceversa. No creo que sean polos opuestos. Creo que son vecinos todo el tiempo. Voy a mi cuarto, ropería, cajón. Saco un CD. De la zapatera saco una vieja grabadora con un reproductor de discos, de los de antes. Grabadora en mano, de regreso a la sala. Pongo la canción *Home* del disco *15th and Hope* de *Miggs*. Me acuesto en el piso, viendo el blanco techo. Cigarro. Gracias por la buena música. Estoy pedo. Gracias por las mujeres. Debería hacer esto más seguido. Escuchar mi canción favorita con los ojos cerrados. Perdón, Inés, por haberme ido. Perdón al que pude ayudar y no lo hice. Perdón por no dejarme amar. Perdón, Claudia. Perdón por desperdiciar mi vida en reclamos pendejos. Don Stefano tenía razón: perdón, don Stefano. Parecía que sufría igual que el señor que perdió a su hijo, y yo no he perdido a nadie. No quiero verme como él. No quiero que nadie se vea como él. Quiero erradicar toda la tristeza del mundo. Quiero tener amigos. Quiero tener un amor. Lo único que voy a hacer es vivir, vivir sin preguntarme tanto, sin reclamarme tanto. Señor, siento mucho que su hijo muriera; espero que hoy se sienta un poco mejor al ver que el culpable está en la cárcel, al ver que su hijo no hizo nada. Me hubiera gustado ayudarlo antes para evitarle algún tiempo de tanto dolor. Voy a usar mis poderes para ayudar. Otro cigarro. Pasa el tiempo. Me voy relajando. Siento que respiro diferente. Mi pulso cardíaco baja. Me siento más liviano. Me quedo dormido. Por primera vez duermo de manera tranquila. No veo imágenes de nadie. Duermo como creo que duerme la gente normal. Siento gozo al descansar. Cada bocanada de oxígeno que entra a mi cuerpo causa placer. Asumo que tengo una sonrisa en mi cara. Asumo que mi alma está un poco mejor. Siento que he dormido mucho tiempo.

22

Los rayos del sol entran por la puerta ventana de la terraza y dan directo en mi cara. Las nueve de la mañana. Tirado en el piso de la sala. Algo crudo, ni para qué intentar esconderlo. Me levanto y está todo pulcro. Todo recogido. No hay ninguna botella. No hay ceniceros. No hay tazas de café. La cubierta de vidrio de la mesa está limpia. No hay rastros de anoche; pareciera que no sucedió nada. Hasta que volteo a una consola a lado de la puerta que da para la cocina y ahí está el aireador de vino, con el vino y con el celular adentro. Es como mi trofeo. Estornudo fuerte, no se me cae ningún diente. Pongo todo el CD de anoche, de *Miggs*; está buenísimo. Y al segundo acorde, se escucha desde la cocina: "¡Joven! Ya le tengo su machacado con chile serrano". Sonrío. Me acuerdo cuando yo decidí comprar ese disco; me acuerdo del abrazo de Estelita. Camino hacia la cocina. Ahí está mi Estelita frente a la estufa, calentando unas tortillas de harina. "Disculpe que no le tengo su café listo. Anoche se usó lo último, ya mandé a Mike a comprarle su bolsa de café al Sanborns. No tarda en llegar". "No se apure, Estelita; todo está perfecto". Todo está perfecto. Amo estas mañanas de sábado. "Estelita, gracias por todo lo que ha hecho por mí". Y le doy un abrazo, que recibe con entusiasmo. Un abrazo con sentimiento, donde nuestras mejillas se tocaron, sentimos como los brazos apretaban al otro con amor. Un abrazo con buena vibra. Quizá duró unos diez segundos, me hubiera gustado que al menos durara un minuto. "No tiene nada que agradecer, joven. Que Dios me lo siga bendiciendo. Ahorita le llevo su desayuno a la terraza". "No, ahora quiero desayunar aquí con usted, si no le molesta". "¿Cómo me va a molestar?" "Debería echarse unos tacos conmigo". "Gracias mi joven, ya desayuné en mi casa. Yo lo acompaño y le platico". Desayuno de dios. Al terminar el último taco, entra Mike.

Mike, Mike, Mike. Sonrío como hace años que no lo hacía. Me levanto, le doy un abrazo. Abrazo como debe ser: de frente, apretado y con fuertes palmadas en la espalda. "¡Mike! ¡Qué gusto verte Mike!" "No, señor, el gusto es mío". "Mike". "Señor". Nos miramos, como siempre; sin hablar nos entendemos. "Tomemos el café juntos". Se miran extrañados y contentos. "¿A poco lo desperté mientras limpiaba la sala?" "No, Estelita. No escuché nada. Tenía mucho de no dormir como dormí anoche". "Jamás", dijo Mike. "Jamás, exacto: jamás había dormido así". "No quería hacerle ruido, tampoco quería que viera todo regado cuando se despertara y me ganó la ansiedad por limpiar todo. Ya ve cómo es una". "No se apure. Este es el mejor café que he probado en mi vida. Está exquisito". Cruzan miradas. "Es uno nuevo; también es de Chiapas, pero de una marca diferente. Se llama Café San Mateo". Platicamos, nos reímos, comentamos, convivimos. El mejor desayuno de mi vida; el mejor café de mi vida. Hicimos sobremesa como si fuera comida de domingo. Volteo a ver a Mike; él ya sabía que lo iba a voltear a ver; sus ojos ya me esperaban. "Mike". "Señor". "¿Listo?" "Antes que usted". Nos asentimos. Me cambio. Shorts, camisa deportiva marca Nike, tenis rojos y dale afuera a vivir. Nada como una mañana de sábado en Calzada del Valle. Afuera de mi depa, el Ferrari, pulcro. Lo ignoro ya que me liga a otros eventos. A correr. A correr. Y corro como una extensión de mi llanto, de mis gritos de anoche. Siento escalofríos, siento el cuerpo lleno de emociones, lo que hace que corra más rápido. Jamás había corrido tan rápido. Me siento ligero, libre; siento el cuerpo lleno de energía. Pareciera que anoche no me desvelé ni tomé. Corro la Calzada, corro Gómez Morín, de nuevo a la montaña, de nuevo a Chipinque. Corro, corro. Mi piel se eriza. Soy el único que me puede salvar. Corre, Luca. Corre, Luca. Llego a la cumbre, a la Eme. Veo la ciudad, veo el mundo, entiendo todo. Los reflejos que se ven en la sierra son gritos pidiendo ayuda.

Desde ese día no he parado de correr. He ido a cada reflejo. He ayudado a todo el que he podido. He visto a sus ojos a los que sufren, y a los que causan dolor. Soy libre de sus imágenes. Mike sigue apoyándome con la logística. Controla mis redes sociales para poder ayudar. Yo reparto justicia. A veces con palabras, a veces con información. A veces con golpes, a veces sólo con mi presencia. Soy su héroe. No pienso nada hacía atrás, sólo hacía adelante. La velocidad es mi arma principal: nadie me toca, nadie me ve. Sólo quiero que exista un poco menos de dolor; más amor.

Meses de héroe. Los mejores de mi vida. Tengo miles de seguidores en redes sociales, clubes de fans. No pienso nada hacía atrás. Ahora muchos me quieren conocer, yo no quiero; nada me debe distraer de este ritmo. Puedo dormir perfecto. Me acuesto agotado. No hay imágenes al dormir. Me levanto entusiasmado. El café San Mateo es mi aliado matutino. Tener poderes, en efecto, agota; espero que al menos tú sí creas. Lo malo es que un héroe tiene que estar solo para poder seguir en acción. Y en acción me siento bien. Estoy predestinado a estar solo.

Al estar tan activo casi nunca estoy conmigo, lo que en mi caso es algo bueno; es una muy prudente protección; no dejarme tanto tiempo conmigo mismo, si no sólo me consumo con mis dudas autodestructivas. Otra mañana más que inicio caminando en Calzada. Otra mañana hermosa de sábado. Voy caminando hacia el este, hacia la gran rotonda de Avenida San Pedro. En una orilla inicia un concierto de *Los Claxons*. Un camellón antes de llegar a la rotonda, veo que hay un hombre de unos treinta años, con gran barba. Se ve pulcro. Esta descalzo, usa jeans decolorados y una t-shirt blanca. Trae lentes de sol y un pequeño sombrero de vestir color verde oscuro, medio triangular; no le combina con su apariencia. Y carga un gran letrero blanco y en texto en color negro se lee: *Free Hugs* En la parte de abajo lleva la cuenta con rayas verticales unidas cada cinco por una diagonal. El Hermano de NY. Unos diez metros antes de él, me quedo parado en total sorpresa. Este hombre tiene una fila de cinco niñas de trece años quienes felices participan en la dinámica de los abrazos. Entre un abrazo y otro me ve. No se sorprende. Es el hombre más feliz que he visto en mi vida. Tiene una sonrisa enorme y una cara que trasmite sólo buena vibra; es el tipo de persona que te gustaría conocer. Extiendo mis brazos al frente, levanto mis palmas hacia el cielo, haciendo un gesto de cuestionamiento. Al terminar otro abrazo me asiente despacio, como sabiéndolo todo. Camino, lleno de emoción.

Acaba de dar los abrazos al grupo de niñas y, teniéndome a unos tres metros, me dice, lleno de alegría: "Aquí la gente sí abraza. Ve todas las rayas que llevo y apenas son las diez de la mañana: ya son más de treinta". Me lo dice tan feliz como si cada abrazo fuera necesario para seguir viviendo. ¿No son así de necesarios? Si no fuera por los abrazos que hace poco le di a Estelita y a Mike, creo que el último hubiera sido aquel que le di a este hombre hace tanto en Nueva York. Me levanta sus brazos, en claro gesto de recibimiento para su siguiente abrazo: el mío. Doy los pasos que faltan para acercarme y, mientras, le pregunto: "¿Sigues repartiendo tu amor ahora por estos rumbos?" Y me responde: "Uno nunca sabe a donde lo llevará el amor, lo importante es seguir amando. Te hice caso al consejo que me diste en Nueva York: ahí está la cámara, les mando la foto al Facebook con alguna frase. Gracias por el consejo". Le doy un abrazo, éste sí es muy diferente al que le di en Nueva York. Ahora me inspira confianza, ahora me nació dárselo. Su sonrisa es auténtica. Otro buen sentimiento, como cuando abracé a Estelita y a Mike. ¿Por qué hay niveles también de abrazos? Sentí toda su buena vibra y después dice: "Hermano, ahora sí hemos creado una vibra de amor en el abrazo, a diferencia de Nueva York. El amor es de dos, allá no pude sólo. Amor y paz, hermano". "Sí sentí buena vibra". Ya había fila atrás de mí, gente emocionada queriendo dar y recibir un abrazo del Hermano. Unas ocho personas esperan. El Hermano saca de su bolsa de atrás del pantalón un pequeño sobre del tamaño de una tarjeta de cumpleaños. "Este es para ti; sigue igual". "¡Gracias!" Sonriendo como niño en Navidad. Salí con un abrazo y un regalo. Veo los rayos del sol que atraviesan los grandes árboles, aún más brillantes, más hermosos. Sigo caminado, volteo a ver la fila y sigue con mucha gente. La gente sorprendida con algo tan básico, eso pasa en estas épocas. Lo básico es lo que llega, porque el resto ya lo hemos complicado todo. Regreso mi mirada al frente, sigo caminado y veo el sobre. En el frente, escrito: *Luca*. ¿Cómo Luca? Me paro, giro hacia donde está él. ¿Cómo sabe mi nombre? ¿Se lo dije en Nueva York? Si lo dije en Nueva York ¿por qué lo recuerda? Bajo la mirada, abro rápido el sobre. Saco un pequeño papel que tiene escrito con pluma:

No preguntes, no le digas a nadie, sólo usa la información una vez, es muy fácil:

Hoy Portugal le gana en serie de penales a Inglaterra y Francia le gana a Brasil 1-0 con gol de Thierry Henry.

¿Qué? Levanto la vista hacia el stand de los abrazos. ¡Y no hay nada! ¿Qué pasaaa? ¡Hermanoooo! ¡Hermanoooo! Regreso corriendo a donde estaba el Hermano hace un instante. Justo aquí hay gente caminando, haciendo ejercicio. "¿Se le perdió su hermano?", me pregunta una seño-ra. "No, no. ¿No vio usted ahorita, hace unos segundos, aquí, un stand con un señor de barba que estaba dando abrazos?" "No, joven. Aquí no habido nada de eso". Pregunto a todos los que están cerca y nadie vio al Hermano de los abrazos. "¿Se siente bien joven? A lo mejor se insoló usted de tanto correr; tome tantita agua", me dice otra señora que nota mi desesperación. ¡No puede ser! Me siento en el piso, frente a lo que era el stand. No hay ninguna señal que me confirme que él estuvo aquí. Me jalo los cabellos. ¡No puede ser! ¡No puede ser! ¡Hermano! Sentado en el pasto, de nuevo veo el papel. Sí, es el mismo que yo le dejé a Inés. Es el mismo, es mi letra. No es copia. En una esquina tiene unas manchas de lo que asumo fueron gotas de café; dos círculos perfectos, de un centí-metro de diámetro, están muy cerca pero no se tocan; los círculos son de color café claro; es el papel original. No viene nada más. Busco alguna clave en el sobre, adentro, y no hay nada. Ay, qué pinche puta angustia. Me regreso al depa. Intento ver contra el reflejo, en la oscuridad, a contra luz. No veo nada más. ¿Cuál es el afán? ¿El Hermano es un demonio de mi pasado disfrazado de un ser amoroso? Y sólo viene a joderme, a jalar-me al pozo, al pasado, al dolor. "¡Chingados! ¡Chingados! ¿Por qué? Yo ya estaba mucho mejor". Doy dos golpes a la pared de la sala del depa y una patada al mosquitero de la puerta ventana de la terraza que da a Calzada. Llega Estelita toda asustada. "Mi joven, ¿qué le pasa? ¿Está bien? Mire cómo está todo rojo; por favor, respire, aquí le traje agua". Me veo en ese espejo que Claudia puso en la pared de la sala y tengo la cara roja, lo cual nunca me había pasado. Me toco la cara y la tengo caliente. Me veo la mirada alterada, violenta. Me alcanzo a controlar para no ser grosero con Estelita, la ignoro. Capta ella que la situación no está bien y se retira. Al llegar a la cocina escucho que llama a Mike. Llega Mike al minuto. "¿Me necesita señor?" Pinches ingleses y su calmado protocolo, no sé cómo le hacen. Creo que es la primera vez que ignoro a Mike. Sigo gritando pendejadas. Sigo pateando lo que se me antoje. Ya es zona de caos la sala y el comedor. ¡No mamen! ¡Chinguen a su madre! Mike esta ahí, en medio de todo, parado, estoico. "¿Contra quién blasfema señor? ¿A quién se está dirigiendo?" "¡Mike! No mamen. Alguien me está chingando muy cabrón". Aparece Estelita con un té de tila, diciendo que es muy bueno para calmar. Lo deja cerca de mí y se retira sin decir palabra. Le cuento a Mike lo sucedido en la Calzada. Mike no se inmuta. "Todo siempre pasa por algo, señor". "Mike no me salgas ahorita con clichés". "La vida siempre nos presenta retos, mensajes, opciones para salir de nuestra zona de confort, para ser siempre mejores. Hay que seguir ayudando". "Mike, Mike, por favor". "¿Le puedo ayudar en algo más?" "No, gracias". No dejo de ver el papel, el sobre. No lo puedo creer. Pinche Hermano qué ganas de joderme. No que la chispa del amor, que la vibra no sé qué madres. Con ese abrazo me jaló a mi pasado doloroso. Me arrastró a la época de Inés. A su búsqueda dolorosa en Berlín. Son chingaderas. Me duele el pecho del coraje; siento las respiraciones cortas, siento mi pulso latir fuerte en mi cuello. Sigo rojo, sigo caliente. Denme en la madre. Mejor atropéllenme. Quiero gritar más y ya no puedo, siento que me falta aire. Doy un trago grande al té de tila; me quemo la lengua. Del enojo aviento la taza al piso. Prendo un cigarro. Pinche coraje.

Imagina por favor cómo la empiezo a pasar a partir de aquí. Imagina veinte días sin salir, veinte días comiendo sólo muy poca de fruta. Tomando lo que sea, fumando como nunca. Peso unos ocho kilos menos, demacrado. Un bache más de los que me conoces, este es de ansiedad. Ansiedad de ver el papel que le dejé a Inés. Ansiedad de que desapareciera el Hermano. Ansiedad de que supiera mi nombre, de que tuviera ese papel. Ansiedad de no saber qué significa. De no saber qué hacer. Ansiedad de que me duela tanto Inés, de entender que quizá todo este dolor, ardor y desesperación es lo que llaman amor. La extraño, no ha pasado un día sin pensarla. No he visto una mujer que no me recuerde a ella. Me dieron en mi lado débil, mi eslabón delgado, mi herida, mi Inés, me dieron en toda la madre. No me he cambiado, no me he bañado. No he sido héroe. Hasta que el día veintiuno despierto apestando a veintiún días sobre mí. Estoy sentado en la mesa del comedor, sin quehacer, sin rumbo, con la mirada en los árboles de Calzada. Cierro los ojos. Recuerdo cuando amanecí golpeado en un parque en Berlín. Recuerdo cuando lloré en el piso frente al altar de la Virgen de Guadalupe. Cuando todo era gris, cuando me dolía respirar. Recuerdo mis encerronas previas aquí. Y dentro de toda esta mierda gris que me invade, me surge un pensamiento que veo a color sepia, con las siluetas de ella en color dorado. Es Inés. Nos estamos besando, corta el beso y se aleja. Tengo luego otro donde ella me ve molesta desde lejos. Luego vuelve el recuerdo del beso, luego el recuerdo de la noche en Berlín cuando hicimos el amor. Ya, ya. Ya no digas más. Ya nadie diga más. Ya no me mandes nada, tal vez eres tú el de la música y el de todo este desmadre. Ya, ya no importa, me vale madre todo. Haré como que me la creo.

Veintiún días son un chingo, ya me harté, me doy hueva y lástima. Ya me mamé con tanto berrinche. Ya me cansé de estar aquí pegándole al pendejo. ¿Sabes qué? Chingue su madre todo. Me baño y rasuro. Me visto y aparezco en la cocina para beneplácito de mis compañeros. "Señor". "Mike". "Buen día". "Buen día". "No por no saber qué hacer, significa que debo quedarme estático ¿correcto?" "Es correcto, señor", dice Mike mientras cruza miradas de aceptación con Estelita. "Joven, qué gusto verlo. Necesita comer algo más; se ve muy mal". Mike dice: " Sírvale poco; pasó muchos días sin comer. Sólo un pan con jamón y café, y al rato come algo más. Poco a poco". Estelita obedece, como siempre. Yo estoy sin fuerzas. Sentado en la mesa de la cocina con ellos, encorvado, débil, intentando seguir. En mis manos tengo el sobre. Mientras espero la comida, saco el papel, lo tomo en mis manos, lo toco, sobo, acaricio como si le pidiera que me hablara. Lo dejo sobre la mesa. Mike prepara el café. "¿Café de Chiapas, café San Mateo, señor?" "Sí, Mike". Apenas voy comprendiendo que todo este vacío, toda esta mierda que es mi vida, es por su ausencia. Todo este ardor gris, es por su recuerdo. Me duele Inés. Todos estos torbellinos, dudas y desesperanza son porque quiero estar con ella. Esta comezón que duele y luego se vuelve insoportable, este desorden mental, es por ella, porque extraño su cuerpo, su mirada triste. Este dolor en el pecho, esta incapacidad de comprender mi mundo, es el cargo de conciencia por haberla dejado. Entiendo que sin ella todo es más difícil, el mundo es desordenado y loco, entiendo que sin ella, todo, incluyéndome, es una mierda rotunda. ¿Hay alguien allá afuera viéndonos? ¿Mike, Mike, será esto a lo que llaman amor?

Se acerca Mike y me sirve el café. Al servirme, caen dos gotas de café en el papel justo en las manchas que ya existían. Nos paralizamos los dos. "Discúlpeme, señor". Las dos gotas se secan sobre las dos manchas previas y sólo sigue habiendo dos círculos perfectos, de un centímetro de diámetro, están muy cerca pero no se tocan; los círculos son de color café claro. Sigo paralizado viendo el papel. Mike tampoco se ha movido. Me ve. Lo veo, ahora no nos entendemos, lo cual es raro. Sigo estático. No he tocado el papel, veo y confirmo que las gotas cayeron exactamente donde estaban las anteriores, sigue habiendo sólo dos marcas. Mike no suelta la cafetera; todo se quedó congelado y sólo nuestros ojos se mueven. De nuevo le dirijo mi mirada suplicando explicaciones y piedad. Con su mirada dirige la mía a su mano derecha con la cual aún sostiene la cafetera; muy despacio la deja en la mesa. No suelta mi mirada. De nuevo estático. Al lado de la cafetera está la bolsa de los granos del Café San Mateo de Chiapas. Veo la mano de Mike y no se mueve. La sigo viendo, 1, 2, 3, 4. Click: puedo captar que mueve nanométricamente el índice derecho apuntando hacia la bolsa del café, en la parte donde está la dirección de los productores del café. Regreso a ver su mirada, regreso a ver su dedo, a ver la bolsa, el recado, todo en milésimas de segundo; de nuevo a su mirada, su dedo, al recado, la bolsa. Ansiedad brota por mi mirada, siento calambres en todo el cuerpo. Vuelvo a sus ojos, al dedo, la bolsa, sus ojos, bolsa, recado, dedo, milésimas de segundo, movimientos nanométricos en su dedo, su mirada, el café, su dedo, el recado. ¡Chingados! Estoy temblando, hasta que cede ante la ansiedad y la desesperación que brotan por mi cara y mueve unos milímetros su cabeza, apenas asiente con una cara llena de felicidad. Me levanto de un brinco. Mis ojos no paran de moverse. Miles de ideas en mi mente. "¿Va necesitar algo más de comida, para el viaje, señor?" "¡Te amo, Mike!" Corro hacia Estelita y le doy otro abrazo. "¡La amo!" Tomo la bolsa del café, el papel, el sobre. Y corro. Corro como héroe, como el héroe más feliz del mundo. Me voy a Calzada, justo al pasar donde estaba el stand del Hermano de los Abrazos viajo. Algunos segundos de viaje, viento, olor a café, a árboles. Aparezco en una calle sin pavimentar en un pequeño poblado enclavado en una sierra. Sierra enorme, verde, frondosa. Corro, como nunca he corrido. Una, dos, tres, las cuadras que sean. Sigo unos anuncios de madera con la marca del café: *Café San Mateo. Orgullo de Chiapas.* Por fin llego a la fábrica que procesa el café. En la pared un anuncio que indica que toda la energía que usan es generada por el aire y que él café es orgánico. En la entrada hay casetas de vigilancia, con cuatro tremendos guardias. "Bienvenido, señor Luca, adelante ya lo esperan". Para mi total sorpresa así me recibe el guardia. Me entrega un gafete con la palabra *visitante*. "No es necesario que me deje su identificación". El olor a café en todo el lugar es celestial. Estoy adentro. No sé a donde caminar. Algunos empleados me saludan por mi nombre. Me dejo llevar. Siento miradas sobre mí. Hay un anuncio que dice: *Oficinas*. Entro. Avanzo. Subo un piso. Pretendo saber hacia donde debo ir. Al fondo veo una gran oficina. Todas las paredes de cristal, piso de madera. No hay nadie en los pasillos. Ahora camino despacio; no aguanto mi corazón, se me quiere salir; me es difícil respirar. Llego a la gran oficina. No puedo poner atención a más detalles, sólo veo una hermosa sierra en el exterior; parece que la oficina flota sobre los árboles. Casi no hay muebles. Quién está en el sillón dando la espalda hacia mí, está viendo hacia el exterior. Estoy parado justo en la puerta de la oficina sólo alcanzo a ver una cabellera color castaño que sale un poco arriba del alto respaldo. Ya no aguanto más. "Hola, mi nombre es Luca". El sillón se gira con rapidez, ahí está una mujer sonriendo, la mujer más hermosa que jamás haya visto. La mujer se levanta, sorprendida. La mujer no puede decir nada. 1, 2, 3, 4. Click

COLOFÓN

Cuatro Segundos de Kato Gutiérrez.
Se terminó de imprimir en Monterrey N.L.
en Agosto del 2015. Trabajando con la familia tipográfica
Adobe Garamont Regular en 12 pts. para textos y 16 pts. para títulos
Se ha hecho un tiraje de 700 ejemplares sobre papel ahuesado claro de 75 grms.

www.ingramcontent.com/pod-product-compliance
Lightning Source LLC
Chambersburg PA
CBHW030651260626
47157CB00007B/2598